時空的追緝

The Space Chasers（下）

追風人◎著

目錄
Contents

【下冊章節】

本書為作者之創作，故事內容及人物描述純屬虛構，如有雷同之處，皆為巧合。

作者的話

追風人

我從小就喜愛閱讀，上了中學後，又對文字產生了濃厚的興趣，當時最喜歡的三本小說是：《唐吉軻德》、《基度山恩仇記》和《三劍客》。和所有的小男生一樣，我被它們曲折的情節和緊張的打鬥吸引住了，所以在進大學之前，著實經過一番天人交戰，考慮要不要去念文學。因為在那個時代，念文科的人不僅被看成二等公民，在父母眼裏還是個不爭氣和不孝的兒子。所以在他們的威脅利誘和老師們的推波助瀾下，我就直奔成功大學機械系。

但導致我改變念頭背後真正的理由，是我發現了機械系裏有航空組，因為飛行也是我的喜愛，所以就順水推舟去當孝順的兒子和聽話的學生了。

從成大畢業後，就加入了當時的留學大軍，到美國攻讀航空學，學成後繼續留校教書和做研究，航空成為我事業的「原配」，從沒有放棄的文學愛好則成為我的「小三」，是午夜夢醒時思念的對象。大部分六〇年代的留學生都按照相同的模式生活，在完成學業後，由留學生轉變成移民，在當地娶妻生子，成家立業，然後像遊牧民族似的「逐水草而居」，為改善收入，調換工作。也許是因為人懶，我是個異類，在半個世紀中，我只在兩個大學裏工作過。

我在五十歲那年決定去香港，所有的親朋好友都認為我瘋了。妻子說：我是被「東方之珠」那首歌給迷住了。它是台灣歌手羅大佑作曲，作詞和主唱的：

「小河彎彎向東流，流到香江去看一看，東方之珠我的愛人，你的風采是否浪漫依然，月兒彎彎的海港，夜色深深燈火閃亮，東方之珠整夜未眠，守著滄海桑田變幻的諾言，讓海風吹拂了五千年，每一滴淚珠彷彿都說出你的尊嚴，讓海潮伴我來保佑你，請別忘記我永遠不變黃色的臉。船兒彎彎入海港，回頭望望滄海茫茫，東方之珠擁抱著我，讓我溫暖你那滄涼的胸膛。」

羅大佑用他低沉宏偉的聲音，唱出這首為香港回歸所作的歌曲，是曾讓我動容，但是真正的理由，是我一直想回到亞洲來教書，所以當機會來臨時，我就接受了。

我的專業是應用科學，但是絕大部份的成果都是在科學方面，應用方面少得可憐，所以一直想要做一件「大事」。在香港終於能夠如願以償，走出了象牙塔，學以致用為它的新機場建立了低空風切變預警系統。

在四年期間，我帶著同事們和研究生走遍了全香港地區，包括了好些離島，鋪天蓋地的設置了自動氣象觀測站，採集資料數據。我們又向美國國家科學基金會租用了一架渦輪螺旋槳雙發動機的氣象探測專用飛機，聘請了一位民航客機的駕駛員做機師，他有很豐富的惡劣天氣飛行的經驗，我帶著他到美國科羅拉多州的波德爾市去接飛機，在離開前，我們飛越美國大氣研究中心的地面站，將機艙裏滿載著的電腦和資料系統，還有機翼下掛滿著的各種儀器，都標定了一次。我們從波德爾市起飛，向西經過西岸的西雅圖，阿拉斯加，利用阿留申列島跨越太平洋，抵達西伯利亞。然後向南直下東京，台北，最後到了香港，啟動了十三個月的空中探測和採樣。從天上和地上得到的同步資料為預警系統建立了嚴謹的科學基礎，使它如期的在香港回歸的那天正式啟用。

這架科學探測飛機的無線電呼叫代號是「天風一號」，在香港它享有飛行中的「優先權」，讓我們在非常繁忙的香港空域可以橫衝直撞，天空裏充滿了「天風一號」呼叫要求讓路或是插隊的請求。我曾在《追風的人》小說裏這麼描寫：

「『天風一號』在珠江河口的天空翱翔，往北看是這條南方的母親河遠遠的和藍天連在一起，夾帶著大量泥沙的河口水體，像是一位貴婦人的胸脯。往南看是浩瀚碧藍的南中國海，擔杆列島像是一串綠色的瑪瑙，掛在貴婦人肉色的胸脯上。每當任務完成返航時，『天風一號』的機艙內響起了『東方之珠』的歌聲，在太陽消失在海平線下之前，香港的萬家燈火亮了，機艙外的東方之珠開始閃爍。『天風一號』呼叫啟德機場塔台，要求改變航線，飛向九龍清水灣岸邊的大學。從牛尾海方向低空通過，在大操場上的同學們會向這漆著大學校徽和字樣的飛機狂舞著雙手，『天風一號』也上下左右搖擺著機翼，在地上和天上的人一片歡呼聲中，發動機開大馬力，呼嘯著掉頭爬升翻滾，飛向落地前火紅的大太陽，呼叫塔台要求降落指示，前方的機場跑道在等待。」

飛行曾經是我的夢想，沒想到香港成了圓夢之地。更沒想到的是，它還促成了另一個夢。

《唐吉軻德》是西班牙作家賽萬提斯在十七世紀初出版的小說。故事背景是歐洲的後騎士時代，主角唐吉軻德幻想自己是個騎士，因而做出種種匪夷所思的行徑，最終從夢幻中甦醒過來。其中最精彩的一段是描述他披著盔甲，騎著戰馬，舉起長矛和一座風車展開你死我活的搏鬥。評論家多稱《唐吉軻德》是西方文學史上的第一部現代小說，也是世界文學的瑰寶之一。著名的美國百老滙歌舞劇《夢幻騎士》（Man of La Mancha）就是根據它改編的，在美國東西兩岸連續上演了幾年。它重新塑造了唐吉軻德的「逐夢者」新形象，強化他對自己夢想勇往直前的描寫與刻畫。

我喜歡這本小說到了極點，看了N次。也喜歡它的歌舞劇和主題曲，其中的歌詞：「去做不能圓的夢，去鬥打不倒的敵人」（To dream the impossible dream, to fight the unbeatable foe.），都已經成了名句，百聽不厭。

到香港不久，我就接受了北京大學大氣物理系的客座，每隔兩三年就要到那去半個學期，開一門「小尺度氣象學」的課。北大是個很迷人的地方，尤其是它的校園和學生會緊緊的吸住你。有幾個以前的學生現在都是教授了，他們用字正腔圓的北京話左一聲師娘右一聲師娘，叫得我妻子眉開眼笑。校園裏有很多銅像，都是紀念和北大相關的人。唯獨在最美的未名湖邊有一座賽萬提斯的銅像，直到今天我還是不知道這位十七世紀的西班牙作家和北大有什麼關係？但是它激起了我深藏著想要寫小說的夢想，毅然決定，此時不為，更待何時。

退休後，我受聘每年到台灣住十八個星期，在母校成功大學開授一門「航空氣象學」的課程，同時也為民航局的飛航服務總台主持飛行安全講座，與民航飛行員，航空管制員和航空公司簽派員互相切磋飛行技術。但是「原配」和「小三」的地位互換了，將寫小說作為退休後主要的活動。為了要留名，也因為怕犯錯，曾經戰戰兢兢的寫了近兩百篇的科學論文。雖然我喜愛文字，但是從沒用中文發表過文章，所以抱著唐吉軻德的逐夢者精神，勇往直前，一不做二不休，用「追風人」的筆名去寫長篇小說，並且是寫不登大雅之堂的偵探懸疑小說，因為沒有任何拘束，隨心所欲，天馬行空，感覺非常奇妙。

美國近代著名小說家海明威和英年早逝的菲茨傑拉德都曾說過，小說裏的故事和人物都是取材於作者的夢想，人生經歷和相識者的複合體。第一本小說《追風的人》就是在這樣的情況下完成的。它的故事是發生在香港的一所大學裏，情節圍繞著一位教授和他的航空氣象科研專案。雖然在書的第一頁就用斗大的字聲明「純屬虛構」，偶爾回到校園時，還是有同事見到我會哈哈大笑，或是怒目相視。曾有一位同事抱怨，說書中對一位人物的面貌，身材體型，性格，工作和居住地，所做的描述，讓讀者將她對號入座，尤其令她不高興的是，她只活到第三頁，死後還被扔到海裏，但是另一位要好的同事卻能一直糾纏到最後一頁，厚此薄彼，太不公平。雖然這些都是茶餘飯後的愉快閒話，卻能讓人有無限的回憶。

《時空的追緝》是繼第二部小說《遠方的追緝》後完成的，同樣分上下兩冊。故事發生在台灣，將多年前發生在西藏雪域裏的傳奇和台灣一件政治陰謀連在一起，男主角還是一位航空學的華裔教授，為了學術離休來到成功大學，和《追風的人》一樣，書中對飛行有較多的著墨。算算看，退休已有六年，還是在忠實的逐夢，完成了三部小說。下一本，《蘑菇雲的追緝》已經著手動筆了，它是關於北朝鮮核子武器的故事。同時也啟動了寫再下一部的計畫，它的故事內容是圍繞著一部失蹤了多年的可蘭經手抄本。在這兩部未來的小說裏，鍾為教授又從《追風的人》裏回來了。最終，我的夢想是要完成以「鍾為教授」為主角的《追緝三部曲》，然後就到了結束一切的時候。

我一生一直和學生們混在一起，連老婆都是從學生中挑的。在和他們閒聊時，我常說：人生的旅途要比目的地更有意義，在旅途上遇見的人和事，可能是你一生難忘的，是在午夜夢醒時，思念的對象。我寫小說的夢想，一步一腳印的跟著我，一路相隨到地老天荒。在逐夢的過程中，我很幸運也很感激有家人和好友們給了我很多的鼓勵，建議和批評。特別要提的是一位中學六年同窗，他出身書香門第文采和寫作俱佳，在報章雜誌上經常看到他的文章和詩詞，是同學中的才子。他從香檳城的伊利諾大學拿到數學博士後，任教於三藩市州立大學，多年來他和我在加州南北兩地，同時誤人子弟，最近他拿到了「破解史上最難《數獨》（九宮格）」的大獎。《追風的人》和《遠方的追緝》出版後，他不僅寫了書評，還寫詩相贈。為了《時空的追緝》裏有關古人對求取「圓周率」所做的貢獻，曾求教於他。我還得寸進尺，索求序文，他居然同意了，真是驚喜。但是幫助我這「菜鳥」作家能夠圓夢的卻是曾為大學教授的風雲時代出版社社長陳曉林先生和他的編輯。沒有他們耐心的指點和費心的修改，我仍只是個會做夢的科學家。在有限的剩餘人生裏，我將記得他們。

讀者的話

《追風的人》有其特殊的歷史地位

讀《追風的人》用一個下午，一個晚上和第二天的一個上午，已經很久沒有一口氣讀完一本小說，也記不起上次讀小說是什麼時候的事了。自發性的一口氣讀完的小說應該是有很大的可讀性。

《追風的人》說的是這樣一個故事：一位叫鍾為的香港優德大學教授，承擔了香港政府一項大型科研專案——《香港機場風切變預警系統》，這是研究預報飛機起飛降落時可能遭遇並引起飛機失事的一種小尺度氣象風暴現象。在專案進行過程中，鍾教授課題組的一位美籍電腦專家石莎女士被人謀殺，由此拉開了一場由國際恐怖份子和台獨勢力共同操縱，陰謀在中國大陸境內和香港對美國的民航班機實施導彈襲擊。香港警方和中國國家安全部合作，在鍾教授的協助下，搗毀了這夥由國際恐怖組織、國際軍火走私犯、台灣間諜、台獨勢力、解放軍叛徒和港澳黑幫等內外勾結的犯罪集團，阻止了恐怖份子的企圖。

故事的男主角是鍾為教授，他是位畢業於美國加州理工學院航空系的航空博士，是優德大學的單身教授，學識人品受到同事們的廣泛尊重，還是多位女同事愛慕的對象，包括為他去世的石莎和她的閨中膩友邵冰，後來又加上了警方專案組組長的蘇齊媚。故事由三條線索纏繞一起組成：一是鍾為的感情經歷，對手是初戀情人嚴曉珠、石莎與邵冰兩位女助手，再是警官蘇齊媚。二是學術話題、科研專案以及大學的人與事。三是犯罪分子與員警的鬥法。這個故事吸引人的地方，我認為是包含了所有警匪片的要素：曲折懸案，緊張情節，驚險打鬥感情與性愛等等。但它遠不只是警匪偵探小說，還有些獨特之處：

1.將真正的科學研究內容融入了其中，這些科研內容成為其中必不可少的情節。其中涉及到的不少航空、大氣、海洋等學科知識，而且對有求知欲的人，是個不錯的科普方法。也介紹了不少航空學界的趣事。

2.涉及到優德大學的教學科研學術管理，特別是在「教授治校」的原則下，教授會議的形式和過程在一個先進的大學裏如何執行它的最高權力。

3.故事在兩岸三地，加上美國、英國等地展開，空間視野很大，可看到海歸學子的一些動態。

4.將台灣二二八事件的影響與台獨背景等交待得很清楚，尤其是傾向台獨思想的知識份子心態，這可能是大陸讀者知之不多，而非常需要瞭解的。

5.選擇了香港回歸的大背景，反映出了兩岸三地的一些學術交流互動情況。

如果從小說藝術的角度看，它的敘事結構穿插得比較好，三條線索糾纏得十分平衡，沒有明顯得傾向任何其一；感情與性愛的描寫上，格調不俗，情趣濃郁；語言上文學味濃，詩詞韻文雅正，幽默感好；人物塑造上，比較成功的是：蘇齊媚、邵冰、黃念福（台獨大佬）、何族右（香港九龍警署署長）、李洛埃（優德大學學術副校長）。不太成功的是：嚴曉珠（鍾為的初戀情人），周催林（反派人物、優德大學科研副校長）。嚴作為鍾二十多年一直不忘的戀人，其可愛之處和變心過程讓人感到情節不生動，很倉促，不足以二十年不忘。周作為在台灣任過研究院院長的反派人物，智力水準太低了，讓人很難信服。主人翁鍾為太完美了，也有個性，但總覺得人物形象不夠豐滿。

小說中印象最深的精彩片段有：

1. 優德大學教授會議
2. 關於加州理工大學的回憶
3. 台獨大佬黃念福的故事
4. 鍾為與四位情人的調情鬥嘴

總體來看：我認為這部小說有它一個特殊的歷史地位，它是一部為數不多的由真正的科學家撰寫，以香港回歸中國後的兩岸三地歷史大背景，用虛擬小說形式反映海歸學子的科學報國情懷，以及個人情感寄託的小說。這部小說時代背景很深，科學含量大，資訊含量大，情節動人，文學性很強。可以看出作者雖是科學家，但一直有文學夢，人文情懷濃郁，而是感情細膩，是性情中人。看來它是來自於作者個人生活體驗的精心之作。

于珺

贈詩

《追風的人》作者在書中描述，飛機之所以能升空，靠的是機翼上的逆風風場所產生的浮力，當它被干擾或是破壞後，航機就會因失去了上升浮力而墜毀。而「風切變」是最大的誘因，它的出現被民航飛行員認為是最可怕的災難。顯然作者在預警這種災難性的氣象，曾有卓越的貢獻。《追風的人》是一部在此背景下的偵探兼愛情小說，全書約三十萬字。作者將驚心動魄的警匪鬥爭和纏綿的愛情在高含量的科學背景裏展開，有非常高的可讀性。讀後有感，成詩如下：

口天家諱假為無，項羽武侯奸忠圖；木木垂宙風切變，陳介其中鍾為乎。

青梅竹馬兩無猜，好事多磨花難開；朱曉齊眉娟非燕，石爛海枯豈哀哉。

空空道人

邵冰的讀後感

筆者和《追風的人》作者曾經是十幾年的大學同事，雖然他是高高在上的資深大教授，但是平易近人的個性，讓我們這些為他工作的職員們也能和他互動。從書中的故事，可以感受到作者對學業、教職、風切變研究、感情、大學與清水灣一帶的濃濃的愛，還有作者筆下那些時代的變遷：二二八、總統遇刺、台獨、反越戰、保釣等等。作者的心路歷程在這率性之作，可見一斑。這些事和人也是多年來在工作之餘和茶餘飯後，我們從大教授身上所挖出來的點滴。但是我們從沒想到，作者會在瞬間放下了他一生的事業，一頭栽進了寫作，從真實的生活背景裏。創造出一篇如醉如癡的故事，我很高興也很感激，《追風的人》讓我進一步的認識了作者，也讓一幕幕的往事和一張張的臉孔又重新活在我的腦海中，午夜思之，不無感慨。

作為一個學文學的人，或者是個自認是書中的「樣板人」，筆者有不少的讀後感。

一般老式的偵探小說／電影多圍繞普通的殺人或失竊案件，左穿右插，規模局限。本書圖變，擴大格局，寫全球性的恐怖主義，從中東伊斯蘭真主黨、兩伊、白俄、美國中情局、九一一、台獨等時事素材直接結合香港風切變研發項目，勾勒出一個別開生面的偵探故事。作者胸襟廣闊，原創力不容忽視。在描寫香港的大學權力架構、人事鬥爭、開會情況等細節，更讓讀者耳目一新。

作者曾說過，為了想突破，他故意採用相反的手法先寫出殺人者是誰和殺人過程，然後再一步步的將犯罪的幕後動機，抽絲剝繭的露出來，但是懸疑性是偵探小說最厲害的武器，是不是該放棄它，是有商榷的餘地。作者努力經營出不少驚心動魄的場面如槍戰、挾持人質、天風一號要墜毀等，這些場景的確緊張萬分，但大框架的來龍去脈讀者一早就明瞭了，也許會被無情地扣掉一些可讀性的分數。本小說文筆流利，描寫細膩，電影感很強，對「非科班出身」的作者來說，處男作非常成功，可喜可賀。以下是給筆者印象特別深的片段：

- 警方在澳門搶札克背包的經過
- 梁童擺脫三個湖南職業殺手
- 蘇齊媚愛上鍾為的心理刻劃
- 警方押解梁童從富都酒店出發至街頭槍戰一幕
- 羅勞勃挾持邵冰一家一段
- 天風一號遇風切變三十秒觸地
- 鍾為指揮天風一號緊急升空，與民航機編隊飛行，成為目標的誘餌，引走了飛彈
- 鍾為的同事和學生以海洋探測船攔截導彈發射船
- 天風一號，機毀人亡，鍾為在珠江上空用「血染的風采」歌聲向大家道別

《追風的人》裏有很多優美的文辭，令人懷疑作者當初是不是應該放棄科學的專業，主修文學，以下僅是部分例子：

- 蘇齊媚與鍾為的情書

・珠江河口天空上飛行的寫景
・說服小流氓林大雄當臥底的情景交融
・鍾為回憶嚴曉珠離他而去的首段短句：「披上了黑色袈裟，走進孤獨。」貼切的意象帶出他生命之沉重

全書風格和情調上有明顯的○○七詹姆士・龐德影子：

人物方面：男主角鍾為是全書的靈魂，也是能人所不能的英雄，憑睿智、才識、閱歷與善良為國為民，屢建奇功，排難解紛。通篇到尾，數位女性都與鍾為有或深或淺的羅漫史。他的語言特色是活脫脫的龐德式的，尤其是在說笑和吃女士豆腐時。女主角蘇齊媚是鍾為的龐德女郎，與男主角一樣，都是智勇雙全、口才流利的英雄人物，而且美麗性感。其他女士如石莎、邵冰等也都年輕貌美。

書中的一些場景會令人想起○○七或同類的電影：

・鍾為駕天風一號安全滑翔回來
・鍾為與蘇齊媚合作擊斃羅勞勃一幕。蘇齊媚把槍別在鍾為腰後，鍾為一蹲下，蘇齊媚一槍擊中羅勞勃兩眼之間。
・生死關頭，派屈克要求鍾為播放 Unchained Melody。最後，播出「血染的風采」這輓歌來

給自己送行。

・蘇齊媚在典禮中被槍殺，在高潮中突來反高潮，有電影的震攝力，但是筆者認為這是作者埋下的伏筆，目的是讓鍾為撤換美女主角，好在續集裏繼續風流！

通篇在笑談間蘊含關於老去與死亡的灰沉調子：

・鍾為認定自己是個「沒有年輕美女會嫁」的老頭

・成功大學徐迺良教授的死

・鍾為在台灣服兵役時所遇上的十八歲新兵的死

・加州理工學院的幾位同窗好友先後辭世

・天風一號遇到下擊雷暴

・結尾再次強調在海邊，邵冰陪伴著的那位「滿臉風霜、年歲較大的男人」

除了龐德味之外，本書還充滿了濃濃的老男人味！在作者離開了香港後，筆者也和家人移民他地，但是每當回訪舊日的同事時，話題就離不開「老教授」和對往日的思念，雖然認為《追風的人》在書前的「純屬虛構」聲明是要引起我們「此地無銀三百兩」的會心微笑，但是跟著而來的「對號入座」，以及那激情歲月的還原和重溫舊夢卻帶來了無限的喜悅回憶。

邵冰

《追風的人》讀後囈語

當生命懸掛在絕壁上時，也不會忘記做一個優美的降落！

致主人公：偉大的追風人——鍾為教授。

感動是否一定要哭？當然是不一定的!! 但我還是哭了……因為：

也許我告別將不再回來
也許我眼睛再不能睜開
也許我長眠再不能醒來
如果是這樣 你不要悲哀
共和國的旗幟上 有我們血染的風采
共和國的土壤裡 有我們付出的愛

赤子之心，袒誠赤裸，明明白白揭露真相。

鍾為是航空科學家，這是特殊因果背景，單純氣象專家，並無法因應航空系統技術上的要求。

十三個月的飛行實驗，目的在於是否成就實際效益，否則是沒有意義的。這一切，都是為了風切變預警系統的真正使用者——航空公司的飛行員，而不是為了政府。因此，個人及校譽是其次問題。成敗之間……蓋精神勇氣浩然！文字如人……有無窮！

伊斯蘭教的溫和派與激進派。七四七和天風一號——這世界有兩個人，用他們的勇氣和生命，換來大家生存的機會。逃生過程中，須要高速俯衝和爬升。面臨死神，我心也跟著掉……讀出高度：五五〇〇，五〇〇〇，四五〇〇，四〇〇〇……一五〇〇……

成為國際恐怖事件——阿布都拉．沙拉馬。沒有原則和立場的情報人員——康達前。老布和黃念福的結局——安排得很戲劇化，也很震撼。整個結構帶給我很大的力量，這是對全人類的大愛。

還有，作者對警署辦案過程，辦案技巧，員警心態。內幕專業用語，描寫得很立體，很紮實，讚！

非常學術化的內容，所以我必須一個一個字斟酌。但是很欣賞這位傳統的古典式學者，他堅持一些原則和精神，對學生又有無限寬容和愛護。到底是真的ＦＢＩ來問東問西，是海軍情報處，是ＣＩＡ？任務完成後，將從你生命中消失。嘆息！想著石莎，想著老友，何其殘忍。

也很感動於軟性的話題。樹林在風的撫愛中嘆息……感動！

在人類文明史中，數千年來唯一永恆的……只剩下——愛。

這樣的讀後心得，會不會挨批啊……？皮繃得很緊!!

你的讀者

《遠方的追緝》讀後感

《遠方的追緝》作者本著工程師的細緻、科學家的嚴謹、文學家的圓融，以其對世界各地歷史文物之熟知，經營出偵探愛情的桃花源，使其諧音的主角袁華濤，最後在其匿居的內蒙桃花源用精心設計的非法手段，而報了其女早年在深圳臥底時所受凌虐致死之深仇大恨，可謂可圈可點。間中穿插的性愛情節，更是五花八門令人目不暇給，諸如地方包圍中央的軟著陸、直接炮打中央的硬著陸，曷若台灣的選舉中央黨部形同虛設。愛情的方方面面，更涉及日本群馬縣的悍妻、阿拉伯的一夫四妻、為阿拉真主效忠的絕情、台灣男人的一髮妻，二紅粉，三炮友的理想組合安排等，申訴愛情在婚姻制度下偶爾脫軌的必要性及可原諒性。在錯綜複雜的兩情關係，演化出人性關懷的大愛之後，在台灣重塑愛情的文藝復興是有其必要性，得以絕美的方式在柏克萊校園建構陸配的桃花源。私以為婚姻制度或可像買保險一樣有其期限，外加意外險，雙重險等，以遂婚姻偶爾出軌的合法性。

《遠方的追緝》，間中對洛杉磯有詳盡的描述，隨時塞車的十號公路、好萊塢的街道等，在在讓人有如身歷其境的親切感。筆者往洛城探兒時，必去離好萊塢不遠的小公園打籃球，有球友告知，所有ＮＢＡ高手在成名前都要在附近的威尼斯公園獻絕技，但無緣前往。而今經作者細說威尼斯的滄桑，以及蓋地博物館藏書的始末，令人眼界大開。作者對洛杉磯「好萊塢大碗」及它的音樂會盛況有很細緻的描述，形容聽眾在大麻煙的迷霧裏和震耳欲聾的音響中的瘋狂，更是有如身臨其境。在結局前的章節，作者描寫男主人遠赴巴拿馬，在叢林裏和舊情人變成為恐怖組織的頭目談情說愛，用人性的本能換取軍情和友人的免死令，雖略有匪夷所思，但極為精彩。故事中的人物更涉及第一、二代的台灣移民，其中插進了「章書平」，是作者多年好友名字的諧音，但是小了一代的角色，可謂神來之筆。

一個數學工作者

《遠方的追緝》為老男人出了一口氣

剛讀完《遠方的追緝》的上冊，就覺得男主角神功蓋世，闖蕩江湖遊刃有餘，出入巫山淋漓盡致，享盡齊人之福，非常感佩。好不容易挺過了上冊，才發現下冊更是「引人入深」，在欲仙欲死的同時，也替我們老男人大大的出了口鳥氣。遂得詩如下：

遠方追緝陸海空，天南地北蓋西東；識多見廣巧言色，愛慾情仇何時終？

雙翎揚兵常強發，智勇兼備人人誇；徒任敬財均非物，入甕欲飛翅難插！

老驥伏櫪萬重山，春風難度玉門關；半隨意肌硬著陸，海雲騰空勝戴安。

中美反恐緝毒中，郭康英梅似超風；東突疆獨連一氣，兩岸聯手建奇功。

空空道人

「雙追」的讀後感

筆者和《追風的人》及《遠方的追緝》的作者是小學和六年中學的班友，一起從兒童長大到青年。大學畢業後又同時飄洋留學，學成後也都進了教書和研究的學術圈子，但是從沒想到，他會在退休後變成了作家。從十歲相逢，他就是個品學兼優的好學生，規行矩步，見著老師就立正喊好，後來事業有成，是一位摘星載梭的宇航人物。他的名字刻在太空器上，在宇軌中飛行，地老天荒，直至永遠，是香港回歸前成立的一所大學招聘教員和學生的一大賣點。只是他退休後，鍾情於創作讓人看了會臉紅心跳的偵探懸疑愛情小說。他曾說過，小說裏的故事和人物，是作者的夢想，人生經歷和相識者的複合體，當《追風的人》出版後，內容若虛若實，亦幻亦真，主角一男四女，人物如生，呼之欲出，小學和中學的班友們讀後，尤為興奮，嘰嘰喳喳。沒有人想到當年的模範兒童懂得珍惜花樣年華，早已背著大家爭分奪秒，編寫了至情至性，有血有肉，無邪早春，心跳脈動的青春戀愛故事。

當《遠方的追緝》出版後，筆者才頓然悟出，老同學作家已經起了脫胎換骨的變化；自名飛九天後，便思下凡，重返紅塵花花世界，遊走於通都大邑，香港、上海、台北、洛杉磯、北京間，或顧問於研所，或授教於上庠，然其志實在不務正業，喜為拍案驚奇，天方夜譚之說，撰寫小說，極盡想像，懸疑驚懼，洶湧起伏，艷奇怪駭之能事，讀者地無分兩岸，人無分老幼，男則勃然奮起，有壯夫之輿，女則春桃泛紅，懷少艾之情。有詩為證：

那來少艾八齡女？竟有多情九歲男？
寥寂天庭寒不勝，下凡拍案作驚譚。
名鑄飛天航宇器，筆談科怪幻奇人，
何來八卦東西扯，難過三更反覆呻。
看君八鬥懸驚懼，燈下雙追兩忘晨。

近日小學及中學同窗頻頻舉辦校友會，昔日老友歡聚一堂，述說數十年前往事，笑憶作家同學當年的風華，種種切切，歷歷在目。老同學風霜縐紋，老班點燦的老臉，泛起桃紅，不勝嬌羞，滿座俱歡；笑語宴宴情景，如在當下。青春歸來乎！青春結伴，何日重遊？青春歸來乎！青春結伴，有酒當歌！

于中令

序

曹恆平

坊間有不少的偵探懸疑加愛情的小說，如果連英文本也算進去，那就不計其數了。但還沒有看過有作者是出身於著名學府的教授，所以「雙追」，《追風的人》和《遠方的追緝》，出版後，的確引起了一些人的好奇心。但是沒想到的是在緊張曲折的情節中，還有會讓人臉紅心跳血脈奮張的愛情描述。對為人師表的作者竟會有如此的人生經歷和驚人的創作能力，只能讚歎和羨慕了。

筆者曾是作者追風人的同窗，在台灣師大附中實驗五班一起渡過從兒童到青少年的六個寒暑，也許是因緣不到，或是志不同道不合，我們沒曾有過很多的互動，非常遺憾，筆者也沒成為追風人筆下的人物。

「雙追」裏的鍾為、戴安和章書平，曾經是我們班上的「三劍客」，他們少艾時擠坐在教室靠近後門的一個角落一起尋夢，是所謂的死黨。我雖也在同一個教室裡，但直到畢業好像從未和他們有過交流。因此不禁自問，為何會來找我寫序呢？

當年我們班的足球隊球在師大附中所向披靡，高一時就是校際比賽的冠軍，隊上的中鋒是劍客章書平，追風人是隊上的鐵後衛，站在他身後的守門員是國民黨名譽主席伯公，當年他身段柔軟，彈性極佳，他們兩人的無縫配合守住球門，滴水不漏。在他們的背後還有一群支援後備隊，依球藝的高下成軍，分為B，C，D三隊。筆者為B隊前鋒，劍客戴安為D隊後衛。這三隊除了在必要時為A隊提供候補隊員外，平時還要擔任「陪練」，受盡了當「老二」的鳥氣。日前在籌集「友誼一甲子」的班冊期間，筆者寫了「班足四隊」一文，暢談我們B隊如何神勇地打敗A隊（班隊）的往事，其中一段描述由筆者從右翼運球，巧妙閃過鐵衛鍾為（啊！追風人！）起腳射門，但守門的伯公拔地而起，騰空撲身搶救之精彩憶述。還闡述了D隊的「撞人為先，搶球不急」最高戰略原則，引起了我們大作家的不滿，遂連同中鋒章書平與D隊戴安後衛發電郵抗議。經此不打不相識之役，歷年來電郵頻密往返，我們終成了無話不談的損友。

筆者喜愛舞文弄墨，多年來課堂之餘，出版了數本數學書及數十篇論文之外，還以「空空道人」筆名寫了千篇的政論文章。章書平是學文科的，文筆的根底就比學理科的人強，加上他辛辣的筆風和「獨特」的理念，使他的短文和電郵常有很高的可讀性，但是他疏懶成性，只談他將用「草山客」筆名的寫作「計畫」，但從未見成冊。當筆者被邀寫序時，曾有一夢；萬年前當渾沌初開，女媧補天之際，一塊落石被曹雪芹拾獲之外，另一則直墜太平洋大陸東陲，精錘百鍊之後，蘊育出近世傲人的世代來。其雲際天上，更盤旋著仙界的桃園三結義：綠林草山客、神州追風俠暨東瀛空道人。這一客二俠三道，不時蔭庇著蓬萊仙島子民，適時將三筆合椽，細繪台灣垂數百年之人文風貌。到了這年歲還能有夢，一樂也。

《時空的追緝》和作者上一部小說一樣，分成上下兩冊。和《雙追》同樣，作者從他最熟悉的地緣和專業來開局，舖展出校園裡的師生情懷，使人產生共鳴感觸良深。作者大膽地在折頁做了本書的簡介，大大顛覆了偵探小說的書寫方式，可見他是有恃無恐的。他關聯式的鋪陳，隨時可打開輪盤式的話匣子，而不必循序漸進、層層抽絲而能保證高潮迭起。他靠的是同窗親朋錯綜關係之營造和豐富學識之蘊育，這對中老台灣留學生太有致命的吸引力了。

作者的文筆是建築在他的專業經歷之上，他不厭其煩地把植基於流體力學和熱力學的「航空氣象」，用繞過高等微積分和偏微分方程之「科普」手法，向商學院交管系的研究生（及讀者）解釋「風切變」實例之「瘋雲」和「下擊暴雷」現象。作者對他熱愛的飛行有很多著墨，精彩的描述一架小型飛機在綠島的廢棄跑道強行降落，接走了後有追兵的肉票。作者經由「博雅教育」的方式，大秀古代美女以及西藏一妻多夫之實境的廣博知識，還將在西藏相傳已久的寶藏和台灣相連起來。作者以一貫風雅的從容進出肉林酒池之間而遊刃有餘，輕巧地把讀者引入社會學、心理學、人類學以及性美學諸領城，而不見刻意經營之痕跡。

書中的男主人，在大學時曾「失身」於一位女助教，多年後，在女助教將要出家削髮為尼的前夕，在一片抗議聲和佛經朗誦聲中，他破了女助教的禪功，報了多年前被她破了童貞之仇。欲拒還需的場景描寫令人熱血沸騰。在全書的曲折情節裏，還穿插著多元台灣社會，藍綠紅各陣營的三角糾葛和相互為用。這和即將出版的拙作，《台灣政治：藍園綠指撫紅塵》，有異曲同工的企圖，也許這才是本書作者力邀作序的知遇之情。

成詩以賀出版：

科學神探調查局
聯手智鬥康巴閻
隱情楓案終偵破
台灣政變雲詭譎

亞利安獨秀文明
伴隨十字軍東征
傳說中拉薩寶藏
下落凡女江柔澄

第六章：雪域傳奇

按著他的遊學計畫，方文凱在離開北京大學後，就來到了香港的優德大學，他是舊地重遊，這次是要做為期一周的交流，和在北京大學一樣，其間他給了兩個專題演講。優德大學是香港殖民地政府為了一九九七年的回歸中國，所建立的一所非常現代化的大學，雄厚的政府撥款和大量的民間捐款，讓它在九龍清水灣半島的小山坡上，蓋起了美侖美奐的校園，它面對著碧藍清澈的牛尾海海灣，近看是星羅棋佈的小島，遠望是浩瀚的南中國海，是少有的美景大學。但更重要的是，它有能力招募了世界級的師資和行政人員，全校的學生不到一萬人，研究生和大學部的本科生各占一半，是個典型的現代研究型大學，但是教師就有九百人，其中三分之二是華裔教授，絕大部分是來自美國，其他的三分之一是來自歐洲和各地的「非華人」學者教授。這些教員的共同點是：出身於世界上著名的學府。

優德大學是在一九九一年開始招生，它在十年的時間裏，超越了亞洲其他的百年老字號大學，進入了世界大學排名的前沿。當進入了二十一世紀沒多久，它的一個學院被列為世界第六名。方文凱所在的加州理工學院，就有好幾位教授被挖走去了優德大學，包括一位航空系學長鍾為教授。

他雖然已經退休了，但是他聯繫了以前的同事，大學的保安部主任蔡邁可，請他幫忙為方文凱找人。這位蔡主任是軍人出身，十八歲就參加了英國的陸軍，曾經駐防在中東和參加過福克蘭島戰役，他從小兵升到軍士長，為了可以回到他出生的香港，他志願加入了派往香港駐防的「廓爾喀步槍營」。

從英軍退伍後，他當了八年的香港員警，然後被優德大學挖去當了保安部主任。他曾經參加發生在優德大學的一件謀殺案調查，協助警方找出真相和逮捕了殺人的幕後主謀。因為當時的被害人是替鍾為教授工作的一位電腦師，在調查過程中，鍾為教授和蔡邁可建立了很深的友誼。蔡主任親自開車帶方文凱到九龍新界的錦田村，在路上他說，根據林先紀給的地址，屋主是一位五十歲左右名叫古撲塔的尼泊爾人，他的父親曾是英國陸軍駐香港「廓爾喀步槍營」的軍曹，而他自己是出生在錦田村。他小時候的鄰居是一個和他同歲的男孩，後來他們還變成了同學。這個鄰居男孩叫李雲華，他的父親叫李淇，相信就是方文凱要打聽的人。蔡邁可還說，多年來他一直和留在香港的廓爾喀步槍營老兵們保持著聯繫，他們的文化和執著的個性，把蔡邁可看成是他們小團體的一份子，所以方文凱如有任何要求都辦得通。

當方文凱和蔡邁可到達時，古撲塔已經在等著他們。互相介紹和寒暄完了後，方文凱送上一盒上好的雲南普洱茶的茶磚為見面禮。客廳裏的擺設、傢俱和牆上掛的畫，都顯示這家人是從印度來的，他看見面前的人有著典型南亞人的棕色皮膚，但是有西方人的臉龐，濃眉大眼，深凹的眼眶，高挺的鼻子和顴骨，他的頭上戴著印度教的頭巾。有一位中年婦女從內屋端了三杯茶出來，古撲塔並沒有介紹，只是說：

「二位請用茶。方教授太客氣了，帶了這麼貴重的茶磚給我。蔡軍士長是我父親的老戰友，只要是他交代的事，我一定會去辦的，您不用這麼客氣。軍士長，您說是不是？」

「當年他父親是我們步槍連的軍曹，常常挨他的修理，他是個公正的人，我們雖然受罰，但是很服氣，要不是他帶著我們出入槍林彈雨，今天也沒有我們了。不說這些了，你們好好談，我去看老朋友。」

蔡邁可站起來，古撲塔也起身送他出門，他說：「他們準備了酒在等您呢，別喝得太多了。」

方文凱說：「看起來，蔡主任是有不少的朋友住在這附近。」

「我們這村子裏住著兩種人，其中大部分是香港的原住民，他們是客家人，剩下的就是我們尼泊爾人，並且都像我似的，上一輩都和英國陸軍的廓爾喀步槍營有關係，都是在香港回歸時決定留了下來的。」

「您是怎麼認識李淇的？」

「我是一九五五年在這裏出生的，當時我們是住在對面的一棟房子，而現在這間屋子是住著另一家人，男的是中國的北方人，不是廣東人，女的是尼泊爾人，他們有一個男孩，和我同歲，我們常在一起玩，後來我們上了同一所小學。現在回想起來，當時他應該是我最要好的朋友了，他當時的名字叫李雲華，他父親叫李淇。方教授，他是不是您要打聽的人？」

方文凱沒有回答問題，但是他問：「小學畢業後也上了同一間中學嗎？」

「沒有。他們搬家了，搬到了香港島。李雲華進了美國學校去念初中，我進了元朗中學。我們只是偶爾的見見面。我記得只到過他們家一次，他們住的是個很豪華的公寓，要比這裏好多了。」

「我是要打聽李淇這個人，古撲塔先生，您知道他是幹什麼的嗎？」

「我小時候就覺得李雲華的父親是個很奇怪的人，平常他都在家裏，不用去上班，但是每年總要離家到外地出差兩、三次，每次一出去就是兩個月左右，所以一年裏總有一半的時間不在我們村子裏。我問過李雲華，他父親是到哪裏出差？他說是去印度。但是那回我去香港島看他時，他又說他父親是到美國出差的。」

「所以你們都不知道李雲華的父親到底是做什麼為生的，是不是？」

「對的。六十年代的末期，由於中國大陸上發生了文化大革命，有不少的難民從廣東湧進香港，使英國和中國的關係緊張和敏感。記得有一天我父親從部隊裏回家，說英國的反間諜組織，MI5，派人來調查李淇，說他可能是台灣的特工，以台灣大陸救災總會的名義，在印度北部的達蘭薩拉活動，策反隨達賴喇嘛流亡出來的西藏人，還說李雲華的母親其實不是尼泊爾人，而是西藏人。」

「這些事您都問過李雲華嗎？」

「那時我們已經很少來往了，不過他在初中畢業時來找過我，告訴我說他母親去世了。他主動說出他母親不是尼泊爾人，是西藏人。他是來跟我說再見的，因為他父親要帶他去美國定居了。」

「古撲塔先生，您後來就一直留在香港了嗎？」

「我在元朗中學畢業後，就回到尼泊爾進大學，後來因為對我們的印度教非常有興趣，大學畢業後又進了神學院，我的研究題目是印度教的起源，所以藏傳佛教和西藏文化，就很自然的成了我研究內容的一部份。」

「您是如何又回到了香港呢？」

「我從神學院畢業後，就進入了印度教擔任神職工作，兩年後，因為父母親的年歲大了，尤其是父親的身體出了問題，他從軍隊退伍，所以我就帶著老婆回到了香港，當了元朗印度教堂的祭師。父親去世後，我就從房東手裏買下了我們當時住的房子，等我們的孩子陸續出生後，就換到現在這間房子，當年李雲華就是住在這裏。」

「您是如何跟李雲華保持聯繫的呢？」

「李雲華和他父親去到美國後，頭兩年我們還有交換過賀年卡，後來就沒了。」

「您在研究西藏時，有沒有聽過一個叫『索康』的家族？」

「我看過很多他們的資料，從清朝時代起，一直到六〇年代初，索康家族的世世代代，就在西藏的政治和經濟上，扮演舉足輕重的角色。整個家族在十四世達賴喇嘛從拉薩出逃到印度後就完全消失了。我是從這些資料裏發現了，原來李雲華的母親就是索康家族裏的人，她很可能是唯一的索康後人活著離開了西藏的。」

「那麼後來您和李雲華有沒有再見過面？」

「見過，如果我沒有記錯的話，差不多是四年多前吧，他曾來這裏找過我，我們也是在這間屋子談話，並且他也是坐在您現在坐的椅子上喝茶。這就是我們印度教裏所說的命，我和李雲華在同一年和同一個地方，轉世來到了這世上，在一起繼續我們的前世，一直到我們成人前，就分手在地球的兩邊生活。但是命還是把我們連在一起，我的研究讓我看到了他上代的命運。我在世界的神學刊物上，發表了好幾篇有關印度教和藏傳佛教關係的研究文章，還有它們和傳說裏『亞特蘭提斯文明』中絲絲縷縷的相關證據的論述。李雲華是為了這些文章來找我的。」

「他是對印度教和藏傳佛教感興趣嗎？」

「其實他是來問了我很多關於『亞特蘭提斯文明』是否有遺留到印度和西藏的問題，他特別關心的是，亞利安人的種族問題，方教授，您知道有一些人類學家說，我們尼泊爾人和部分的西藏人，是和北歐的亞利安人是來自同一個祖先。但是我個人認為是太牽強了，如果我們是的話，為什麼我們的膚色會這麼黑呢？但是李雲華堅信索康家族是亞利安人的後代，並且是索康家族的祖先創造了輝煌的『亞特蘭提斯文明』，他還說，亞利安人的後代，有一天一定會恢復和傳承他們祖先在世界上應有的地位和光輝。」

「古撲塔先生，李雲華有沒有提起『拉薩寶藏』的事？」

「現在想起來，我能確定李雲華來找我的最大目的，是來詢問關於『拉薩寶藏』的事，因為他花了很長的時間在這問題上。首先他當然是要找到寶藏的所在地，但是他更感興趣的是，萬年前在『亞特蘭提斯文明』從世上消失時，也曾留下了大量的金銀財寶，李雲華想知道，這些是不是也成了『拉薩寶藏』的一部分？」

「您是怎麼回答的？」

「我說這些都是傳說，沒有任何文字的記載和具體的證據。在我們印度教的正史裏，雖然有提到了遺失的『亞特蘭提斯文明』，和亞利安人在傳承過程中來到了亞洲，但是也說那只是傳說。可是我覺得李雲華並沒有被我說服。」

「我是學科學的，在我們的專業裏只相信證據，連推理都是建立在具體的證據上。但是有時候我們也會有自己的主觀看法，它很可能是根據經驗，甚至是直覺，然後再去積極的求證。您個人在『拉薩寶藏』是否存在的問題上有看法嗎？」

「方教授，現代神學的研究思維和推論，也演變成採取唯物的概念，從前的唯心方法已經是很落後了。我個人的看法是它是存在的。我認識一位很實在的喇嘛僧，他曾和我說過，他的一位朋友，也是個喇嘛僧，親眼見過『拉薩寶藏』。我的直覺告訴我，這些人不像是會說假話的人。」

「根據我的理解，當年在達賴喇嘛出逃印度時，有西藏喇嘛聯合了地方武裝力量，宣佈西藏獨立，脫離中央政府，解放軍進入西藏平亂，鋪天蓋地的在各地的喇嘛廟，包括了布達拉宮的地下室，搜尋『拉薩寶藏』，但是都沒有找到。這又如何解釋呢？」

「當然最合理的解釋是，『拉薩寶藏』根本不存在，所有的傳說都完全是一廂情願的假想。但是也有一種可能，就是它已經被轉移了，而且轉移的地點不明。」

「所以，古撲塔先生，您的看法是『拉薩寶藏』被轉移了，是嗎？」

「我相信寶藏在何處的傳言之所以這麼多，也是因為有人參與或是看見過這個轉移的過程，點點滴滴的繪聲繪影就出現了。」

「您認為它被轉移到哪裏了呢？」

「我不敢胡亂猜測，但是一定不會在西藏，否則老早就被解放軍找到了。」

「古撲塔先生，您認為要把一大批金銀財寶運出西藏，會走哪條路呢？」

「在那個年代，無論是人員還是貨物，進出西藏最簡單也是最快的一條路，就是經過尼泊爾。從拉薩到邊境的樟木鎮，汽車只要兩天的時間，再用半天多的時間，就能到尼泊爾的首都加德滿都，從那裏每天都有班機到香港或是曼谷。大批的金銀財寶也就可以用空運到世界任何地方了。」

「我能想像在五十年代，要做這種運輸安排也不是件容易的事。」

「但是對於索康家族應該是不難的。他們世代相傳將中國的普洱茶從西藏運往世界各地，再把外國貨品運進西藏，對他們來說，這應該是可行的。也許有一天會有人在世界的某一個角落，同時發現了『拉薩寶藏』和傳說中的『所羅門王寶藏』。」

「我最後一個問題是：您聽過一個叫大衛．索康的人嗎？」

「沒聽過。這是個很奇怪的名字，『索康』顯然是西藏人的姓，但是西藏人不會取個叫『大衛』的名字。」

蔡邁可結束了他和舊日老朋友的聚會，他回到古撲塔的住家把方文凱接走。在回到優德大學的路上，方文凱的心情起伏，思潮洶湧，浮出了水面的事實是：「西藏專員」李淇的兒子「李雲華」，和楊玉倩在印度北部達蘭薩拉發現的雪山公司老闆「大衛・索康」，都對「拉薩寶藏」有特別執著的興趣，而這兩個人還有一個共同點：那就是台灣。

一位是目前台灣的高官，另一個是美國中情局特工的神秘夥伴，也是專門向台灣提供康巴外勞的仲介，雪山公司的大老闆。他必須要讓楊玉倩馬上知道這最新的發展，她在採訪卓瑪喇嘛僧時，曾聽他說大衛・索康就是李雲華，而她正在尋求另一個獨立的消息來源，來求證這個驚天動地的發展。

方文凱在離開香港前，還去找了他的一個老同學，詹姆士・沃夫。他們在航空系曾經做過一年的同學，沃夫拿到碩士學位後就回到英國，在一家航空公司任職，兩年後他被香港的國泰航空公司挖了過去，幾年下來他已經升到一個部門的主管了。兩個老同學見面除了敘舊外，方文凱還請他在國泰航空公司的檔案室裏查一查，半個多世紀前的貨機飛航記錄。

方文凱來到了香港的赤鱲角國際機場等飛機去日本，入閘後他看離登機還有些時間，他坐在登機閘口的椅子上，從背包裏拿出筆記型電腦，準備把寫給小泉教授的黑龍江科學考察報告再做最後的修改，機場內的無線網路和他的電腦連線了，方文凱發現有電子郵件在等待，打開一看，原來是葛瑞思從加州發給他的：

親愛的姐夫，你好嗎？

謝謝你前兩天打電話來和我談天，我好開心能和你有長談的機會，特別是你告訴我好多你心裏的事，讓我覺得你終於讓我靠近了。可是我也很擔憂，因為從你的語氣裏，我能聽出你的憂愁和孤獨，姐夫，我說得對不對？

我猜是不是到了北京大學就讓你觸景生情，想姐姐了！我記得琳達跟我說過好幾次，她特別喜歡陪你去北大，不知道為什麼，一到那裏，姐夫就會特別的愛她。是校園的景色，還是北大特有的傳統，讓姐夫產生了突然的脫胎換骨，變得特別地疼愛她？我替姐夫搬家時，在臥室的五斗櫃抽屜底下發現了琳達的「裸照」相片框，我看是「限制級」的，就沒敢讓我們那二位老古董級的爸媽看見，趕快藏了起來。姐夫還記得嗎？那是一張琳達躺在床上的半身裸體照，長頭髮披散開，臉上那滿足的笑容，一看就知道是她和姐夫在顛鸞倒鳳後拍攝的。照片上還有姐夫寫的「在北大玉體橫陳」字樣，所以我想姐夫這次孤家寡人到了北大，一定會感到很孤獨，下次讓我陪你，好嗎？

這幾天我還是忍不住翻看姐姐的日記，我發現她對絕美的愛情故事特別的鍾情，並且只沉浸在戀愛的過程，而不在意它的結局。她在日記裏抄寫了一首《十香詞》的詩句：

青絲七尺長，挽作內家妝。不知眠枕上，倍覺綠雲香。
紅綃一幅強，輕闌白玉光。試開胸探取，尤比顫酥香。
芙蓉失新豔，蓮花落故妝。兩般總堪比，可似粉腮香。
蝤蠐哪足並，長須學鳳凰。昨夜歡臂上，應惹領邊香。

和羹好滋味，送語出宮商。安知郎口內，含有暖甘香。
非並兼酒氣，不是口脂芳。卻疑花解語，風送過來香。
既摘上林蕊，還親御苑桑。歸來便攜手，纖纖春筍香。
風靴抛含縫，羅襪卸輕霜。誰將暖白玉，雕出軟鉤香。
解帶色已戰，觸手心愈忙。那識羅裙內，銷魂別有香。
咳唾百花釀，肌膚百和妝。無非瞰沉水，生得滿身香。

琳達說《十香詞》讓她想起戀愛的情事，想起那是在綠蔭遍地的夏日，有一位體態曼妙的女子，步態搖曳生姿，她的鬢角橫插著一朵肥白而香的梔子花，走過的幽園小徑，一路都飄散著濃郁卻透出絲絲清氣的花香。

事實上她說的這位曼妙女子，就是遼國道宗時代的皇后蕭觀音，她愛上了朝廷的一位負責演奏曲子，名叫趙惟一的伶官，《十香詞》就是鋪陳描摹蕭觀音皇后的情事，所用文字雖然含蓄，但是對人物和服飾的描繪，以及對心理的刻畫都非常細膩入微，可說是字字珠璣，文采飛揚。

詩裏描繪了蕭皇后對情郎無比熱烈的愛慕：他們面對面地彈琵琶，在琵琶弦上訴盡相思之苦，情郎與她的傾情一吻，令她口齒間留下餘芳。最後她用自己的身體來誘惑情郎，她的七尺青絲，像綠雲一般鋪散在枕上，紅綃裹著宛如凝脂的酥胸和乳房。

她的粉嫩臉蛋比芙蓉還要嬌豔，她的纖纖細足像春筍一般的軟白細膩。當情郎解開她的衣帶時，他慌張的手都顫抖不停，可是他無法抗拒她身體散發出來令人銷魂的芬芳。致命的誘惑，讓愛情萌生在深深的宮殿中，同時也讓蕭觀音的激情像靈感一樣地迸發，她的情欲如野草一般的瘋狂成長，這份愛情裏的人、地、時，都促成了他們短暫和驚心動魄的命運，像是擊打在礁石上的浪花，瞬間就粉身碎骨，灰飛煙滅。

琳達一直非常在意她的身材，她說是因為姐夫認為女人的身體是最美、最讓男人動心的。看見「玉體橫陳」的照片，就想起琳達的全身都是男人們最愛的，但是她把自己只給了姐夫一個人。還記得嗎？我們有一張在一起穿著一模一樣不丁點大的比基尼泳裝照片，因為還戴著面具，把眼睛遮住，看見照片的人都認不出誰是誰了。可是你一定會分得出來。你知道為什麼嗎？

你在電話裏說很想念我，可是我更想念你，快點回來吧！

保重！

你的葛瑞思

仙台市是日本宮城縣縣政府的所在地，也是日本東北地區最大的城市，在仙台還有一間古老的日本東北大學，中國的大文豪魯迅就曾在這裏的醫學院留過學。它的地球科學部門不僅在日本是有執牛耳的地位，在世界上也是居名列前茅的地位。主持聯合國黑龍江科學考察的小泉博士，就是這裏的資深教授。方文凱把他的報告交給小泉教授，也和科考隊的日本隊員們討論和交換心得，他還接受邀請做了一個「小尺度氣象」的專題演講。

兩天後方文凱匆匆地離開，但是他沒有去機場，而是去了就在附近的松島，他接到由加州理工學院轉來的電郵，秦瑪麗要求在松島和他見面。

松島是仙台附近最著名的旅遊點，它位於日本宮城縣的松島灣，它的海岸線彎曲多變，海灣內有許多大大小小的島嶼，松島是灣內約二百六十個大小島嶼的總稱，這些島嶼上有日本黑松和紅松挺立在灰白色的岩石上生長，所以這裏的人稱之為松島，日本人俗稱它為「八百八島」，是日本最著名的三景之一。

松島的所有小島中，扇谷、富山、大鷹森和多聞山四處，周圍景色被稱為松島四大觀，因站在島上可以欣賞松島的各種不同神態而聞名，一年四季遊客絡繹不絕，成為旅遊日本東北地方不可錯過的據點。面向松島灣屹立的瑞嚴寺，是一所據記載創建於八二八年的禪宗寺院。現在的建築物是於一六〇四年，由當時統治此地的伊達正宗花了五年的歲月建造而成，現在已被指定為國寶，做為代表當時日本建築風格的建築物之一。相傳日本在江戶時代的初期，有一位叫松尾芭蕉的詩人，用長達九個月的長途之旅，寫下了他探索詩歌的「荒野紀行」。他從起程便開始期待來到松島，但是實際來拜訪時，看到漂浮於松島灣之無數個島嶼，因而產生無與倫比的風景時，被它雄大的景色把神魂給奪走了，面對這無比的美景，他竟然連一句詩也吟詠不出來。

秦瑪麗約了方文凱在扇谷島上的旭日酒店見面，從觀光景點的酒店來看，它是個很小的旅館，一共就只有三十七間住房，但是它的占地卻和相對有上百間住房的五星級酒店一樣大。傳聞說它有全日本最豪華的房間，但是最使人納悶的是，在所有的旅遊觀光刊物上找不到它的介紹資訊，地址和電話更是無處可查，換句話說，它的客人都是老主顧，新客人也是要經人介紹才得其門而入。方文凱在仙台就聽東北大學的朋友告訴他，能在旭日酒店吃一餐飯，這輩子就值得了。

方文凱是在午餐後搭乘旭日酒店的接駁船來到扇谷島，遠遠地在船還沒有靠岸時，他就看見有一位美婦人站在碼頭上，修長的身材穿著一身黑色的洋裝，黑色的高跟鞋，襯托出膝蓋下一雙勻稱和誘人的小腿，雖然太陽不是很強，她還是撐著一把淺紅色的小洋傘，配著青山綠水的背景，就像是一幅畫，方文凱趕快把相機拿出來，拍下了幾張照片，當他在相機的螢幕上再看時，才發現相片裏的美婦人原來就是秦瑪麗，她身上的洋裝剪裁得很貼身，裸露著的雪白兩臂，和透過紅傘反射著微紅的臉龐，讓方文凱覺得現在的秦瑪麗，要比以前他們見面時漂亮得多，也更年輕了。

接駁船靠岸後，乘客陸續地下船，秦瑪麗才認出方文凱，她快步向前迎接，輕輕地擁抱和親吻了方文凱：「文凱，你曬黑了，差點沒認出來。」

「史密斯夫人，不好意思，讓您親自到碼頭來接我。」

「咦，我們不是講好了叫我秦瑪麗嗎？你是要我改口叫你大教授，是不是？」

「就叫我文凱。秦瑪麗，這個地方的風景還真的是很好看，以前來過嗎？」

「來過這裏拍過動物影片。文凱，你吃過中飯沒有？」

「吃過了。」

「那好，我們就到酒店的茶館去，我有非常重要的事和你商量。」

他們坐上了酒店的電動車，秦瑪麗緊靠著方文凱時，他才發現她貼身的衣服將誘人的身材都顯出來，除了一對小小的珍珠耳環外，她身上沒有戴其他的珠寶，雖然只是薄施脂粉，但是她散發出一股女人的魅力，讓他有點透不過氣來。可是最引起方文凱注意的是，她左手無名指上原來的一個鑲著大鑽石的訂婚戒指，和套在一起的結婚戒指沒有了。

他們在旭日酒店大堂茶館的陽台上找了一個座位，秦瑪麗叫了一壺咖啡、一壺清茶和一盤水果，兩人面對著讓人窒息的碧藍海水和翠綠山色，享用他們的飲料和水果。方文凱首先開口說：

「我還沒問妳是不是也吃過中飯了，妳總不能餓肚子看風景吧？」

「我這不是點了一盤水果嗎？」

「原來這是妳的午餐啊？我還以為是請我吃的，不好意思。」

「這是個大水果盤，本來就是要和你一起吃的，千萬別客氣。」

「妳的中飯就只吃水果嗎？」

「我需要注意體重。」

「有這麼好的身材還需要注意體重嗎？」

秦瑪麗曖昧地說：「文凱，你怎麼知道我的身材好？」

「我是有眼睛的男人，並且對觀察和鑒定女人的身材，是已有多年的經驗。」

「這我完全同意。但是你別忘了，你是個科學家，並且你的視力是無法看透我身上的衣服，不能觀察也無法鑒定，所以你的結論是不合科學邏輯的。」

這回輪到方文凱很曖昧地說：「我還接到了實地考察的報告，證實了我的邏輯推理。」

秦瑪麗的臉一下就變得通紅：「莫佛跟你聯絡了？」

「是的，他說妳是上帝派到他們『伊迪斯公司』的天使，妳成了他們的救命恩人。我們在電話上談了一個多小時，但是他主要說的是，這位天使是如何的美麗動人，還有更重要的是，他如何的把天使征服了。」

「可真是的，你們到底是情敵還是哥兒們？居然還一起談女人。」

「他非常驕傲地跟我炫耀說，他使出了最後的絕招，天使才篷門今始為君開。」

秦瑪麗的臉更紅了，她低下了頭：「沒想到你們兩個優秀的男人，也把我們女人當成獵物，來互相比較誰的能耐強。」

「莫佛說，好辛苦啊！我看他是動了真情了，秦瑪麗，妳要小心，他會排山倒海似地衝過來，妳要擋都擋不住的。」

「文凱，請你別再說他了，我就只有這一次的婚外情，還被他調侃，太不厚道了。」

「最後他還有一個重要的聲明。」

「是嗎？」

「他要求我必須尊重一個事實，就是他已經佔領了目標，升起了所有權的鮮明旗幟。他告訴我絕對不能有奪權的意圖。」

「什麼亂七八糟的，我聽不懂。不許再說他了。」

「但是有一點我會告訴他，妳比我們上次見面時年輕了，是不是他的功勞？」

「越說越不像話了。文凱，我們先不說他。我有重要的事要跟你說。」

方文凱替她把茶添滿，也為自己把咖啡添滿：「好的，我也有事要問妳，妳先說吧！」

秦瑪麗端起茶杯喝了一口：「首先我要謝謝你找到了管曉琴阿姨，和她做了長談，傳給了我你的詳細報告和文件。我把莫佛從『達震系統』取得的證據，都一併送給了台灣國防部的軍事檢察機關。他們已經回覆我了，說是根據我提供的證據和他們的重新調查，他們向首席軍法官和國防部部長正式要求，取消秦依楓的判決書。」

「有沒有說成功的可能性有多大？別忘了，當年秦上校的頂頭上司是李雲華，也是陷害妳父親的主謀，他現在可是國安會秘書長了。」

「應該是沒有問題的。李雲華的辦公室已經放出話了，說當年辦秦依楓的案子時，完全是『參謀作業』，他把責任全推到已經都退休的部下了，所以應該是沒有擋路的人了。」

「那下一步呢？」

「他們說，國防部會在三個月左右就做出決定，那時候人事處就會恢復我父親的軍籍。他們還說也同時會補發這些年的薪金，加上撫恤金和保險理賠，會有一大筆錢給我。我不在乎錢，何況我現在就是一個人，也不需要錢，所以我想把它送給管阿姨，她是個苦命人，到時候還得要麻煩你一趟送給她。」

「妳為什麼不自己交給她呢？秦瑪麗，妳知道嗎？管曉琴深深地愛著秦上校，十幾年來，她活著的目的就是要為秦上校找回清白，我相信她會很高興的。」

「她曾經跟我說過，她愛我父親，還叫我不要告訴我媽。管阿姨也是軍人，如果我能為我父親的死爭取到『因公殉職』，還可以把他的骨灰葬在國軍公墓，她一定會很贊成的。如果她願意，我也要照顧她剩下的一輩子。」

方文凱很高興地拍了一下大腿：「太好了！秦上校的被害，從頭到尾都是個悲劇，但是在結尾時露出了一絲人性光輝。秦瑪麗，妳知道嗎？這都是因為妳的善良和堅持的結果，我很佩服妳。」

秦瑪麗起身過去擁抱住方文凱：「文凱，是你的人品和正義影響了我，是我才應該感謝你。」

她把臉湊上去，微微地張開了嘴唇，深深地吻了他。他看見秦瑪麗的眼睛裏含著眼淚：

「不要再難過了，惡夢就快結束了。其實我並沒有為妳做了什麼大不了的事，真正幫了妳的是妳的好同學楊玉倩。」

她坐回到椅子上，理了一下裙子的下襬，握住了方文凱的一隻手，放在她露在裙襬外的大腿上撫摸著：「我會好好的謝謝小玉的，我還得想辦法讓她回心轉意，不要當尼姑了。但是想來想去，就只有一個辦法可行。」

「什麼辦法？」

「就是你得答應要娶她，如果她不肯，你就要死要活的，為了你，她一定會還俗的。」

方文凱想起來就在不久前，劉雅媚曾對他不願意為了她跳河或跳樓感到不爽過，他笑了起來。秦瑪麗說：「你笑什麼？出家是很嚴肅的事。」

「是的，她是做了很嚴肅的決定。我覺得她要出家的意願非常堅定。」

「因為她有一段她認為是不光彩的過去，所以你不會要她的。對不對？」

方文凱按住了她的手：「如果妳瞭解我，妳會知道我不是個大男人主義的人，我不在意一個人的過去，所以就無所謂光彩不光彩了，我只在意未來，所以一個人的理想才是我最在意的。我沒有死勸活勸叫她不要出家，是因為我相信她說的，在佛陀的世界裏她會比較快樂。雖然這是因為她的過去，但是她的行動是面對她的未來。」

「文凱，對不起，是我說錯了。我知道你不是個大男人主義的人，但是我有自知之明。我的行為、學識、人生觀，尤其是我的婚姻，都不是和你一路的，說得難聽一點，你可能很瞧不起我這樣的人。但是你還是幫了我，把答應我的事都做到了，我很感激。但是我最高興的是，自從兩年前在校董會上認識了你，我就感覺到我在受到你無形中的影響而在改變，這是我會永遠記住的。」

「秦瑪麗，千萬別這麼想，首先，我決沒有一點瞧不起人的念頭，其次，我很高興能幫妳的忙。以後有任何事情我能出力的，一定當仁不讓。」

「謝謝你，我是有重要的事，但是你說了也有事要問，你就先問吧！」

「好，是兩件小事，就是楊玉倩在尼泊爾訪問了一位叫卓瑪的喇嘛僧人，他是康巴族人，曾經在台灣當過外勞，他說出現在秦上校案子裏的那位神秘人物，大衛·索康和李雲華是同一個人，李雲華在美國待過很長的一段時候，大衛·索康又多次出現在中情局的行動計畫裏，所以我想請美國的調查機構收集這兩人的所有資料。能不能利用『南方製藥』的關係，促成這件事？如果能拿到，請妳馬上送給楊玉倩。」

「我想沒問題，就交給我吧！我也一直覺得李雲華和我父親的命案有直接的關係。第二件事呢？」

「我得到消息，說『紅石』最近為了台灣的事，開了緊急的內部會議，但是有台灣去的人參加，妳能不能設法拿到出席者的名單？能拿到會議記錄就更好了。」

「讓我試試看。」

「太好了。妳說，我還能為妳辦什麼事？」

秦瑪麗的臉色沉重，默不出聲，方文凱接著問：「是不是為了自己的丈夫和殺父兇手的事？」她還是沉默不語，方文凱又接著說：「莫佛跟我說，妳一定會經過一段天人交戰的痛苦掙扎後，才能做個決定。他認為妳應該離開史密斯才有正常的生活。這一點我和他的看法是同樣的。」

秦瑪麗終於忍不住掩面哭出聲來，方文凱過去抱住她，茶館陽台上有別的情侶在擁抱著溫存或是欣賞風景，兩人的情況沒有引起他人的注意。隔了好一會兒，秦瑪麗的情緒穩定了後，她小聲地說：「我要報仇。」

「案子比較複雜，妳需要在美國和台灣兩地聘請最好的律師。」

「台灣的國防部只說，是要為我父親被判貪汙的事翻案，對他的被害一字不提。他們是不想找出真正的兇手繩之以法。所以史密斯還是會逃出法網的。」

「司法的事件是需要時間的，這種事也許是要媒體來推動，我們是不是該找楊玉倩談談？」

「不用了，我不能等到猴年馬月，我要親手殺了他。」

「妳說什麼？除了正當自衛外，殺人是犯法的。妳要一輩子被關進監獄裏。妳不能這麼做，妳應該走法律途徑。」

「以史密斯的人脈關係和財力，美國政府不會同意將他引渡到台灣接受審判，即使是同意了，也可能要拖個五到十年，很可能他已經自然的死亡了。」

「但是妳下輩子也就完了，值得嗎？」

「文凱，你知道他是為了要謀財，就謀殺了我父親，為了垂涎女色，又強姦了我母親，最後也把她殺了。但是你知道嗎？他把我也強姦了，當時我才十九歲，我是現在才知道，就是在母親被害的同一天晚上，他奪去了我的貞操。我舉目無親，所以就嫁了他。我這麼活著還是人嗎？如果我不殺他，我也會成了行屍走肉了。」

方文凱突然站了起來，走到陽台邊，面對著海水，他喃喃地說：「這是什麼世界，居然會有這樣的事……」

他發現秦瑪麗來到身邊，就用雙手摟著她說：「史密斯是一隻該殺的禽獸，但是我不能讓妳也毀了自己。」

「文凱，你在意我嗎？」

「妳是個了不起的女人，我當然在意妳。」

「那就請你聽聽我的殺人計畫，如果你肯幫我，也許我就不會毀了自己。」

他們就這樣地互相摟著，看著眼前醉人的景色，方文凱聽取了秦瑪麗的計畫，他思考了一陣後：「兩個問題，第一，妳為什麼找我？而不找莫佛。」

「是他說的，你的能力比他強。他把琳達和黛思的事告訴我了。但是更重要的是他恨你。」

「史密斯恨我？這怎麼可能呢？我沒得罪過他。」

「你有，因為我跟他說過，我喜歡你。」

「我的第二個問題是，如果失敗了，妳會不會成為殺人未遂的嫌疑犯？」

「沒有殺人未遂的事實和證據，怎麼會有嫌疑犯呢？」

方文凱的遊學計畫比預定的日子晚了三天才結束，回到台灣時，已經錯過了劉雅媚的婚禮，他提醒自己要買一份大禮送給她。

《真相週刊》連續登出了幾篇從達蘭薩拉發出的驚心動魄報導。美國的紐約時報、華盛頓郵報和洛山磯時報，都在它們重要版面上轉載，撰稿人是台灣《真相週刊》總編輯和兼任美國哥倫比亞廣播公司「六十分鐘」新聞節目特派員楊玉倩。

這一系列的報導轟動了太平洋兩岸，加速了美國和台灣政府對有關案情更深入的調查，兩地的議會也都成立了委員會，討論建立相關立法，未雨綢繆，避免未來再發生類似事件。但是受到最大震撼的是『紅石』裏的一個集團，他們決定要採取劇烈的行動做為反應，並且將既定的台灣爆炸事件的日期提前。

楊玉倩的第一篇報導是關於白族馬幫、索康家族和西藏「拉薩寶藏」的傳奇：

白族是西南邊疆的一個少數民族。主要分佈在雲南省大理白族自治州、麗江、碧江、保山、南華、元江、昆明、安寧等地。但是也有分佈在貴州畢節、四川涼山、湖南桑植縣等地。白族人口總數約一百八十萬人。使用白語，是屬於漢藏語系裏的藏緬語族，還有一種說法主張白語和土家語也屬於漢語族。元明時使用過「僰文」，又稱為「白文」，就是所謂的「漢字白語」。它是使用漢字書寫，但是用白語發音。

白族的文學藝術豐富多彩，善於經營農業、鹽漬和杜鵑花。馳名中外的白族三道茶，是雲南白族招待貴賓時的傳統飲茶方式，它以獨特的「頭苦，二甜，三回味」的茶道，早在明代時就已成了白家待客交友的一種禮儀。它的第一道茶是「苦茶」，以大理特產的散沱茶為原料，用特製的砂罐在炭火上焙烤到黃而不焦、芳香襲人之時，沖入滾燙開水而成，這道茶以濃釅為佳，香苦宜人。第二道茶是白族「甜茶」，它以大理名食乳扇、核桃仁片和紅糖為作料，沖入大理名茶「煎製」的茶水，味香甜而不膩。第三道茶是「回味茶」，所用的原料是蜂蜜、花椒絲、桂皮和橄欖，酸甜苦辣麻，五味皆齊全，所以有「一苦二甜三回味」之說。

許多白族人通曉漢語，白族在歷史上曾經仿造漢字創製過方塊白文，並用方塊白文編撰過大量的書籍。雲南歷史上著名的史書《白古通記》，原本即用白文寫成，後經四川人楊慎翻譯為漢文流傳至今。

元末明初平定雲南後，對白族實行殘酷的文化滅族政策，焚毀了所有官方和民間的藏書，以致於後世無法有系統地瞭解當時的歷史和文字的發展。從此使白文基本上滅絕，流傳於民間的白曲歌譜，尚用「漢字白語」的方法來記錄白語唱詞，但是因為缺乏系統性和統一性，而不能流傳到其他領域。中原漢文化早於唐朝傳播到南中地區，白族人民積極學習先進的漢文化，漢字很早就在白族上層社會中通行。

白族在形成與發展的過程中，與周邊的各民族相互往來，創建了燦爛的經濟文化。早在先秦時期，白族先民就開闢了一條被譽為「南方絲綢之路」的蜀身毒道。西元前一二二年，博望侯張騫從西域歸來，向漢武帝稟報了他在大夏，也就是現在的阿富汗北部，當今塔利班份子活躍的山區，所見到的奇特現象，他寫說：「居大夏時見蜀布，邛竹杖，問所從來，曰東南身毒國。」身毒就是現在的印度。

歷代帝王的官方記載上，從未有過通商記錄的西域國土上，張騫居然發現了大量獨產於四川的蜀布和邛杖。其實早在春秋時期，白族馬幫就在崇山峻嶺中，開闢了一條通向南亞次大陸及中南半島的民間「走私通道」。

這條中國最古老的道路，使雲南成為古老中國最早的「改革開放」前沿。印度洋的海風從此吹入紅色高原，馱著蜀布、絲綢和漆器的馬隊，從蜀地出發，越過高黎貢山後，抵達騰越，也就是今天的騰沖，與印度商人交換商品。或是繼續前行，越過親敦江和那加山脈，到印度阿薩姆邦，然後沿著布拉馬普特拉河谷，再抵達印度平原。真是所謂的「竊出商賈，無所不通」。

印度和中亞的玻璃、寶石、海貝以及宗教與哲學，也隨著返回的白族馬幫，進入始終被中原認為是「蠻荒之地」的洱海地區。

大理三月街形成於一千多年前，商貿盛況在古籍中均有記載。白族馬幫通過不斷地發展與整合，到清末民初，逐步形成了叱吒東南亞的「迤西三大商幫」，喜洲商幫、騰沖商幫、鶴慶商幫。另外，白族馬幫沿著橫斷山脈一直往北，將雲南的茶葉運到北方的青藏高原，與藏族人民進行茶馬互市，這便是神秘絕險的「茶馬古道」。

茶馬古道的開通，加強了雲南各族人民與藏區的往來，促進了中國在西南地區社會、經濟、文化的繁榮和發展，白族馬幫做出了不可抹滅的貢獻。有一句藏族的諺語：「加察熱，加霞熱，加梭熱。」翻譯成漢語是：「茶是血，茶是肉，茶是生命。」

雪域高原的讚美是來自一個古老斑斕的文化，那就是幾百年、也許是上了千年的「茶馬古道」上的傳奇故事。「古道」一共有「三道六線」，是雲南普洱茶外運的路線，三道就是通往北京的北道一線，通往西藏的西道一線，還有就是南道的四線，是出南洋和向南各地的路線。這其中以通往西藏的茶馬古道歷史最為悠久，條件也最為艱苦。它是從唐代就有了，百年來影響了雲南大理、麗江等地的繁華。

在離開雲南的麗江後，茶馬古道進入了西康和西藏，部分的普洱茶就在木理、鄉城、稻城和理塘一帶銷售，但是大部分都會運到打箭爐，也就是現在的康定，在那裏將雲南的竹筐包裝，換成牛皮包裝再繼續前進，到西藏的拉薩、日喀則等地。長路漫漫，險阻重重，但是也造成了極大的利潤。

到了清朝末年，由於通商和貿易日漸複雜化，白族馬幫所扮演的角色，也慢慢地局限在擔任單純的「運輸」工作。「馬幫」是指從事騾馬馱運的隊伍，每一個「馬隊」通常都有一個「幫頭」，和少數幾個親信的「人馬」是他的「核心」隊伍外，其他的隊員和馬匹，都是根據「幫頭」所接到的生意大小而臨時招募的，所以在道上行走的馬隊大小不一，小的馬隊只有二十匹左右的馬，大的馬隊會有兩百匹以上的馬。到了三〇年代，白族馬幫裏出現了一支特殊的馬隊，它的幫頭名叫江敬沙，他的馬隊就只有一個主顧，就是西藏的索康家族。

索康家族是西藏著名的貴族，不僅有巨大的財富，而且歷代的年輕人都到「中原」，甚至是「國外」如印度和歐洲國家去受過教育，所以索康家族也是西藏的高級知識份子家庭，很自然的在歷代的西藏「噶廈」政府裏，不少高官都是來自索康家族。

在好幾代前，西藏「噶廈」政府就給了索康家族，世世代代販賣雲南普洱茶的專賣權，索康家族壟斷了西藏的普洱茶市場。在達賴十三世的西藏「噶廈」政府中，貢旺．索康是擔任「財政噶倫」，也就是負責主管全西藏財務的首長。他承接了一個重要的任務，就是負責累積和管理已有數百年歷史，但是神秘又很少人知悉的「西藏獨立建國基金」。這些都是世代的「噶廈」政府，從貴族的稅捐和對經過境內貿易商隊的控制，所得來的巨額財富。

從一開始，這些累積的金銀財寶，都是分別地存儲在各地的喇嘛寺廟裏，委託各寺廟負責管理和安全的任務，直到十三世達賴，才正式由「財政噶倫」接管，將錢財統一的列入帳冊，建立完整的會計制度和記錄，同時也開始用部分「建國基金」在境外投資。「噶廈」政府要求藏軍，成立了一支有五百人的「警衛隊」，調派給「財政噶倫」直接直揮，負責保衛工作。貢旺·索康將警衛隊的具體管理和指揮，交給了江敬沙。

一九三八年納粹德國的希特勒派遣探險隊由印度進入西藏，探險隊裏除了有好幾位科學家外，還有一名年輕的中國翻譯，李淇。

他是在一九〇五出生於四川巴縣。一九二三年，十八歲時考進北京大學歷史系，對少數民族史極感興趣，所以在一九二七年畢業後又進入歷史研究所專攻西藏學。然後留校繼續從事研究和教課。一九三五年，德國駐華大使館的武官和他接觸，希望他參加一個德國叫「德意志研究會」的半官方性組織為研究員，負責該組織對西藏的資料收集和研究。

李淇是一個紮紮實實的西藏專家，加上他對德文的語言能力，他成為了「德意志研究會」裏重要的一份子。一九三九年，李淇隨著德國西藏探險隊由印度進入了西藏，探險隊在西藏停留了兩年，在第二次世界大戰爆發後，探險隊在英國政府的壓力下被迫離開，但是李淇留下了。當年李淇受聘擔任「德意志研究會」的研究員，是為了研究在歐洲流傳已久的「非正式歷史」。相信這些「野史」和「傳說」的信徒認為北歐或是所謂的「亞利安人」族裔，曾經是世界的「主宰種族」，他們以其「白晢」的膚色有別於其他人種。

野史裏說；亞利安人在西元前一萬年建立了非常先進的「亞特蘭提斯」文明，但是在西元前八千年，它開始沒落，原因是亞利安人和其他「劣種民族」雜交，往世界其他地區殖民。但是「亞特蘭提斯」文明留下了一些遺跡，包括了古埃及文明和通過藏傳佛教在西藏留下的文明。等到了三零年代，納粹黨開始在德國執政時，希特勒就全面擁抱「亞利安人種族優越論」了，這是他迫害和屠殺猶太人和將精神病患者安樂死的開始。為他執行這些任務的人就是納粹黨軍的軍頭，海因里希．希姆萊。他著迷和信奉「神秘主義」，也就是他成立了「德意志研究會」，前往世界各地，包括西藏，去尋找亞利安人的祖先和那遺失的文明。

有一名德國學者漢斯．肯特認為，早期的亞利安人曾經征服過許多亞洲的地區，包括在西元前二千年攻打中國和日本。他又認為高塔瑪菩薩本人就是北歐亞利安人的後代。所以也有政治評論員說希特勒的政治理念和佛家的思想相似，因為他們有共同的祖先和傳統。一九三八至三九年間，希姆萊派出探險隊從印度進入西藏，因為他深信佛教是「亞特蘭提斯」文化所遺留下來的。他以「德意志研究會」的名義出版了一本書，書名是「亞利安人的路程」，就是闡述這個看法。

李淇在探險隊裏和一名叫伯格的人類學家成為好友，伯格的主要任務是來鑒定西藏人的人種來源，以及與世界上其他人種間的關係。所以他的工作是對一些典型的西藏人，進行外型的度量和觀察，尤其是頭顱部份，頭骨大小形狀，五官的位置、大小和形狀，手腳的長度，手指和腳趾的特徵等等，都做了詳細的記錄。

這項工作需要科學家和他觀測的對象緊密地配合和溝通，所以李淇和伯格在一起很長久的時間，為他做翻譯和溝通的工作。他們在拉薩城裏接觸到一家叫索康的藏人，主人是西藏「噶廈」政府裏的重要高官「噶倫」，相當於部長級的官位。

索康這家人很富裕，子女都受過教育。伯格對全家的人都做了很仔細的度量和觀察，從他們白皙的皮膚顏色、藍色的眼珠、淡黃色的頭髮，再加上其他外型的詳細對比，伯格認為索康的一家人，應該是北歐亞利安人的後裔。

伯格和李淇又對他們的宗教背景做了進一步的調查，一般人都以為西藏的宗教分成所謂的「黃教」和「黑教」。其實「黑教」是佛教裏很小的一個支派，信奉的人數很少，大多是在西藏的北部地方，因為僧侶穿著黑色的袈裟，所以被稱為「黑教」，它的正式名字是「苯教」。而「黃教」只是藏傳佛教，也就是喇嘛教裏的一個支派。其中的格魯派勢力最大，也就是這一派的喇嘛教被人稱為「黃教」。

西藏政教領袖達賴喇嘛，傳統上是格魯派傳承領袖。由於格魯派最興盛，達賴喇嘛也被認為是全西藏地位最高的領袖。班禪喇嘛在格魯派中地位僅次於達賴喇嘛，此外還有甘丹赤巴，也就是格魯派在甘丹寺的主持，是宗喀巴大師法座的繼任者。另外的喇嘛教支派包括有：大寶法王嘉華噶瑪巴，是噶瑪噶舉派的傳承領袖。持明楚西仁波切，是寧瑪派寧瑪巴傳承掌教法統領袖。薩迦法王，是薩迦派的傳承領袖，現任薩迦法王是卓瑪頗章的阿旺袞噶特欽班拔欽列桑佩汪格傑波，居住在印度。

索康就是信奉薩迦派的喇嘛教，他和薩迦法王還有血統上的關係。這些都讓李淇和伯格驚訝無比，因為它和《亞利安人的路程》那本書中所敘述的，北歐亞利安人如何經過佛教，由印度來到了西藏，竟然是完全相符合。他們認為索康很可能是高塔瑪菩薩族裔的後人，這件發現成為德國西藏探險隊的最大成就。

索康有一個年輕的女兒白瑪，她美麗聰慧大方，探險隊的出現，改變了她的一生，她愛上了探險隊的翻譯，漢人李淇，而他們結婚後，她又改變了她的丈夫。原先李淇對西藏完全是學術上的興趣和好奇，但是白瑪使他擁抱了「德意志研究會」的理論，認為他們是屬於「主宰種族」亞利安人的後代，是萬年前《亞特蘭提斯文明》的後裔，他們在這世界上是有特殊使命的。

索康家族世世代代都是西藏赫赫有名的貴族，他們是把李淇招贅成為女兒白瑪的夫婿，所以李淇在西藏就成了「李淇．索康」，而事實上他也被丈人重視，介入了「財政噶倫」的政府工作，成為西藏財務管理的執行長了。

一九四〇年，國民政府派當時行政院蒙藏委員會的委員長吳忠信經印度入藏，到拉薩主持十四世達賴喇嘛在布達拉宮舉行的登基典禮，李淇被聘為蒙藏委員會的「西藏專員」參加了大典。

李淇被西藏迷住了，他在整個抗戰時期都是留在西藏，在那裏他和一位奧地利人，因為趣味相投，成為好友。

一九五〇年在中共解放軍進入西藏之前，他接到蒙藏委員會委員長吳忠信的指示，要他帶著妻子撤離西藏經印度去香港暫住，但要他繼續和境外的藏人保持接觸，為重新光復西藏的目標努力。

大約是西元一世紀前後，西藏古代歷史開始有了一些模糊的輪廓。這是由先民一代一代口耳相傳，然後被吐蕃王朝的史家記載在典籍上面的。據說當時高原上出現了大大小小的氏族部落，藏族史書稱「十二小邦」或「四十小邦」，「各小邦地方，各有小城寨」。經過多年的和平與戰爭，又集結成若干個部落聯盟，其中以山南河谷的雅隆部落聯盟、阿里地區的象雄王國、和雅魯藏布江以北的蘇毗部落聯盟最為強大。這時，拉薩河的古名「吉曲」已經出現，被稱為「吉曲考」，也就是拉薩河流域的地方已經為人所知，現在拉薩所在地，已經被人稱為「吉雪沃塘」，意思是「吉曲河下游的肥沃壩子」。

那時吉曲河流域先後屬於蘇毗部落聯盟中的達甲沃和赤邦松兩個王族統治。西元七世紀初，雅隆部落首領朗日松贊率兵北上，渡過雅魯藏布江，在赤邦松王族下面的娘氏家族等的策應下，佔領赤邦松領地，一舉成為整個吉曲河流域的主宰。朗日松贊把營盤設在墨竹工卡的甲瑪崗山溝，在這條長長的、南北走向的山溝中，建造了幾座宮堡，他的兒子、吐蕃王朝締造者松贊干布，就是在西元六一七年出生在甲瑪溝的強巴明久林宮堡中。

傳說這位少年王子征戰路過吉雪沃塘時，時值盛夏，風和日麗，只見周圍群山四合，秀水中流，地勢寬坦，雄偉壯觀。同時這裏北通青海，南靠山南，西連象雄，東接多康，地處雪域中樞，交通方便，物產豐富。他做出了遷都吉曲沃塘的重大決策。

松贊干布率大臣、部屬從墨竹工凱西下吉曲沃塘，這片亙古以來荒涼沉寂的平野，立刻變得熱鬧而繁忙。松贊干布經過仔細勘察，決定截斷吉曲河的北河道，使河水傍著山南宣洩，紅山周圍顯露出一大片平野。他在這裏建宮堡，修寺廟，營造軍民住房。據說沃塘平野第一座建築紅山堡寨，就是布達拉宮的前身。這座巨石壘成的宮堡，兀立紅山之巔，氣勢非常雄壯。

吐蕃王朝從此風生水起，松贊干布制定法律，劃分行政區域，分封官職，力主對外交流，贊普屬下設「五商」和「六匠」。五商指茶商、玉商、刀商、帛商、鹽商；六匠指噶龍鐵匠、噶如鞍匠、弓匠、劍匠、鎧甲匠和神塑匠等。

商業和手工業的形成和發展，對促進拉薩城的興盛起著明顯的作用。松贊干布先後迎娶了尼泊爾尺尊公主、唐文成公主，為兩位公主修建了大、小昭寺，分別供奉了釋迦牟尼八歲和十二歲等身佛像。大昭寺建成後，為紀念山羊馱土建寺的殊勝之舉，寺廟取名山羊幻化廟，城市也改名為「惹薩」，就是「羊土城」的意思。

西元七世紀，松贊干布統一全藏，將政治中心從山南轉移到拉薩，建立了強大的吐蕃奴隸制王朝，並修築了大昭寺、小昭寺和最初的布達拉宮等寺廟宮殿。傳說松贊干布驅使山羊揹土填塘修建大昭寺，人們便以「惹（山羊）薩（沙土）」做為這一城市的名稱，在漢文古籍中稱「邏些」。隨著佛教的傳入和興盛，前來朝佛的人日益增加，於是圍繞大昭寺逐步建立旅館、商店、民宅、官府，形成了一條環形的八廓街。因為佛教的興盛，又將「惹薩」改名為「拉薩」，藏語就是「神佛之地」。藏族人民把這個城市視為「聖城」，於是「拉薩」之名便取代了原有的名稱。

西元八世紀，赤德祖贊迎娶了大唐金城公主。金城公主將文成公主帶來的釋迦牟尼佛像，迎請到大昭寺主殿，制定了一整套供養祭祀儀軌，在紅山和藥王山之間，修造了稱為「巴嘎噶林」的三座大白塔，形成進入拉薩的大門。自從金城公主將小昭寺的釋迦牟尼十二歲等身像移供大昭寺主神殿，這尊佛像成為整個雪域藏人信仰的中心，朝拜供奉者絡繹不絕。史籍上第一次出現「拉薩」二字，見於西元八〇六年藏王赤德松贊所立《噶瓊寺碑》，其中有言：「神聖贊普先祖松贊之世，始行圓覺正法，建拉薩大昭寺。」由此可見，拉薩的城名，已經出現了近一千二百年了。

位於拉薩北郊五公里河谷邊緣的曲貢新石器遺址，距今約為四千—五千年，海拔三六九〇米，該遺址出土了一萬多件文化遺物和大量獸骨，說明在新石器時代，拉薩河谷已有人類活動。曲貢遺址下層中還出土了一枚銅鏃，銅鏃呈扁平形，經鑒定原料為冶煉所得，表明當時青藏高原的先民已經開始跨入青銅時代。

西元九世紀吐蕃王朝崩潰，伴隨西元十一世紀西藏佛教後弘期的興起，拉薩成為很多高僧大德弘教之地。十三世紀，元朝中央政府把西藏納入統一版圖，元、明中央政府先後在西藏地方扶持薩迦王朝和帕木竹巴王朝，西藏的政治中心一度轉移至日喀則的薩迦和山南地區。十三世紀中葉，前藏十三萬戶長之一的蔡巴，在拉薩東面修建蔡巴寺、貢唐寺，此後歷代蔡巴戶長組織力量，疏通拉薩河道和加固河堤。

十四世紀中葉，帕木竹巴地方政權取代薩迦地方政權後，支持宗喀巴及其弟子，在拉薩修建甘丹寺、哲蚌寺、沙拉寺，強化了拉薩的宗教「聖城」地位。但是建立了將近二百年的吐蕃王朝中，各種矛盾開始激化，王族與宦族、宦族與僧俗、佛教勢力與反佛勢力之間的衝突，達到水火不相容的地步。

先是反佛勢力誣陷殺害了掌政僧侶鉢闡布．章迦貝雲，接著弒殺藏王赤熱巴巾，擁熱巴巾之兄朗達瑪為藏王，掀起第二次禁佛運動。禁佛從拉薩開始，大昭寺被查封，釋迦佛像被埋藏在地下，僧人被趕出寺廟，強迫他們還俗，命令其殺牛宰羊或上山打獵。

朗達瑪在位五年後，被密咒僧人拉隆．白吉多吉弒殺。郎達瑪死後，留下維松和雲丹兩位王子，維松為次妃所生，雲丹為長妃所養，朝政落入妃黨和貴族集團手中，雲丹佔據拉薩，稱為「大派」，維松避居山南，稱為「小派」，兩派互相討伐，歷時二十餘年，最後引發整個西藏高原的平民大暴動，吐蕃王朝從此解體。做為王朝首邑的拉薩城，也隨著吐蕃的瓦解而衰落。

布達拉宮早在赤松德贊時期遭到雷擊火焚，這次又遭兵燹，逐漸淪為廢墟，雄宮坍塌，殿宇破敗，荒草萋萋，烏鴉亂落，一片淒涼景象。

西藏從西元九世紀中葉開始的分裂割據時代，整整持續了四百年，直至西元十三世紀中期，以藏傳佛教薩迦派為首的西藏各教派領袖歸順元朝，西藏從此由分裂走向統一，正式納入中國版圖。薩迦王朝的首府在後藏薩迦地方，帕木竹巴王朝的首府是山南乃東；藏巴第悉政權時期，首府是日喀則。雖然八百年間拉薩並未處於西藏權力的中心，但是它一直是西藏最古老、最神聖的城市。藏傳佛教經過百餘年的沉寂之後，在西元十世紀前後相繼復興。戒律從阿里古格和青海丹底先後傳入衛藏，佛法之火又在拉薩及其周圍重新燃燒，史稱藏傳佛教後弘期。

此後很長一段時間，蔡巴萬戶成為拉薩的主宰。幾代蔡巴萬戶長都被元朝皇室封為司徒，授予管理拉薩和拉薩河流域的權利。他們對拉薩城進行了長期有效的管理，組織力量修築和加固河堤，疏通市區水道，營造民房，整修八廓街，多次修葺大昭寺、小昭寺，保護布達拉宮廢墟上遺存的古建築，管理各個寺院和佛事活動場所，組織講經佈道活動，建立密宗院，編纂歷史和宗教著作。

後人懷念他們的功績，將萬戶長拉傑果瓦奔的塑像供奉在大昭寺神殿諸佛之中。當時拉薩宗教活動仍然十分盛行，修建了許多寺廟，桑浦寺、覺莫隆寺、噶東寺、楚布寺、直貢寺、達隆寺、珠寺等等，都建立在拉薩周圍，拉薩依然是人們嚮往的聖地。

西元十六世紀前後，統治西藏的帕木竹巴政權已經衰敗，仁蚌巴、第悉藏巴勢力相繼在後藏地區崛起，曾經盛極一時並且支持格魯派的柳鄔宗家族被第悉藏巴消滅，代之而起的是拉薩河下游長官，吉雪第巴，他也是格魯派強有力的施主。

吉雪第巴管理著從曲水到墨竹工卡之間的拉薩河谷，歷任第巴為拉薩城區修橋築路，加固河堤，建造房屋宮室，做了大量功德。稍早的時候，西藏傳奇式的苦行僧湯東傑布，還在拉薩河上修架了鐵索橋，大大改善了拉薩的交通以及與外界的聯繫。但是，新興的格魯派遭到以日喀則為首邑的藏巴王，第悉藏巴的敵視和壓制，從十七世紀開始，前後藏不斷發生爭戰，拉薩是他們反覆爭奪的地區，已經習慣和平生活的拉薩居民，又陷於一片驚恐和混亂痛苦之中，飽受戰火的蹂躪。

十七世紀中葉，五世達賴喇嘛羅桑嘉措受清朝皇帝冊封，建立政教合一的封建農奴制政權，以拉薩為政權的中心，拉薩城市有了新的發展。著名寺院在這一時期都有較大規模的修葺和擴建，其中大昭寺改造、擴建，對拉薩的城市佈局產生了影響。布達拉宮的重建及其以後的增修改建，使之形成了今日的規模。

從西元十七世紀到十八世紀，五世達賴到八世達賴時期，西藏政治相對穩定，社會相對安寧，拉薩城市發展相對較快。在此期間拉薩發生過兩次較大的動亂，一次是西元一七一七年新疆準噶爾人入侵，一次是西元一七二七年前後藏發生戰爭，都由清朝中央派兵平息。特別是西元一七二七年到一七八八年間，除一七五〇年郡王珠爾墨特那木札勒被誅，引起短暫的騷亂外，拉薩人過了整整五十年，沒有社會動盪和戰爭硝煙的和平日子。

在此期間拉薩修建了大量貴族府邸、活佛家廟、政府衙門，還有商店、作坊、茶樓、酒店、民宅等等。這時，拉薩市區以大昭寺為中心向四面延伸輻射，不斷擴大，東至清真寺，南至三怙主廟，西至琉璃橋，北到小昭寺，基本上形成了今日舊城區的格局。到清代嘉慶（一七九六到一八二一）年間，拉薩居民已有五千餘戶，人口達三萬之多。

一六四〇年至一九五〇年期間，西藏實行名義上以達賴喇嘛為首，行政上隸屬清朝的神權統治。但是在西藏的貴族群體中，一直存在有「獨立」的想法，他們的思想基礎是建立在，西藏文化和中原的漢文化有巨大和本質上的差異，再加上因地理的因素，世世代代都是存在於「天高皇帝遠」的自治狀態中，實際的獨立統治使推動「獨立建國」的同路人意興闌珊。

直到上世紀開始，印度和西方勢力發現了西藏。起初是一群探險家們，歡欣鼓舞地宣佈找到了真正的「香格里拉」，隨後帶來的是有組織和系統性的向西藏進行政治活動，擴大西方的影響力，他們的第一個動作就是在歷史、人文、社會和法理上，將西藏和中國分離，把漢人說成是對西藏的「侵略者」，他們更是不遺餘力地鼓吹「西藏獨立」，在第二次世界大戰結束後，很多在亞洲和非洲的殖民地都紛紛獨立，隨著印度脫離英國獨立後，西藏獨立就被搬上了世界政治舞台。同時又因為地理交通的因素，從印度進入的外來勢力占了很自然的優勢，甚至在一九五〇年中共中央派往拉薩與達賴喇嘛會談的代表，都須要從北京經新加坡和印度進入西藏。

有部分研究西藏的學者認為，五〇年代初是西藏獨立運動的分水嶺，運動的內涵和本質，從理論和社會活動進入到行動階段，包括了有組織性的暴力行為。無可置疑的是，西方勢力的特工人員是在這時開始進入了西藏。但是也有人說，遠在西元一七二七年，也就是雍正五年，清朝中央政府在西藏派駐駐藏大臣，衙署最早是設在拉薩沖賽康。西元十八世紀末在魯布柳林西側，新建了一棟駐藏大臣衙門，拉薩市民稱之為「朵森格」，藏語是「石獅子」的意思。同時清朝中央政府還在西藏派駐軍隊，當時的軍營就設在拉薩北郊的札什地方。西藏居民將這些「武裝漢人」看成是「入侵者」，尤其是當權的喇嘛和貴族，把清軍當成芒刺在背，促成了獨立的念頭。因此那時就成了「西藏獨立運動」的啟蒙，也就是在那時建立了「西藏獨立建國基金」。

西元一七五七年七世達賴喇嘛圓寂後，乾隆皇帝在西藏實施攝政制度，即在前一輩達賴喇嘛圓寂，至後一輩達賴喇嘛親政之前，任命一位大活佛代行達賴喇嘛的職權，俗稱攝政王。德穆活佛、策墨林活佛、熱振活佛、功德林活佛，都曾出任過攝政王。他們先後在拉薩修建了高大雄偉、華美壯觀的家廟。與此同時，歷輩達賴喇嘛的家庭，大小僧俗貴族的府邸，也競相在拉薩城區動工興建。當西方勢力進入西藏時，他們的當務之急就是拉攏這批權貴，因此多年來西藏的權貴階層，就成了西方鼓吹西藏獨立勢力的同路人，同時西方的媒體，也將這些權貴的聲音看成是代表西藏所有的人民。

但是也有例外：有一位年輕的貴族阿旺晉美，他是非常堅決地反對西藏和西方的勢力勾結，認為他們對西藏是有野心的，最終會讓西藏陷入災難。

他是在一九一一年，也就是清朝皇帝退位的那年，出生在拉薩東邊約一百里遠，叫甲瑪溝的一戶貴族世家。因為甲瑪溝是傳說中藏族的發源地，那裏山清水秀，人傑地靈，阿旺晉美從小就聰慧過人，五歲時被送進拉薩的私塾讀書識字。十四歲時拜在學問淵博，為人剛直，在藏區享有盛名的一代佛學大師喜饒嘉措門下，暮鼓晨鐘苦學了三年。然後他又拜在東藏神秘靈異之地，三岩地區紅教派的大蒼活佛為師，習誦佛學經典，度過了兩個寒暑。當他二十歲那年重返甲瑪溝家園時，已經是個滿腹經綸的年輕人了。

甲瑪溝是一個不到兩百戶人家的農牧結合鄉鎮，回家後他接替年歲漸長的母親管理自家的田園。離家時是個少小不懂事的孩子，在親眼看到外界的情況，和從書本上讀到的世界文明的變化後，再回到這偏僻的山鄉時，他有了無比的震驚，眼前看見的不是兒時的田園，而是一群「農奴」，在田裏像牛馬似地在勞苦的工作，他頓時明白了聽說有農奴累死在田裏的事是千真萬確的。

阿沛·阿旺晉美在他求知過程中，學習到在十四個世代的傳承中，有好幾任達賴喇嘛都是英年早逝，都是因為利益和權力鬥爭，被下毒暗殺。清朝乾隆皇帝為了制止喇嘛們明爭暗鬥地暗殺，最後給他們定下一個金瓶制度。他看出了在神聖的宗教信仰裏，也存在著神權統治者的虛偽。

從他的生活經驗中，他知道西藏人口中有百分之九五的農奴，剩下來的是地主和擁有奴隸的土司，再加上喇嘛和僧侶，這些人是西藏的貴族和統治階層。每座寺廟，都擁有大片的土地，和成堆的農奴。而「活佛」們為了利益勾心鬥角，使盡卑鄙的手段。農奴們世代為奴，在祭祀的時候，奴隸主會砍下奴隸的手臂，剝下它們的皮，做為貢品。在達賴過生日的時候，他都會命下密院的僧侶扒下兩個小孩的皮做為犧牲，他曾親眼看過達賴親手寫的扒皮命令。他也看見農奴們虔誠地信仰活佛，爭相收集活佛們的糞便當成藥物用來治病。農奴的主人在招待客人的時候，會和客人一起輪姦自己的女奴隸，認為這是熱情好客，「分享女人」的體現。

阿沛．阿旺晉美深深地體會到，西藏的教育太落後了，藏族的文化更是落後。藏民深信社會是分等級的，他們把家裏的孩子送去當喇嘛，因為在他們的傳統中，喇嘛是最高貴的，這就是神權社會的典型特點。所以西藏人才如此虔誠地信仰神靈，他不能想像一個念過大學，甚至中學的人，會去寺廟裏向菩薩磕上十萬個頭，更不能想像有知識的人，在生病時會去找喇嘛們吃糞便。但是歷代的喇嘛，沒有一位曾經鼓吹過要改進廣大藏民的教育，因為喇嘛們是容不得藏民學習文化的，和黑暗的歐洲中世紀一樣，神權的統治者和科學傳播者，有著你死我活的矛盾。喇嘛們很清楚，當藏民知道地球是圓的，繞著太陽轉的時候，他們就再也不會相信喇嘛們說的，大地邊緣有十八層地獄。

在讀書之餘，他和農奴們一起收割青稞，一起放牧牛羊，漸漸地農奴們開始和這位毫無貴族架子的小主人說話，他發現農奴們也渴望像草原上牛羊那樣的自由，有自己的家和自己的土地，這些農奴和他一樣是人，是黑頭藏胞，而不是「會說話的牲口」。但是祖宗傳下來的制度，使農奴成為貴族的財產，主人不僅有買賣他們的權力，而且對他們還有生殺大權，隨時可以要他們的命，或是對他們施加割鼻子、挖眼睛、砍手斷足的處罰。儘管佛學經典告訴他，這一切都是前生註定的，今生受苦一定是前生的罪孽，但是年輕的阿旺晉美還是為苦難的農奴灑下了眼淚，他發誓有朝一日，他要打破西藏這個慘無人道的制度，好讓農奴們「翻身」。

當解放軍成功地渡過長江，國民政府的部隊節節敗退時，攝政王達札活佛在拉薩召開了一次重要的會議，所有的主要貴族都出席了，議題就只有一個，就是如何處理「獨立建國基金」。結論是為了安全和以防萬一，這筆基金需要立刻轉移，集中到幾個交通方便的喇嘛寺廟裏，以便在需要時，可以很快地移動它。

攝政王達札活佛責成「財政噶倫」貢旺．索康，全權負責主持基金轉移的任務，為了安全，攝政王命令這是絕密任務，貢旺．索康只可以向他個人彙報，其他任何人不得過問。基金轉移的策劃和實際行動，很自然地就落在索康的「私人馬幫」幫頭江敬沙的肩上。雖然這是攝政王親自下令的「絕密」任務，但是在西藏的不同地點，同時發生了由白族馬幫「運送金銀財寶」的行動，還有武裝的財政噶倫警衛隊全程護送，大部分目的地是運到拉薩附近的喇嘛廟，少部分是送到日喀則班禪喇嘛的道場，札什倫布寺，於是各種捕風捉影的謠言就在各地傳開，說在拉薩的喇嘛廟裏有堆積如山的「拉薩寶藏」，金銀財寶的數量之大，堆起來就像是布達拉宮右側的「藥王山」一般高大。

這些謠言也是有原因的，布拉達宮的大廟堂下面，有上下三層的巨大地宮，多年來都是拿來做為儲藏室之用，但是一夜之間就完全被挪空了，深鎖著的地宮大門口，是由財政噶倫的衛隊把守著，這些都成了證明「拉薩寶藏」存在的蛛絲馬跡，也成了「拉薩寶藏」傳奇的一部分。

幾個月後，中華人民共和國在一九四九年十月一日正式成立，當時實際控制的地區仍未及西藏，北京的廣播電台宣稱：「中國人民解放軍一定要解放包括西藏、內蒙、海南、台灣在內的中國領土。」

一九四九年十一月二日，當時的噶廈政府致函毛澤東，表示希望進行會談，派遣了孜本夏嘎巴和孜江堪窮．土登嘉波二人為代表。兩人在香港簽證時，獲得中共政府的通知：「即將到任的中共駐印度德里大使將與他們會談」。中共方面代表隨即聲明：「西藏的國防由中共政府負責，承認西藏是中國的一部分。在承認上述條件後，代表們為了要做出決定，可以前往北京。」但是以少年達賴十四世為核心的噶廈獨立政府表示無法接受，所以和談未能進行。

除了兩位正式的代表外，噶廈政府還派了一位達賴喇嘛的私人代表，他就是貢旺．索康。雖然他也隨著兩位代表一起離開了香港，但是他沒有回到拉薩，而是在印度轉機飛往瑞士的蘇黎世。

楊玉倩結稿於印度北部的達蘭薩拉

方文凱接到葛瑞思的電郵：

親愛的姐夫：

你好嗎？這麼久沒見到你，很想念你。

記得嗎？姐夫曾經跟我講過，《基度山恩仇記》的故事，當時我曾問姐夫，什麼樣的仇恨會這麼大，會讓一個人用了一輩子的精力去報仇。姐夫說，那就要看他的恨是有多大了。中國的歷史裏，也有一夥人用了一百年，也就是四、五代的人，來復仇。

姐姐教我唱過一首叫《滿江紅》的歌，歌詞是來自岳飛寫的著名詞牌：《怒髮衝冠，憑欄處，瀟瀟雨歇。抬望眼，仰天長嘯，壯懷激烈。三十功名塵與土，八千里路雲和月。莫等閒，白了少年頭，空悲切。靖康恥，猶未雪，臣子恨，何時滅？駕長車，踏破賀蘭山缺。壯志饑餐胡虜肉，笑談渴飲匈奴血。待從頭，收拾舊山河，朝天闕！》居然會有人恨得要吃仇人的肉，喝仇人的血。太恐怖了。我花了點時間，把來龍去脈弄清楚了。

「靖康恥」，是指一個歷史事件：西元一一二五年，中國北方的大金國攻打宋朝，皇帝宋徽宗退位，長子趙桓繼位，也就是宋欽宗，年號靖康。西元一一二六年，十幾萬金軍攻打皇都開封，攻破城門，次年，大金國的完顏宗望和完顏宗翰二將率軍攻破城門，俘虜了宋徽宗和宋欽宗。大金國的軍隊在圍攻汴京和破城的前後，在當地燒殺擄掠，姦淫婦女。除了金銀財物之外，還大量擄掠宋朝官員和百姓，其中多數是女性。在古書《呻吟語》上曾記載：「被掠者日以淚洗面，虜酋皆擁婦女，恣酒肉，弄管弦，喜樂無極。」

兩位皇帝和他們的后妃、皇子、公主，包括鄭皇后及親王、朱皇后、太子、皇孫、駙馬、公主、妃嬪等，其中還有教坊樂工、技藝工匠等數千人，攜文籍輿圖、寶器法物，百姓男女不下十萬人，都被強押到北方的大金國，其中大部分婦女被迫淪落為妓女。宋徽宗的韋妃，也就是宋高宗趙構的生母，被俘時三十八歲，在金朝被金人凌辱了十五年，在紹興和議後才被放回南宋，成為高宗的韋太后。她在金朝，還留下了兩個和宋高宗有金人血緣的混血兄弟。

但是歷史往往會重演。百年後，在西元一二三四年，南宋聯合蒙古國，把大金國滅亡，殺死了金國的皇帝，俘虜了他的皇后，南宋的軍人對她施加了性報復。甚至有人還把強姦金朝皇后的情景畫成一幅春宮圖，題名為《嘗后圖》，意思是「嘗金朝皇后滋味圖」。佚名的《樵書》中曾提到，這幅南宋末年的《嘗后圖》，他描寫：「圖中共有十九個披甲配刀的人，抬起一位赤身裸體的婦人，有人在吻她的嘴唇和乳房，也有人拿著她的衣襪在追逐，其中一位將軍，握著露出的陽具，走近婦人強姦她。」圖上還有題字：《南叱驚風，汴城吹動，吹出鮮花紅薰薰，潑蝶攢蜂不珍重。棄雪拚香，無處著這面孔，一綜兒是清風鎮的樣子，好將軍是極粘罕的孟珙。》孟珙就是最終打敗金國的宋朝大將，意思是說，他帶頭強姦了金朝的皇后。他比岳飛聰明，也更實際，他不吃人肉也不喝人血，而是享受了金朝皇后的肉體，來為百年前的「靖康恥」復仇。

親愛的姐夫，我想問你，為什麼男人會把男女間的性行為做為報復的工具？它應該是帶來靈魂的昇華和快樂，所以才被人說是「男歡女愛」。從你們來往的書信中看出來，姐姐把男女的肉體結合，看成是兩情相悅的宣示，它有藝術品一樣美的內涵。想想看，做為一個女人，姐姐是懷著這樣的心情，在享受和欣賞你的身體，太美了！可是男人想到的是冤冤相報，宋朝的皇帝強姦了唐朝的皇后，宋朝遭到報應，讓金國的男人把他們的皇后，還連本帶利加上一大群別的女人都強姦了，這讓宋朝的男人，包括岳飛在內，恨得咬牙切齒，想吃人肉喝人血，他們等了一百年，宋軍的大將孟珙終於擺平了金朝的皇后，把她強姦了。姦來姦去，噁心死了。我們女人就不會用男歡女愛來做為復仇的工具。親愛的姐夫，你同意嗎？

親愛的姐夫，好好照顧自己。

葛瑞思

法蘭克．史密斯是在下班後，直接就從在曼哈頓紐約市中心的辦公室，開車到長島的黃金海岸，一路上的交通情況比往常好多了，下班時的塞車並不嚴重，所以他到達時才剛六點，天光還是大亮。

他是在上午接到他的繼母秦瑪麗的電話，要他來看看他逐漸惡化的老爸，順便也來談談製藥集團的事。法蘭克心裏想，秦瑪麗叫他來看老爸是藉口，要和他談集團的控股權才是真的目的。但是雙方的代表已經把所有的可能情況都談了，還是無法達成協定，他不相信兩人當面談會有什麼突破。但是他還是非常樂意地來了，因為他的繼母是他少見能讓他動心的美女，他發現自己不自覺地渴望看見她，看她一舉手和一投足的優雅體態，聽著她輕聲細語的說話，就會讓他起了生理上的變化。也許是像人說的，女人的心深似海，不可捉摸，老爸的情況已經是很明顯了，他將要撒手人寰，現在只剩下時間的問題，這個台灣來的女人就會失掉她唯一的依靠，是不是她已經在考慮她個人未來的問題了？如果他答應和她有「特殊」關係，保證她日後繼續她的榮華富貴，她會不會就像他身邊的那些來來去去的美女一樣，可以讓他隨心所欲地玩弄了？想到她那惹火的身材和細皮嫩肉，使他進入了極度的興奮。

當他開上了史密斯大宅院的車道後，就打開了車窗對著伸出來的，還閃著小紅燈的對講機說：

「請開門。」

麥克風傳出了秦瑪麗的聲音：

「請問是哪一位？」

「法蘭克。」

隨即，眼前的鐵欄杆大門就徐徐地向裏面打開了，大門裏頭是一大片整理得非常秀麗的莊園，這是由一群庭院工人在園藝家的指導下，經常不斷地維持和經營出來的結果，看上去不能不讓人喜愛，但是也會感覺到這是用大把銀子撒下來的結果。

法蘭克就是在這裏長大的，他對這大房子和這大院子，有一股說不出來的懷念，盼望有一天他會成為它的主人，他不自覺地露出了笑容，因為突然想到了這一天也許就要來到了。

高大的雪白色大門打開了，法蘭克的心跳一下子加快了，出來開門的不是他們家的長工包特太太，而是秦瑪麗自己，平常就注重穿著打扮的繼母，今天震撼了他一向喜愛美女的心。

秦瑪麗穿的是一身灰藍色的長袍，上身沒有袖子，只有脖子上的小領子，不但是兩條手臂都露出來，連大半個肩膀都在外面，下身其實就是改良式的旗袍，兩邊長長的開叉露出了若隱若現的長腿。一頭滿滿的黑髮是燙得卷卷的，只是把雙耳蓋住了，法蘭克一直認為他繼母最性感的脖子和肩膀都能一覽無遺，秦瑪麗的臉上沒有脂粉，唯一的化妝是淡淡的口紅，在身上也沒有戴任何的珠寶首飾，原始性的美，使男人產生更大的幻想。但是讓法蘭克起了生理變化和看得發呆了的，是她身上穿的衣服，那是用薄薄的料子做的，剪裁得非常合身，把她身上讓女人臉紅和男人心跳的每一根曲線都顯露無遺。她笑著說：「怎麼？不認識我了嗎？別老是站著發呆啊，進來吧！」

「看妳這身穿著，哪個男人能不發呆？」

法蘭克進門後，近距離把她一身看得更清楚了，高挺著的乳房像是要把胸前的衣料給撐破了，兩個乳頭清楚地印了出來，下身穿的超小號比基尼底褲的輪廓也顯出來了，很清楚地告訴他，除了小小的內褲和薄薄的長袍外，就是她軟玉溫香的肉體了。大門關上了，他注意到秦瑪麗把門從裏頭鎖上，她說：「我一個人，還是要注意一點安全。」

「包特太太不在嗎？」

「噢！珠迪難得放假回家，所以我讓她回去和女兒待一晚。」

「那老喬呢？」

「他大孫子小學畢業，今天要請客，他請假一天。」

法蘭克在思考，兩個長工今晚都不在，這和秦瑪麗今天打電話要他來而刻意地打扮，是不是有關係呢？多年來，他夢想著在他繼承老爸財產的同時，也要繼承他的老婆，也就是他的繼母，是不是就要實現了呢？他在往裏走時，一隻手就摟住了秦瑪麗的腰，上身就準備要靠上來，她用一手擋住了他轉過來面對著她的上身，另一隻手把他摟著她腰上的手拿下來，但是她並沒有抗議，只是向樓上看了一眼：「法蘭克，你上去看看你老爸，他剛睡著，哮喘折騰了他一天，大夫剛給他打了一針才走，別再把他給吵醒了。」

「醫生有沒有說他的最新情況？」

「心臟病沒有什麼新的發展，但是哮喘卻是嚴重了不少，他的肺功能在逐漸地減弱。」

「是不是只是時間的問題了？」

「是的，這也是我想要和你談談的事。」

「好，替我倒杯酒等我。」

「一杯白酒行嗎？我自己也想來一杯。」

「不，給我倒一杯威士卡加冰。」

想到他將要做的事，他是需要一杯烈酒來壯膽和刺激。

從病人身上接著的管子和電線，很難想像躺在床上滿臉都是皺紋，皮膚一點血色都沒有的人，還有一個可以主宰的生命，雖然這個老人是自己的生身之父，但是法蘭克發現對他已經沒有親人的感覺了，他唯一想到的是「還要多久？」也許這是因為他每天都要為是否能完整地將老爸的事業繼承下來而操心勞神，都是這「老不死」又娶了一個如花似玉的老婆，而她不只是有外表的美麗，還是一位有頭腦和野心的女人，這幾年來，他再也沒預料到，他最後的競爭者竟是自己的繼母。他無聲地對躺在床上的老爸說：

「不只是你的錢，你的女人我也要了。我會帶給她你無法給她的快樂。」

法蘭克從樓上下來到客廳時，看見秦瑪麗拿著一杯他要的威士忌酒加冰塊，和她自己的一杯白酒從小酒吧走出來，他這才注意到，腳上穿著的高跟鞋，使她走起來特別的婀娜多姿，散發出來那女性魅力隨著她移動。

突然來的一股衝動，使他從後面把她攔腰抱住，開始親吻她的脖子，他的一隻手緊緊地按住她的小腹，然後開始向下移動。另一隻手在她的胸前遊動，緊貼在身體上薄薄的衣料，讓法蘭克感覺就像是在摸她赤裸裸的身體，他在快速地膨脹，秦瑪麗的頭向上抬了起來，兩眼閉起來，從喉嚨的深處，她發出了低沉但是充滿著渴望和情欲的聲音，同時慢慢地扭動著全身，柔軟的臀部在摩擦著法蘭克身上的膨脹，法蘭克再也受不了，他開始要脫她的衣服，秦瑪麗突然停止了她的動作：

「法蘭克，你想幹什麼？這是什麼地方？」

「不行，我快要發瘋了，現在我就非要妳不行。」

「你要是再不停，我就把這兩杯酒澆在你頭上。」

「我不管妳要幹什麼，我現在一定要玩妳。」

秦瑪麗大喊一聲：「住手！你讓我把話說完，我要是高興了，我保證讓你感到像到了天堂似地爽快。」

法蘭克停下來，坐到沙發上。秦瑪麗把白酒一口氣喝了，她把威士忌酒拿給法蘭克：「把它喝了，你會好受一點。」

「這可是妳說的，今天我們兩人是要玩定了。」

秦瑪麗把衣服理了一下，主動地坐在法蘭克的身邊，拿起他的手握住：

「法蘭克，這幾年你老爸的身體一天比一天差，有很多地方都是你在照顧我，我心裏是很感激你的。我知道你喜歡我，而你老爸又是這種樣子，有時候我也很想你。但是我決不可能當你的地下情人，只是在有空閒時間或是想要我時，就來和我睡一覺，別的時候在你身邊的還是你的老婆，不管你願意給我多少金錢，我不會接受這種安排的，你就死了這條心吧！你要是真想和我在一起，就要等老頭子走了以後，你和我正式結婚。」

「我是民意代表，妳知道選民會怎麼看一個和自己多年的糟糠妻子離婚，而去娶自己繼母的眾議員嗎？我會被選民遺棄的。這是政治自殺，不可能。」

「你錯了。你可以請你的媒體顧問，打造一個你和我的絕美愛情故事，選民會同情的，尤其是年輕的選民，他們更不在乎候選人的婚姻。這一點你可以去問問你的人，看我說得對不對。我知道你的問題是你的老婆，因為她的老爸，就是你的老丈人，他是你背後的政治力量，你不能沒有他。我說的對不對？」

法蘭克不說話了，他把酒杯裏剩下的一點威士卡和溶化了的冰水喝了，秦瑪麗接著說：

「其實我們在製藥集團的矛盾也是因為你丈人，他一心要當董事長，因為他想把它當成選舉的工具，你明知道這是不合法的，但是你還要支持他。你老爸同意由我來接董事長，因為我會把製藥集團發展成為世界上最好、最強、最大和最有社會良知的健康產品公司。如果我們將來走在一起，我的成功會是你最好的助選武器。」

兩個人都沉默不語，還是法蘭克開口了：「妳在政治上是個未知數，何況又太嫩了。老丈人在政治圈裏打滾了幾十年了，什麼事都見過了，他是我的政治資本。」

「法蘭克，你的目標是去選下屆的參議員或是州長，當兩任後就考慮競選黨的總統提名。我問你，在美國的歷史上，有哪一個候選人不是因為有良好的政治成績才被提名的。有人是因為老丈人被提名的嗎？」

法蘭克又不說話了，秦瑪麗就繼續：「我剛剛的意思是，一個成功的、有社會良心的製藥集團，會成為一股向心力，吸引很多有作為、有理想的年輕人，如果這些人能聚集在你身邊，那才是你最大的政治資本，你仔細想想吧！」

法蘭克發現秦瑪麗有一股說不出來的美，也許這是她的智慧，但是更吸引了他，讓他想要征服眼前這女人的欲望更加強烈。他說：「我們兩邊談判好幾次了，最後就是卡在誰來接任董事長的問題上，我老丈人是不會讓步的。」

「這個我明白，我想知道的是你自己怎麼想？」

「如果不是我老丈人的一路支持，我不會有今天的。當初我老爸並不看好我。」

「我不管你老丈人怎麼想，我希望你自己能好好地考慮我的建議。」

「妳有新的想法了？」

「是的。你老爸在遺囑裏把這棟宅院留給我了，我把它拿來換你和你老婆所有的製藥集團股票。」

法蘭克吃了一驚，他愣住了，因為他知道這棟在長島黃金海岸的大宅院，在市場上的價值至少是十幾億美元，是他那些股票價值的十多倍有餘，並且緊連著這片大宅院，還有將近一百畝的空地，也是史密斯家族所有的，老爸在遺囑裏把大宅院留給秦瑪麗時，口頭上就曾答應過要把這塊地給他，至少他是有份的。如果能將這兩片產業連起來，那就會是價值連城的天價了。他說：

「妳有了我們的股票也不能保證會被選為董事長的。」

「我還不會傻到連這都不明白。」

「沒有了我們的股票，也不能保證我丈人不去競爭製藥集團的董事長。」

「我當然知道了，但是我不會去祝他好運的。」

「妳這新的建議我需要考慮，給我三天的時間。」

「沒問題，我知道你要和你丈人商量，但是我希望你能發揮自己的主見。告訴你，女人就是喜歡有主見的男人。」

「那我們的事要怎麼辦？」

「我們有什麼事？」

「秦瑪麗，妳別跟我較勁，別把我給惹毛了，我說了我是真的喜歡妳。」

她站了起來，用兩隻手把法蘭克也拉起來，然後用手指點著法蘭克的胸口說：「我都要把這一片大宅院給你了，難道你還不明白我對你的真心嗎？我從一個台灣來的平凡女子，變成了製藥集團董事長夫人，我是懷著感恩的心，一定要完成我丈夫交代給我的事。我更不能褻瀆他，成為他兒子的地下情人。我希望你能理解。我也知道你需要時間，我會以期待的心情等你。」

這番話讓法蘭克動容了，他摟住了秦瑪麗：「謝謝妳，原諒我對妳的粗暴，雖然妳的美麗和誘人，讓我失去了自制力，但是還是我的不對，對不起。」

「這些年了，終於聽見你對我說了讓我高興的話。」

秦瑪麗抬起頭來看著抱她的人，她把身體靠緊了。法蘭克看見她閉上了眼睛，一滴淚珠流下她的臉頰，塗著淡淡口紅的小嘴微微地張開，又從喉嚨的深處發出了無可否認的性饑渴，和讓他全身興奮的低沉聲音，他再也無法克制了，抱住了她的後腦用力地吻她，但是更讓他吃驚的是，她將自己完全給了他，讓他瘋狂地吻她和撫摸她，她將舌頭伸進了法蘭克的嘴裏，兩個人的身體做了全方位的接觸，在最敏感的地方，她更是主動地頂撞和摩擦，他把長袍後面的拉鍊拉開，把手伸進去，接觸到她光滑的皮膚，他伸手抓住了她光溜溜的臀部，摸到了那小比基尼上的細細帶子，當他要把它扯斷時，她掙扎地脫離了，兩手捂住了臉：

「不行，我們不能這樣。你快走吧！」

說完了，她就衝上樓去。法蘭克到小酒吧給自己倒了一杯威士忌酒，沒加冰塊就一口喝下去。他沒想到平常對他不假詞色的繼母，對他是動了真情，如果她能把這片大宅院都放棄了，她還會去爭別的嗎？還真是沒想到她能把這份真情藏得這麼深、這麼久。

他走到樓梯口停了一下，看見秦瑪麗臥室的門緊關著，他上樓，輕輕地敲了兩下門，沒有回應，但是裏頭傳出了哭泣的聲音，他試著要打開門，可是顯然門是鎖上了。法蘭克站在秦瑪麗臥室的門口發愣，他思索晚上所發生的事，讓他動容的一番話，可能會是從她的真心裏發出的，但是她的性饑渴也是很明顯的，她雖然抗拒他的上下其手和對她的非禮，但是沒有真正地抗議，只是說時間和地點不對，不能和他上床。

做為一個男人，尤其是當民意代表的男人，和法蘭克發生過關係的女人太多了，一則是他的工作，有不少女人會自動送上門來，二則是他有過度的生理需要，再加上他老婆對這方面的事不感興趣，就只關心教會的事，每次當他脫光了衣服，劍拔弩張正要開始和她歡愛時，她就開始禱告，讓他倒盡了胃口。他的經驗是，不管是自動上門還是苦追到手的女人，表面上都是一副聖女貞德的樣子，擺出神聖不可侵犯的姿態，但是等把她們的衣服剝光了，上了床就原形畢露，完全是個如假包換的蕩婦。樓上的這個女人也一定是如此，更何況老爸這幾年是上了年紀，又有心臟病，肯定是心有餘而力不足，又正碰上她是狼虎之年，難怪今晚一碰她，她就有那麼強烈的反應。

法蘭克決定了，今晚是個難得的機會，大宅院裏只有他們兩人和一個人事不知的老頭子，他要把她擺平，以後的事，不管是製藥集團還是史密斯家族產業的事，秦瑪麗就都要聽他的了。

他再敲了敲門說：「妳把門打開。」

「法蘭克，你快走吧，我不想見你。」

「妳是在逼我把門打破，是不是？」

「你會把老爸吵醒的。」

法蘭克往後退了一步，然後飛起腳來把門踹開，門鎖破壞，掉了一地的木屑。他首先注意到的是，房間裏所有的燈都是開著的，秦瑪麗站在大床的前面，滿臉怒容，用手指著他說：

「法蘭克，你膽子不小啊，居然敢破門而入，你到底想幹什麼？」

他發現面前的繼母發怒時，特別的性感，他指一指膨脹起來的褲子說：

「看得出來我想幹什麼嗎？」

秦瑪麗飛起手來就打了法蘭克一個耳光。

「妳敢打我？」

他馬上就回了她一個耳光，打得她眼冒金星，退了兩步就在床邊坐下，顯然這一巴掌打得不輕，秦瑪麗捂著她的臉蛋開始抽泣，法蘭克很快地把衣服脫了，最後連襪子也褪下，他的真面目露出來了：「臭婊子，趕快脫衣服吧！」

秦瑪麗把手放下：「我求求你，不要這樣，你會後悔的。」

法蘭克用左手抓住了她的頭髮把她拉起來，她的反應是驚叫了一聲，然後兩隻手都握住了緊緊抓住她頭髮的手站了起來，法蘭克的右手抓住她長袍的領子，用力向下一撕，整件袍子就完全撕裂開了，他再一拉，秦瑪麗的身上就只剩下一個小小三角布塊的黑色比基尼，緊綳著的帶子把小布塊裏的線條都顯示得一清二楚，他從來沒有這麼近距離的、在這麼亮的燈光下，看見過這麼誘人的女體，高挺的胸部和兩個豐滿的乳房，平坦但是微微隆起的小腹，連著那修長的大腿。最讓他興奮的是，那全身非常光滑又細緻的雪白皮膚。

法蘭克把細細的帶子拉斷，扯下比基尼內褲，秦瑪麗本能地用一手遮掩她的胸部，另一隻手遮掩住她的下體，他把比基尼內褲扔在床邊，但是驚訝地發現，秦瑪麗往後倒下躺在床上，她赤裸裸的全身只剩下一對很高的高跟鞋，她把一隻大腿彎起來，那渾圓誘人的雪白臀部、勻稱的小腿和黑色的高跟鞋，像是在展示一幅扣人心弦的畫。她張開了櫻桃小口，用鮮紅的舌頭把塗著淡淡口紅的嘴唇舔了一圈，法蘭克覺得這個動作性感極了。

法蘭克強力地進入了秦瑪麗的嘴，他一手抓住她的頭髮，一手握住她的後腦，一推一送地開始強姦她，但是不知道從什麼時候開始，他的手放開了，眼睛閉了起來，因為有一股電流通過了他的全身，帶給他從沒有過的快感，讓他四肢無力，為了撐住自己，他的雙手扶在秦瑪麗的肩膀，他感覺到她不但是在主動地推送，還帶著左右的搖晃，似乎是讓他和她嘴裏的每一個細胞接觸，在傳遞感覺的資訊。

法蘭克是呼喊著達到了高潮：「啊！天堂，我來了！」

但是就在那同時的一剎那，緊接著又有一聲驚心動魄的慘叫從法蘭克的喉嚨裏發出來：

「啊……哎呀！媽呀！」

秦瑪麗用力地把她的上下牙齒合了起來。完全膨脹了的海綿體噴出了大量的鮮血，混合著男人的精液，濺滿了她的全身。她拿起了枕頭旁邊的毛巾，把嘴裏的血水和精液都吐在上面，她沒有去漱口，把讓她翻胃的噁心強忍了下來。法蘭克痛得在厚厚的地毯上打滾，看著自己血流不止的下體，他拿起了脫在地上的襯衫把它壓住止血：

「他媽的，妳這被人詛咒的母狗，妳敢咬我，我要妳的命。」

他的一手壓住了下體，另一隻手撐起了上半身往前爬，他的兩條腿已經痛得不管用了。秦瑪麗看見他不是要去搆電話，而是向屋裏的壁爐爬去，眼睛盯住在那裏立著的一個生鐵造的通條，那是用來擺弄壁爐裏燃燒著的柴火，但是明顯地也是個武器，法蘭克是要殺她了。她雪白赤裸的肉體上濺滿了血跡，但是她輕快地移動到床頭邊的小桌，取出抽屜裏的一個黑色小盒，法蘭克看見她的臉上帶著很奇怪的微笑向他走近，他焦急地說：

「不能打電話叫救護車，你趕快把喬治叫來。」

喬治多年來是史密斯家族的家庭醫生，他也是住在長島。秦瑪麗又往前邁了一步，舉起手裏的小黑盒搖了搖：「我不是要打電話，這玩意是給你準備的。」

法蘭克終於看清楚了，秦瑪麗手裏拿著的不是手機，而是防身用的電擊器，當它接觸人體放電時，可以在瞬間產生數千瓦特的電壓，雖然目的是用來癱瘓人的，但是如果是在心臟附近放電，也是會致命的。他現在明白了秦瑪麗臉上奇怪的微笑是什麼了，他想起了小時候讀的《基度山恩仇記》裏的故事，復仇者在將要執行計畫了多年的行動時，就會表現出這樣的滿意笑容。難道是她終於發現了隱藏多年的秘密？他顧不得下體還在流著血，抬起兩手放在胸前，保護著心臟：

「妳別衝動，殺了我妳也逃不出法律的制裁。」

「是嗎？」

「年輕的繼母為了和兒子爭遺產，謀殺了兒子，能逃過死刑，也逃不過無期徒刑的終身監禁，妳還這麼年輕，值得嗎？」

「法蘭克，你是大錯特錯。為了讓你死得明白，我就告訴你，在這屋子裏到處都是一個男人強姦一個女人的證據。在法庭上還會有另一個故事：兒子垂涎年輕貌美的繼母，趁著家中無人，就在垂死中的老父床上施暴，強姦了繼母，繼母為了自衛，殺了兒子。」

法蘭克開始出冷汗，但不是因為疼痛所造成的，他又聽見：

「這個兒子因為平常就好色，留下不少性侵和性騷擾的案子，而繼母留下的印象，是一連串的慈善事業和義工活動。你認為陪審團會相信哪一個故事？」

法蘭克沒有被殺，但是他生不如死的活下來了。秦瑪麗從手提包裏拿出她的手機，按下快撥鍵，鈴響了一聲就被接通：

「珠迪，開始行動。」

她從衣櫃裏拿出一件薄外套穿好，腰上的帶子拉緊。把上面有她吐的血和精液的毛巾放進一個塑膠袋，再放進手提袋裏。最後將房間裏裝置的六個隱蔽錄影機拆卸下來，放回她的工具架上，把錄影帶取出來放進一個盒子裏。然後拿起電話撥打九一一：

「這裏是長島黃金海岸甘泉路二一五號，有強姦事件發生。」

不等任何回話她就掛上電話，然後按下床頭牆上紅色的緊急按鈕，那是通知當地的保全公司有緊急情況。她拿起手提包和錄影帶的盒子，在下樓前，她把臥室的燈都關上，只剩下床頭燈。在走出門時，她看見了珠迪的車在高速地開來，她按下開門鈕將鐵欄杆的大門用遙控打開，讓她的車直接地開到秦瑪麗面前，她開車門把錄影帶的盒子接過來：

「瑪麗，妳沒事吧？我媽說法蘭克是個粗人，她都快急得昏過去了。」

她把手伸出來搖一搖：「我活了，可是差點把我噁心死了。」

「帶子我就交給妳的律師羅沛茲了。」

「妳說，誰會第一個到達現場？員警？救護車？還是保全公司？」

「都不是，是聯邦調查局第一個來到現場。」

「哈，別以為我不知道，妳不就躲在離這裏兩條街的地方嗎？走過來也會是第一。」

遠處揚起了一片塵土，有車子狂鳴著警笛，閃著紅藍的緊急燈號，風馳電掣地開過來，珠迪把她的外套脫下，裏頭是件背心，上面印著「聯邦調查局」的字樣。她叉著腰，一隻手放在腰上的手槍上，站在大門口等待，她看見首先開進大院的是警車，後面跟隨著兩部救護車，殿後的是保全公司的車。

楊玉倩的第二篇報導是關於達賴十四世、解放軍進藏和「拉薩寶藏」：

一九三三年，十三世達賴喇嘛土登嘉措圓寂。當時的攝政熱振活佛派出了尋訪團，根據西藏傳統和種種的「顯靈」現象分成三路，為下一世的達賴去尋找「轉世靈童」。熱振活佛在一九四〇年給當時的國民政府的呈文中說：「青海阿多塔爾寺之東，地名大澤之所，有一個祁家，父名曲卻策仁，庚子年生，母名四郎錯，辛丑年生，在漢曆乙亥年六月六日正值日出之時，生下一子，名曰拉木登珠。是一位靈異超群，天賦罕見的靈兒真身。僧俗大眾皆認為已煉就切磨之金。」

遵照由清朝乾隆皇帝欽定的章程，應該將所有尋訪到的「靈兒」姓名寫在一根象牙籤上，當著「駐藏大臣」面前放進皇帝御賜的「金苯巴瓶」裏，然後抽籤來決定誰是真正的達賴喇嘛轉世。但是如果找到一個特別靈異的兒童，也可有例外，就是由駐藏大臣呈報皇帝恩准免去抽籤，直接坐床繼位。所以攝政活佛在他的呈文最後，請求批准免於金瓶籤簽。

呈文由國民政府蒙藏委員會的委員長吳忠信轉呈中央核示。同年二月，國民政府中央頒發政令：「青海靈童拉木登珠，慧性甚深，靈異特著，查係第十三輩達賴喇嘛轉世，應即免於掣籤。」

山霧迷濛之間，當年的拉木登珠已經成為十四世達賴喇嘛昂旺羅桑丹增嘉措了。他的一生就沒有他在轉世前的一生那麼平靜了，他不僅沒有去過在佛教聖地五台山普壽寺的行宮，年紀輕輕才十八歲的他，就要面對強大的壓力做一個重大的決定。

雖然他的前世可尋，但是他的今生坎坷，世道和他的轉世一樣也在輪迴，國民政府像前清皇帝一樣的遜位了，在北京的中央政府是由中國共產黨來執政了。而他自己對最近這兩年發生的事，也感到非常不順心，圍在身邊幫助他的人，對外來的局勢有了不同的看法，一派是建議他要立即和北京談判，另一邊是要他逃離西藏，出亡到印度或是其他的國家，開始西藏獨立的事業。他心亂如麻，無法做出取捨。還有他的家庭教師哈瑞爾帶著他的老朋友李淇也來見過他，他們的意見是勸他離開，李淇還說可以安排他到台灣去。

雖然達賴清楚哈瑞爾是奧地利人，但他曾經是德國納粹黨黨軍的軍官，而李淇是國民政府的「西藏專員」，有他的政治立場。但是他特別喜歡聽他們和他講說的，一萬年前傳說中的《亞特蘭提斯文明》和西藏宗教文化的關係，還有多年前德國的西藏探險隊，發現西藏人裏有「北歐亞利安人」的後裔，這些都是達賴非常感興趣的，同時他也對李淇這位漢人很有好感，很喜歡和他在一起喝茶說話，達賴常常跟人提起，他第一次看見李淇是在他五歲時的坐床典禮上。

封閉於雪山峽谷中的噶廈政府，對來自各方面的資訊似乎都充耳不聞，但是對那些藍眼睛、戴著白手套的人送過來的資訊卻很注意，讓他們對自己的力量估計得過高。他們將七千名藏軍調往金沙江西岸，雪域裏發出了淒厲的法號，喇嘛們在寺廟裏念咒經，詛咒紅漢人解放軍。十六歲以上到六十歲以下的男伕被陸續徵召入伍，藏軍急速的膨脹了一倍，各種兵員和輜重源源不絕地運往藏東，使拉薩通往藏東重鎮昌都的驛路上揚起了滾滾的沙塵，他們決定要憑據天險和神符，來頑固地抵抗解放軍進入西藏。

英國的特工福特從藏軍的兵營裏，不斷地向天空發射電波。在「驅漢事件」之後，美國的情報人員也進入了西藏秘密活動，鼓動西藏成立一支有技術的部隊，接受他們的技術訓練，抵抗中共解放軍進入西藏，西藏當局要求美國提供「十億美元」的援助，和二次大戰使用的武器及裝備，藏軍司令親自帶人到江孜印度兵營接受訓練。不久，第一批美國的武器裝備從加爾各答運到了拉薩。

和談徹底的失敗後，二十五日中央軍委批准了昌都戰役的計畫，二十六日西南軍區下達了作戰命令，燃起了戰火，解放軍向昌都發起全面攻擊。昌都是位於西藏東部瀾滄江上游，紮曲和昂曲兩大支流的交匯處，當地居民雖然只有三千多人，但是它的地理位置，是控制進入藏南、藏北和西藏中部最具樞紐的要衝。噶廈政府在此設立了總管府，指揮占著藏軍總兵力三分之二的九個「代本」，一個代本相當於一個團的兵力，再加上民兵八千多人，分佈在沿江一千多里的正面防線，和昌都附近寬七百多里的縱深地區。

當解放軍臨近金沙江東岸時，昌都總管拉魯．才旺多吉申請告老還鄉，因他的任期也將滿，噶廈政府就批准了。按慣例，昌都的總管必須由一名現任噶倫出任，但是在拉薩的三位噶倫，誰也不願意在這種動亂不安的時候赴任昌都，其他文武百官更是畏縮不前，於是攝政達札決定，突破了清朝給西藏制定設立四名噶倫的制度，提升當時被稱為「孜本」的人事審計官，阿沛・阿旺晉美為增額噶倫，前往昌都接任總管，四十二歲的阿旺晉美臨危受命，慷慨赴任。但是讓人沒想到的是，這位年輕軍人出身的貴族，居然是一位「主和派」，他在日後噶廈政府的高層會議中振振有詞地陳述，為了西藏人民的前途和西藏的文明與傳統，和北京和談是唯一的出路，他慷慨激昂地說：

「我們這一代的噶廈政府，不能擔當毀滅了『噶丹頗章』的千古罪名，我到了昌都後，會直接地去找解放軍談判。我會一路東行，找到解放軍為止。」

攝政王達札驚愕地說不出話來，許多在場的僧俗眾人都認為，阿沛一心為了雪域西藏，不顧個人安危，可欽可佩。但是「主戰派」為多數的噶廈政府沒有批准他的請求，他們像是賭徒，把寶押在上萬的藏軍和藏東的天險，還有對那些外國「朋友」也還抱有一絲希望，他們命令阿沛要堅守昌都。

昌都戰役是在一九五〇年十月七日打響的，解放軍四萬餘人，分八路向康區首府昌都進攻，藏軍全線潰敗，總管阿沛・阿旺晉美及其手下士兵，敗退到昌都以西的宗澤山口，最後在那裏的折骨寺裏向解放軍投誠。他們交出了英國特工、印度籍的報務員和大量的通信器材。十八天後，昌都戰役結束，「主戰派」沒有想到，幾萬人的藏軍會這麼快地瓦解，而昌都大敗後，在拉薩的噶廈政府也亂成了一團，不知如何是好，最後還是決定由只有十七歲的十四世達賴喇嘛親自執政。在這多事之秋，他挑起了掌管全藏政教事務的重任，而如何收拾這敗後殘局，他卻一籌莫展。

在當時的政府中，親英和親美的官員還是占大多數，他們還是認為達賴喇嘛不宜久居拉薩，決定請他出去投靠西方國家，以保證西藏的政教不致衰敗。負有執政任務的貴族們，也開始討論是否要將「建國基金」轉移到境外，但是貢旺．索康派出的警衛隊報告回來說，很多地方已經出現了解放軍的先頭偵察分隊，同時也發現了有土匪出沒，可以安全移動「拉薩寶藏」的環境和時機都已經不存在了，換句話說，還得繼續隱藏在原地。而剛剛親政的達賴，基本上還是只有聽憑活佛和貴族既得利益權貴們的擺佈。於是四十多名貴族官員和二百名藏軍，護送達賴沿著拉薩河谷前進，他們在曲水宗的江村渡過雅魯藏布江。

一路上風雪交加，在經過江孜到達亞東時，他們接到了消息，印度政府因國際輿論壓力和中國政府的警告，而收回了承諾，只能接受達賴以難民身分進入印度來避難，但是當難民是無法接受的恥辱，而無功而返又沒有台階下，一行人陷入了進退維谷的境地。十七歲的達賴只好滯留在亞東鎮的東噶寺，吟經誦佛，一籌莫展。

在此同時，打敗了西藏東部和北部的藏軍後，解放軍約幾萬人向西藏中部地區推進。西藏噶廈政府終於明白了，他們的做法會給西藏帶來空前的災難，批准了派代表團前往北京進行和談。一九五一年四月，「噶廈政府」派阿沛．阿旺晉美為首席的五人代表團前往北京，臨行前他和貢旺．索康做了長談，他們同意了一件事，就是「建國基金」或是「拉薩寶藏」是屬於西藏人民的，必須要由西藏人全權管理和控制。

一九五一年五月二十三日，中共政府同西藏代表團簽訂了，《中央人民政府和西藏地方政府關於和平解放西藏辦法的協定》，正式取得法理上對西藏之主權，協議一共十七條，規定：「西藏人民團結起來，將帝國主義侵略勢力驅逐出西藏；西藏地方政府積極協助人民解放軍進入西藏，鞏固國防；西藏實行民族區域自治；西藏現行政治制度和達賴喇嘛，班禪額爾德尼的固有地位及職權，中央不予變更，各級官員照常供職；實行宗教信仰自由的政策，尊重西藏人民的宗教信仰和風俗習慣；逐步發展西藏民族的語言、文字和學校教育，以及農牧工商業，改善人民生活；西藏地區的涉外事宜，由中央統一管理。」

協議還明確規定，有關西藏的各項改革事宜，中央不加強迫，西藏地方政府自動進行改革。在西藏首席代表阿沛·阿旺晉美的積極爭取下，十七條協定中有關「尊重西藏人民的宗教信仰和風俗習慣」的具體內容就是：所有中央政府的官員和工作人員，包括人民解放軍和公安人員，皆不得進入喇嘛寺廟。這個內容維持了「財政噶倫」可以繼續控制「拉薩寶藏」的合法性。為此貢旺·索康對阿沛·阿旺晉美肅然起敬，也使他們成為了好朋友。

執政後剛過了十八歲生日的達賴十四，第一次見到「中央大員」的地點，不是在拉薩的布達拉宮，而是在南邊和外國僅有一山之隔的夏宮。

年輕的達賴喇嘛駐錫之地是一座位於山腰的東噶寺，山腳就是亞東山谷，十多公里外就是亞東鎮，一眼望過去，是千縷萬縷的水蒸汽旋轉著嫋嫋地升起，狹長的喜馬拉雅山谷是從印度洋飄來的水汽，輸往中國南方的主要通道，它使這裏出現了熱帶才能見到的潮濕氣候，也讓這條高原上的山谷更為深邃而幽遠。

一九五一年七月十三日，在距離亞東半日路程的國境界山乃堆拉山口，「駐藏大臣」也就是中央人民政府駐西藏全權代表張經武將軍出現了，他是從北京出發，經香港、新加坡、新德里，星夜兼程趕來到了亞東的。他和隨行人員騎著高頭大馬，環顧四周，俯看亞東鎮，然後策馬奔向東噶寺，這時達賴喇嘛也看見了他。張將軍帶來了中共中央毛主席的親筆信，加上他親切的勸說，和護法神吉祥天女「神卦」的指引下，十四世達賴丹增嘉措於七月二十一日啟程返回拉薩。

一九五一年九月九日，代表中華人民共和國實質主權的三千餘解放軍進入拉薩。另外，從西藏東部和新疆等地，有兩萬餘解放軍進入西藏，並控制了日土、噶爾等重要地區，隨後又進駐江孜、日喀則等地。於是，拉薩在內的西藏全部主要城市都有解放軍駐守，並在西藏東部和西部的整個地區集中大量的軍隊。至此，中華人民共和國取得對西藏之實質主權。

在以後的年月裏，阿沛．阿旺晉美成為對西藏最有影響力的人，不僅西藏的地方政府依賴他來治理西藏，北京的中央政府也依賴他提供正確的資訊來制定西藏政策。但是他從沒有忘記西藏的農奴，廢除農奴制度成為他推動改革的最重要項目，西藏的和平解放給上世紀五〇年代的西藏，增添了很多新的氣象。一些拉薩上層貴族的男女青年們，組織了愛國青年文化聯誼會和愛國婦女聯誼會，這些進步的團體正在喚醒著西藏的未來。

拉薩城裏、城外修建了新的電站，開辦了第一所小學。國家還在這裏開辦了新式商店，藏族人民生活所必需的鹽、茶和棉布、綢緞的價格大幅度降低。入藏的軍隊為了減輕西藏人民的負擔，也為了提高西藏的生產技術，開荒辦起了示範農場，招收流浪乞丐，教給他們新的勞動技能。

在窮苦的西藏人眼裏，各種新鮮的事物不斷湧現，他們期待的新生活彷彿就在眼前。但也因此造成了一群原先的貴族和喇嘛對政府的不滿，他們的政治利益和財政收入都減少了，不但如此，從前是他們「私人財產」的農奴，現在和他們平起平坐了，還可以和他們在很多事情上競爭。他們失去了生來就有的「統治階級」地位，一股怨氣和反政府的情緒不斷地在滋長。

尤其是中國共產黨的西藏工作委員會，不僅是以西藏自治區籌備委員會的名義在指導行政治理的工作，而且還開始吸收很少數，但是珍貴的西藏知識份子成為中國共產黨的黨員，更加強了他們反抗的意念。

自從一九五五年之後，中共政府在四川、青海等地藏區推行人民公社制度，進行大躍進運動。結果遭到地方藏人各階層的抵制，引發了民眾暴亂。貢旺．索康約見了阿沛．阿旺晉美，在酒足飯飽後他們做了長談，分析了當前西藏的形勢和未來可能的發展，兩人都認為，從中國的整體局勢看來，如果「極左」的勢力不減，做法不改，國家的經濟就無法發展，人民生活也就不能改善，那麼在四川和青海所發生的藏人暴亂，就一定會延伸到西藏，並且暴亂很可能是由貴族和喇嘛僧人鼓動的，因為這是他們的機會，去奪回被剝奪了的特權。當談到「拉薩寶藏」時，阿沛．阿旺晉美說：這筆錢財是屬於全體西藏人民的，中央政府已經知道了它的存在，一旦拉薩發生了反政府的暴亂，解放軍一定會接管「拉薩寶藏」的。索康通知江敬沙，啟動了已經預先制定好的「拉薩寶藏」緊急處理方案。

一九五五年李淇的妻子在香港生下了一個兒子，取名李雲華。在他誕生後的第四個月，李淇接到了派他參與美國政府計畫在西藏行動的命令，首先他在香港會見了一位美國政府官員，西蒙斯先生，他是中央情報局的高級特工，負責西藏行動方案。首先他向李淇證實了，台灣官方已經決定要積極的支持中情局在西藏的活動，參與的機構是僑務委員會，也就是李淇的工作單位，另一個是最近剛成立的「大陸救災總會」。

李淇回應說，他仍然還是「西藏專員」，對於西藏的活動他有當仁不讓的職責。西蒙斯進一步地說明，自從一九四九年起，美國中央情報局、國民黨特務和西藏分裂分子的聯繫從未中斷，他們在中國西藏地區，開始了秘密援助「藏獨」的一系列行動。一九五三年朝鮮戰爭結束後，中印邊界在印度一側的阿爾莫一帶，居民驚奇地發現了三個教育中心、兩個醫院、兩個瘋瘋病院和一個肺病療養院。更令人驚奇的是，在這些「醫院」和「教育中心」裏，根本就沒有什麼病人。

二戰結束後，美國要防止遠東地區反美勢力控制政權，美國外交人員分析認為，達賴喇嘛的宗教勢力，是一種在亞洲中部及南亞佛教國家，影響較大的反對共產主義的意識形態，美國可以用它「做為亞洲遏制共產主義的屏障」。這種思路很快主導了美國的西藏政策。一九五一年秋，在簽訂和平解放西藏協議後，拉薩當局嚴守著協定內容，但拉薩週邊地區的部落首領及喇嘛因利益受到觸動，一些在藏區頗有勢力的商人開始組建隊伍，準備武力對抗中央政府。實際上，從一九五一年起，中情局即已開始從事西藏叛亂分子的訓練工作。阿爾莫就是中情局對西藏施行秘密行動的基地之一。

一九五六年，康巴地區的理塘寺爆發了持續數日的激戰。理塘寺的一名喇嘛佯裝成商販，逃到錫金的大吉嶺，接著去拜訪達賴的二哥嘉樂頓珠，他就是後來達賴與美國中央情報局之間的聯絡員。當時中情局認定，康巴叛軍是美國在西藏行動的可靠盟友，也認為西藏的形勢，為中情局的行動提供了千載難逢的機會。於是李淇協助中情局挑選了六名康巴叛亂分子，秘密地用飛機把他們送到太平洋的塞班島。其中從理塘來的阿塔諾布，是一位無線電通訊員，經過五個月訓練後，諾布及其一夥就帶著無線電通訊裝備，被空投在拉薩附近，成了首批從美國潛入西藏的行動員。

其中兩人與康巴叛匪頭子貢布札西取得了聯繫，並於一九五八年一月在達賴的夏宮羅布林卡，秘密會晤了達賴的管家帕拉·土登維登。他們的生存、他們跟當地叛亂武裝的接觸、和向中央情報局彙報的能力，決定了美國介入西藏的下一步行動。

但是在人民解放軍的有力打擊下，康巴叛亂到一九五七年底基本被平息下去。許多叛亂頭目紛紛逃向西藏，被西藏的上層貴族集團收留，重新予以武裝，成立了「四水六崗」衛教志願軍，以「藏獨」的雪山獅子旗為軍旗。

「四水六崗」是藏語的「曲細崗珠」，是泛指甘、青、川、滇、藏等省區藏族聚居的地方。一九五八年四月，從四川、青海、甘肅等省藏區竄入西藏的叛亂分子，正式與西藏上層反動集團結為同盟，將所有武裝力量統一於「四水六崗」組織之內，並分配了叛亂任務。一九五八年底，中情局決定訓練更多的藏人。李淇建議中情局應該吸收康巴族人做為特別行動員和特工，中情局同意後，他制定了詳細的計畫，秘密地召募了一百七十人，為西藏衛教軍訓練骨幹軍官，人員的召募主要是以康巴族人為重點對象，在琉球、塞班等地接受訓練。

因為這些高原的來客不習慣海島氣候，中情局就又在美國國內設立了一個「康巴遊擊隊員訓練基地」，該基地叫做赫爾營，位於美國科羅拉多州的洛磯山脈，是二戰期間美軍第十山地師總部所在地，這個營地曾被用來訓練美軍的山地作戰部隊和特工人員。該地平均海拔高度一萬英尺，與西藏的地形、氣候有許多相似之處。

訓練的工作是由中情局統籌，請美國特種部隊來主持，為了掩人耳目，美軍宣佈，赫爾營即將啟用為軍事試驗基地。在這個機密的營門口，赫然懸掛了「危險！請勿接近！」的牌子，登山者見到後都以為是核廢料處理場。營地的警衛也得到了命令，凡遇未經許可闖入者，一律就地擊斃！

李淇的計畫是，先後要吸收和訓練五百多人，然後選擇時間、地點和方法，將這些人送進西藏，再用飛機給他們空投武器彈藥，計畫是要建立一支八萬人的武裝力量，成為實現西藏獨立的重要組織。貢布札西帶著中情局訓練的特務和電台離開拉薩，竄到西藏山南地區，糾合了二十七個地區的頭目參加，升起了雪山獅子旗。從印度噶倫堡又來了一個七人代表團，團長是青海馬步方的團長，建立起叛亂武裝根據地。

「衛教軍」一成立，就立即得到美國的武器援助，中情局在一九五八年七月和一九五九年二月，兩次向西藏山南地區札古拉馬塘高地空投武器，約一百支美式來福槍、二十挺輕機槍、二門五五毫米迫擊炮，六十枚手榴彈，每支槍和每門炮配置三百發子彈或炮彈。次年一月又通過尼泊爾，用四十匹騾馬運入了武器、彈藥和其他的補給，對西藏基層政府機關進行一系列軍事襲擾和破壞活動。中央情報局的援助行動，助長了西藏分裂主義分子的囂張氣焰。

李淇對西藏人文地理的豐富知識和人脈關係，使他為中情局在西藏的活動做出了極大的貢獻，立下了汗馬功勞。中情局以高薪秘密地雇用他為「西藏專家顧問」。

李淇和他中情局的特工同事們，也談起西藏文化和古代的「亞利安人文明」的可能關係。但是在一次西蒙斯家裏的私人晚餐後，他們兩人單獨地在客廳裏喝白蘭地酒時，西蒙斯和他討論了「李淇．索康」的故事，遺失的「亞特蘭提斯文明」，還有「拉薩寶藏」。

西蒙斯認為，「拉薩寶藏」起源於數百年前在西藏的一個政權，它現在已經是不存在了，任何剩下生存的部分都已經是在共產黨政權統治之下，而「索康」是西藏的古老家族，更可能是「亞特蘭提斯文明」遺留下的後裔，因此理所當然的，「李淇．索康」對「拉薩寶藏」是擁有所有權的，這些都和中情局無關，但是如果李淇想要取得它，西蒙斯願意以私人身分助他一臂之力。

李淇當場回答說，他不但願意，而且事成後還願意和他平分「拉薩寶藏」的財富，兩人握手一言為定。

李淇是在他兒子李雲華三歲時，帶著妻子白瑪．索康，全家去到了尼泊爾的首都加德滿都。在過去的三年裏，他曾多次地來到這裏，尼泊爾是中情局訓練的行動員進入西藏的主要跳板，他和西蒙斯會為他們在此送行，也是做最後一分鐘的協調。

這一次他們一家來的目的，是要見李淇的丈人貢旺．索康，他渴望著想看看他的新外孫，和分別了好幾年的女兒。一家老少三代四口第一次團圓格外高興，尤其是當外公看見李雲華長得很像自己，樂得哈哈大笑合不起嘴來，並且要李淇一定要給他取一個西藏名字。他們在加德滿都待了三天，李淇問起了「拉薩寶藏」和未來可能的變數，貢旺．索康說情況依舊沒變，還是在他們財政噶倫的控制之下，至於未來，他希望目前持續在四川和青海藏人區發生的暴亂，不要蔓延到西藏，否則前途未卜。

當李淇問，要不要他先做好向境外轉移的工作，用他的名義在外國先開好戶頭，他的丈人說，都已經安排好了，李淇的臉色突然變得非常難看。他向老丈人透露，雖然他還是台灣政府的官員，但是實際上他和達賴喇嘛的二哥嘉樂頓珠一樣，都是在替美國中情局效力，達賴喇嘛現在認為，美國人對西藏的前途是善意的。

貢旺．索康突然問道，是不是中情局想要奪取「拉薩寶藏」？李淇沒有回答，索康就接著說，他認為「拉薩寶藏」應該是屬於全體西藏人民的，但是他的女兒白瑪．索康卻說，這些寶物都是「亞特蘭提斯文明」遺留下的，應該是屬於「主宰民族」的後裔。最後一家人話不投機，不歡而散。

楊玉倩結稿於印度北部的達蘭薩拉

第七章：長島復仇

救護車將法蘭克送到長島聖心醫院，他在那裏接受了三個小時的器官縫合手術。秦瑪麗是被送到在曼哈頓的紐約市立醫院，那裏有最完善的性侵害檢查和治療設備。在她到達醫院時，珍尼·羅沛茲已經到了，她是一位中年婦女，雖然是帶著西班牙家庭婦女的慈祥外貌，其實她是一名非常精明能幹的律師，在法庭上是有名的潑辣，得理不饒人，她幹過好幾年的檢察官，成功地辦過幾個大案，建立了她的名聲。

她不僅是秦瑪麗的律師，她們也是好朋友。在整個身體檢查的過程中，她是寸步不離。等檢查完畢後，警察局重案組的人已經在等著要問話了，但是羅沛茲宣佈，剛接到秦瑪麗私人醫生的電話指示，因為嚴重的刺激，目前無法接受任何的詢問。當晚的電視新聞和第二天的平面媒體，都報導了製藥集團董事長夫人在家中被人性侵得逞，據知情人士透露，警方已介入調查並已取得有力證據。

在同一版面上，還刊載了一則消息說：正在競選參議員的法蘭克·史密斯，因傷住進長島聖心醫院接受手術治療。雖然一個大公司的董事長夫人，在家中被人性侵犯的事引起了轟動，也觸發了以日益嚴重的社會治安為題的社論，但是沒有人把這兩件事連在一起。三天後，當員警去到大宅院再度訪問秦瑪麗時，她說現在頭腦裏一片空白，想不起來性侵她的人是誰，但是她確定是一個認識的人。

就在員警訪問了秦瑪麗的當天下午，聖心醫院宣佈將召開記者招待會，說明史密斯議員的病情。按規定，醫院有責任要在第一時間向公眾說明任何公眾人物的病情，所以這個記者招待會遲開了三天，主要是因為來自史密斯議員辦公室的龐大壓力，阻止他們或要求延遲記者招待會。但是醫院最終擋不住媒體的壓力，因為在四個月後就是參議員的選舉，目前的民意調查結果是史密斯領先，但是對手相距不遠，任何的馬前失蹄，對候選人都是災難。

記者會是在醫院的小禮堂舉行的，聖心醫院的發言人在主治醫師來到後，宣佈記者招待會開始，他先按著寫好的稿子做了簡短的聲明：

「三天前的傍晚，眾議員法蘭克·史密斯先生，被救護車送到本院的急診中心進行搶救。史密斯先生的身上有兩處受傷，一個是他的生殖器官受到嚴重剉傷，海綿體破裂，在器官縫合手術後，正在療傷。我的簡短聲明完畢，我現在宣佈記者會結束。」

「問題，我們有問題！」

「任何有關史密斯先生病情的問題，都屬於個人隱私，我們無法回答，請直接向史密斯先生的辦公室詢問。任何有關傷害案的問題，請向紐約市警察局的重案組詢問。」

但是警察局以正在調查中的案子不准公開為理由，把所有記者提出來的問題都擋回去了。當然，史密斯議員辦公室也以「無可奉告」來回應所有的問題。

紐約市立醫院更以法律條文的規定，除非在當事人的允許下，是不能洩露任何性侵受害人的情況為理由，不回答任何問題。在大宅院鐵門前守株待兔般守候的記者和狗仔隊，只能和門外的保全人員瞎聊。

似乎是所有的消息都被鐵桶似地完全封鎖了，記者們沒有任何可以報導的消息。紐約郵報在記者會的第二天刊出了一張照片，顯示大宅院裏停的一輛車，文字報導裏說，根據車牌，這是登記在史密斯議員名下的車，又根據目擊者說，當天下午看見了法蘭克開車進了大宅院。紐約郵報的銷售量在當地是僅次於紐約時報，這一則新聞把法蘭克和性侵案在時間和地點上連了起來。

法蘭克在聖心醫院養傷的日子很不好過，由於他受傷的位置，使他不能躺下來也不能趴著休息，否則傷口就痛得無法忍受。他也不能坐著，因為被電擊的肛門裏有插管。唯一可以忍受的姿勢就是站著，但是又不能長久。為瞭解決他休息的問題，醫院打造了一個架子，以他的上臂和大腿做支力點，把他吊起來，一眼看上去就像是個菩薩在打坐，所有第一次看見的人都會笑出聲來。但是法蘭克的心情卻是惡劣到極點。

他們將架子固定在輪椅上，想推他到醫院的花園裏去散散心，結果引來一群孩子跟在後面指手畫腳地嘲笑他，把他搞得火大，再也不到花園去散心了。報紙登出了他的「吊菩薩輪椅」照片，從讀者投書的反應看來，他並沒有得到讀者的同情，反而是有人用冷嘲熱諷的語氣說他是活該。

有一位曾經和他有過肌膚之親和特別關係，但後來又被他遺棄的女人，就直接寫信問他，要當太監的滋味如何？這讓他想起來秦瑪麗對他說的話，要讓他活得比死還要難受，這使法蘭克的脾氣越來越壞，他威脅他的團隊，認為他們有人吃裏爬外，被他找出來，他就要好好地收拾他們，弄得整個團隊人心惶惶。

還有六個月就是投票的日子了，競選的活動越來越緊張，但是法蘭克能參與的卻很少，他租用了聖心醫院的一層樓做為他的競選總部。但是他的參與還是僅限於在「出點子」上。法蘭克的領先民意調查有了下降的趨勢，為此，在競選總部裏召開了一次會議。是由法蘭克的丈人戈登·麥凱主持的。在此之前，他們以政治壓力使警察局和市立醫院對案子全面保密，只要秦瑪麗一天不說是誰性侵了她，警方就要繼續調查，不能結案，同時也不能透露和案情有關的任何資訊。

這正是法蘭克團隊最想要的。但是媒體還是不斷地拿著法蘭克是否就是性侵案的主犯問題在做文章，兒子在臥病的老爸病床邊，把繼母強姦了的故事，只有在電影裏才有，所以社會新聞的記者和狗仔隊不會輕易地放過。由於秦瑪麗方面一直沒有動靜，法蘭克的團隊就認為她是有內疚和某種顧慮，要隱藏真相，所以他們就主動出擊，放出風聲說：可能是個越獄的強姦犯幹的，秦瑪麗行為不檢，經常出入某一家夜總會，招蜂引蝶，壞人找上門來。但是羅沛茲馬上發表聲明，指出在案發前越獄強姦犯已經又被逮捕了，夜總會的經理和門衛，也都否認秦瑪麗曾經來過他們的場所。結果是這兩個謠言造成了反效果，使法蘭克的民調下降，他大罵團隊裏的人無能。

在第二天的紐約郵報上，又刊登了兩張照片，一張是一件斷了帶子的比基尼三角褲，放在一條男人的西裝褲上面，三角褲上繡著「ＭＳ」的英文字母，金屬皮帶的扣環上鑲有「ＦＳ」的英文字母，另一張照片是法蘭克在競選演講，他穿的西裝褲上也有同樣鑲有「ＦＳ」英文字母的皮帶。文字報導裏說，本市的一家裁縫店，證實了比基尼內褲是史密斯夫人訂做的，英文字母是她名字的縮寫。同樣的，皮帶上的英文字母是法蘭克名字的縮寫，這兩張照片讓人產生了無限的想像空間，它使兩個問題有了答案：西裝褲和三角褲的主人是誰？兩人在一起幹什麼？結論是它對法蘭克的民調造成負面的影響。

法蘭克的競選會議一開始，大家還是圍攏著要如何地散發負面資訊，來打擊秦瑪麗在公眾心目裏公信度的議題，但是團隊的法律顧問，貝爾曼老先生，他曾是史密斯家族律師團的一員，退休後為法蘭克的競選團隊工作，他有反對的意見：

「因為我們和警方的特別關係，從他們提供的不公開資料顯示，目前他們在現場收集到的物證，包括有：法蘭克在臥室留下的衣服，以及內衣褲、襪子和皮鞋，他的皮夾裏頭有駕照和其他的身分證明，帶有法蘭克指紋的酒杯，臥室門把上法蘭克的指紋，被踢破了的門鎖和皮鞋鞋底上的木屑，在床邊發現的撕毀了的女人長袍和被撕下的比基尼內褲，一條沾滿血液和精液的毛巾，化驗後用DNA證明是屬於法蘭克的。這些都是如山的鐵證，指明了法蘭克是在那間臥室裏和他的繼母發生了性關係。」

丈人麥凱立刻回應說：「但是我們會宣佈是秦瑪麗在勾引男人，事實是如此，貝爾曼先生，不是嗎？」

貝爾曼說：「戈登，現在我們面對的不是法庭上的陪審團，而是社會上的選民。他們不能接受兒子在他老爸躺著的病床隔壁，和年輕的繼母發生性行為，不管是暴力強姦、勾搭成奸還是兩廂情願都不能接受。目前的民調之所以還能小小地領先，是因為選民們只能確定秦瑪麗被性侵了，雖然對法蘭克不利的謠言是滿天飛，但是在警方還沒有公佈調查結果和當事人的直接指控前，選民還是希望兒子和繼母沒有幹那事兒。秦瑪麗在曼哈頓市立醫院的檢查報告，是兩人發生性行為的直接證據，一旦暴露，這次選舉對我們來說就結束了。」

丈人麥凱：「警察局方面有我們的人，應該是沒有問題的。但是秦瑪麗是一個定時炸彈，隨時會爆炸。」

貝爾曼：「所以穩住秦瑪麗是目前最重要的工作。別忘了她手上也有一份醫院的檢查報告，我們一定要弄清楚她是想要什麼。」

丈人麥凱說：「法蘭克，她除了想當製藥集團的董事長以外，還有什麼別的目的？她要錢嗎？我不相信她不想要錢。」

法蘭克：「這很難說，這個女人告訴我，為了要當董事長，她可以拿她的大宅院來換我所有的製藥集團股票。她可是會在錢上吃大虧的。」

貝克曼站了起來說：「我們為什麼不直接去問她，要她閉嘴的條件是什麼？」

貝克曼提醒大家，保證法蘭克的當選是他們唯一的出路，否則一切都會瓦解。他還拿多年前愛德華．甘乃迪的事為例，他在酒後駕車掉入河裏，把同車的女助理淹死了，這是酒醉開車過失殺人，是重罪。同時也有各種傳聞和媒體炒作，說他把這女助理的肚子搞大了，他的政治前途本來也是應該在那條河裏泡湯了，但是他花了大把銀子擺平了女助理的家人，用壓力不讓警方公佈死者的驗屍結果，再把案子一直拖延，等他再度當選參議員後，大多數的人都已忘記了這條人命的事，刑事案也就草草地結案了。後來愛德華．甘乃迪成為國會裏最優秀的參議員，留下了英名。

透過安排，貝克曼和羅沛茲開始談判，他們很快地達成協議：法蘭克以放棄大宅院邊上百畝空地的繼承權，來換取秦瑪麗在性侵案的沉默，具體地說，就是她不在公共場合談論此案，和一旦法蘭克被起訴性侵秦瑪麗，她不做證人。

案子似乎是沉寂下來了，法蘭克的民調開始回升，他的傷勢也恢復得很快。

楊玉倩的第三篇報導是關於「拉薩寶藏」和「索康家族」的消失：

一九五九年，在四川和青海藏人區的武裝衝突擴展到了拉薩。三月一日，西藏軍區曾邀請達賴喇嘛到軍區禮堂觀看表演節目，達賴以藏曆元月是傳召大會為由沒有來。但是在此之前，達賴聽說西藏軍區文工團去內地學習回來演出的節目很好看，是他自己主動提出要到軍區禮堂看節目的。達賴喇嘛去軍區禮堂看戲的消息，很快在拉薩傳揚開來了，西藏貴族魯康娃和洛桑札西等人，一方面指使他人借此造謠惑眾，散佈「漢人要劫走達賴喇嘛」的謠言，一方面又反過來哄騙達賴，說解放軍請看節目是假，乘機扣留他是真。並以保護達賴喇嘛的安全為由，派藏軍封鎖了達賴的駐地夏宮，實際上是將達賴軟禁起來。

貢旺．索康數次企圖要見達賴都被阻擋，連電話都無法接通。三月裏拉薩的上空烏雲密佈，三月五日叛亂分子在西藏貴族和權勢集團的指使下，利用解放軍在西藏駐軍和機關非常分散的特點，開始發起瘋狂的進攻。叛亂分子把抓到的戰士職工，剝皮挖眼，殘酷殺害。同時大量藏軍不斷湧入拉薩，布達拉宮、藥王山等制高點都已被藏軍佔領，解放軍和藏軍開火的形勢一觸即發。軍區副司令員桑頗．才旺仁增少將去布達拉宮看望，遭到藏軍打成重傷，隨行的地方幹部索郎降措慘遭叛匪殺害，屍體還被拖在狂奔的馬後示眾。一時間，拉薩街頭秩序大亂，藏軍武裝遊行，向解放軍戰士挑釁，高喊著：「中國人走開，西藏是藏人的。」

不明真相的僧俗人眾紛紛走上街頭，要求保護達賴。三月十日，西藏的反叛貴族和權勢集團見叛亂時機成熟，遂將叛亂公開化，宣佈「西藏獨立」，打出了「雪山獅子」的旗幟，向西藏工委、解放軍軍區駐地和自治區籌委會發起進攻，開始了大規模的全局性武裝暴亂。藏軍司令官，洛珠格桑、雪若巴．格桑阿旺和仁希夏格巴等三人接管藏軍指揮權，並且宣佈藏軍投入了叛亂的貴族和權勢集團。是夜，藏軍和衛教軍七千多人一齊出動，佔領了拉薩市周圍各制高點，正式向解放軍開戰，他們不斷地向解放軍西藏軍區，和西藏工委駐地開槍射擊，拉薩市內火光沖天，暴徒也乘機搶劫商店，焚燒寺廟，拉薩城內一片血雨腥風，此時叛亂組織已經控制了藏南大片的地區。

面對叛亂分子的大規模進攻，解放軍西藏軍區政委，將此情況上報中共中央及中央軍委，並彙報達賴可能逃離拉薩。北京決定派人民解放軍大部隊，從青藏、川藏公路兩個方向緊急入藏，同時命令西藏軍區部隊對叛軍進行反擊。

三月十七日，達賴在宮中聽到了三發迫擊炮彈發射聲，他的幕僚認為，他必須立即出走。當晚十時，達賴換下紅褐色僧袍，穿上了普通軍裝，戴上氈帽，肩起步槍來隱藏身分，開始了自歷代達賴在數世紀以來，行使最高統治權所在的拉薩潛行出走，成為二十世紀最具戲劇性的逃亡行動之一，從此達賴即未再踐履斯土。

達賴帶著三十七名隨行人員，在當夜離開了拉薩，一行人越過奇曲河，進入了康巴族游擊隊的保護範圍。游擊隊在美國支援下，一直在藏東與共軍作戰，中情局的特工隨即接到緊急命令，加入了達賴出走的隊伍，以無線電和中情局設在加德滿都的情報站聯繫。通過電台，中情局參與了逃亡路線的安排，並且一路空投給養。經十五天的翻山越嶺，他們翻越喜馬拉雅山，並渡過五百公尺寬的雅魯藏布江，一路上達賴的精神壓力尤甚於體力負荷，感到精疲力竭和腰痠背痛。達賴喇嘛在一九五九年三月三十一日，越過了邊境進入印度，以後又去了印度北方的達蘭薩拉，組織「流亡政府」。

解放軍進駐拉薩，平息暴亂。西方發達國家將這件事定性為對西藏的武裝入侵。以達賴喇嘛為首的噶廈政府及一些追隨者，逃往印度並在那裏成立了西藏流亡政府，要求西藏獨立，在國際上逐漸得到了一些支持。

一九五九年六月二十日，達賴喇嘛宣佈不承認「十七條協議」，並指出「十七條協議」是當時西藏地方政權，在中國武力逼迫下簽訂的。但是中共政府認為，這次武裝衝突是達賴喇嘛挑起的，原因是即將廢除的西藏農奴制度，觸犯到了達賴喇嘛和他的貴族勢力的個人利益。同時中華人民共和國政府也聲稱，由於冷戰的需要，美國中情局直接雇用了第十四世達賴喇嘛的兩個哥哥，也在一九五〇至一九五九年之間，支持達賴喇嘛公開和中共對抗和流亡國外，又聯合英國向印度施加壓力，使得印度同意接納達賴喇嘛和流亡的藏獨分子。

西藏的武裝暴動是所有人都始料未及的，都沒有想到在四川和青海的藏人暴亂，會如此之快地漫延擴大到西藏，讓達賴喇嘛、噶廈政府、解放軍和中情局，都感到驚愕和措手不及。但是最驚訝的是，當解放軍進入了喇嘛寺廟，打開了深鎖著大門的地宮後，發現裏面空空如也，「拉薩寶藏」已經完全消失了。

去西藏有兩個通道，一個是在加德滿都北方的樟木鎮，它隔著友誼橋和西藏境內的聶拉木遙遙相對。從拉薩乘汽車到樟木鎮約需兩到三天，一路上可以感受從浩瀚廣邈的雪域高原慢慢地降低海拔，漸漸地看見樹木、森林、瀑布，直到香蕉樹、榕樹和竹子。離開樟木鎮後，只要五個小時的車程就到了加德滿都。美國中央情報局從一九五一年開始，就在加德滿都設立了情報站，另外還設了兩個「觀察站」，一個就在樟木鎮，另一個設在錫金的甘托克。

錫金歷史上是位於喜馬拉雅山脈南麓的一個山地小國，它北接中國的西藏，世界第三高峰干城章嘉就矗立在兩國的邊境，它南臨孟加拉平原，東、西兩側分別是不丹和尼泊爾。處於這樣一個十字路口的錫金，一直被視為是從恒河平原通往西藏乃至中國內地的最好通道，中錫邊境東段西藏一側的亞東，在歷史上一直是印藏貿易的重要口岸，也是歷代達賴喇嘛在遇到重大政治危機時，首要的避難所，以便向喜馬拉雅山兩側逃亡。

歷代達賴喇嘛逃往喜馬拉雅山南麓時，都經過這條路線，一九一〇年，十三世達賴喇嘛在清政府派鍾穎率川軍向他問罪時，他就取道亞東鎮逃往印度，一九五一年，北京政府與西藏代表談判過程中，十四世達賴喇嘛也一直待在亞東鎮隨時準備逃亡。在離開此地不遠，但是在錫金境內的甘托克，中情局設了「觀察站」，主要的任務是監視進出亞東鎮的各方人馬。在加德滿都西北部接近木斯塘的博卡拉，有一個小型飛機場，中情局又在那裏建立了秘密軍火庫。

一九五九年的二月底，西蒙斯帶著李淇和大批的中情局特工及康巴族行動員，來到了加德滿都的情報站，就是在這裏，他們以無線電和從拉薩出逃的達賴喇嘛保持聯繫，並且派出行動員，在出逃的路上提供支援，最後使達賴的出逃隊伍成功地到達目的地。但是他們的另一項任務卻失敗了。西蒙斯和李淇都認為，西藏的暴亂是他們奪取「拉薩寶藏」唯一的，也是最後的機會，所以命令由中情局控制的「四水六崗」衛教軍，打著「西藏獨立」的旗幟進入了布達拉宮，同時要他們組織一個騾馬運輸隊，在布達拉宮附近集中待命。

當時整個拉薩城已經陷入了激戰和一片混亂之中，根本找不到任何騾馬和馬伕，西蒙斯命令衛教軍的康巴戰士死守布達拉宮，等待戰事平靜一點時再行動。但是沒有想到的是，在二十四小時內戰鬥就結束了，布達拉宮的叛軍全數被殲滅，同時解放軍也全面地控制了拉薩地區。奪取「拉薩寶藏」的行動不可能進行了。

藥王山的藏名是「夾波日」，意思是「山角之山」，它是在拉薩市布達拉宮右側，有小路可到山頂。藥王山和布達拉宮所在的紅山咫尺相對，兩山之間有市內的一條主要幹道穿過，幹道上層是一座白塔將兩山相接，底層是個門洞，是拉薩城的門戶。

中情局的特工向在加德滿都的情報站發出情報，報告達賴喇嘛在三十多名貼身的隨護人員陪同下，由藥王山離開，後面還有一個騾馬馱運大隊，是由藏軍隨從保護。走在隊伍前面的中情局特工並沒有注意到，離開了藥王山不久，又有從大召寺和羅布林卡來的馱運騾馬加入，使隊伍變得很龐大。大隊人馬越過了奇曲河，繼續按著既定的逃亡路線前進，但是在到達了江孜時，馱運的騾馬隊伍就和前面的達賴喇嘛一行人分道揚鑣，繼續向西，朝日喀則方向前進。西蒙斯命令中情局特工，密切注意這馱運騾馬隊伍的動向。

日喀則地處西藏西南部，是雅魯藏布江及其主要支流年楚河的匯流處，日喀則的藏語意思是「水土肥美的莊園」，它是一座古老的城市，距今已有六百多年的歷史，是當年後藏的政教中心，也是歷代班禪的駐錫之地，札什倫布寺是班禪喇嘛的道場。日喀則一帶，日照充足，地處河谷地帶，農業發達，是「西藏的糧倉」之一。

馬隊在這裏停了下來，又有一隊馱馬加入了行列，中情局特工發出了一個驚人的信息，原來馬隊是由貢旺．索康家族的「幫頭」江敬沙領隊，馬隊的核心是活躍在茶馬古道上的「白族馬幫」，貢旺．索康也親自隨隊，率領財政葛廈的三百名警衛隊為隨護。

當馬隊再出發向拉孜和定日方向前進時，李淇認為儲藏在不同喇嘛寺廟裏的「拉薩寶藏」，已經是放在整個馬隊的馬背上了，並且馬隊的目的地一定是木斯塘。他告訴西蒙斯，貢旺．索康有兩個很要好的世交朋友，都是小國王室的後代，他們是錫金國最後一個國王納穆加爾，和木斯塘最後一個國王晉美帕巴比斯塔。貢旺．索康曾經好幾次，替西藏的貴族們將金銀財寶運到國外，他會將錢財利用茶馬古道，從亞東鎮運到錫金國王的馬房裏，做為暫時中繼站，等將一切都安排妥當後，再見機運走，執行這任務的就是他的「幫頭」江敬沙。

李淇說，在錫金的甘托克中情局觀察站，並沒有察覺有任何不尋常的人馬進出亞東鎮，所以他判斷這個由貢旺・索康親自隨隊，還出動了全體財政葛倫警衛隊隨護的龐大騾馬馱運隊，是奔向木斯塘國王的家園，也只有他的巨大王宮，才能容納下「拉薩寶藏」。

西蒙斯下令中情局控制的約有兩千五百人的「四水六崗」衛教軍，以最快的速度向木斯塘前進，又命令曾在赫爾營接受過訓練，但是在尼泊爾待命的一百多名康巴族戰士，打開中情局在博卡拉的秘密軍火庫，攜帶最新的武器裝備，也迅速地向木斯塘集中，攔擊索康和江敬沙的馬隊。

「四水六崗」衛教軍的司令是甲多旺堆將軍，他是由赫爾營訓練出來的第一批學員中，唯一的倖存者，是一位很優秀的指揮官，他在由西藏進入木斯塘的山路設下埋伏，從三面向馬隊開火，雖然白族馬幫和警衛隊奮起抵抗，但是無法和數量及裝備都佔優勢的衛教軍抗衡，最後馬隊被擊潰，江敬沙帶著幾個貼身的白族馬幫成員和警衛隊員，掩護貢旺・索康退避到一所農舍，繼續抵抗，這時衛教軍發現了，所有的騾馬背上馱著的，緊緊地用麻繩捆綁的帆布包裹頭，不是什麼金銀財寶，而是一塊塊的磚頭。

衛教軍司令甲多旺堆將軍勃然大怒，他喊話要貢旺・索康說出「拉薩寶藏」的去處，但是得到的回話是，要他轉告中情局和李淇，他永遠不會說出寶藏在何處。

在請示了西蒙斯後，衛教軍以強大的火力摧毀了農舍，躲藏在裏頭的生命也和掩護他們的建築物一樣，在瞬間化為飛灰。

西蒙斯和李淇挑選了十二名訓練有素和經驗豐富的康巴族戰士，深入到西藏拉薩，搜捕所有的索康家族，和為他們工作的白族馬幫，追問「拉薩寶藏」的下落，兇悍殘忍的康巴族戰士以無所不用的方法，殘酷地刑求和拷問所有的相關人，最後以殺擄結束。

三個月後，索康家族和白族馬幫江敬沙的所有族人，就和「拉薩寶藏」一樣，從這世界消失得無影無蹤。

一九七五年後，李淇中止了和中情局的工作關係，他得到了相當優厚的「顧問費」。為了保密，李淇將這些錢存在美國，並沒有拿回台灣去用，日後成為他兒子在美國的生活和教育費。有些康巴族戰士，經過千辛萬苦、跋山涉水，最後逃到了達蘭薩拉，但是他們不願意留下，中情局的特工把他們接到美國，經過一段適應和培訓，幫助他們溶入了當地的社會。

當年參與了「西藏活動」的一些中情局的特工，把這批長期培養出來，又有豐富行動經驗的康巴人，看成是夢寐以求、難得的「精英財產」，他們不但沒有死心，對這些「財產」還有野心。他們籌建了「紅石環球安全顧問公司」，簡稱「紅石環球」，或是「紅石」，雇用這批康巴族人為「行動員」。「紅石」的主要業務是以合同的方式，為美國中情局或是國防部從事不能曝光的「黑色任務」，這些康巴人精英直到目前，還活躍在世界各地執行任務。

在本系列的報導是發生在半個多世紀前，一個古老民族在同樣古老又神秘的地方，所發生的傳奇故事。它圍繞著一位少年的宗教和政治領袖，在承接了不人道的奴隸制度後，又擁抱了另一個要廢除農奴的統治政權，然後又搖著民主和人權的大旗背叛了它。

他自始至終沒有放棄生下來就擁有農奴的權利，但是他模仿「甘地」和「德蕾莎修女」的形象，呼籲「非暴力手段」與「和平」，蒙蔽了他的雙手上還沾滿了幾千個在哭泣中亡魂的鮮血，他們是在木斯塘和西藏思念著他，和揮舞著「雪山獅子旗」的同時捐出了生命，世人頒發給他諾貝爾和平獎。

這一切的背後有一個「背書人」，就是美國政府。當年的中情局特工為了執行美國的外交政策，造成了遍地的腥風血雨，但是留下的不是「美國利益」，而是屬於個人的「紅石」和「雪山公司」，還有用美國納稅人的錢所訓練出來，繼續在為他們工作的康巴人。

這些年都過去了，他們和他們的後代，對追尋「拉薩寶藏」的欲望和熱情還在燃燒著。神秘的西藏雪域，正處於一個現代文明和神權文化階層，劇烈衝突的時代。神權族群正面臨「生存危機」，所以象徵現代文明的學校和醫院，就成為西藏動亂中神權族群的首選攻擊目標。

正如十七世紀歐洲的宗教法庭不饒過哥白尼和伽利略，而教會也不會自覺地退出歷史舞台。西藏的喇嘛和貴族，也不會自動地放棄他們封建的既得利益。達賴喇嘛披著「人權和自由」的袈裟，繼續在這文明衝撞的過程中掙扎，無論是和平的還是暴力的，都不會戛然而止。但是撕開了他身上光輝閃亮的袈裟，裏面包著的還是神權奴隸制度的代表。

現在世界上還有強大的政府、有影響力的集團和有野心的個人，形成了一個共同利益的群體，他們都希望，也在努力地將這半個多世紀前所發生的血腥事件，像被埋在西藏和木斯塘高山下的亡魂一樣，永不見天日。但是「白族馬幫」的江敬沙在遇難之前，將發生在西藏雪域的傳奇寫在他的日記裏，本系列的報導就是根據這本日記，和太平洋兩岸的新聞媒體調查結果。

楊玉倩結稿於印度北部達蘭薩拉

在法蘭克被允許離開醫院回家療養的第二天，有一位陌生人來到競選總部求見法蘭克，有助理和他談話，詢問他來訪的目的，他堅持要見法蘭克本人，在被告知他要見的人，現在遵照醫生的吩咐在家療傷中，他才勉強的同意由競選團隊主任戈登．麥凱會見他。在會客室裏，他沒有和麥凱做任何的寒暄，就直截了當、開門見山地說：

「我來見史密斯議員的目的，是我有些東西他可能會有興趣購買。」

每次選舉都會有些莫名其妙的人，來推銷一些莫名其妙的東西，為了息事寧人和保持形象，只要是不太惡劣，都會拿點錢，把上門來的人打發了。麥凱仔細地打量眼前的人，他不像是一般來敲詐勒索或是訛錢的人。他看起來三十多歲，白襯衫，深褐色的運動服上裝，黑色長褲和黑皮鞋，沒打領帶，但是脖子上有條圍巾，顯然是很會搭配衣服，穿著很像他們一位替法蘭克寫演講稿的人。

麥凱指了指一張椅子說：

「年輕人，我是戈登．麥凱，助選團的主任。請問貴姓大名，在哪裏高就？」

「麥凱先生，名字就免了，我是自由撰稿人。」

「自由撰稿人」的另一個名稱是「特約記者」，也就是替報紙、雜誌寫文章，如果被接受，登出來了，就按件計酬，這些人不是報社的員工，因此也沒有正常的薪水，一般說，他們的文章含有大量的「內幕」和「小道消息」，可讀性較高。他們通常都是和「狗仔隊」的人有密切合作。

「那您是來推銷文章的嗎？」

「不是，我有些照片，想知道史密斯議員有沒有興趣購買。」

「為什麼你會認為史密斯議員會對你的照片感興趣？」

「因為他是這些照片裏的主角。」

「是嗎？這些照片是在哪裏拍攝的？」

「看了就知道了。」

「有樣本嗎？」

「我帶了一張來。」

「那麼我需要看一看才能決定有沒有興趣。」

「我需要先知道如果你們有興趣，能出多少價錢？」

「不看樣本，怎麼能出價錢呢？」

「因為我們另一個客戶已經開了價，你們如果不能給更好的價錢，我們就到此為止，大家都別浪費時間。我還有兩家要去問問他們感不感興趣。」

「你能不能告訴我你另外的客戶是誰？」

「不能，這是我們的行規。」

「那你可不可以告訴我，你希望的價碼是多少？」

「三萬一張，三十張一共九十萬，現鈔交易，一手交錢，一手交貨。」

「九十萬不是個小數目，我需要看看樣品，如果要買，我們需要一點時間準備現鈔。」

對面的人打開了肩上揹著的公事包，從裏頭拿出一個牛皮紙的大信封交給麥凱。

當他看見那張放大了，但是格外清晰的彩色照片時，麥凱感到他的腦袋裏轟然一聲，差一點昏了過去。

法蘭克赤裸裸地出現在照片的中央，性器官已經完全勃起，秦瑪麗的衣服已經被撕下來，全身只剩下小小的比基尼三角褲和腳上的一雙高跟鞋。她驚惶的表情和雪白誘人的身體，袒裎在赤裸裸但是已經劍拔弩張的男人前，讓人想到她即將遭受到的命運。麥凱聽見面前的人說：

「這個世界就是充滿了不如意的事。這一張照片不僅會把法蘭克想當參議員、州長、甚至總統的夢打破了，也可能讓他在監獄裏待上十年或二十年。」

麥凱明白了現在他的女婿正面對一生中最關鍵的時刻：

「你可以告訴我這些照片是從哪裏來的嗎？」

「我是來賣照片的，不是來賣情報的。如果你們對照片沒有興趣，我就告辭了。」

他收起了照片和大信封，起身準備走了，麥凱說：

「慢點，如果我們不想出這麼高的價，你要把這些照片送到哪裏去？」

「報紙、電視和網上的讀者和觀眾，就能看到真槍真刀的A片了。你們也就不用再忙忙碌碌了。相信地方檢察官看了後，也會感興趣的。還想要嗎？」

「你是在敲詐勒索候選人，這是犯法的。你知道嗎？」

「強姦繼母也是犯法的。」

兩個人互相盯著對方，最後麥凱說：

「我們有興趣，你什麼時候能把照片送過來？」

「你什麼時候能把錢準備好？」

「今天晚上十一點就在這裏，我們一手交錢，一手交貨。」

「我太失望了，因為你把我想成是個大傻瓜。我帶著照片半夜三更到這裏來，是不是我就從此帶著照片由人間蒸發了？我會在下班前打電話給你，告訴你我們交貨的地點。我必須看到史密斯議員，否則他可以在明天的早報上，去欣賞他如何強姦他繼母的照片。還有，麥凱先生，如果我從這裏失蹤了，照片也會登出來的，所以不必安排我出車禍的計畫了。再見了，等我的電話吧！」

「等等，你賣照片，也包括底片嗎？」

「當然，連底片一起。」

「你怎麼保證你沒有留一套再來敲詐勒索？」

「法蘭克的老二是接起來的，你能保證他從此就不再強姦女人了嗎？如果你要保證，那去找保險公司吧！」

「我想再談談價錢。」

「一毛都不能少。」

「如果我們加碼，每張出五萬，一共一百五十萬，這不是個小數目，我們要這些照片的來源和不見媒體的保證。」

對方站住不動了，顯然是在思考，最後他說：

「以賄賂手段影響新聞自由，是違反聯邦選舉法的。」

「會比強姦繼母的罪更嚴重嗎？」

「也是今晚一起付款嗎？」

「當然。」

法蘭克帶著還沒有痊癒的傷，忍著疼痛和麥凱在接到電話指示後，連續地換了兩個地方，最後定下來的地方，是在第五大道和第五十街交口的一家小酒吧。

他們一推門進去，就被裏頭音樂播放機發出震耳欲聾的聲音和吵雜的人聲驚愕住了，小小的酒吧裏已經擠滿了人，進門的對面就是長長的吧台，吧台兩邊靠牆是車廂式的座位，面對面的高背座椅形成一個小包間，中間有小桌，還有垂下來的串珠簾子，讓裏頭的人有些隱蔽。他們好不容易擠到吧台，問酒保叫了兩杯啤酒，酒保沒有回應，只是看著戴著大墨鏡的法蘭克說：

「右邊的第三個包廂，那裏有人在等你們。」

撥開了串珠簾子，他們就看見賣照片的人坐在裏頭，兩手放在小桌上，面前沒有酒擺著。他看著法蘭克說：「很高興能看見議員先生來了，怎麼樣?老二能用了嗎?」

法蘭克坐在他丈人的車裏，上上下下了三次，又一路上顛簸，傷口已經開始有點隱隱作痛，他擔心是不是又會出血了，所以當他到了酒吧時就已經火大了，現在又聽見有人拿他的傷調侃他，他的脾氣發飆了：「我肏你媽！」

法蘭克和麥凱都沒想到，賣照片的人站起來，在包廂裏的狹窄空間，居然能飛起一腿，紮紮實實地踹在法蘭克的下體，他像是一條被宰殺中的豬仔，驚天動地的慘叫一聲，就彎腰捂住了下體，痛得眼淚都掉了下來。

「你狗娘養的，你敢踢我？你知道我是誰嗎？」

「不就是那個在大宅院裏，小雞雞被後媽咬下來餵狗的嗎？」

「你是死定了。」

「是嗎？你既然一點誠意都沒有，我馬上就去找下一個客戶那裏。」

麥凱認識到事態的嚴重，對方是衝著他們有備而來，否則沒有人敢這麼無禮地對他們：

「我們是有誠意的。」

他把手裏提著的袋子放在桌上，繼續說：「你看，一百五十萬，一個不少，全帶來了，不要為一點小誤會把事情搞砸了。我們開始談吧！」

「你叫他給我道歉，他不該污辱我母親。」

法蘭克忍著刺骨的疼痛，咬牙切齒地說：「作你的大頭夢！」

麥凱看見賣照片的一言不發，站起來要走，他趕快舉起手來擋住：

「這位先生稍等。法蘭克，你站起來給他道歉。」

法蘭克頭一次看見他丈人有如此大的怒容，他知道情況嚴重了。他忍痛站了起來：「對不起，我不該出口侮辱你母親。」

道歉的話一說完，對面的人揚起手來就打了他一個耳光，這是他被秦瑪麗打了一個耳光後，又被人甩了一耳光，正想要發作，對面的人回手過來，用手背在他另一邊的臉上印上了指印。在「紅石」受訓的本能告訴他，打他耳光的人不是個簡單的小報記者或是狗仔隊的，他是個行動員。等大家都又坐下後，麥凱說：「照片和底片都帶來了嗎？」

「照片是用數位相機拍攝的，沒有底片。但是三十張照片全在文檔裏。」

他把一個隨身碟交給麥凱。

「你留了拷貝嗎？」

「因為買不到保險，我們只能求自保了。」

「可是我們說好了底片是在內的。」

「麥凱先生，我們對你和史密斯的來龍去脈和過去的歷史都查了一下，才有了自保的決定，你認為我們錯了嗎？何況我是說老實話，我要是說沒留拷貝，你也沒辦法，但是我們打開天窗說亮話，全攤在桌面上。我也告訴你，我們懂得行規，拿錢就得辦事，照片不會從我們這裏曝光的。否則以後我們沒法在道上混了。」

「照片的來源呢？」

「我們沒有確切的消息，因為我們的上家是二手，不是拍攝的人。但是我可以告訴你們一些有關的資料。」

「包括在價碼裏了？」

「不另收費。你們都知道，尤其是史密斯議員，大宅院的管理嚴格，警衛更是滴水不漏。狗仔隊或是任何人如果沒有主人的同意，是不可能有任何的攝影活動的。那麼這些照片是怎麼拍下來的？」

麥凱說：「是在主人同意下拍的。」

「那是一定的。但是誰是主人呢？史密斯議員的老爸臥病不起，實際的主人一直是史密斯夫人，她會同意將她被兒子性侵的情況拍下來嗎？」

大家都沉默不語，最後法蘭克說：

「除非是有某種目的。秦瑪麗是個工心計又是城府很深的女人。」

「我們得到的消息是，秦瑪麗是在準備一個復仇計畫。」

法蘭克：「復仇？秦瑪麗想要把誰毀了？她有什麼仇呢？」

「不知道。我的貨都交了，需要看看嗎？我帶了筆電來。」

「不用了。」

「那好，我們就銀貨兩訖。錢我帶走，鈔票不數了，跑得了和尚跑不了廟，我們後會有期。」

麥凱和法蘭克沒有馬上就走，他們叫了啤酒，麥凱說：

「法蘭克，你認為秦瑪麗自導自演的可能性大嗎？」

「如果她是有特定的目標，就完全有可能。這幾年來，她讓人佩服的，就是她的決心和毅力。」

「你是說，如果她是為了復仇，她就會用她的身體來勾引你，再把你的老二咬斷。但是她為什麼要拍這些照片呢？除非她的復仇還沒完？你知道她是為什麼要復仇？」

「是不是她看到那些檔了？」

「那都是由你老爸收藏保管的。不應該會洩漏的。」

「老爸現在都這樣了，他阻止不了秦瑪麗，被她發現是早晚的事。我想應該啟動我們的緊急措施了，否則有個萬一，後果不堪設想。」

「事不宜遲，我們現在就做。」

「先送我到聖心醫院一趟，我想那個混蛋把我的傷口踢裂了，有血出來了。」

在美國的東海岸，有一個著名的民間婦女保護組織，正式的名稱是「保護婦女行動委員會」，被簡稱為「婦保會」。它是由一批社會人士所創立的，宗旨是保護婦女不受到家庭暴力和性侵害。在原則上，婦保會是通過法律手段來達到保護的目的，用群眾運動來達到避免家暴和性侵的發生。

婦保會推動了幾項具體的行動，例如派保全人員在「地鐵夜間婦女車廂」，夜間回家伴隨，派律師陪伴受害人就醫，派專人到中小學校做專題演講等等，得到了非常好的評語。尤其是它們每月出版一次的《婦保會月刊》，將一個月中所發生的家暴和性侵案子做詳細的報導，尤其是對「犯罪者」的追蹤報導，讓他們無所遁形。

婦保會的經費都是來自捐款，有企業也有個人。組織裏有支薪的專業人員，也有志願者的義工。它們的律師團隊是由著名的從業律師所組成的志願人員，曾替婦保會立下過汗馬功勞。創建時成立了執行委員會，聘請行政人員進行日常的事務，秦瑪麗和羅沛茲都是婦保會的執行委員。

當秦瑪麗的性侵事件發生後，婦保會深深地感受到，犯罪人的保護傘不但使受害者受到二次傷害，更使法律成為無用的工具。在羅沛茲律師的牽頭下，婦保會全力以赴，終於說服了一位分管紐約州的聯邦第二巡迴法院中的法官，同意發出「庭諭」，指令紐約市立醫院必須向婦保會公開，秦瑪麗被性侵後的身體檢查和DNA驗證結果。

就在同一天的下午，有三輛聯邦法警的警車，響著全開的警笛和紅藍閃爍的燈號，風馳電掣地開進了紐約市立醫院的大門，十二個高頭大馬、全副武裝的聯邦法警，快步地上了行政中心，出示聯邦法官的「庭諭」後，就直接闖進檔案室，把三個標明有「大宅院強姦案」字樣的文件箱，拿下就走。除了說一句：「在這裏簽字。」就沒有任何一句廢話。

醫院裏所有的人都靠邊站，沒人敢提抗議，更不用說會有人來阻攔他們了。聯邦法警給人的印象似乎是聲名狼藉，主要是因為工作性質，他們就故意營造出一副蠻橫的樣子。除了執行聯邦法官的「庭諭」外，他們主要的任務包括有證人保護和運送重要人犯，執行任務通常都是以雷霆萬鈞的絕對優勢人力，加上迅雷不及掩耳的速度，在瞬間控制敵人和局面。就是在這種情形下，將法蘭克和麥凱千方百計要阻止曝光的醫院性侵報告，脫離了保護傘，婦保會就從聯邦法警手裏，而不是從秦瑪麗的手裏，取得了毀滅法蘭克的證據。

紐約市的地方檢察官立即根據這份報告，逮捕了法蘭克並控告他強姦罪，在第一次提審過堂時，法蘭克的律師貝克曼要求法官撤銷控告，理由是已經存在有效的檔，可以說明指控文中的被害人不會出庭作證，使控告案無法進行，基於這個技術問題，應該撤銷此案。但是檢察官回應說，他們不需要被害人出庭指控，因為已有強姦全過程的錄影記錄做證據，法蘭克這時明白了，為什麼秦瑪麗臥室裏的燈是全開著的，也想起來他的繼母是一位成功的動物世界攝影專家，她的專長是設立「無干擾的自然環境」，和無比的耐心等待目標的到來。法官在看過錄影後，判決控告案成立，宣佈三個月後開庭。

貝克曼立刻要求交保釋放被告，在檢察官強烈的反對下，法官同意保釋，保金定為五百萬美元，被告不可離開紐約州，同時要扣押護照。在被害人律師羅沛茲的要求下，法官同意發出「禁制令」，禁止被告在任何情況下，進入秦瑪麗所在的五百公尺範圍內，這包括她的住所、工作場所和她個人所去的任何地方。

醫院報告的曝光成了頭號新聞，整整一個星期，它成了媒體的炒作對象。法蘭克在過去多年中玩弄女性的事實，曾經隱藏住的性騷擾和性侵案件，也一樣樣地被挖了出來，在媒體上被活靈活現，甚至添油加醋的形容。

兩星期後他的妻子提出離婚，並且把他趕出家門。法蘭克失去了家庭，他想到唯一還會疼愛他的父親，但是因為禁制令，他不能接近。他的民調一落千丈，競選團隊裏的人相繼辭職離去。最後連他的政黨也放棄了對他的支持，轉而支持一個無黨派的對手。

壞事不斷，聯邦檢察官以違反公平競選法和以金錢賄賂媒體的罪名，向他和麥凱起訴，在檢察官的辦公室裏，他看見了賣照片的人，原來他是聯邦檢察官的調查員，這次他露出了非常友善的笑容說：

「我不是跟你說過嗎？這世界上有太多不如意的事了。你的小雞雞不管用了，老婆就趕你出門，是有點不厚道。不過也有好處，你就不用看著她和別的男人爽了。」

「你他媽的等著我，我不會忘記你的。現在我就想知道那些照片是不是秦瑪麗提供的？」

對方沒有回答他的問題，只是笑著說：「別讓我等得太久了。」

法蘭克的參議員競選失敗。威廉·史密斯向「南方製藥集團」的董事會提出因身體健康問題，希望辭去董事長的職位。董事會開會表決同意，同時決定，按公司既定的規程，召開全體股東大會，選舉新任董事長和全面改選董事會成員。

麥凱／法蘭克一派全面落選，不僅沒有爭取到董事長的大位，連進董事會當董事的票數都沒有拿到。因為法院的禁制令，法蘭克不能參加股東大會，使他沒有機會做他有名的煽動性演講。秦瑪麗順利的以高票當選「南方製藥集團」董事長，接任後，她啟動了一系列的改革方案，讓「南方製藥集團」更上了一層樓。

法蘭克失去了所有的朋友，他想到離紐約不到十公里的新澤西州一個小鎮上，去看一位曾經愛過他的女友，但是在開車過橋時，被橋上的紐約港口員警認了出來，法蘭克·史密斯因違反法院的保釋條件而被捕，開始在監獄裏等待開庭和被判刑的日子。

他是徹底的被毀滅了，過著生不如死的日子。「紅石」是他剩下的唯一希望。

秦瑪麗是從電視新聞裏看到法蘭克被捕入獄的消息，她默默地恭喜自己完成了計畫，雖然她付出了很大的代價，傷害了自己，留下了終生不會忘記的傷痕，但是她完成了百分之五十的復仇計畫。她知道要完成另外的百分之五十，可能要付出更大的代價，甚至於用她自己的性命來換取最後的成功。但是史密斯的心臟醫生一通電話，讓她有了新的想法，他一則是告訴她好消息，一個年輕人因車禍重傷，很可能不久於人世，家屬同意捐出心臟，初步的細胞搭配實驗結果非常好，可以用來為她丈夫做換心手術。二則是提醒她，絕不能把法蘭克被捕入獄的事告訴她丈夫，會對他造成很大甚至是致命的刺激。這通電話告訴她，復仇計畫的另一半不能再等了，但是代價是不是會太大了？她會不會永遠地失去她在那個男人面前的尊嚴？她曾夢想過，如果能和他一起走完下半生的路該是多美好啊！

因為路上塞車，當「南方製藥」的董事長座車把秦瑪麗送回到史密斯大宅院時，已經晚了十分鐘，司機下來開車門時，她說：「肯尼，請你稍等一下，我去問問碧吉特要不要你送她回家。」

「沒問題，夫人。送完護士碧吉特後，還需要用車嗎？」

「不用了，你可以回家了。但是記得明天早半小時來接我，一大早有個重要的會。」

「是的，夫人請放心，明天我會早來三十分鐘。」

穿著一身護士制服的碧吉特開著門在等她，秦瑪麗說：

「對不起，碧吉特，我回來晚了。董事長情況怎麼樣？」

碧吉特笑著回答：「那要問問妳自己了！但是前任董事長的情況正常。」

秦瑪麗說：「別跟我耍嘴皮，告訴妳，現任董事長很累，會發脾氣的。走，我們去看看他。」

史密斯大宅院裏的一個客房，已經改裝成為設備完善的病房，史密斯是一年前做完了第三次的心臟手術後就回到家裏，主要就是在等著有合適的心臟，要做換心手術，進去之前，秦瑪麗問：

「他現在是醒著嗎？」

「是的，在看電視。」

房間的正中間是病床，床頭是靠在牆上，床頭對面的牆前面是一個巨型的電視顯示板，它幾乎有三分之一的牆面那麼大，電視正在轉播阿拉巴馬大學和阿肯色州立大學的足球比賽。史密斯是靠在搖起來的床頭上，它的臉色灰白還發暗，正在聚精會神地看著電視。

床邊的鐵架上倒掛著一袋點滴液，有一根管子直接連到他手臂上的靜脈血管，病人身上還有好幾根傳送感應器信號的電線，接到病床右邊靠牆架子上的電荷放大器，輸出的信號再連上架子上方，固定在牆上的顯示器，一排閃亮的波型信號，一次又一次周而複始的從顯示器的左邊移動到右邊，這是病人的生命正在延續中最科學的證明。

病床的左邊靠牆也有一個架子，它的底層放著一個氧氣供應系統，主要是一個氧氣筒和一些控制裝置，它也有幾條信號線連接到架子上方掛在牆上的顯示器，將氧氣的輸送量、濃度、氣筒內的餘量和時間以數字顯示出來。它還有一根細細長長的透明塑膠管，是用來輸送氧氣給病人，它的另一頭是固定在史密斯的左鼻孔。

這是一個非常完整的心臟看護系統，其中最重要的是一根信號線，被稱為「救命線」，它是一個電子控制開關，控制掛著的點滴液袋裏的強心劑，它的一頭是握在病人的手裏，當病人感到心臟不適時，他可以按下手裏的開關，馬上就會將一定劑量的強心劑輸送進病人的血液裏，同時也會響起警鈴，叫來看護人員。

史密斯大宅院的病房管理和作業，是以合同方式委託給長島基督教聖公會醫院，他們派護士來看護史密斯，每天三班，碧吉特護士的家住長島，所以經常被派來，秦瑪麗就和她比較熟了。病房的門沒有關，進門前就聽見了足球賽的轉播，她趨前親了一下史密斯的臉，用手摸一摸他的額頭：「親愛的，我回來了，今天過得好嗎？」

「啊！妳今天怎麼這麼早就回來了？」

「你忘了，今天輪到我來照顧你，包特太太三周前就請假了，今天她有親戚從芝加哥來。」跟在後面進來的碧吉特說：「包特太太在下午去曼哈頓前來看了一眼，告訴我說她已經給史密斯夫人準備好了晚餐，放在冰箱裏，要吃之前在微波爐裏熱一下就行了。」

史密斯說：「她也做了一盤通心粉給我，很好吃，但是碧吉特就只讓我吃一小盤，我想剩下的她就解決了。」

「你別冤枉人家，這是喬治規定的，你吃的份量一點都不能多。更何況碧吉特今天晚上要去吃大餐，才不稀罕通心粉呢！」

碧吉特說：「還是夫人疼我。您的那位喬治大夫像一隻老鷹似的盯著我們，我們要是讓您多吃了一點點，他一定會把我們殺了。」

秦瑪麗說：「看妳把喬治說的，他沒那麼兇，他是關心他的病人。碧吉特，他今晚入睡前還需要吃東西嗎？」

「服用鎮靜劑前，要喝一杯溫牛奶。」

「好的，那沒事了，妳趕快回去吧！肯尼在門口等妳，送妳回家。對了，妳要是去曼哈頓，就讓他順路送妳吧，他的車要開回公司的。」

碧吉特說：「太好了！史密斯先生，我走了，早點休息，晚安！」

送走了碧吉特，秦瑪麗回到自己的房裏重新化妝打扮一番，再把她準備好的衣服換上，然後檢查了房子的安全系統，確定了所有的門窗都關緊和鎖好了，她深深地吸了一口氣，拿起了放在房門口的袋子，挺起了胸膛向病房走去。

兩所大學的足球賽還在繼續地進行，史密斯也還是聚精會神地盯著電視螢幕，沒有理會秦瑪麗走進來，更沒有注意到她將袋子放在床頭的後方，她沒有將袋子裏裝的東西拿出來，但是從裏頭拿出一根帶著插頭的電線，接上電源。然後又把氧氣供應系統上的管子動了一下，等到袋子裏機件上的正常運作綠燈閃起來了，她才從袋子裏拿出一個光碟盒子，繞過床前把光碟盒放在電視機邊，再走到另外一邊，注意地看著感應器的顯示板，原先是非常規則的移動波型信號，現在開始會偶爾出現一個不規則的波形。她滿意地笑了一下，點一點頭，然後自言自語地說：「很好，一切都正常。」

史密斯說：「秦瑪麗，妳在說什麼？」

「噢！我是在說，顯示板上表明所有的信號都正常。」

等她走到床前時，史密斯才發現秦瑪麗已經重新地化過妝，顯得年輕和性感，她身上穿的是一件男人的襯衫，雖然是寬寬大大的，但是把兩條修長誘人的大腿全都露在外面，穿著三吋的時尚高跟鞋走動時，黑色的小小比基尼三角褲就會若隱若現，襯衫上的頭三個扣子沒扣上，露出了半個豐滿的乳房。

「秦瑪麗，什麼事讓妳穿得這麼清涼，還打扮得這麼妖豔？」

「整天在辦公室裏，全身都包得緊緊的，回家了當然就要放鬆了。」

「是不是因為進出董事長辦公室的都是各種各樣的男人，讓妳想和男人上床了？所以才這副勾引男人的打扮？」

秦瑪麗站在床前面，兩隻手把全身上下都摸了一次，同時身體也轉了一圈，她用沙啞又充滿了誘惑的聲音說：「你不喜歡嗎？你不是最喜歡我在你面前是個蕩婦嗎？」

「妳只要不在別人面前是個蕩婦就行。」

她把一隻腿提起來撫摸著：「你知道嗎？你有多久沒有玩我了？」

「我知道，是太久了。看妳這副打扮，我真是想馬上就上妳。但是不行，等我做了換心手術以後，我一定要好好地玩妳。喬治有跟妳聯絡嗎？他不是說有可能找到一個合適的心臟了嗎？」

「喬治帶著他的老婆到歐洲去度假了。」

「那個老混蛋，居然敢放下我不管去度假。他事先跟妳商量了嗎？」

史密斯感到他不當董事長以後，他的日子每況愈下。秦瑪麗在他面前扭動著她的腰：

「他說已經兩年沒度假了，他老婆都要和他離婚了。」

「所以妳就同意了是嗎？妳們女人就是心軟。法蘭克也知道他去度假了嗎？」

秦瑪麗瞄了一下信號顯示板，看見不規則的波型增加了。她說：

「法蘭克現在就只顧著打我的壞主意，跟我動手動腳的，不管他的老爸了。」

史密斯看見眼前的女人用一隻手按住後腦，另一隻手叉在腰上，腰肢在旋轉的扭動中，還不時有上挺的動作，把襯衫的下襬掀起，露出了丁點大的比基尼，不用很大的想像力就能知道她是在模仿什麼。他說：「妳在法蘭克面前就是現在這副德行，他能不對妳動手動腳嗎？他是男人。」

「不管我是什麼德行，你兒子對你老婆動手動腳的，你就受得了？」

「妳是我們家的女人，他是我們家的男人，把妳自己管好就行了，法蘭克對妳稍稍動手動腳無傷大雅。」

「那好，我就讓你看一段錄影。」

秦瑪麗拿起史密斯身邊的遙控器把電視關上，打開光碟放映機，把拿出來的光碟放進去又打開了電視機，當放映機一啟動，螢幕上立刻出現的是秦瑪麗的臥室，然後畫面就出現全身赤裸的法蘭克，用力把秦瑪麗的整件長袍撕了下來，再把緊繃在下身那小小黑色比基尼內褲的細帶子扯斷，明亮的燈光讓她高挺的胸部和兩個豐滿的乳房，平坦但是微微隆起的小腹和那雙修長的大腿，還有全身非常光滑又細緻的雪白皮膚，都反射出吸引異性的魅力，已經是極度膨脹了的法蘭克，一手抓住她的頭髮，一手握住她的後腦，強力地進入了秦瑪麗的嘴，一推一送地開始強姦她。史密斯驚叫了一聲：「啊！法蘭克太大膽了⋯⋯⋯⋯哎呀！妳幹了什麼？」

這時電視上出現的是，法蘭克臉上出現的驚恐和痛苦表情，他在看著自己血流不止的下體。秦瑪麗把畫面停住：「我把你兒子的命根子咬斷了。」

史密斯的呼吸很明顯的是在費力了，顯示板上的信號波型出現了較大的變形和較快的移動，數字也顯示出來心跳次數和呼吸次數都開始增加了。他說話時有喘氣的現象了：

「秦瑪麗，妳太狠了，他是我的兒子啊！」

「沒錯，他是你的兒子，那他就可以強姦他的繼母嗎？」

「他一定是突然間衝動到了不能控制的地步，送他到醫院做手術了嗎？」

「太晚了，法蘭克現在就只能去當太監了，你們史密斯家也就從此絕子絕孫了。」

「秦瑪麗，妳對我們史密斯一家實在太過分了，妳不怕我把妳趕出家門嗎？」

「你說的是誰的家呀？是在哪裏？你大概是忘了，我們已經在律師面前簽了字，現在這間大宅院是我的了，要說趕人，應該是你走人的。」

「那是因為要避免遺產稅，才把這一大片宅院過戶到妳名下。但是妳也別忘了，我要是提出離婚，妳也只能有一半，只要我堅持，法院就會拍賣它，到時候妳還是會被趕出去。」

秦瑪麗用挑逗性的步子在史密斯的床前走動，不時地扭動著她的身體：

「這一點我是要感謝你的，我跟著你學到了，在任何有關財物的事上，要把每一個重要的細節都考慮到。我已經把這片宅院過戶到由我實際控制的公司名下了，還有這後面的那一大片土地，我也同樣地處理了。它們跟我的婚姻狀況是沒有關係的。要掃地出門的是你，不是我。」

「什麼？我把那塊土地過戶給了法蘭克的。」

「法蘭克被檢察官以強姦罪起訴，他為了不想讓我以被害人出庭作證，就答應了我的條件把那片地讓出來。」

「沒有證人，他就可以沒事了。」

「喬治怕你聽見不好的消息會影響你的心臟，不讓你知道外面所發生的事。但是我告訴你吧！法蘭克還是被檢察官以強姦罪起訴了。」

「沒有人證，檢察官怎麼起訴啊？」

「但是檢察官有強姦案過程的全部錄影，你剛剛也看到了一部分，所以他不需要人證了。」

「所以這整個案件都是妳精心設計來陷害法蘭克的，是不是？」

「法蘭克對我一直是居心不良，他老早就想侵犯我，你從來就沒有嚴厲地責罵過他，你們父子倆就是把我當成是個玩物，從來沒把我看成是個人，我說的不對嗎？」

「那妳也不能這麼陷害他啊！奇怪，這幾個星期他怎麼都沒來看我呢？」

「他是不能分身。」

「他會有什麼事不能分身？他沒選上眾議員連任，也沒選上『南方製藥』的董事，還會有什麼事讓他忙的？」

「因為他現在人在監獄裏，所以不能分身。」

「他不就是被起訴了嗎？他沒有要求在開庭前交保嗎？」

「有啊！可是他違反了法官的約束條件，跑到新澤西州去見他的老相好，被員警抓住，送進了牢裏，這下想要交保也沒門了。」

「現在就只剩下一條路了，我要妳馬上向檢察官投案自首，說整件事都是妳的陰謀陷害詭計。」

「史密斯，你認為我會去投案自首嗎？」

「把電話給我。」

「你要給誰打電話？檢察官辦公室已經下班了。」

「我要打給我的律師。」

「你是說亞當斯先生嗎？」

雖然是喘得很厲害，但是他還是很理直氣壯地說：

「我要找我的律師說話，妳有意見嗎？」

「我只是想告訴你，亞當斯已經不是你的律師了。」

「他不是『南方製藥』董事長的律師嗎？」

「是的，他仍然是『南方製藥』董事長的律師，但是你已經不是董事長了。他現在是我的律師了，你說他會聽誰的話？」

「秦瑪麗，別以為妳當了董事長就可以呼風喚雨了，董事會裏還都是我的人。他們推選妳出來，是想妳會執行我的指示，明天我就召開臨時董事會把妳罷免。」

「看樣子，你對公司的事還真是一無所知，我就全告訴你吧！現在也無所謂了。『保護婦女行動委員會』知道了我被法蘭克強姦的事，在他們全力的推動下，法庭否定了醫院的『保護隱私』規定，暴露了法蘭克的罪行。所以他的眾議員和『南方製藥』董事的連任競選都失敗了。董事會裏原來就有不少對你的保守做法不滿意，而對我的生態環保政策和爭取社會公平正義的看法認同，所以把我選出來。我上台後，把原來那些董事會裏你的死黨和公司裏你的報馬仔都清除了，所以你現在只是個股東，要想召開臨時董事會，必須要有過半的股東同意。你有把握嗎？」

「做為一個父親，我不能眼看著妳用陰謀詭計陷害我兒子而不管，我要報警，把電話給我。」

「為了不打攪你的睡眠，這間屋子裏沒有電話。」

「如果妳不給我妳的手機，等明天早上護士來了，我也會問她們借用手機報警告發妳的。」

「不會的，你不會這麼做的。」

史密斯感到了勝利向他走來：「怎麼？妳是想要跟我講條件？不讓我去報警嗎？」

「我不怕你去報警，因為你不會去報警。你沒有明天，今天是你生命的最後一天。」

「妳說什麼？」

「替我父母親報仇的日子終於來了。」

「秦瑪麗，妳是要殺我嗎？當初妳堅持要我回家養病，在家裏等待做換心手術，都是妳殺人陰謀的一部分嗎？」

「你現在終於知道了。我要你死得明白，你想霸佔我母親，她不肯，你就殺了我的父親，然後強姦了我母親，她要去告發你，所以你就把她也殺了，我說的對不對？」

顯示板上的波型不見了，取代的是近似三角形的山峰，跳躍著從左往右快速地移動，數字顯示的心跳和呼吸次數也在快速地增加。史密斯感到左胸疼痛，他把「生命線」連接的開關按鈕，連按了兩下：「難道妳沒看到正式的調查報告嗎？他們都是投水自殺死的。」

「是嗎？我在他們兩人的骨灰罐子裏都找到了一根鋼針。南方製藥的安全部主任吉米．詹森，是最近才被我們從『紅石』聘請過來的，他告訴我，這是『紅石』的康巴族行動員，特別用的『鋼針刺腦』暗殺工具，如果我父母親都是投水自殺的，那鋼針是怎麼出現在他們的骨灰裏？台灣警方已經查明最近死掉的洪田林，他是我父親的助理，也是死於『鋼針刺腦』，所以殺害我父親和後續的陰謀現在還在進行中。」

「妳有證據把我和妳父母親被害的事拉上關係嗎？」

「我拿到了『紅石』和『達震』的內部報告。但是我在嫁給你之前，就知道你是殺害我父母的兇手。」

「假設這些報告是真實的，美國政府也不會同意台灣政府引渡我的申請，即使是同意了，我還能打官司上訴，至少要拖個十年到十五年的，妳有的等了。」

「你說得對，我不能等，何況喬治是有來通知我，合適的心臟已經找到，是車禍受傷，已經腦死，家屬也同意了，他們兩天後就要拔管，然後馬上就給你做換心的手術。所以我不能等了，我今天就要取你的命。」

史密斯感到左胸的疼痛在擴大，他明白這是心肌梗塞將要來臨的症狀，他又按了兩下「生命線」的強心劑注射開關按鈕，這個開關還和電話連線，會自動撥打九一一，緊急求救。五到十分鐘內救護車和消防車就會到了。史密斯說：

「秦瑪麗，我完全明白，在目前的狀況下，我的生命延續是因為妳的照顧，妳完全有能力把我置之死地，而我是無力來抵抗妳。但是看在我們夫妻一場，我給妳一個忠告，如果妳殺了我，員警一定會查出妳是兇手，妳會難逃法網的。」

「這個我同意，如果你是被他殺而死，我絕對是最大的嫌疑犯。但是如果你是死於心臟病發作，我就是個不幸和哀傷的寡婦。」

史密斯有了一線生機的希望：「妳是不想殺我了嗎？」

「我要在兩小時內，促成你的心臟病發作，結束你的生命。」

史密斯的左胸疼痛沒有減輕，但是臉上出現了懷疑的表情，秦瑪麗繼續說：

「這間病房裏有世界上最先進、最現代化的心臟病看護設備，目的就是要讓你的心臟維持在最小的負擔狀況，延長它的壽命，等待換心。但是我已經將這些設備的功能停止了。你現在感到呼吸困難，是因為我把你鼻子上的氧氣管從氧氣筒上拔下來了，你感到心跳不整，也加快了，是因為我把一台超聲波清洗機放在床下打開，裏頭的強力磁場干擾了種植在你體內的心臟起搏器，所以你的心跳已經不整了。我看見你剛剛有兩次按下了強心劑的注射開關，但是你的胸痛沒有減輕，對不對？那是因為我把它的電源關了，所以沒有強心劑也沒有自動撥打九一一，否則救護車不早就到了嗎？你認為這樣下去，你的心臟還能挺多久呢？」

史密斯的腦門開始冒汗，求生的本能讓他改變了語氣：

「瑪麗，我們結婚快有二十年了，妳為什麼非要我的命不可？我把妳從一個無知的少女，培養到今天當了『南方製藥』的董事長，難道妳對我就沒有一點感激心嗎？今天我已經是在死亡邊緣掙扎，妳就一點夫妻的同情心都沒有嗎？我就求妳把氧氣管接上，電源打開，再把超聲波機器關上。秦瑪麗，妳已經把我唯一的獨生兒子毀了，我所有的財產也都到了妳名下，並且妳也控制了『南方製藥』，妳應該滿足了，就放了我吧！」

「你說我們結婚都快有二十年了，所以我等這一天的來臨，也等了快二十年了，我付出了最寶貴的青春做代價，你說我會放棄嗎？」

史密斯突然像有所領悟地說：「妳剛剛說，在嫁給我之前就知道我和妳父母的死亡有關，妳是不是從那一天起就有了要報復的計畫？」

「完全對了。你強姦了我母親，她去告發你時，就跟我說了，如果她突然死了，就一定是被你殺的，她要我發誓，在我有生之年，一定要為他們報仇。當時我才十八歲，剛進大學就成了孤兒，舉目無親，家裏的財產都被沒收。我要如何去報仇呢？我想到《基度山恩仇記》，裏頭的男主人用了半輩子完成了復仇計畫，累積了財富，最後終於報仇成功。所以我用我唯一的資本，就是我年輕的身體來勾引你，讓你佔有我，娶了我。而我在你的庇護下，變成了今天的秦瑪麗，一個有足夠能力和資源來完成復仇計畫的人。也許你說得對，這一點，我是應該感激你。」

「所以妳承認了，妳的復仇行動是預謀的。妳知道嗎？這是預謀殺人，我會告訴員警。」

「但是你再也見不到員警了。」

史密斯已經可以感到他的心臟狀況越來越嚴重了，但是他還是在掙扎：

「妳能否認這些年來我們的夫妻生活帶給妳的快樂嗎？」

「哈！你是說你長年來貪得無厭地索求我的肉體，滿足你的性慾，是嗎？」

「我只是要提醒妳，妳不是也很滿足嗎？」

秦瑪麗笑得花枝招展，全身都在性感地抖動著：

「史密斯，我知道你是個大男人，以自己有很強的性能力，和征服過很多女人為榮耀，但是我告訴你，從我們結婚前那一次的強姦，我們之間所有的性行為都是強暴，你從來就沒有給過我性高潮。白天你向別人炫耀我是你年輕貌美的妻子，後來又以我的能幹為傲，但是晚上我是你的玩物，你還常跟你的朋友形容如何把我玩得死去活來。但是你知道嗎？為了我的復仇計畫，我學會了取悅男人的本事，更學會了如何假裝。」

「妳說謊。」

「現在還有這必要嗎？這些年來，我一直在可憐我自己，活到我這年歲了，還沒有嘗過性高潮是什麼滋味。但是我現在有男朋友了，也終於有了高潮的經驗。」

「我早就說過，妳在骨子裏是個淫蕩的女人，我臥病在床，妳就在外面招蜂引蝶，勾引野男人。我現在明白了，妳要殺我的真正目的是想去當風流寡婦，是不是？他是什麼人？」

「他是個愛我的男人，想看看他是怎麼樣的愛我，我是怎麼樣達到高潮的嗎？」

不等史密斯回答，秦瑪麗用遙控器再次啟動了電視機裡的錄影。

首先出現的是一對年輕的男女乘坐一輛敞篷電動車來到酒店門口，它的牌子上寫的是「扇谷島旭日酒店」。他們下車後沒有進到酒店的大廳，而是往酒店的花園走去。很大的花園裡樹木和花草非常茂盛，而且顯然是經過了極高品味的設計和修整。花園是背靠著隱蔽在一片樹林裡的酒店，而面向著松島海灣和海水中星羅棋佈的小島。女人修長的身材上穿的是黑色的洋裝，穿著黑色的高跟鞋，撐著一把淺紅色的小洋傘。男人是一身休閒服裝，他們先是手牽手地在花園的小道上漫步，然後靠在一起互相地摟著。一對美女和俊男，配著青山綠水的背景，就像是一幅畫。他們走到了海邊，女人裸露著的雪白兩臂和帶著微笑的臉龐，在透過紅傘的陽光反射下顯得微紅，他們在一波一波的浪花前擁抱愛撫，然後饑渴地互吻。在下一個畫面裡，秦瑪麗閉著眼睛安詳地睡著了，男人注視著她起伏波動的胸部，好一會兒後，他開始輕輕地解開她的衣衫，她還是緊閉著雙眼，但是臉上出現了淡淡的紅色笑容，最後將黑色的胸罩和小小的三角褲褪下，如玉的雙乳在燈光的映照下，瑩潤動人。男人輕輕地觸摸著她的身體，再用滾燙的嘴唇在她的乳尖上輕輕地彈跳，她像是在夢囈中喃喃說話。男人不停地在愛撫著她，親吻著她。秦瑪麗說：

「史密斯，你好好地看著，我的男朋友和我做愛時，他會在我耳邊輕聲蜜語地說他對我無限的愛意，讓我的心在蕩漾，感受到難以形容的慾望在體內升騰，有一股電流通過了我的全身，帶來了奇妙的感覺。我會不能自主地緊抱著他，讓他的氣息和體魄，溫柔的蜜語還有那堅挺的男性，使我的神智完全昏迷失控，讓我迫不及待地把他的衣服脫了下來。」

電視裡的男人用手指緩緩地伸進了她已經浸潤的草地，兩個一絲不掛的胴體糾纏在一塊，男人正要準備進入她炙熱的身體，但是秦瑪麗把兩腿緊緊地夾著，男人用盡一切的力量去吻她，他無法讓自己的嘴唇從她的唇上移開，秦瑪麗在輕喘著，她的整個身心似乎在享受著被愛撫的甜美。男人也是呼吸急促地咬著她的肌膚，吻著她的頸部、她的睫毛、她的秀髮和她的嘴唇。他堅挺的下體緊貼在她一絲不掛的肉體，按住了她的兩手，吻遍了她的全身，最後停留在她的兩腿之間。她像是乾涸了的莊稼地突然被雨露浸潤，喚醒了她的生命力，秦瑪麗終於展開了修長的大腿，向男人發出了邀請，男人抓緊了她的臀部，慢慢地但是堅定地進入了已經被激情滋潤了的山谷，兩個赤裸的生靈開始了翻天覆地的震盪。秦瑪麗說：

「你看，我在他持續地進攻下，似乎感到我的靈魂離開了身體，所有的意識在瞬間迷失了，一陣陣舒心悅腑的感覺從下體漫延到全身的每一個細胞，有一股火焰在我的身體裡燃燒，好像是要把我毀滅了，我開始哀求他，但是他還是不停地長驅直入，頂到了我的喉嚨，而我只剩下一股遊絲般的氣息，最後我們在一陣顫抖和一起意亂情迷的嘶叫後，一切終於平靜下來了。史密斯，我親愛的丈夫，這就是一個真正的男人讓我享受到我一生裡的第一次高潮。」

史密斯痛苦而無力地叫喊：

「秦瑪麗，妳是條母狗，是娼婦！告訴我，這男人是誰？我要殺了他。」

「你還想殺人嗎？當年你有權勢、財力和聽你指揮的組織，你現在沒有錢、沒有權、沒有人，連維持生命的健康都沒有，你是完完全全的一無所有，連你的兒子都幫不了你，你憑什麼去殺人啊？太不自量力了。不過我可以告訴你他是誰，你見過他的，沒認出來嗎？」

秦瑪麗把全身都被汗水濕潤，但是還緊緊抱著她赤裸裸肉體的方文凱在畫面上放大：

「記得他是誰嗎？」

「加州理工的方文凱教授？他勾引過妳是不是？」

「他沒有勾引我，是我喜歡他。我第一次見到他是我跟你去參加他們校董會的活動，他在臺上給你們做演講，我站在會議室後面旁聽，我身邊站的是他的妻子琳達，他們夫妻交換著一種特殊的眼神，突然我發現琳達滿臉發紅，身體似乎是在發熱，原來是方文凱在隔空和他的妻子做愛。我好羡慕琳達，也發現我喜歡方文凱。我把這些感覺告訴你，你就把我打得全身淤青，還狠狠地強暴我。」

「所以當你知道方文凱的妻子走了後，你就想當他的老婆是不是？我看妳是白費心思，他是個非常優秀的教授，也許會和妳玩玩，但是他不會娶妳這樣的人。」

「我不在乎要和他天長地久，我只要能短暫地擁有他，我就滿足了。我親愛的丈夫，你想看看你的妻子是怎麼樣的去擁有一個男人嗎？」

秦瑪麗看了一眼顯示板，所有的信號都失去了規律性，一堆發亮的線條在上下左右地跳動，數字顯示板上出現了「雪花」，顯然轉換器已經無法將混亂的信號轉換成數字了，她又按下了遙控器上啟動的按鈕，電視畫面上出現了一個浴室，一面大落地窗前是溫泉的泡湯池，窗外是藍色的松島海灣和星羅棋佈的翠綠小島，像是一幅極美的風景畫。秦瑪麗和方文凱浸在泡湯池裡，只有頭部是露在水面上，他們的雙手放在對方的肩上，面對面地看著對方，然後就站起來，兩人擁抱著饑渴地吻著，兩人的手順著對方的背滑了下去，秦瑪麗抱住他的腰，方文凱握住她的臀部，兩人的擁抱更是緊了，似乎是要將身上每一寸的皮膚互相地緊貼著。秦瑪麗用舌頭侵入了他，身體也開始主動地一步一步的侵犯他，她感到了方文凱的反應，她的兩條手臂抱住了他的脖子，修長的兩腿勾住了他的下腰，他們還是在吻著，但是方文凱把她抱起來走出了泡湯池，將她放在池邊的墊子上，他的手在秦瑪麗的全身遊動和撫摸，她濕淋淋的身體在猛烈地翻來覆去、顛簸擺動，窗外的陽光在她包著一層水的肉體上反射著。他跪在秦瑪麗完全張開了的兩腿間，雙手按摩著她的小腹，她彎起了膝蓋，把兩條腿放在他肩膀上，讓他很容易地進入了她。方文凱緩慢但是有韻律的做愛，終於又把秦瑪麗帶到高潮的邊緣，但是她翻起身來，採取主動，騎上了他，開始奔馳，她使出全身解數，嘗試了從來沒做過的愛情動作，將他從上到下完全地佔領了，吞噬了他的男性，把它緊緊地包在她最溫暖的地方，讓方文凱享受那奇妙的快感，同時排山倒海地將他完全的淹沒了，方文凱瘋狂了。

秦瑪麗把眼光從電視轉到信號顯示板，又看了一下史密斯，他已經不能動彈，嘴巴張開著，無神的兩眼還是在盯著電視的畫面，她走到史密斯的身邊，伏在他的耳邊說：

「史密斯，你都看見了，我覺得你這輩子最遺憾的，就是你從來都沒有嘗過你自己的老婆是如何讓男人發瘋的本事。」

氣若遊絲的史密斯用他最後的一口氣從嘴裡吐出來：

「秦瑪麗，妳是個淫蕩的妓女，是個邪惡的女人，我詛咒妳。我在『紅石』的行動員，我的好友大衛．索康和他的『拉薩寶藏』，都會為我………」

史密斯發現電視機上的畫面逐漸地消失，接著整個世界就黑暗了。信號顯示板上一片混亂的線條不見了，出現的是幾條平行的水平直線，每一個直線上都有一個閃閃發光的亮點，緩慢的，但是同步的從左往右周而復始地移動。史密斯的呼吸和心臟的跳動都停止了，但是瞳孔已經放大了的眼睛還是睜開的，他的嘴是張開著的，臉上的表情卻是非常的複雜。秦瑪麗把病房恢復了常態：強心劑開關的電源打開，氧氣管插上，關上超音波清洗機，把它放進袋子裡，取出錄影機裡的光碟，將電視機轉回到播放運動的電臺，最後用毛巾將她碰過的東西都擦拭一次。在離開病房前，她又仔細地查看了一次，把電視機的遙控器放到史密斯的手裡。她把超音波清洗機放回廚房，把光碟放回到她的攝影器材室，然後回到二樓自己的房間，把臉上的化妝洗乾淨，換上了一身素色的休閒裝。秦瑪麗再一次回到病房，她首先看了一下信號顯示板，再看一眼床上的史密斯，她知道這是她最後一次看見和她生活了快二十年的丈夫，也是殺害她父母親的兇手。她用病房外面的電話撥打九一一給史密斯家庭醫生喬治。

紐約長島消防隊的救護車是在八分鐘後到達的，隨後有一輛警車也到了。兩個救護員推著帶輪子的擔架快步地走進來，秦瑪麗帶他們到了病房，救護員請她到病房外，由兩名警員陪伴著等待。這時喬治醫生提著他的醫藥箱衝進來，他向病房外的秦瑪麗點了點頭，就直接進了病房。二十分鐘後，喬治從病房裡出來走到秦瑪麗的面前：

「董事長夫人，我們已經盡了最大的努力，但是……」

「他真的死了嗎？」

「是的，我已經簽了死亡證明書。」

秦瑪麗看見上面的「死因」欄裏寫的是「心肌梗塞」，喬治醫生說：「如果沒有問題，請妳也簽字，然後我就請救護車直接把遺體送到長島殯儀館，我會通知『南方製藥』來處理後事，您就不用操心了。」

「謝謝你，喬治。」

救護員從病房裏推出了擔架，上面的一層白布將史密斯從頭到腳完全地蓋住，喬治醫生把死亡證明書遞給救護員：

「直接送長島殯儀館，告訴他們『南方製藥』會和他們聯繫有關後事處理的事。」

擔架被推上了救護車後和警車一起開走了，秦瑪麗說：

「我剛剛給包特太太打了電話，她和她的女兒珠迪馬上就會過來，你有時間坐一會兒嗎？」

「當然，我想喝一點白蘭地酒會幫助妳的。」

在客廳裏，秦瑪麗瞪著手裏的白蘭地酒說：

「我下班到家時，護士碧吉特告訴我一切正常，我們三個人還聊了一會兒，他還跟我告狀說護士不讓他吃東西。後來我是在樓上聽見了病房裏的警鈴，我衝進病房時看見顯示器上的信號已經是直線了。」

「嚴重的心肌梗塞會使心臟在瞬間停止跳動，這是常有的事。」

「他經歷了任何痛苦嗎？」

「突發的心臟病死亡應該是沒有任何的痛苦，但是史密斯的表情卻是非常的奇怪，他的臉是扭曲的，似乎是有什麼事讓他有了很大的驚恐，最奇怪的是他的眼睛，睜得大大的，像是死不瞑目，不知道當時他是在想什麼。」

「也許他是作了個惡夢。」

秦瑪麗閉上了眼睛，喬治醫生以為她是在思念剛剛去世的丈夫，事實上她是在思念去世多年的父母親，她在心裏禱告：「我替你們報仇了，你們安息吧！」

她聽見喬治醫生說：

「秦瑪麗，從妳來到長島時，我就認識妳了，我知道史密斯不是個容易在一起生活的人，現在他走了，妳還年輕，應該走出這個世界，為妳自己創造更美好的人生。」

秦瑪麗睜開了眼睛，臉上出現了笑容，她看著喬治說：「我會，我一定會的。」

喬治語重心長地說：「命運是很會作弄人的，給史密斯進行換心手術的時間提早到明天。」

秦瑪麗心裏一驚，她沒說話，喬治接著說：「在妳打電話前，我接到通知，那位要捐心的人突然在醫院死了。」

楊玉倩從達蘭薩拉發出的三篇報導引起了宣然大波，美國的國會要求政府對當年中情局在亞洲的秘密活動完全解密，並對不法和違憲的官員提控。但是受到最大衝擊的是『紅石』，司法部啟動了所有的相關單位，對『紅石』展開了全方位的監控，使它無法進行正常的作業了。但是他們最重要的一個調查對象，就是退休了的前中情局資深特工西蒙斯，他也是『紅石』的創辦人之一，最近幾年因病在家休養，但是突然間去世，使司法部的調查受到很大的影響。在台灣，「秦依楓案」在國防部軍事法庭上順利的翻案，有關的失職官員被起訴和扣押。國防部批准追贈秦依楓為少將，發還所有的少將級薪給和追加的撫恤金，以及遭到沒收的財產。但是他在美國的唯一女兒秦瑪麗，只留下了少將軍階的領章，其餘所有的財物，包括她的律師正在和國防部協商的理賠，都捐給了成功大學的航空系。

楊玉倩從達蘭薩拉回到尼泊爾的首都加德滿都後，又在《真相週刊》發表了她一生裏最後一篇的報導，那是關於國安會秘書長李雲華的真實身分和他的犯罪活動：

李淇的妻子白瑪．索康，在一九五五年生下一個兒子，取名為李雲華。一九七〇年，在他們兒子十五歲那年，他的妻子得了急病，求醫投藥都無效，很快就撒手人間去世了。臨死前將她的身世告訴了李雲華，要他一定要努力，希望有一天他會去恢復她的祖先在世界上應有的地位和光輝。

李淇將李雲華送到美國，託付給他在美國中央情報局的好友，照顧他上學念高中，當李淇把這些過去的事講給李雲華時，他還是一個十六歲的高中生，父母親的傳奇過去像是一個小說裏的故事而已，並沒有影響到他的生活，更沒有想到他在這世界上還有什麼特殊的使命。

三年後，李雲華考進了在西雅圖的華盛頓大學，主修歷史。他每年利用暑假回到台灣，除了享受和父親相聚的歡樂外，他開始對他父親所收藏，有關西藏的資料發生濃厚的興趣，一有空就拿出來流覽，他也會聚精會神地聽他父親講述他在西藏的經驗，也全神灌注地聆聽那些神奇的西藏故事。

李雲華在大學畢業後，去了南方的密西西比州，在一位眾議員的辦公室當助理，他的主要工作是打理他老闆的競選任務。這位議員是著名的南方保守派，選舉時的基本票源是來自支持種族隔離主義、反對黑人和白人混合學校政策的低層選民。這些選民中很自然的包括了美國反對黑人的KKK黨黨員和「白人優越主義」份子，因此李雲華和他們有了密切的接觸。

這並不是他頭一次和少數極端主義接觸，早在他念大學時，他就對「白人優越主義」的理論來源有濃厚興趣。這是因為他父親，李淇，曾經告訴過他身世裏的秘密，他是真正的「白人優越主義」所說的「主宰種族」的後代。

李雲華擁抱「亞利安人種族優越」的理念，他認為萬年前真正的「亞特蘭提斯文明」所遺留的後裔「亞利安人」，有一部分來到了喜馬拉雅山麓，所以在藏族內部形成一股亞利安人的優越種族。他認為亞利安人無論在血統、體質、歷史地位等各方面，都高於其他人種，特別是東亞的黃種人，所以不應該和他們平起平坐、共事、交往、甚至和平相處。他提倡藏族亞利安人必須在族內通婚，但是也要選擇外族的優秀人種來繁殖後代，來保持他們種族的純粹血統和人種的優秀。

他相信種族主義思想是存在有差異的，他舉例說，著名的德國哲學家叔本華，一方面譴責美國的黑奴制度，但是卻又持有明顯的種族階級歷史觀，他把卓越文明歸於「亞特蘭提斯文明」後裔「亞利安人」中的「白色人種民族」，說他們是從嚴峻的北方環境中，獲得了敏銳和智慧。叔本華在《Parerga and Paralipomena》一書裏曾寫過：「最高的文明和文化，除了古印度人和古埃及人外，就只出現於白色人種民族內；就連在很多深膚色的民族中，其統治階級或種族，他們的膚色都是比其餘的潔白。因此，事實上他們是從外遷移來的。譬如：波羅門人、印加人，和南海列島的統治者。這都是因為『人之所需是發明之母』之原因，因為那些種族部落在早期已向北方遷徙，因而漸漸地變成白人。他們發展他們所有的智力，去發明及圖以盡善所有的工藝，去與所需、不足，和貧困搏鬥。因而，就出現了他們的高度文明。」

李雲華先後替兩位密西西比州的眾議員工作，前後一共十年之久，在這期間，他奔走於密西西比州和首府華盛頓之間。美國的首都是個政治權力的中心，它對李雲華有了震撼性的影響，「權力」對他產生了前所未有的吸引力和欲望，這時他想起了他自己的身世，更使他相信，權力應該是他天生就有的。但是現實也讓他明白，權力不會從天而降，需要去爭取才能得到，但是做為一個亞洲人的後裔，不是容易的事。

他的父親李淇在一九七三年美國中情局中止了在西藏的活動後，也就慢慢地退出和中情局的工作關係，他在一九七五年結束了和中情局的合同關係，回到台灣從行政院蒙藏委員會退休，但是他和中情局的深厚人脈關係，讓李雲華結識了一批負責亞洲任務的特工，還有一些中情局裏的保守派，又透過密西西比州議員在美國國會情報委員會成員的關係，中情局內的一些人，和李雲華建立了絲絲縷縷的關係。

一九八八年，在李雲華三十三歲時，他回到了台灣。透過了他父親李淇的關係，他首先在行政院的蒙藏委員會工作。在以後的二十年中，他先後被調任到內政部、國防部和外交部擔任重要的職務。在外交部，他負責協調台灣和美國的事務，他運用在美國的人脈關係，尤其是非常妥善的利用保守派國會議員的影響力，圓滿的解決了好幾個非常重要又很棘手的雙方矛盾，尤其是在美國對台灣軍售的問題上，他有非常優秀的表現，令人刮目相看，所以李雲華在台灣得到很好的口碑，政治前途很看好。他一度曾升任到外交部的副部長，最後是擔任行政院政務委員。有一些人發現，他經常到美國，每年都要去四、五次，但是也都認為這是他的長期工作內容，也就是維持台美關係，經常往美國跑就不足為奇了。

一九九〇年，李淇在八十五歲時去世了，臨終前他還提醒他唯一的兒子李雲華，不要忘了他母親對他的期待。但是他萬萬沒有想到的是，影響他兒子一生的不是他屬於「主宰種族」的一份子，而是李淇多年前在那神秘雪域所做的工作。

本週刊最近從美國有關的政府機構得來的最新資訊指出，國安會秘書長李雲華多年來還有一個鮮為人知的黑暗面，那就是他曾經申請並成功地取得了美國公民的身分，美國司法部頒發給他的公民證書號碼是：〇四七〇四五二三一二。他在申請的過程中，將姓名改為「大衛．索康」。

李雲華使用這個名字是其來有自，當年他的父親李淇入贅到西藏的索康貴族家時，就改名為李淇．索康。所以他也可說是認祖歸宗。本週刊取得了李雲華和大衛．索康的指紋對比，經專家鑒定確認是同一人。同時本文也登載了這兩人的護照相片，讀者可以對照。

大衛．索康和中情局的特工，先後成立了「紅石環球安全顧問公司」和「達震系統公司」，這兩家公司，透過李雲華在台灣進行業務。本週刊取得了它們的內部檔，是有關他們將在台灣進行的非法活動，本週刊已經將它送交有關部門。我們的憲法規定，持有外國國籍的人士是不可以擔任公職的。因此多年來，李雲華的公務，都是犯法的行為。

李雲華的父母親有著傳奇似的身世，它影響了李雲華，讓他擁抱了野史裏的萬年前「亞特蘭提斯文明」，深信自己是它遺留的後裔，是世界上的「優秀人種」，而他的具體行為，則是去追尋「拉薩寶藏」，他認為那是「亞特蘭提斯文明」的遺產，而他是合法的擁有人，他可以用來做為恢復他「主宰民族」的工具。已經翻案的「秦依楓軍購貪汙案」，就是起於李雲華為了要集資去追尋「拉薩寶藏」。雖然在調查過程中，他以「參謀作業」為理由而擺脫了罪名，但是他所扮演的真正角色並沒有被揭發。美國司法部和台灣的檢調單位，已經介入了重新啟動的調查，本刊和美國的媒體，也正在進行深入的探索真相。

楊玉倩結稿於尼泊爾的加德滿都

《真相週刊》的報導像一顆炸彈似地震撼了台灣，所有的平面媒體都以頭版頭條，用巨大的篇幅報導，電視的新聞節目也是充滿了相關的畫面，所有的政論「名嘴」，無論是偏向執政黨或是在野黨，都一致認為，這是自從台灣實施真正的民主以來，所面對的最大危機，它動搖了國本，人民對現在的政府是否還能繼續執政都產生了疑問。國安會秘書長李雲華的辦公室發出了書面聲明，否認了《真相週刊》的一切報導，說它完全是造謠中傷，秘書長已經委託律師提告，在法庭尋求真相和要求賠償道歉。

雖然媒體的採訪車輛、記者和狗仔隊，鋪天蓋地的在辦公室和住宅外面苦等，但是不見李雲華的蹤影。兩天後，國安會秘書長辦公室發出了第二份聲明，肯定了當年在他擔任國防部第四廳廳長，主管後勤業務時，秦依楓上校是軍購處的處長，是一位非常正直和能幹的職業軍人。

秦瑪麗在走出洛克菲勒中心時，看見了穿紅色夾克的人，這是第二次看見他了，不同的是，這次看見了他別在腰上有一英呎多長的刀子，和手臂下的夾克有塊鼓起來的地方。

他是坐在一個露天咖啡店的座位上，面前放著一杯咖啡。洛克菲勒大廈是位於曼哈頓中區第五大道上，它是在第五十和五十一街之間，在秦瑪麗的面前是洛克菲勒廣場，和往常一樣，這裏是人來人往非常地忙碌，廣場上的露天咖啡店也是生意興隆，坐滿了客人。

紅夾克人已經在那兒坐了有半小時了，他一眼就看見秦瑪麗從洛克菲勒中心走出來，和許多在紐約工作的人一樣，她的一個耳朵裏塞著行動電話的耳機，有一根電線從耳機通到掛在她肩膀上的手提包。他的第一個憂慮消失了，顯然秦瑪麗是一個人，身邊並沒有保鏢跟隨，這是給他的情報有誤。當他的目標走向第五大道和第五十一街交口的紅綠燈時，他站了起來，回頭向後邊桌子的兩人點點頭，三個人都離開了座位。秦瑪麗把手伸進她揹在肩上的手提包，很快地按下一字鍵，馬上就有聲音從耳機裏傳來：

「瑪麗，妳出到廣場上了嗎？有沒有情況？」

秦瑪麗把頭稍微的低了一點，對著掛著的麥克風回答：

「目標出現，身穿紅色夾克，有一把長刀，可能也有帶槍。」

「可以按計劃進行嗎？」

「正確，正在第五和五十一等待行人號誌。還有兩個新目標，都穿黑上衣，在第五和五十平行，等待過馬路。」

「立刻進入聖派翠克大教堂。」

聖派翠克大教堂是在洛克菲勒中心的正對面，中間隔著的是紐約最繁忙也是最寬的第五大道，它是紐約市裏最大的羅馬天主教教堂，也是紐約教區紅衣主教的駐地。它每天都有成千上百從世界各地來的信徒，進來禱告和懺悔，也有相等人數的好奇觀光客進來一遊。信號燈改變後，秦瑪麗快速地走向大教堂的入口，紅夾克在距離十公尺左右的後方緊跟著，在走進大門之前，她的眼角看見那兩個黑衣人也穿過了第五大道，但是他們是往大教堂的後門方向奔去。秦瑪麗的耳機又響了：

「報告位置。」

「進入大教堂中殿，越過排椅座位，走向祭台，紅夾克緊隨。」

在秦瑪麗的右邊，是一排從地面一直到屋頂的巨大圓柱，她走入正在進行的儀式，一位年輕的神父在念著聖經裏的祈禱詞，高跟鞋走在石板上發出了響聲，可是只有她自己能聽見，因為大風琴奏出的聖樂聲把它掩蓋下去了。她看見前面的走道在主祭台的前方，有一排矮牆和紀念像座，將一條橫著的步行通道和唱詩班的位置分開。她沿著步行通道快速前進，紅夾克並沒有企圖接近或是縮小距離，可能是理解到秦瑪麗已無處可走了。她走過了一個石板階梯到了教堂的另一面，一眼就看見了那兩個黑衣人站在後門廳裏的走廊，擋住了她唯一的去路。顯然，他們也看見她了，因為兩個黑衣人開始向秦瑪麗接近，同時紅夾克也在和她縮小距離。在她的左邊是一個小石箱，是用來存放教會的聖物。在聖派翠克大教堂裏有好幾個這樣的石箱，都是放在大教堂裏面的小教堂前面，這些小教堂也是供人禮拜和禱告的，通常都用聖徒的名字來命名這些小教堂。秦瑪麗又按下了行動電話的一字鍵：

「到達麥吉小教堂。」

她的耳機立刻回應：

「即刻進去。」

她回頭確定了紅夾克就在她身後不到六、七步的距離，兩個黑衣人就在他身邊。秦瑪麗轉身走進去。當跟著她的三個人也走進來時，他們看見小教堂前面都是個小祭台，裏頭有五排座位，和靠一邊的牆壁有一個蠟燭台，但是只有一個出入口，也就是他們進來的門。小教堂裏只有一個女人，背對著他們跪在祭台前禱告。穿紅夾克的人伸手把腰間的刀拔出了刀鞘，刀柄兩邊有藏文和漢文的「易貢」字樣，刀面上還有彩虹條紋，這就是著名的彩虹藏刀。跪著的女人禱告完了，她站起來轉過身後，臉上露出了有點神秘的笑容說：

「你們沒有跟錯人，我是秦瑪麗。我感謝你們讓我作完祈禱，如果你們還能告訴我是誰派你們來綁架我或是來殺我的，我會更感激你們。」

三個人有點不知如何回答是好，有人伸手去摸腰上的槍，但是看見秦瑪麗在搖頭：

「下一個正確的動作，是把你們的兩手舉起來。」

回頭一看，有七、八個人都拿著手槍對著他們，身上都掛著聯邦調查局的識別證。

因紐約大教堂事件被捕的殺手中，有紅石的行動員，紅石被查封，起出大量的檔案，包括政變計畫。

管曉琴是在三天後從方文凱的電話裏，知道了史密斯去世的消息，後來也在網上看到他因心臟病發作死亡的新聞。雖然對她是件好消息，但是她感到無比的空虛，不知道她的人生裏，下一步該是什麼，是應該回去台灣呢？還是應該繼續留在大陸「隱姓埋名」，方文凱在電話裏勸她暫時還是不要動，因為李雲華還是在位當權，他是害死秦依楓的始作俑者，非常可能還會對她不利。

一個多星期了，她還是坐立不安，心亂如麻。原本和同事約好了在星期天一起上街逛商場購物，因為沒有心情，她沒有久留，匆匆忙忙地買了些東西就回家了。等她換了衣服沒多久，門鈴就響了，她問說：「請問是哪一位？」

「我是秦瑪麗，來找管曉琴阿姨。」

管曉琴驚呼了一聲，從門上的貓眼看了一下就把大門打開，站在她面前的是一位淡妝，可是很顯然的也是位貴婦人的女子，兩個人互相地盯著對方，凍住了。突然秦瑪麗的眼淚滾出到她的臉上：「管阿姨，對不起。」

她緊緊地抱住了管曉琴，克制不住的放聲哭了出來。管曉琴抱著她走進房門，輕輕地拍著她的背：「瑪麗，快別哭，妳來了就好了。來，坐下來，讓我好好的看看妳。」

等兩個人都坐下後，管曉琴才看清楚，秦瑪麗已經從當年的一個天真無邪小姑娘，變成一個中年的雍容華貴婦人。她穿的是一件很合身的名牌黑色連衣裙，外面套著一件小背心，脖子上戴著一條有花的絲巾，膝蓋下的小腿和她的身材一樣勻稱，臉上薄施脂粉，很顯然地，秦瑪麗已經變成了很會照顧自己的身體和成熟了的女人。管曉琴從廚房裏端了兩杯茶出來，她坐在秦瑪麗旁邊，握住她的兩手：「妳現在變成了大美人了，我要是走在路上碰見妳，一定不會認得了。」

「管阿姨，妳一點都沒變，還是那麼漂亮。」

「我都成了老太婆了，別開我玩笑了。」

秦瑪麗突然又悲從中來，開始哭泣，眼淚不停地直流下來，管曉琴把一盒面紙拿過來，拍著她的背說：「快別哭了，把眼淚擦乾，我們有好多話要說呢！」

「管阿姨，不要再恨我了，我對不起妳，都是我不好，這麼多年來，讓妳一個人流浪在外，活成這個樣子。爸爸曾跟我說過，要是他們走了，就要我去找管阿姨的，但是當時的情況……」

「我知道，妳是為了要報仇，才去嫁給殺害父母親的兇手。」

「妳是怎麼知道的？」

「方文凱教授打電話告訴我的。」

「當年我知道除了史密斯和他的同夥外，只有管阿姨和我知道所有的真相，如果我去找您，您一定會帶著我去逃命。以我們當初的能力，是不是逃得了命都是問題，我會連累了妳，把我們兩人的命都賠進去，更不用去想要把爸爸的案子弄個水落石出。我決定把自己先藏起來，等我長大有能力了，才去報仇。我想到最好的藏身之地就是兇手的身邊，所以我就嫁給他，藏身在他的床上，一藏就十幾、二十年。」

「秦瑪麗，我覺得這些年來也真難為妳了。」

「我是無時無刻不在想著要去找妳，妳是我在這世界上唯一知道我的人，在我心裏，我只有管阿姨一個親人，但是我不敢去找您，我怕被發現，就會前功盡棄。但是我知道，如果我不找您說清楚，您一定會恨我為了榮華富貴，把殺父殺母之仇都忘了。一直等到方文凱教授要去台灣講學，我才敢求他幫忙來找您，他是加州理工學院的名教授，有很好的為人正直的口碑。」

「我跟他只見過一面，但是能感到他是個有正義感的人。」

「記得小時候，管阿姨給我講《基度山恩仇記》，其中的男主人，也是用了一輩子的時間才完成報仇的任務。這些年裏，我就是用這故事來鼓勵我自己。」

「方教授告訴我，是妳親手殺了史密斯的。是嗎？」

「他有沒有告訴妳，我是怎麼殺他的嗎？」

「他說，史密斯有嚴重的心臟病，在家裏等著換心的手術。妳把維持他心臟運行的設備停掉，讓他心臟病發作而死。」

「管阿姨，方教授還說了些什麼？」

「他說，秦處長的案子能夠調查清楚，妳在《真相週刊》的老同學楊玉倩功不可沒，得好好的謝她。」

秦瑪麗還是再問：「方教授真的沒說別的了嗎？」

「他非常佩服妳的堅定不移個性，他說做了快二十年的夫妻，很難不會有愛情的火花發生。但是妳最後還是完成了復仇的任務。」

「我和史密斯的婚姻關係分成兩個很不同的階段，前一半他像是禽獸，把我當成他的玩物，是他用來炫耀的美女，我的肉體是他發洩性慾的工具。後一半是當他身體出了毛病，他發現我可以幫助他維持他的事業，保護他的權益。他的態度改變了，我成了他的妻子，他事業的夥伴，讓我有了社會地位，也幫我累積財富在我名下，我能感到他對我的愛情，我們有了正常的家庭生活。對我說來，這是我最困難的時期，我會不知不覺地陶醉在甜蜜的家庭生活中，甚至還想到是不是該有個孩子了。史密斯對我越來越好，我就越來越痛苦。所以我要時常地提醒自己，他是殺我父母的仇人。我每年有兩次陪他到加州理工學院去開校董會，認識了方文凱教授，瞭解了和我同樣年齡的人是怎麼樣的活著，才知道我付出的代價，是一去不復返的青春，才使我對史密斯的恨就更加強烈。」

「所以讓他在自己的床上壽終正寢，是便宜了他。」

秦瑪麗又是用那奇怪的眼神看她：「管阿姨，方教授沒有跟妳說我殺人的細節嗎？」

管曉琴又握住她的雙手說：「妳是不是要跟我說什麼，但是又不想說？妳不要瞞我，快說給我。」

「史密斯的死亡證明書上寫的死因是『心肌梗塞』，但是他沒有壽終正寢。他死的時候，臉上的肌肉是扭曲得齜牙咧嘴，他的醫生說是他在死前受到了極度的驚恐。」

「到底是怎麼回事？」

「我要是說了，妳就會瞧不起我，認為我是個邪惡的女人。」

在管曉琴的堅持下，秦瑪麗很仔細地將她如何把史密斯父子的財富，包括他們龐大的不動產，是如何的被她取走，然後是如何的毀了他兒子的政治前途，她如何的當上了『南方製藥』的董事長，成為全美國最年輕的女性企業首腦。她也形容了史密斯的生命，在最後的兩個鐘頭中是如何的結束。秦瑪麗說：「管阿姨，我一無所有，只有我的肉體是唯一的復仇武器，妳是不是覺得我很下流？」

「秦瑪麗，妳的故事會震撼所有的人，因為妳的堅忍不拔信心和妳的智慧，是別人無法想像也是不能做到的。我從妳說的可以聽出來，妳好像是有讓妳傷心的無奈，是不是？」

「我有嗎？」

「妳愛上了方文凱教授，是不是？」

「我一輩子到現在沒有談過戀愛，從幾年前他出現在我面前時，我對他就起了好感，但是他深愛著他的妻子，等到他妻子去世後，他就從來沒有正眼的看過我。起先我還以為他把我看成是已婚的婦人，何況還是他們校董的夫人，後來久了，我終於明白，他和我完全不是同一路的人。為了復仇，我和他有了三天三夜肌膚之親的激情，他把我的人和心都弄得人仰馬翻，但是事後他就完全消失了，還是我打電話告訴他，我復仇成功。管阿姨，妳說我還有戲唱嗎？」

「我想妳是真的愛上了他，男女之間的事，誰都無法預料，妳要加油呀！」

「其實說老實話，我能短暫的擁有他，雖然只有三天，我也滿足了。」

秦瑪麗站起來走到窗前，兩個人都沉默不語，最後還是秦瑪麗開口：

「管阿姨，妳想他嗎？」

「妳說我想誰？」

「我爸爸。」

秦瑪麗坐下握住了管曉琴的雙手：「是我媽媽告訴我，妳愛我爸爸，我爸爸也愛妳。」

「那秦夫人是不是很恨我？」

「我媽曾經跟我爸為了管阿姨吵過架，但是我爸說他不會遺棄我們和管阿姨走了，久了以後，他們也就相安無事了。後來媽還跟我說過，爸爸在外，有管阿姨照顧他，媽也會放心了。」

「但是我還是沒有把秦處長看好，他還是出事了。」

這次是輪到管曉琴在哭泣，在流淚，秦瑪麗抱住她說：

「壞人要幹壞事，阿姨也沒辦法，這不是您的錯。但是媽媽告訴我，在我走投無路的時候，一定要去找管阿姨，因為管阿姨有一顆善良的心，她會愛屋及烏，一定會收容秦依楓的女兒，所以我現在就來了。」

「妳說什麼？妳現在是個大公司的董事長了，要什麼有什麼，怎麼還要我來收容妳呢？妳是來跟我開玩笑，是不是？」

「管阿姨，我報完了仇才發現我很寂寞，您說得沒錯，我高高在上，要什麼有什麼，但是想找一個在身邊說話的人卻沒有，我好像是個被關在監獄裏的犯人。管阿姨，我來找您，是想請您到我那去一起生活，您就跟我去吧？讓我來代替我爸爸照顧您的下輩子。您總不能在這裏待下去吧？」

「我是想秦處長的案子平反後，我就可以回台灣了。」

「絕對不行。別忘了還有一個李雲華，他是台灣的國安會秘書長，有很大的實權，當年他是國防部第四廳廳長，主管後勤業務，是我爸的頂頭上司。是您告訴了方文凱，他是父親冤案的幕後黑手，但是到現在他還是穩如泰山，沒人能動得了他，可見他的後台有多硬。您要是在台灣，甚至在這裏，或是大陸任何地方，他都有辦法對您不利，很可能會加害於您。我現在有專業的保安人員，我那裏是最安全的了。」
管曉琴沒有回答她，但是問說：「秦處長和夫人的骨灰妳還在保管嗎？」
「是的，還有那兩根鋼針也在裏頭。」
「我有個建議給妳：把你爸媽的骨灰放進一個用蕃薯做的罐子裏，在妳的大宅院裏找一棵漂亮的樹，把罐子埋在樹根裏。」
「這是幹什麼？」
「這叫『樹葬』。幾年後，骨灰和蕃薯就會變成肥料讓那棵樹吸收了。妳想想當妳看到院子裏那棵枝繁葉茂、越長越大的樹時，就像是看見他們一樣。」
「太好了，這麼做不但有紀念的意義，也很環保。我還會把鋼針也埋進去，樹也需要鐵質營養。」
「秦瑪麗，妳要是真心的想要我搬去跟妳住，妳要答應我兩個條件。」
「沒問題，什麼條件我都答應。」
「等我死了後，妳要把我的骨灰也埋在同一棵樹下，我好在來生裏跟妳爸在一起。」
「為了名正言順，妳得當我的後媽才行。」
「妳就不怕新後媽會虐待妳嗎？」
「我是董事長，不怕後媽。那第二個條件呢？」
「妳得找件事讓我幹，我不想當妳們家的老媽子。」

「您要是當我的老媽子，紐約的工會就會到我家來抗議示威，說我影響他們的就業機會。所以您就放心的當我後媽就行了。」

「不行，我這一輩子沒當過後媽，不知道該怎麼做。還是找個別的事吧！」

「管阿姨，我們不開玩笑了，其實我來也是要請您幫忙的。我沒想到董事長會有這麼多的事要打點，雖然董事長辦公室是有一個能力很強的團隊聽我指揮，但是我需要有一個私人機要秘書，是在我們公司的編制以外，只和我有工作關係，她可以幫我處裏一些敏感的檔案。記得管阿姨以前替我爸爸就是做同樣的事。」

「終於口吐真言了，妳原來是找我替妳幹活的。但是我老了，跟年輕時候不一樣了，我不行了，好些事我都忘了。我怕不能勝任。」

「能不能勝任，不去試一下，誰也不知道。如果幹一陣子後，覺得不合適，可以再試別的工作，反正公司裏很多部門現在都缺人手。我還想管阿姨是不是到巴黎去管我們『南方製藥』的法國分公司，我決定要重點開發歐洲的市場，來配合我們在那裏的新投資。」

「妳是要我的命是不是？我的法文全都還給老師了，不行，一定會丟人現眼。」

「記得我爸總是誇獎阿姨的法文，他每次去出差都要帶管阿姨去，我媽就在家拿我出氣。說不定我還能找個法國男人把後媽給嫁出去。」

管曉琴把秦瑪麗緊緊地抱住，兩個人都在流淚，都是因為高興而哭出聲來，秦瑪麗說：

「我們是一家人了，我們這一家在世界上只有我們兩個人，我們再也不分開了。」

終於雨過天晴，恢復了燦爛的陽光。管曉琴到廚房裏換上新的茶，她說：

「妳父親的案子平反了，但是李雲華還是逍遙法外，雖然他是國安會秘書長，但是也要繩之以法才對。」

「楊玉倩和她的《真相週刊》正在調查他，說是很有進展，也許很快就會有結果的。」

「他也應該有和史密斯同樣的下場。」

秦瑪麗又加了一句：

「別忘了還有那個叫潘延炳的華裔軍火商，他也應該死得齜牙咧嘴。」

台灣行政院法務部的調查局，是負責調查影響到全台灣的重大案件，它除了一位局長外，還有三個副局長。戴安局長是從基層上來的，他是調查員出身，曾為調查局立下過汗馬功勞，為人津津樂道的是，他在執行遠方追緝任務時，曾深入到東南亞的叢林逮捕在逃的軍火販子和恐怖份子。他也是台灣唯一的警調人員，因協助大陸的公安部制止一件天大的恐怖事件，而獲得特等公安英雄獎。除了他的妻子是高等檢察院的檢察官外，他個人沒有任何有力的後台和顯赫的背景，但是有人管他的家庭是「檢調單位」。上任後他唯一做的人事調動，就是將蕭成凌提升為偵緝處的處長。蕭成凌就是當年在他手下，一起在叢林裏出生入死地執行遠方追緝的任務。

吃完了中飯，蕭成凌從飯廳裏出來時碰見了戴安，他立刻舉手敬禮：

「局座，您好！」

「今天早點下班回家，然後到小銅板去，不要開車，別帶尾巴。」

戴安說完了扭頭就走，蕭成凌在回辦公室的路上，就只在想他頂頭上司說的最後一句話，難道是有人在跟蹤他？顯然戴安是有事要找他，但是為什麼不能在局裏談，非要到飯館裏說呢？這只有一個結論，就是要保密，並且對調查局內部也要保密。他有些興奮，想要知道到底是怎麼回事。下班後一到家，他趕快把西裝脫下換了便服，就趕到了民權西路和中山北路交口附近的小銅板牛排館，他是想要比戴安早到這家他們兩人都喜歡的飯館。但是戴安已經到了，他也是換了一身便服，在一個角落的桌子等他。

「局座，對不起，我來晚了。」

「我不是跟你說了嗎？只有我們兩個人時，不要叫我什麼局座，聽了就肉麻。你還是叫我老戴，我叫你小蕭。我看你這芝麻破官沒當幾天，官場的習慣可都學會了。怎麼，你是不是喜歡我叫你處座？」

「不，不，我還是您的小蕭。」

「行，那我們邊吃邊談。我已經替你叫了招牌牛小排套餐，八分熟，對吧！」

「這太好了，紅酒也叫了嗎？」

「我叫了。小蕭，來的時候確定沒帶尾巴？」

「沒有，我還特別的打回頭兩次，也沒發現有人跟蹤。老戴，是我們內部有情況嗎？」

「行，那我告訴你，昨天晚上我一夜睡不好，你知道是為什麼嗎？」

蕭成凌嘻皮笑臉地說：

「你是不是得罪了趙檢察官，成了她的拒絕往來戶了？家裏一個大美女只能看不能碰，當然睡不著覺了。」

「你小子都當上處長了，還是那副狗嘴裏長不出象牙的德行，應該改一改了。」

「老戴，你是連開玩笑的心情都沒了，真的是這麼嚴重嗎？」

「哎！我連哭都哭不出來了，……」

服務員送來了紅酒和餐前菜，戴安倒完了酒，等到服務員走了後才繼續說：

「昨天下班的時候，接到總統府侍從室的電話，叫我馬上過去，並且行動要保密。我去過總統府兩次，都是去領大獎的，我還以為又是要給我個什麼獎的，但是這也不用保密啊！我是坐計程車到了總統府的後門，侍衛長已經在等我了，他直接把我帶到五樓的小會議室，我一進去，就看見總統和他的秘書長已經坐在裏頭。等侍衛長關上門離開後，總統才交給我一個絕密的任務，所以今天我找你，就是要你來幫我完成這任務。」

「沒問題，老戴，這幾年來，我不是都在給你幹活嗎？我還沒讓你老戴失望過吧？」

「沒錯，小蕭，你是我最得力的人，我們在一塊兒也幹過好幾個很懸忽的案子，我們在槍林彈雨裏都挺過來了，我們出生入死，你小蕭是沒讓我失望過，但是這回不一樣，在以前，如果我們幹砸了，最多就是你和我玩完了，但是如果這回我們失敗了，台灣就玩完了。你明白嗎？」

蕭成凌看著戴安沉默不語，隔了好一陣，他才歎了一口氣說：

「反正我知道你老戴不會隨隨便便就把我推進火坑裏，你就說吧！要我幹什麼。」

服務員開始把湯端上來，接著是沙拉、麵包、牛小排主菜、甜點和咖啡。在這些美食和一瓶美酒被消化的同時，戴安說出了總統告訴他的故事：

「在美國著名的『紅石環球安全顧問公司』，也被簡稱是『紅石環球』，或是『紅石』，它是由一群退休了的和現任的中情局特工所創立的。我們台灣就有不少情治人員和特勤單位的人在那兒被培訓過。它因為牽涉進了太多的違法活動，包括我們的『秦依楓案子』，所以美國的媒體輿論對它有了強烈的反應，美國政府已經開始介入調查，並且派出聯邦探員臥底。他們發現了兩個驚人的事件，一個是『紅石』內部隱隱約約的似乎是有一個小組織，從事某些特別任務，而不受正常的公司審察和監督，小組織的成員都是和中央情報局有絲絲縷縷的關係。第二件事是他們發現了『紅石』有一份內部文件，不知道是誰撰寫的，說明將要在台灣發起一件爆炸事件，造成巨大的破壞和人員的傷亡。美國政府馬上將檔列為絕密級，白宮立刻派了總統的密使到台灣來傳達資訊，這是昨天的事。」

戴安講完了，他問說：

「小蕭，你覺得這種事可能嗎？」

「前幾天我拿給你一份從《真相週刊》那裏取得的檔，也是說有同樣的事。」

「這正好是以另一個管道驗證了美國政府的資訊，但是他們正式地提出來，就是要讓我們知道，如果爆炸事件得逞，美國的利益也將受到嚴重影響，所以要我們制止它的發生。」

「總統有沒有說那份文件裏說明了爆炸的目的嗎？」

「說了，是要奪取政權。」

「什麼？台灣已經是民主政治了，政府是人民選出來的，你怎麼來奪取它啊？」

「在重大的爆炸事件中，人員的傷亡包括了民選的政府官員，幕後的陰謀者就會宣佈進入非常時期，終止憲法，實施戒嚴和軍事管制。然後宣佈爆炸是中共的飛彈造成的，掀起台灣群眾和美國人民的反共情緒，目的是要造成啟動美國國會通過的台灣關係法，為駐軍台灣創造藉口。」

「這是政變！老戴，你是說整個事件的幕後者是在台灣的人？」

「美方的調查人員和白宮的密使都是這麼認為。他們也認為美國的保守派勢力，可能介入了陰謀。」

「那就趕快抓人啊！」

「要是知道誰是幕後的陰謀者，那還要我們幹什麼？」

蕭成凌喝了一大口紅酒，他不說話了。過了一會兒，戴安說：

「總統給我的任務是很具體的，他說：第一，逮捕幕後的始作俑者。第二，阻止爆炸事件的發生。第三，以上的任務和相關的情資已被列為絕密，只有總統本人、他的秘書長、我和我的助手，也就是你，四個人知道這件事，我們所有的行動只受總統和他的秘書長節制，連行動所需要的經費都要從秘書長那裏支付。」

「這種對內部的保密說明了一件事，就是這個幕後的陰謀者已經建立了他的組織和隊伍，很可能都滲透到各個重要的部門了，包括我們調查局是不是？」

「完全正確。所以目前我們是在敵暗我明的情況，我們的第一步就是要把敵人擠到檯面上來。」

「美國來的情資有沒有說爆炸的具體目標是什麼？」

「沒有，只說是個大爆炸，會造成很大的傷亡。」

「那要找敵人的難度就太大了，從什麼地方切入啊？」

「小蕭，昨晚我想了整整一晚，我有個方案，我要聽聽你的意見。」

「快說，我等不及了。」

「如果是個大爆炸事件，就不是扔一、兩個手榴彈的事，那是需要有設備和專門的行動員的。這些可以來自台灣的本土，也可能是從外面進來的。我們這兩年在黑道建立的人脈關係，尤其是地下的軍火販賣和製造，一有風吹草動，我們馬上就會知道。所以我認為，人員和物資都是從外面送進來的。東西可以用不同的管道走私進來，但是行動人員要對台灣有一定的認識，和經過熟悉環境的過程。這過程很可能需要三到五個月的時間。美國的情資指出來，計畫是半年前就形成了。」

「可是老戴，你知道每個月有多少外來人士入境台灣嗎？」

「大約是五到十萬人，對不對？小蕭，別讓這些數字給嚇倒了，你聽我分析。到台灣來的非台灣居民可分為三大類。一是來旅遊、觀光、探親和來開會的，他們的特點是停留期非常的短，從幾天到幾周。第二類是來辦事的，他們包括了商業人員、科技人員和其他的業務人員，他們停留的時間有的會長一點，也有在某一期間會多次出入境，但是這些人在台灣都有對口的單位，他們在入境時都填寫在入境單上，移民署的電腦裏都有這些資料，很容易查的。第三類是來工作的人，像是科技人員、教師、外勞和來依親生活的，我建議你叫你的人，把過去三個月的入境人士過濾一次，先把有正當理由的人刪除，把可疑的人建一個文檔，然後我會發一個公文給你，要求你們調查非法入境的人，如果過濾後的人數還是很多，你可以動用警察局的人力來幫你。」

「老戴，說是這麼說，但是你知道那些員警大老爺，對我們偵緝處可有意見了，說我們把好案子都搶走了，讓他們拿不到獎金。去找他們，八成會陽奉陰違。」

「小戴，你要先宣佈這是有加班費的案子，我倒要看看重賞之下有沒有勇夫。我再給他們局長打個電話，特別強調這回的加班費是加碼的。」

「那準保沒問題了。那我回去就開始辦這件事。」

「小蕭，你對『紅石環球』的印象怎麼樣？」

「不怎麼樣，不就是把公關和形象做到家的雇傭兵介紹所嗎？可是在台灣就有一批人把他們捧得出神入化了。」

「是哪些人？」

「基本上都是到『紅石環球』去培訓過的人，總統府的維安人員和特勤人員有很多都去過『紅石環球』。聽說總統的侍衛長就是個『紅石』啦啦隊的大頭兒。昨天你去見總統時，侍衛長在場嗎？」

「他是在門口接我，送我到會議室，但是開會時沒有他，只有秘書長在場。」

「老戴，你不是叫我們複查秦依楓的案子嗎？國防部的調查裏疑點太多了，他們就這麼結案了，怪不得有媒體說是冤案。其中最大的疑點就是『紅石』所扮演的角色。」

「那我現在正式的通知你，秦依楓的調查資料，過程和結果列入一級保密，你只能向我彙報，明白嗎？」

「明白。」

「還有，小蕭，我們對那位美國來講學的方文凱教授做了錯誤的判斷，你同意嗎？」

「經過這段時間的觀察結果，我同意是我們誤判了。」

「其實這個誤判是因為我們判斷，秦瑪麗一定是選擇了結婚都快二十年的老公，而忘掉了她父親的冤案。而方文凱是她派來走過場，敷衍我們，或是要替她找出管曉琴的藏身之地。」

「老戴，我現在知道了，其實秦瑪麗透過《真相週刊》的楊玉倩，一直沒放棄追查她父親的案子。」

「你是怎麼發現的？」

「《真相週刊》裏有我一個線民，那份關於爆炸事件的報告，就是這個線民從秦瑪麗那裏拿到的。」

「我看是不是找個機會，我們和那位方文凱教授接觸一下，給他說聲道歉，他很可能已經察覺出來我們在監視他。你上次告訴我，他是楊玉倩的老相好，和他表示一下友好，也許能改善一點我們和《真相週刊》的關係，我們本來就和他們沒有什麼過節，全是上一任局長對他們心虛，才排斥他們，造成了《真相週刊》抵制調查局的情緒。你看了他們最近的三篇報導了嗎？寫得可真準確，又很精彩，小蕭，我認為他們是很專業的。現在我們調查局已經不是他們的對象，他們盯上了國安會秘書長李雲華了。」

「我看還是讓堅持要調查方文凱的人自己去道歉吧，我本來就反對人都還沒來呢，就把他當成目標了。說不定還對人家已經有了不禮貌的動作，真是丟人！還有，我知道那是趙檢察官的人，連你老戴都不敢說三道四的，所以我就更免談了。」

「這樣吧，我打個電話給陸海雲，你還記得他嗎？從三藩市來的反恐英雄。」

「當然記得了，你們兩個外人替大陸的公安立了大功，不是嗎？」

「是啊，他現在是加州大學的名教授了，都是在大學教書的華裔教授，也許和方文凱互相認識，先請他美言幾句，透過他，我們也許能從秦瑪麗那裏取得關於史密斯的資料。我一直覺得他是和策劃爆炸事件的幕後黑手有關。」

「老戴，報紙上說史密斯得心臟死了。」

「他死了，李雲華不見了，所以秦瑪麗是唯一能提供歷史背景的人，所以楊玉倩和方文凱，成了我們的關鍵性人物，小蕭，你給我看好了他們。」

「那就快和陸海雲聯絡吧！說到李雲華，既然現在媒體已經盯上了他，老戴，你總可以讓我去查他了吧？」

「可以，但是要保持低調，現在我們有了總統府的尚方寶劍，是可以行動了，但是千萬別大張旗鼓地去查。事情是明擺著，從一開始，李雲華應該就是嫌疑人，因為政治原因才沒去調查他，現在別又給人家一個口實，說我們是為了政治原因才去調查他，我們不就裏外不是人了嗎？還有，現在已經很明顯了，楊玉倩和方文凱兩人，是在全力幫助秦瑪麗為她老爸洗清冤案，我們別忘了先前也有一個同樣的人，他就是洪田林，可是他被『紅石』的康巴人殺了。我要你馬上注意這兩人的安全，一有風吹草動，我們就啟動一級保護。」

「我知道。老戴，你對這個想搞政變奪權的人可能是誰，有想法嗎？」

「當然有了，要不我怎麼會睡不著覺呢？」

「能說說嗎？」

「不能。」

「老戴，有那麼恐怖嗎？」

戴安沒有回答，他繼續說：

「小蕭，你從線民那取得的『阿能那比社』名單是十幾二十年前的，你能取到最近的嗎？」

「我要是能，不早就拿來了嗎？」

「就再試一試吧！」

方文凱是在電腦的網頁上看到楊玉倩的報導，他從仙台回到台灣後，即刻給江柔澄打電話，詢問有沒有楊玉倩的消息，但是她正帶團出遊不在台灣。

方文凱沒想到的是，他不在的這段期間，有不少的學生把他們的問題寫在紙上，放在他的信箱或是塞在他辦公室的門縫中，他覺得這是亞洲學生的一個奇怪習慣，就是不喜歡當面提問題或是用電郵送問題，他們喜歡寫紙條。方文凱總覺得這樣的溝通不是很完美。但他還是花了一些時間，一一地把他的回答寫了下來，然後拿到航空系的辦公室，請秘書轉交到學生們的手裏。

臨出來時，秘書跟他說，他不在的時候，實習工廠的技工邱智義曾經來過，要借用他的那本英文專有名辭字典，所以她曾用鑰匙替邱智義打開他的辦公室。這件事讓他陷入了思索，因為自從他回來後，他有一種說不出來的感覺，好像是有人來翻動過他的辦公室，同時也動用過他的電腦。尤其當知道了是邱智義曾到過他辦公室借用辭典，他就更感到有問題，因為邱智義只是個技工，他只有專科的教育程度，他的英文問題應該是查看英文字的中文意思，要用的是《英漢字典》。但是他那本辭典是相反的《漢英辭典》，是用來找中文專有名辭的英文意思，這是給不熟悉中文的人用的。

當女秘書告訴他，邱智義第二次來借辭典時，她並沒有陪他去，而是讓他自己拿著鑰匙去開門的，方文凱就把電腦科學系的一位電腦安全專家請來，查查他的電腦有沒有被「駭客」非法入侵過，是哪些文檔曾經被打開過。檢查的結果，發現了一個檔案夾和一個電郵文件曾被打開，並且下載。

檔案夾的內容是江柔澄給他的隨身碟。裏頭有江敬沙的日記和楊玉倩的文章材料。電郵文件是他的老同學詹姆士．沃夫，發給他關於五十多年前，香港國泰航空公司從尼泊爾的加德滿都起飛，經香港轉往歐洲所有貨機的飛航記錄。

對於有駭客盯上了他，方文凱有不祥的感覺，他打聽出邱智義曾有軍人背景，從空軍的飛機維修廠退伍後，到了成大航空系的實習工廠。邱智義是航空系的資深技工，系裏給他一間單獨的辦公室。航空系每隔兩天的半夜晚上，會將所有的教職員辦公室打開，讓人進去打掃清潔衛生，方文凱利用這機會，到邱智義的辦公室門口探頭看了一下，結果把他嚇得出了一身冷汗。

他回去把管曉琴交給他的，二十年前「阿能社」的名冊拿出來查看，發現邱智義的大名就在上面。再進一步的暗中調查，他還發現，這位資深技工非常喜歡去綠島，只要是一有空，就會去。因此可以推斷：一年內去這麼多次，絕不會是去觀光旅遊，而是有其他的事。方文凱決定親自去一趟綠島。

方文凱花了一整天的時間，把江柔澄給他的隨身碟裏頭的檔案，反覆地閱讀和研究，然後請她用數位相機以最大解析度的像素，將她的項鍊和掛著的小牌子拍照，之後再把那張有出雲法師的照片，也用最大解析度掃描成電子版，最後要她把照片裏所有人的出生年月日，都寫在文檔上，一齊用電郵傳給他。沒想到隔了一個小時，他就接到江柔澄打來的電話；

「喂！我的方大教授，我回來了。」

「旅行社的人告訴我，妳要下星期才會回來的。」

「本來是下星期回來的，但是聽到大教授在找我，就趕快回來了。」

「我不信，一定是妳想男朋友了，我看妳還是從實招來吧！」

「猜對了，我是在想你啊！文凱，你的亞洲遊學之旅好嗎？」

「非常有意思，改天我跟妳慢慢地說。妳親自帶團去哪裏了？」

「我又帶了一個老美的老人團到昆大麗去。」

「昆大麗在哪裏？」

「哈！我的大教授別土了，『昆大麗』就是昆明、大理和麗江。」

「那不是妳的老地盤嗎？是不是又把一群美國老頭和老太唬得一愣一愣的？」

「他們對我的安排超滿意，小費超多。」

「我看妳也完全被台灣文化『超』洗腦了，也開始用『超』字了。」

「文凱，你說得超對！」

「上帝，太超過了。江柔澄，文字和語言不僅是用來表達意思的工具，它也是文化的一部分。做為工具，它是需要改變來適應需要，但是也應該盡量保存它的文化內涵，很多人批評你們年輕人是謀殺語言的罪人。」

「有這麼嚴重嗎？不就是年輕人沒有學問嗎？」

「那就趕快求學呀！看，我們又在瞎扯了。我問妳，有小玉的消息嗎？」

「我在昆明的時候和她通過電話，我們聊了一陣子。」

「她都好嗎？打算什麼時候回來。」

江柔澄沉默不語，過一會兒，方文凱說：「喂……喂……」

「噢！文凱，對不起，玉倩姐，她沒閑著，一直在採訪，在寫東西。對了，文凱，你看到她最近的幾篇報導嗎？」

「我看了，挺精彩的。好些關於妳的家世都是根據妳曾祖父江敬沙日記的材料。」

「是的，但是她又去採訪了很多以前白族馬幫的人，把日記裏好些空白都補上了。」

「這就是做記者的專業。小玉跟妳說了她什麼時候會回台灣沒有？」

「她已經回到加德滿都了，在等航班的機位，大概一個星期之內會回到台北。她也問我，你的亞洲講學和黑龍江的科學考察進行得如何？很可惜，我都無法回答她。」

「其實她想知道的話，送我一個電郵，我就會告訴她了。」

江柔澄猶豫了一下才回答：「我覺得你們當教授的，有時候很傻。」

「是嗎？妳現在才發現啊？我剛發給妳一個電郵，問妳要些東西，有空就給我發過來吧。」

「我已經全都做好，也發給你了，應該已經到你的信箱裏了。文凱，你要這些幹什麼？」

「記得妳給我看過的白玉項鍊下面掛著的白金牌子嗎？」

「文凱，你就只記得那個小小的牌子，別的都忘了，是不是？」

「還記得那對迷人的乳房。」

「哼！還好意思說呢！把人家弄得七上八下的就沒有下文了。你為什麼問這小牌子呢？」

「妳記得小牌子上有用德文刻的『漢斯，列支敦士登』字樣嗎？我跟妳說過：『漢斯』是人名，『列支敦士登』是阿爾卑斯山下的小國。我很好奇傳說中的『拉薩寶藏』，是如何的在達賴喇嘛出逃時，就完全消失了。我看了妳曾祖父的日記以後，就有直覺認為，妳的身世和『拉薩寶藏』有關係。所以這次到了香港時，我去找了一個老同學，他是香港國泰航空公司的高層，問他要了在解放軍開進西藏的前後，包租他們的貨機從加德滿都飛往其他國家的飛航記錄，當初只有國泰航空有貨機來往尼泊爾和香港。」

「結果呢？」

「我回來後就看見我的老同學發來的資訊說，當時只有兩架貨機從加德滿都在同一天起飛，經香港直接飛到瑞士的蘇黎世。」

「這跟我白玉項鍊上的牌子有什麼關係？」

「這兩架貨機的承租人是『列支敦士登信託銀行』的總裁『馬丁．漢斯先生』，這兩個名字都刻在妳乳房上的那塊牌子上。」

江柔澄的臉紅了：

「文凱，你欺負我。」

「對不起，我就是有這個壞習慣。妳想知道誰是這兩架貨機的發貨人嗎？」

「是誰？」

「是一個叫江虎康的人？記得他嗎？」

「你是說我的祖父，那位出雲法師嗎？」

「是的，他在發貨單上的簽字，和你曾祖父江敬沙留下的文件裏的簽名完全一樣。」

「你知道我祖父現在哪裏嗎？」

「送走了那兩架貨機後，江虎康就不見了。他再次出現時，已經是出雲法師了，妳很可能是見到他的最後一個人。」

「文凱，我要去找他。」

「很有可能，馬丁·漢斯會知道他在哪裏。別忘了他是那兩架飛機裏貨物的所有人。」

「馬丁·漢斯還在世嗎？」

「我上網去查了一下，『列支敦士登信託銀行』這個近百年的老字號，當然還是存在，但是馬丁·漢斯先生已經是退休的總裁，現在是他的兒子彼得·漢斯成為總裁了，我相信他們一定知道妳祖父在哪裏。」

「為什麼你這麼想？」

「我認為那兩架飛機所載的貨物，就是消失了的『拉薩寶藏』。所以江虎康應該是他們最大的客戶，他們應該知道妳祖父的行蹤。」

「文凱，我覺得你的推論有些牽強。」

「哪一點牽強、或是不合理？我們從、人、地、時，三方面考慮，它都是最合理的結論。」

「我也說不出個道理來，但是我就是不能想像我祖父會變成『拉薩寶藏』的所有人。」

「他也許已經不是所有人了。因為他已經走了。」

「那誰會是『拉薩寶藏』的所有人呢？」

「我認為是妳，妳身上那塊牌子，應該是江虎康和『列支敦士登信託銀行』安排的帳戶認證或是密碼。根據妳說的，你和你的父親都是單傳，你父親已經不在了，而江虎康又是過著提心掉膽，怕被仇家追殺的日子，他當然要安排好妳來接班的事了，所以他才冒著對你們可能帶來的大危險，辛辛苦苦地把妳找到。」

「文凱，好恐怖啊！你是不是在嚇唬我？」

「不是的，我不是在嚇唬妳。記得我從大陸發給妳一本『阿能社』社員的名單嗎？這個會社就是秦依楓案子幕後黑手李雲華組織成立的，小玉在她的報導裏做了詳細的介紹。我回來後，發現我的電腦被人侵入，我請專家調查，發現就是這份關於貨機的檔和『阿能社』名單被人下載，而且駭客就是我們學校的一個老技工，他也是『阿能社』的社員。雖然文檔裏沒有江柔澄的名字，但是有可能會因為妳和楊玉倩的關係，給妳帶來危險。妳能不能到哪裏去避避風頭。」

「好的，我會小心。但是我總要弄明白我祖父的下落啊！」

「這是當然的。我有一個法國朋友和這家銀行有關係，我去打聽清楚。如果妳的確是『拉薩寶藏』的所有人，可別忘了我們這些老朋友。」

「沒問題，只要你請我吃一頓大餐，『拉薩寶藏』就分你一半，我們一言為定。」

「行，那我回到台北就給妳打電話。」

李雲華在一九八八年回台灣之前，是經過了一段時間的思考，表面上看起來，是因為他在美國的發展似乎是到了頂頭，已經沒有更進一步讓他施展才華的餘地了，而在台灣他還有他父親李淇的人脈關係，會有人提攜他，再加上他當時還只有三十三歲，年輕力壯，雄心勃勃，正是可以讓事業更上一層樓的時候。但是在他的內心裏，他還深藏著回台灣來的真正目的。

當年他父親說給他聽的，在西藏雪域發生的傳奇，讓他長大成人後，徹底的相信了自己是屬於萬年前「亞特蘭提斯文明」，所遺留下的後裔「亞利安人」的一部分，他對在美國的「白人優越主義」感興趣，是因為想得到別人的認可，他是屬於世界上「主宰種族」的後代。但是他發現一個名字是「李雲華」的黃種亞洲人，在美國高唱「白人種族優越主義」，就像是黑人說自己是劣等人種一樣，不是讓人覺得滿頭霧水，就是以為是瘋人瘋語。另一個更強烈的意念，就是做為「亞特蘭提斯文明」所遺留下在西藏的後裔，他應該是有「拉薩寶藏」的合法所有權，李雲華對於金錢和權力的欲望，已經是很明顯了。他和父親的好友西蒙斯深談了幾次，這位中情局的特工，完全同意李雲華的看法，他認為李雲華應該成為台灣的政治「主宰領袖」，同時要盡全力去取得「拉薩寶藏」，它除了是一筆巨大的財富外，還是「主宰種族後代」的象徵。

李雲華在台灣的工作發展是一帆風順，他在政府裏的表現很傑出，受到了各方面的注意，包括了台灣的兩大政黨。雖然是按著家傳的傳統，他加入了執政黨，但是他和在野黨的關係非常良好。李雲華最大的政治資本，是他和美國保守派國會議員們的親密關係，使他能促成美國政府同意了好幾個對台灣有利的政策。這些工作非常的忙碌，佔據了他大部分的時間。

李雲華開始具體地進行他返回台灣的原始目的，是在他被調到國防部，成為第一個「非軍職」的文官廳長後的事。中情局特工西蒙斯被派到台灣來，主持拆卸在中山科學院的原子反應器，他和李雲華討論，第一件需要做的事，就是聚集一批和他志同道合的社會精英份子，同時也有和他同樣看法及目標的人，組織起來。於是他向內政部申請，成立了財團法人「阿能那比社」，簡稱為「阿能社」，他自己擔任「主席」。申請書上填寫的兩個宗旨是，研究歷史和從事社會公益，雖然看起來有點格格不入，但是內政部還是批准了。

幾年下來，被吸收進來的「社員」，絕大部分是曾去過「紅石」培訓過的，其中有些是被政府派去的軍職人員和情治人員，也有是「阿能社」派去的社員。他們在「紅石」接受專業和技能的訓練外，還被進一步的「洗腦」，認同了台灣的未來，在「大衛·索康」的主宰下，會找出一條最好的出路，而「阿能社」的社員們，都將得到巨大的權力和分享到來自「拉薩寶藏」的巨大財富。「阿能社」有一個類似軍隊但是非常嚴密的組織，它分別設有「行政」、「情報與安全」、「行動」和「後勤」四個部門，部門是獨立的分管既定的業務，互相之間沒有聯繫，所有的溝通都是經過「主席」。「阿能社」的地址是在綠島。

綠島離台東灣很近，在島上東邊的南寮灣是這小島的門戶，也是小島的最重要漁港，從台東乘船行駛十八海哩就可到達，航程大約三十分鐘。現在綠島上建有小型飛機場，有一條不到一千公尺的跑道，從台東機場登上只能承載十七名乘客的小飛機，約十多分鐘就能到達綠島機場。島上有一座燈塔，可算是島上最能引人注意的建築物，它是在機場盡頭的海岸岬角之上，塔身高九點七公尺，是一個純白色直筒狀燈塔，在茫茫夜海之中，指引著太平洋上來往的船隻。

這座燈塔還有一段感人的故事：那是在一九三七年十二月十二日夜晚，美國郵輪「胡佛總統號」由基隆開往馬來西亞途中，在綠島附近觸礁。雖然時值深夜，綠島居民聞訊，即紛紛冒風破浪下海搶救乘客。後來，郵輪漸漸沉沒，但五百多名不同國籍的旅客全部獲救，安然無恙。次年，美國為紀念這次事件和感謝綠島居民的救難義舉，特地捐款建了這座燈塔。

只是，綠島的綠意，無論如何也擺脫不了一段政治的血腥。在台灣人心中，綠島幾乎成了監獄的代名詞。陶醉在綠山綠水中的遊人，會從當地老人們的講述中，隱約感到一絲恐怖的氣息。

上世紀九〇年代中期以後，「政治犯」在台灣成為歷史名詞，綠島監獄的囚室成了歷史「古蹟」。

曾有記載說，綠島「新生訓導處」最多的時候，關押有一千多人。此後在綠島的中寮至牛頭山一帶，依山面海，成立了六、七個「職訓隊」，收容來自台灣全省各監獄的特殊分子、幫派分子、政治犯等，尤其是因為關押「政治犯」和「思想犯」，使小小的綠島名聲遠播。綠島上逐漸建成今天的「綠洲山莊」、「進德山莊」和「自強山莊」三座監獄。

在台灣其他監獄中，違規三次以上的犯人，便可報請送綠島監獄，這對犯人有一定程度的震懾力，因為綠島監獄畢竟是一個遠離台灣本島的地方。綠島與台灣之間，有著名的太平洋黑潮海流，即使犯人逃到海裏，也很難游回到台灣本島。掩隱在綠色之中的「進德山莊」，是「綠島監獄」中關押「惡性頑劣分子」的地方，到現在仍關押著犯人。

落成於一九七二年的「綠洲山莊」，現已廢棄多年，院外雖高牆斑駁，但仍舊電網密佈，森嚴恐怖。這裏因曾關押過作家柏楊等思想犯而廣為人知。坐落在「綠洲山莊」前的「人權紀念公園」有一垛圍牆，上面刻著一排排的姓名，都是屬於曾在此被關押過的人。「自強山莊」目前仍舊是關押犯人的訓練所。

在警戒森嚴的「進德山莊」監獄正南方有一片莊園，是除了在觀光景點附近的商家、民宿和酒店外，它是綠島唯一私人所蓋的庭院，四周有很高的圍牆，上面還再加兩尺高的鐵絲網，每隔不遠或是角落都有監視用的攝影機，莊園的厚重大門緊閉，門上就只有一個木牌，是用紅字寫的「私人住宅，非請勿入」，旁邊還有一個小小的金屬牌，上面有一隻狼狗，顯然莊園的主人不歡迎外人來訪。

從高處望去，莊園內有一棟平房，隱蔽在非常茂密的樹林中。要去到莊園的唯一道路，是一條通往南寮村的山道，因為不常使用，路面雜草叢生，只有吉普車和摩托車才能行駛。它是在二十多年前，一位雅美族的原住民，以開發綠島為由，向行政院農委會申請土地，當時政府正在積極支持民間的原住民在家鄉投資開發，所以很快就批准將這一大片林地，以很便宜的價錢賣給這位原住民了。但是兩年後原住民突然去世，他住在台灣本島多年的後人都不願意接手，就將這片林地賣給了財團法人，「阿能那比社」。但是不久之後，關於這片土地買賣和「阿能社」的資料，在所有的官方網頁上都消失了。

李雲華總是在一大早，從台東港乘「能豐發漁船」來到綠島的南寮漁港。他會在一般遊客到達時，就已經被接到「阿能社」了，因此不會被人認出來他出現在綠島。「能豐發漁船」是登記以綠島南寮漁港為基地的中型漁船，船上有現代化的導航設備，兩個漁獲冷凍庫的其中之一，已改成為油料箱，再加上備用水箱，它的遠航能力可以來回到達印度洋。李雲華下船時告訴船長，要加滿油箱和水箱。當吉普車將他從碼頭接到「阿能社」時，「行政」、「情報與安全」、「行動」和「後勤」四個部門的負責人都已經到了，這四人同時出現是非常少有的情況，李雲華走進會議室後，馬上開始：「我現在宣佈阿能社進入緊急狀況，即刻啟動已制定的緊急行動方案，各位有問題嗎？」

李雲華停了一下，看著四個負責人，他們沒有回應，就又繼續：

「因為《真相週刊》暴露了我的身分，我必須要暫時離開，我們的運作需要改變，新程序按緊急狀況裏的方案進行。楊玉倩已經對我們造成了重大的傷害，行動部可以執行先前制定的方案了。原先預定的大爆炸事件必須提前，整個行動已將開始。按照所定的計畫，它是個全面的自給自足的行動，所有的人員、設備和所需資金都已到位啟動，在所有已經計畫的目標達成前，已經沒有任何方法使它停止了。所以我們別無反顧，只有勇往直前，在爆炸事件後，馬上進入你們預先指定的位置，準備接管台灣。各位有問題嗎？」

李雲華看沒有人提問題，就接著說：

「在薩蘭達拉的雪山公司，終於取得了突破性的資訊，『拉薩寶藏』很可能是在瑞士的一間銀行裏。我正在和『紅石』的朋友制定計劃中，不久就會有奪寶的方案。還有，請行動組把『香格里拉旅行社』的老闆江柔澄請到這裏來暫住，她可能和我一樣是『亞利安人』的後裔，絕不能傷害她。」

李雲華是乘坐「能豐發漁船」離開了綠島，從此再也沒有回到台灣。

方文凱花了大半天的時間，在實驗室裏和研究生們討論一個新的實驗方法，和剛剛才運到了航空系的一批儀器的各種功能。這應該是他到成功大學離休計畫裏的最後一項工作了，完成了以後，就可以將動身回美國的具體日子和系裏商量定下來。

他發現自己很想家，也很懷念家庭生活。在他身邊的同事們都是有了老婆、孩子的人，生活雖然似乎是很忙碌，但是也很滿足。回到台灣後，看見楊玉倩風采依舊，更是成熟和充滿了智慧，他是感到了舊情復燃，但是他卻無法改變楊玉倩對出家信念的堅持和無比的執著。他和葛瑞思又通了電話，他發現自己對這位小姨子越來越有好感，並且被她深深地吸引住，一感到寂寞時，就會想起她。但是他也很理智地提醒自己，把她當成了琳達的替身，對葛瑞思是絕對不公平的，但他還是很喜歡和葛瑞思聊天，雖然已經把遊學的事都說完了，他還是不想掛電話。

他突然明白了，從前的葛瑞思在他心目中是琳達的小妹妹，是個會瘋言瘋語的黃毛丫頭，但是她現在長大成了女人，並且變成和姐姐一樣是有魅力的女人。方文凱仔細地思索，這兩個都是如花似玉的姐妹到底在什麼地方不同，先是姐姐，現在是妹妹，都將他深深地吸引住。他躺在床上翻來覆去不能入睡，最後終於讓他悟出來，葛瑞思有一股像謎樣的氣質，讓他捉摸不住，但是又很喜愛。當她發現自己喜愛古時描寫銷魂蝕骨的愛情文學後，葛瑞思會很自然的把她的感覺，融匯在古時的愛情故事裏，再娓娓動聽的說給他。相悅中的男女如果是在近距離的接觸，翻江倒海的激情就會爆發出來。也許他對葛瑞思的思念，就是在期待和她近距離的接觸。

當然這次到亞洲來最讓他震驚的是，和秦瑪麗的近距離接觸，原本只是受校長之托，為一位校董夫人收集有關她父親案子的資料，到後來發展到幫助她復仇，將殺害她父親的丈夫置之死地。

琳達在世的時候，他們夫婦和這位校董夫人有過接觸，但是因為生活圈子相差太懸殊了，彼此就沒有聯繫。但是這次秦瑪麗使用了匪夷所思的取人性命方法，對方文凱來說是個「賣身」的行為，為了使「演出」逼真，他們在一起生活了三天三夜，培養男女間的「情緒」，但是他們兩人都能感到，他們不是在「演出」，而是在「假戲真做」。

他們說的每一句話、每一個舉手投足的動作，都沒有劇本，也沒有導演，但是卻充滿了無限的愛情。方文凱可以感受到，秦瑪麗把她的身體和她的心完全地張開來，讓他徹底的征服和佔領，而在那短暫的三天裏，他是全心全意瘋狂的愛著她，他知道如果不是這樣，他不會和她緊緊地擁抱在一起，淋漓盡致，一波又一波，同時進入那只有深愛著的戀人，才能到達的奇妙境界。

但是當這場自導自演的「戲」結束後，他們沒有留下任何的承諾，和表示思念或不能忘懷的話，就各自上路了。方文凱感到他一生的感情生命，有一大片讓秦瑪麗給切走了，當時還著實地感到了失落，但是想到莫佛告訴他，秦瑪麗和他有了婚外情，並且宣佈秦瑪麗是他的了，要他不可以打歪主意，方文凱才完全明白，秦瑪麗有鐵一般的意志，為了復仇她可以去當殺父兇手的枕邊人，一當就是二十年，為了完成復仇計畫，她將一顆心和她灼熱的肉體，完全張開來給方文凱，短短的三天三夜，比起她隱蔽了快二十年在仇人的懷裏，是小巫見大巫了。

秦瑪麗是世上少有的女人，而莫佛是方文凱一生裏最要好的朋友，但是命運捉弄人，讓他心愛的女友琳達成了他好友的妻子，而莫佛娶了琳達的好友黛思，也許是這兩人分別在美國和法國工作，隔著一個大西洋，讓他們真摯的友誼保持了下來。但是這兩位好朋友還是沒有能逃脫，他們繼續被命運撒下的大網捉弄著：在琳達遭遇空難去世後，黛思不顧已是為人妻子，瘋狂地愛上丈夫的好友方文凱，她排山倒海般地向愛情撲了上去，但是方文凱沒有忘記他和琳達的婚姻，對莫佛所造成的傷害，他鐵下心來拒絕了她，黛思傷心的離去，但是她和莫佛的婚姻也走到了盡頭。

離婚後，黛思投入了她熱愛的戲劇事業，以她的美豔和才華，她成為歐洲當前最紅的明星之一。但是方文凱、莫佛和黛思，這三個在感情的道路上被碰撞過的人，雖然他們的事業是輝煌得如日中天，但是他們一直沒有去找他們的終身伴侶，幾年來都還是單身，方文凱不時地想到，他們三人間的友誼似乎長在，但是他們糾纏不清的男女感情，還沒有畫上句點。

當莫佛告訴了方文凱，他是秦瑪麗婚外情的第三者時，他能感到莫佛投入了認真的感情，是不是他和黛思之間的情份，真的結束了？方文凱對黛思懷有深深的歉意，對她思念的火苗一直在心裏燃燒著，他想到要去找黛思，不僅想看看她，也有事相求。

方文凱對秦依楓的案子一直有個很大的疑問，他認為貪汙案的政治和社會意義是很重大，但是全案所涉及的金額，從台灣的社會財富的觀點來看，卻不是個驚人的數目，它只不過是兩種發動機價格的差額。如果李雲華是整個案子的主謀，以他是國安會秘書長的地位，在政商界的互動能力，再加上他和美國南方大財團的關係，這筆貪汙的錢對他來說是九牛一毛，不值得這麼大動干戈地去殺人。所以他認為李雲華應該還有其他的真正目的，但是他不能確定是什麼，但是等到「拉薩寶藏」進入了他的視線，他認為：「尋寶」或是「奪寶」，很可能是真正的目的，因為它的價值會是天文數字。楊玉倩的報導敘述了「拉薩寶藏」的來龍去脈，更加強了他的想法。

調查局的戴安局長，透過成功大學的教務長和方文凱聯繫，表示希望和他見一面，有要事想請教他。方文凱回答說正好他也有一些關於「秦依楓案子」的想法，他的丈人告訴他，要去找調查局的戴安局長，所以他們約好後天星期四，他回到台北後見面，戴安說，調查局會有車到淡水去接他，方文凱告訴他高鐵的班次，要車子到台北車站接他。

在回台北的高速鐵路班車上，他打電話給江柔澄，但是她的手機關機，他記得她曾說過，她們做旅行社的人，手機是從來都不關的。到台北車站來接他的不像是個開車的司機，他遞上一張名片，上面寫的是「行政院法務部調查局偵緝處處長，蕭成凌」，方文凱和他握手：

「蕭處長，真不好意思，讓您親自來接我。」

「這是我們局長的命令。不過能來接一位年輕的名教授，我也感到十分榮幸。來，我們到停車場去。」

等上了車，方文凱才發現是蕭成凌自己開車：「調查局居然還不給處長配個司機嗎？」

「沒辦法，局裏說我的資歷還不夠配司機。」

「調查局裏的規矩還不少呢！」

「是的，並且有很多看起來是很不合理。但是像我們這樣敏感的機關，的確是需要有很多的規矩，否則很容易就會出毛病的。」

「例如國防部的軍購案，是不是？」

「是的。記得在學校念書的時候，老師就說過，定出規矩來，就是要克服人性的弱點。」

「說得太對了，人性的最大弱點就是無法控制的欲望，對金錢和對感情的欲望，如果不能理智地控制，就會造成犯罪行為。」

「方教授說的都是犯罪學的書本裏寫的。」

「真的嗎？說不定哪天讓大學掃地出門，還可以到你們偵緝處去混碗飯吃。」

「可惜，我要是被調查局掃地出門，就不能去你們大學混飯吃。也許去當個看門的警衛還行。」

「蕭處長是當年追緝在海外罪犯的英雄，我們大學是個小廟，不敢請英雄人物來的。」

「說不上是什麼英雄人物，就是替我們局長瞎混賣命。方教授怎麼會知道這些事？」

「是我岳父告訴我的。」

「您的老丈人也是住在美國嗎？」

「是的。盛名傳千里，蕭處長應該感到很驕傲。」

會面的地點不是在調查局，而是在遠東大酒店九樓的一間客房。蕭成凌敲門領著方文凱進去，發現這不是一間平常的酒店睡房，它沒有床，而是只有一個大桌子和幾把椅子，顯然這是間用來開會的房間。房間裏只有兩個人，蕭成凌向方文凱介紹，西裝筆挺的是調查局局長戴安，年輕的女子是偵緝處的偵查員，季倩玫。

「局座，這位就是方文凱教授。」

大家握手寒暄後，各自就座。季倩玫說：「請問方教授是要咖啡還是要茶？」

「給我一杯咖啡，不加糖，只加牛奶。謝謝，季小姐。」

方文凱對著戴安說：「感謝戴局長在百忙中和我見面，我是受秦瑪麗之托來關心她父親秦依楓案子的發展，現在看來貪汙案是要平反了，但是殺人案還沒有水落石出，而我在成功大學的日子馬上就要結束，所以想來瞭解一下情況，回去後也好有個交代。我岳父的一位同事，陸海雲教授認識局長，他說您是一位很正直，也很有能力的警調人員，有任何困難都可以向您請教。」

戴安開門見山地說：「方教授，請用咖啡。我就不跟您客套了，陸海雲是老朋友了，他在上星期曾來電話說您會來找我。我是兩年多前才接管調查局，當時局裏的情況非常的紊亂，我除了開始整頓外，還接到命令重新調查秦依楓案子。一年後，我們報請特偵組，要求逮捕國安會秘書長李雲華，引渡中情局特工西蒙斯，和『南方製藥』董事長史密斯，並以謀害秦依楓的罪名向他們起訴。」

方文凱吃驚地說：「新聞媒體好像並沒有報導這件事。」

「沒有錯，我們有調查不公開的規定，並且整個事件還是在『絕密』的保密級別中。當時我們的最高當局，也就是總統，把我叫去，解釋說美國國會的南方保守派勢力，和台灣部分的在野黨立法委員，都在極力的支持和保護李雲華，當時如果動他，反彈的效果很可能不堪收拾，所以總統要我們稍安勿躁，等待時機。沒想到時機這麼快就來了。」

方文凱說：「您是說《真相週刊》的報導，促成了時機的來臨，是嗎？」

蕭成凌回答說：「是的。但是李雲華失蹤了。《真相週刊》的報導出來後，局座就指示我們監控所有的機場和碼頭。但是他沒有出現。媒體這些日子已經是鋪天蓋地的找他，還是不見人影，我們判斷他已經偷渡出境了。」

「那你們已經發出國際通緝令了嗎？」

戴安回答說：「目前我們的想法是：在明確李雲華的隱藏處之前，我們只是暗中調查，不打草驚蛇。我們不能低估他在別的國家，尤其是在美國的人脈關係和影響力。一旦確定了他的窩藏處所，我們才去動用政府的力量。自從《真相週刊》將李雲華的雙重國籍曝光後，輿論和民意都齊聲的譴責，總統府現在是火燒屁股似的要我們捉拿李雲華。但是這種事也急不得，我們還是要看準撒網，見機收網，否則他又會成了漏網之魚。」

方文凱說：「太好了，戴局長，您找我是有事嗎？」

「是的，我們從美國送來的官方資料裏知道了，將有一個大爆炸事件會在台灣發生，但是沒有說明將要發生的時間和地點，更重要的是，沒有指名可能的相關人姓名，讓我們好去追查。我們從秦瑪麗提供的資料裏，找到了相關人的姓名，可以按圖索驥，在事發前追捕罪犯，阻止事件的發生。我們理解美國官方有他們的考慮，所以把部分情資保留，但是對我們來說，這可是人命關天，甚至是危及政權的事。我相信秦瑪麗有特別的路子能拿到原始檔，例如最新的『阿能社』名單。我們最大的願望，是希望方教授幫助我們，維持秦瑪麗這條管道的暢通。」

方文凱驚訝地問：「你們是怎麼拿到秦瑪麗的資料？」

戴安對著季倩玫有點尷尬地說：「小季，妳就老老實實的告訴方教授吧！」

季倩玫說：「方教授，我和江柔澄是在念MBA的課時認識的，因為很談得來，就成了好朋友。我知道她是楊玉倩的親戚後，就向她打聽一些《真相週刊》的事，但是她不知道，所以就去問楊玉倩。」

方文凱說：「楊玉倩好像對你們調查局很有意見。」

戴安回答說：「因為我的前任局長，對國防部調查秦依楓案子認為沒有問題，所以和楊玉倩起了很大的衝突。我接手後，她對我要查這案子的決心是清楚的。但是楊玉倩本著她的職業道德和專業原則，不願意和我們有任何瓜葛。小季就在江柔澄身上做了些工作，最後楊玉倩把文件交給江柔澄，還說別告訴她文件的去處。」

蕭成凌說：「楊玉倩在大是大非的節骨眼上不含糊，這個人挺不錯的。」

戴安接著說：「目前我們最大的困難，就是不知道將發生的爆炸事件是在什麼時間和地點，這麼多年了，我們對秦依楓的案子不聞不問，現在當然不好意思去求他的女兒幫我們忙。所以我想請方教授轉達我們對緝拿兇手的決心，同時請她給我們提供美方無保留的資料。」

方文凱說：「我可以轉達你們緝拿兇手的決心，但是秦瑪麗是否同意，我就不能擔保了。」

戴安說：「請您告訴她，我戴安走遍天涯海角，也要把殺害秦依楓的疑兇緝拿歸案。」

方文凱點點頭：「我相信這是她最喜歡聽到的話了。」

「方教授，您知道管曉琴的下落嗎？」

方文凱有點猶豫，季倩玫說：「是江柔澄告訴我，您最近見到她了，她也向您提供了案子的資料，我們需要約談她，協助我們的調查。」

戴安說：「她是我們最重要的證人，將來在審判過程中，只要說出來她二十年來亡命天涯，李雲華就死定了。」

方文凱回答說：「我可以轉告你們的意思，同不同意見面是她說了算。」

戴安說：「那好，方教授，您不是還有事要和我們說嗎？」

「是的，季小姐，您不是說江柔澄也要來嗎？我倒是希望她也能聽一下。」

季倩玫說：「奇怪了，江柔澄從來都不會遲到，怎麼今天連個電話都沒有。方教授，我看您就開始說吧！」

方文凱說：「好吧！當我坐下來思考秦依楓案子時，我總覺得有什麼東西不對勁，但是想不出是什麼。一直到最近我才明白，我們可能把這案子的動機搞錯了。他真正的動機是要奪取『拉薩寶藏』，而不是要貪汙那戰機發動機的差價，對李雲華、西蒙斯和史密斯來說，這些都是小錢，不值得他們去殺人。」

戴安說：「那天我們在仔細的分析和討論楊玉倩的報導時，也很驚訝地發現，中情局在西藏的活動，似乎是有一個幕後的目的，就是您說的『拉薩寶藏』。」

方文凱把兩張由掃描版列印出來的圖片放在桌上，一張是去年春節時，國安會秘書長辦公室的工作人員全體合照，另一張是個人單獨照片，裏頭的人是坐在辦公桌後面，穿著西裝，滿臉笑容地對著鏡頭。方文凱指著照片裏的人說：「從他的西裝式樣能看出來這是三十多年前照的。」

蕭成凌問：「這人是誰？」

戴安回答說：「如果我沒猜錯，他應該是李雲華的父親，李淇，曾經當過西藏專員。」

季倩玫說：「兩人是長得有點像。」

方文凱指著照片說：「請你們注意辦公室牆上釘著的那幅圖案，和李雲華政務委員圍巾上的圖案。」

戴安說：「看起來好像是一樣的。」

方文凱從文件夾裏又拿出來一張掃描的列印圖片，他說：「這是那幅圖案的放大影像。外形是橢圓形，中間有一把鮮紅的寶劍，穿過一個人形的頭部。兩個橢圓形中間，是兩個古字體的德文字，Deutsches Ahnenerbe。」

方文凱讓大家仔細地觀看圖案，然後說：「第一個德文字是『德意志』，就是德國，第二個字的發音是『阿能那比』，耳熟嗎？」

三個人異口同聲地驚呼：「阿能社！」

方文凱接著說：「同樣一個圖案出現在相隔了三十多年的兩張照片裏，同時在兩張照片裏，和這圖案有關的兩個人還是父子，這表示什麼呢？」

「表示這兩個父子對這圖案有特殊的喜愛或是有特別的意義。」

「你們知道我第一次是在哪裏看到的嗎？」

「方教授，您是說以前您就見過這圖案嗎？」

「是的。秦依楓的女兒秦瑪麗，曾經拿給我看她父親的遺物，裏頭就有這圖案。」

戴安問說：「太不可思議了，您知道這圖案的來源嗎？」

「瑪莎．戴教授是我的一個好朋友，也是我以前的同事，現在哈佛大學教書，我把圖案發給她請她幫忙，她去找了哈佛大學歷史學系研究『符號和象徵學』的專家，結果是越來越有意思了。」

方文凱喝了一口已經涼了的咖啡：「Deutsches Ahnenerbe 應該翻譯成『德意志研究會』，它是當年納粹德國的一個智庫，自稱為是：『研究古代知識的學會』。它是在一九三五年七月一日，在德國首都柏林納粹黨軍總部成立的，三個創立人是海因里希．希姆萊、赫門．渦司和李查．達瑞。按他們說的目的是：『研究亞利安人種在考古和文化上的歷史』。」

蕭成淩問說：「這個希姆萊是不是希特勒手下的那個殺人魔王？」

「是的，一九二九年的一月，海因里希．希姆萊被任命為德國納粹黨黨軍司令，他將原來只有三百人的組織，在兩年內發展到了一萬多人，並且他開始將黨軍的成員，轉換成『純種日耳曼人』，也就是北歐亞利安人的後代，所以黨軍是清一色的金髮碧眼青年。希姆萊在黨軍裏成立了一個『種族定位辦公室』，專門負責審核加入黨軍申請人的種族背景，這個辦公室也負責灌輸這些申請人，關於『亞利安人種族優越』的理念。然後又替希特勒擬定了『最後解決方案』，它就是二戰時納粹黨在集中營裏，用毒氣屠殺了六百萬猶太人的計畫藍本。」

蕭成淩追問：「這和姓李的父子兩人又有什麼關係？」

「『德意志研究會』後來更派出探險隊，到世界各地去從事實驗和證明，史前期神秘的北歐亞利安人曾一度統治全世界。其中的一個探險隊是去到了西藏。你們還記得李雲華的父親在行政院蒙藏委員會時的職位嗎？」

戴安說：「他是西藏專員，也是一位真正的西藏專家，聽說他還是達賴喇嘛的私人朋友。他曾替德國人派到西藏去的探險隊擔任過翻譯。」

方文凱又從檔案夾裏拿出來一本發黃了的小冊子，封面是行政院蒙藏委員會的官式用紙，小冊子的標題是《西藏回憶錄》，署名作者是「西藏專員李淇」，日期是一九七五年。

「李淇在退休前寫了這本西藏回憶錄，我費了九牛二虎的力量，拜託人從行政院的老舊檔庫裏找了出來。他把當年和美國中央情報局特工，在西藏的合作活動都寫進去了。」

戴安說：「我看過這本回憶錄，我覺得寫得很片面，楊玉倩在她報導裏說的那些事，李淇是隻字不提。」

方文凱笑了一聲說：「哈！但他還是忍不住地露出了馬腳的小小一部份。請看回憶錄的第一頁就是這個圖案，但是並沒有對它做任何的說明。再看書的最後一頁，總結的最後一行，他說：『拉薩寶藏』是值得去追尋的。其實這是一句讓人莫名其妙的話，因為全書中這是唯一提到這四個字的地方。我認為這是李淇寫給李雲華看的。」

「方教授，這和秦依楓案子之間的關係在哪裏？」

「我的看法是，當年成立『德意志研究會』時，四個創辦人都是深信在歐洲流行的『神秘主義』，把自己和『亞特蘭提斯文明』連在一起，說不定他們派到各地去的探險隊，就是去尋找萬年前所遺留下的寶藏，派到西藏去的也是同樣的目地。多年後中情局的特工和李淇，都成了它的忠實信徒，他們在西藏的活動，表面上是支持藏人的獨立，但那都是鬼扯，實際上是在尋寶。他們失敗後，李雲華或是他的另一身分大衛·索康，聯合了一批志同道合的人，他們成立了雪山公司、達震系統、阿能社，甚至『紅石』內部裏的一個小組，繼續追求他們的最終目的，『拉薩寶藏』。李雲華看中了秦依楓的能力，想吸收他進來，就跟他說明了真正的目的，秦依楓不但不為所動，還準備舉報他，所以李雲華非要置他於死地。」

戴安說：「方教授，我明白『德意志研究會』是個社團組織，但是您說的『神秘主義』和『亞特蘭提斯文明』，都是學術性的東西，能不能給我們說明一下它們的來龍去脈。」

「我不是這方面的專家，也只能就我所知道的說一下，可千萬別當成是有任何的權威性。您可能聽過所謂的『野史』，它就是非正式的歷史，它不是根據文字的記載，或是從考古文物的分析，所得到的結論，它的根據是道聽塗說的傳聞，或是一些人創造出來的故事，但是經過許多年，世世代代繪聲繪影地相傳，再加上它豐富多彩的浪漫傳奇，很多人也就相信它了。」

「可是我記得常有新聞報導說，挖出來發現什麼古物，證明了『亞特蘭提斯文明』的存在。相信您一定也看到過。」

方文凱說：「沒錯，但是新聞報導不等於歷史學家的認同，很多的報導，都經不起長時期的科學分析和驗證，所以久而久之它還是屬於野史。」

戴安說：「原來是這樣。」

「但是越來越多的考古發現，都有似是而非的文物，像是對傳聞的野史提出了有力的證明。最典型的就是，不斷的發現在深海裏被淹沒的古蹟，立刻就能聽見有人說那是『亞特蘭提斯文明』所遺留的證物。但是也有一些科學事實，被拿來做為所謂的『證據』，引起很大的幻想。讓我給各位舉個例子：傳說中的『亞特蘭提斯文明』，是在一萬年前消亡的，他們的主宰種族亞利安人在此之前，移居到北歐斯堪地納維亞半島、北非的伊索比亞，和印度北部及尼泊爾地區。雖然這三個地區的原住民的膚色截然不同，但是人類學家用ＤＮＡ檢驗的結果，證明他們是來自同一亞利安人族類。各位認為這是證明『亞特蘭提斯文明』的存在嗎？」

蕭成凌說：「當然不能，這只能證明這三個地區的人是同一種族，而不能用來證明他們和『亞特蘭提斯文明』有任何關係。」

方文凱說：「太好了，你們做調查工作的，一說就明白。但是一般人會認為，既然『亞特蘭提斯文明』的傳說裏，說亞利安人到達了這三個相距遙遠的地方，而現在發現在這三個地方是有亞利安人，所以這個傳說一定是真的。諸如此類的例子不斷地出現，造成『亞特蘭提斯文明』傳說不斷的綿延。還有更為懸忽，更讓人深思的事件呢！」

季倩玫說：「請方教授說來聽聽好嗎？」

「印度教是個非常古老的宗教，它不僅影響了印度次大陸，還擴展到以外的廣大地區，從梵語文學和印度哲學的各種傑出作品，印度教的影響力在今天還繼續地流傳。從挖掘出來的考古文物裏，可以確定在二萬二千年前，也就是『亞特蘭提斯文明』時代，定居在那裏的人，已經受到了印度教的很多影響，例如各重神器和神的形像。印度教有三大派，就是濕婆派、毗濕奴派和性力派，後者專門崇拜『沙克提或提毗』，也就是印度教的聖母，把她做為絕對的、終極的神格。甚至在經過了印度河谷文明時期的宗教改革，和吠陀時期的印度教衰落後，在古典梵語傳統的重新浮現和擴張中，非常明確地表現出，在印度傳統的歷史裏，處處看得到這位女神的重現和對她的崇拜。這些出土的考古文物所還原當時的社會人文情況，無法驗證野史裏相傳的『亞特蘭提斯文明』，這個極端的矛盾，是否是意味野史的錯誤呢？」

戴安說：「方教授，您說的這些事和李雲華以及『拉薩寶藏』都有關係嗎？」

方文凱說：「我目前的看法是，李淇、他的兒子李雲華，和他們的中情局特工同夥，都是拿著『亞特蘭提斯文明』做為晃子，其實是一派胡言亂語，他們真正的目標是『拉薩寶藏』。他們將真實的歷史和傳說的野史，虛虛實實地混淆在一起，讓很多人矇在鼓裏，『阿能社』裏的成員就是例子。李雲華很可能是個很有野心的政客，但是更可能是個想發不義之財的騙子。」

「能請方教授仔細地說說您的看法嗎？」

「沒問題，但是你們有時間嗎？」

方文凱仔仔細細地說出了一個故事：

藏傳佛教，有時被稱為藏語系佛教，是指傳入西藏的佛教分支。藏傳佛教，與漢傳佛教、南傳佛教，並稱佛教三大地理體系。它是屬於大乘佛教，特色是所有教派都受到密宗的影響。

從古老的西藏到今天的雪域，我們看不見一點一滴「亞特蘭提斯文明」的影響，但是古老的印度教的影響卻隱隱約約的出現。李淇在他的回憶錄裏，引用「德意志研究會」的文件，說明西藏是「亞特蘭提斯文明」為亞利安人的後代，所遺留下來的方舟，是完全沒有根據的。文件裏也提到了，在傳承的過程中有一個媒介，那就是古老的印度教。但是這個說法也是充滿了矛盾。

前面提到過，藏傳佛教信仰得在西藏生根時，它採取了很多的印度教內涵，建立了它的獨特風格，開創了西藏密宗，並且傳下大量珍貴的密法。西藏的密宗通稱「藏密」。早在第七世紀，松贊干布時期的藏傳佛教，就已經傳入了密部經典。

第八世紀期間，印度密教僧人在西藏，建立了密教的根本道場「桑耶寺」。其後又有著名的密教高僧相繼來到西藏，翻譯了《集密》等許多密宗典籍，進一步讓密教在西藏得到了流傳。十五世紀初，宗喀巴創立格魯派，下傳達賴和班禪兩大支系，成為現今藏地盛行的一大密宗教派。西藏密宗被視為大乘佛教的支派，因為有不許公開的秘密傳授規定，以及充滿神秘內容的特徵，它被認為是印度佛教晚期衰落後，逐漸地被印度教融合才產生的。所以西藏密宗有許多儀式和咒術，是與印度教相似的，因此有學者認為，它其實就是印度教的復興。

高度神秘的色彩，造成西藏密宗傳播到各地，甚至到偏遠或是較為封閉的地區，今天藏傳佛教已經是青藏高原、內蒙古、尼泊爾、不丹、蒙古、裏海沿岸西北部的卡爾梅克、俄羅斯中部西伯利亞的布里亞特共和國和赤塔州，以及俄羅斯遠東地區圖瓦的最重要宗教。甚至在印度教為主的錫金和拉達克地區，也有廣大民眾信仰藏傳佛教。在西藏政府流亡之後，藏傳佛教更是傳遍西方和世界各地。現在任何一個國際大都市，都可以看到藏傳佛教的寺廟或學習研修中心。在台灣，台南市的古剎重慶寺，原來是屬於禪宗的寺廟，現在轉為西藏密宗噶舉派，也就是白教的分院。

古代的亞利安人主要是崇拜因陀羅等自然神，而傳說中的「亞特蘭提斯文明」，也是崇拜太陽神。這和印度教崇拜聖母的概念是完全不同。讓人很難想像他們之間是有任何的關係存在。

性力派是印度教最重要的支派，性力派崇拜女神，認為性是宇宙間的根本動力，是智慧和力量的集中表現，男女交合、雙抱雙修，才能獲得精神解脫和無上福樂。這種修練不同於塵世的淫樂，它主張追求更高超的目標，他們邊交媾，邊口念箴言，使男女兩性達到完美的結合，這就是修行者以性樂而達到悟道的目的，而藏傳佛教裏也有雙身法的修練。

性力派供奉的主神是明妃，就是女神莎克蒂，她是「宇宙大能」的來源，她和配偶的交合被稱為「永恆擁抱」，她的子宮是「噴出諸種能源與生命之口」，男女交合會產生新的生命，是人世間最大的創造性能源，這一能源需與「宇宙大能」匯成一體，其儀式稱為「輪寶供養」。性力派的廣泛流傳，是與密教有緊密聯繫，它從南印度正統寺廟崇拜，到北印度黑魔法和隱秘修行，以及西藏密宗，都可以找到它的影響。

從歷史上看，性力派激發了梵語文學和印度哲學的傑作，今天還在繼續影響著廣為流傳的印度教。但是在他們豐盛的經典著作中，找不到任何「亞特蘭提斯文明」的痕跡，同樣的，我們也找不到亞利安人，曾經有過崇拜女神的任何記載或是傳說。

西藏密宗是在第十世紀發源在西藏的阿里地區，當時在該地的統治者智光，派沙門寶賢赴印度學習《集密》和《時輪》等經典，並且迎請印度高僧們來到西藏阿里，翻譯《顯密》和《瑜伽密部》等經論。他們選擇了吉娑羅山做為修行地，這就是後來被稱為「岡仁波齊峰」的神山。古印度大詩人迦梨陀娑的長詩《鳩摩羅出世》，和佛教詩人馬鳴的長詩《佛所行贊》裏，敘述了雪山神女與濕婆的戀愛故事。

雪山神女是喜馬拉雅山雪山神的女兒，妹妹是恒河女神。雪山神女轉世後熱戀濕婆，為了引起愛人的注意，而遷居到西藏密宗的修行地吉娑羅山，也就是西藏阿里地區的神山「岡仁波齊峰」上。但是濕婆一心修行，對她還是不理不睬。為了要感動濕婆，雪山神女立志進行艱苦的修行。濕婆終於被打動了，於是與雪山神女結婚，不久生下了戰神室建陀也就是鳩摩羅，當時有一個強大的「阿修羅多羅伽」妖魔在為害世人，他虔敬地崇拜梵天，因此被梵天授予了無敵的力量，許諾他只能被濕婆的兒子打敗。鳩摩羅在母親雪山神女和父親濕婆的撫養下成人，剷除了妖魔，為世人除害。雪山神女是印度教強大派別性力派的重要母神崇拜對象，史詩裏所記載的這些故事，都是發生在西藏西部的阿里地區。

古格是西藏西部的一個古代王朝，它的統治區域包括今中國西藏自治區阿里地區一帶，在今日印度境內的還有贊斯喀爾、上金瑙爾、拉胡爾和斯皮提等區。古格王國遺址在拉薩以西約一千二百公里處，距離岡仁波齊峰不遠。古格王朝建立於西元十世紀末，首都在札布讓。西元八四三年，吐蕃王朝末代贊普朗達瑪被僧人殺死，不久之後又發生平民起義，王朝崩潰。各地擁兵自立，吐蕃遂四分五裂。朗達瑪的兒子維松與雲丹爭奪王位而相互爭戰，維松之子貝考贊死於奴隸暴動中，貝考贊之子吉德尼瑪袞見大勢已去，便率領部下逃亡到阿里地區，娶了當地頭人的女兒為妻，建立了政權，他去世後，王國一分為三：長子日巴袞統治西面的麻域，就是拉達克一帶，二兒子札什德袞統治東南部的布讓，也就是現今的普蘭縣，第三子德祖袞統治象雄，也就是現今的札達縣，這就是後來通稱的古格王朝。

因為阿里地區是位於東西貿易的中繼站，加上當時穆罕默德的穆斯林軍隊，在印度及東亞西部一帶東征，戰事連年，所波及的當地人民，尤其是手工業者和商人，就選擇定居在古格，因此古格的貿易在當時也佔有一席之地。

第一個接觸古格的西方人，是葡萄牙耶穌會傳教士安東尼奧德爾安德拉德，和他的兄弟曼努埃爾馬爾克斯，當時的古格王赤札西札巴德，與他充任宗教領袖最高法王的弟弟矛盾很深，古格王試圖用西方人來抵消當地僧侶勢力的威脅，削弱佛教團體的影響，引起僧侶的不滿，他們發動叛亂，古格王的弟弟勾結拉達克軍隊，圍攻古格都城，古格王不敵而投降，國王及王室成員慘遭拉達克軍隊殺害，古格王朝在西元一六三五年滅亡，被拉達克王室併吞統治，但是後來又被拉薩政府奪回。

出現在阿里地區古格王朝的葡萄牙耶穌會傳教士，成為日後西藏一片腥風血雨的始作俑者。

「十字軍東征」是西元一〇九六年至一二九一年所發生，一系列在羅馬天主教教皇的准許下，由西歐的封建王國領主和他們的騎士組成「十字軍」，對他們認為是異教徒的國家，發動的持續了近二百年的宗教性戰爭，西元十一世紀末，是西歐封建主義形成的時期。在封建制度籠罩之下，各地封建小國的領主們，為了向外擴展領土和攫奪財富，紛紛割據自立，他們除在自己的封地建築堅固的城堡之外，還豢養眾多騎士，為他們和鄰邦發起戰爭。

此時的歐洲，經濟上正處於復興時期，許多新興的城市在不斷崛起，城市的居民越來越多，各地的封建領主們，對財富的欲望急劇膨脹，他們渴望從海外攫取土地與金錢，並隨時尋找著發財的時機。也就是說，不論是有地的領主還是無地的騎士，貴族和窮人，都在尋找新的出路。這樣的機會終於來臨了，這就是歷史上著名的十字軍東征。

一〇九九年，十字軍佔領耶路撒冷。緊接著他們對穆斯林教徒及猶太人，不分男女老少實行了滅絕人寰的大屠殺，三天之內，守城的人幾乎全部死在十字軍刀下。《耶路撒冷史》記載，僅僅在著名的阿克薩清真寺裏，就有一萬多人慘遭殺戮，血流成河，屍橫遍地。所有有價值的東西，便都被他們占為己有。

「士兵們衝入宮殿，奪去他們的金銀和其他首飾。有人發現有的死者肚子裏藏有金幣，便不斷地鋸開屍體，到肚子和腸胃裏尋找金幣。」

由於這次大洗劫，許多騎士一夜之間變成了富翁。拜占庭帝國的君士坦丁堡，就是現今土耳其的伊斯坦布爾，有兩千年的歷史，是世界上唯一跨歐、亞兩洲的海港城市。它先以拜占庭與君士坦丁堡之名，做為東羅馬帝國的首都及東方基督教文化的重地，直到十五世紀中葉，才成為奥斯曼帝國的首都。曾先後為一百二十位羅馬國王和奥斯曼蘇丹所統治，留下了許多輝煌的建築。

一二〇三年六月，滿載十字軍的威尼斯船，出現在君士坦丁堡城下。一二〇四年四月，十字軍攻陷君士坦丁堡，並對該城連續七天燒殺搶掠，拜占庭帝國近千年的藝術珍寶遭到毀滅，十字軍把金銀財寶、藝術珍品洗劫一空之後，建立了東方拉丁帝國。西元一一一九年，歐洲成立了「聖殿騎士團」，他們是經驗豐富的職業軍隊，當初的職責是保護到耶路撒冷的朝聖者，保護聖地和耶路撒冷各個大要塞的安全。由於總部設在耶路撒冷猶太教聖殿，因此叫「聖殿騎士團」。但是它是屬於法蘭西封建國王所管轄。隨著十字軍從每年來朝聖的人潮中補充的大量兵源，它的隊伍在不斷發展，成為非常強大的武裝力量。

聖殿騎士團大多是由基督教貴族騎士組成，也包括少數的軍官、教士和神甫。他們將苦行僧的戒律，以及騎士的俠義精神，合而為一，身穿鎖環連成的盔甲，披著軍服似的斗篷，看上去威風凜凜。他們的盾牌以黑和白來裝飾，還有一個白底的紅十字，騎士們用這個標誌，提醒自己曾在上帝面前發過甘於貧窮的誓言。他們有一個獨特的徽章標識，就是兩個騎士，舉著長矛，共同騎著一匹戰馬。傳說他們做為一個團體出現在十字軍的東征，是最有作戰能力的特種部隊，殺敵無數，同時也掠奪了無數的金銀財寶戰利品。

維護和擴建要塞是一項沉重的財政負擔，於是，這項任務就交給了「聖殿騎士團」，他們也成了法蘭西王國僅有的常備軍隊。「聖殿騎士團」的組織嚴密，訓練有素，個個驍勇善戰。他們奉命守衛大部分要塞，在保衛邊界上有著決定性的力量。很快地，他們也變得非常的富有。由於朝聖者大量無私的捐贈，以及教皇給予的種種特權，他們積聚了相當可觀的財富。聖殿騎士團以最初的封地為基礎，不久便擁有了大量的土地和城堡。他們掌握著東西方的商行，為朝聖者和國王們開辦銀行，就像一個擁有各式分行的機構，接受君王定期存款。他們也讓人存放首飾和黃金飾品，但要付利息和押金。他們成了歐洲早期的銀行家，法國和英國國王就曾將國庫託付巴黎和倫敦的聖殿騎士團保管。很快地，聖殿騎士團在歐洲金融圈中的地位舉足輕重，很多人認為他們是富甲天下。

在十字軍東征史上，聖殿騎士團是個重要的名字。從軍事角度來看，它是一支非常訓練有素的職業軍隊。從政治角度來看，當時王權脆弱，他們卻越來越獨立、強大和好戰，已不安於過去的地位。在十三世紀的耶路撒冷王國，聖殿騎士團支持貴族派，密謀參與政治活動。

一三〇七年十月五日，法國國王菲力浦四世，下令逮捕所有在法國的聖殿騎士團成員。他想通過打擊聖殿騎士團，沒收其財富，以補充日趨窘困的財政開支。但是，聖殿騎士團卻巧妙地把大量財富隱藏了起來。有人分析，羅馬教皇在法國國王採取行動的前幾天，曾經悄悄地給聖殿騎士團通風報信。聖殿騎士團的所作所為，終於引起歐洲各國和其他教會的不滿，被斥為異端。在西元一三一二年的維也納宗教會議上，羅馬教皇克雷芒五世，不得不正式宣佈解散聖殿騎士團。

西元一三一四年三月十八日，聖殿騎士團總團長德·莫萊受火刑，被法國國王燒死在柴堆上。

但是傳說中聖殿騎士團所擁有堆積如山的金銀財寶，也神秘地消失了。它的下落至今仍然眾說紛紜，成了一個難解的歷史之謎。在羅馬教皇正式宣佈解散聖殿騎士團的前一年，耶穌會的教士在耶路撒冷最早的「聖殿騎士團」總部舊址，建立了「所羅門教堂」，教士們是以典型的苦行僧方式生活。教堂的徽章標識，是兩個騎士，舉著長矛，共同騎著一匹戰馬。所羅門教堂和它的傳教士就又存在了五百多年，在二十世紀初，第一次世界大戰爆發前，羅馬教皇宣佈，關閉和結束在耶路撒冷的所羅門教堂，這時人們才知道，幾百年前聖殿騎士團就是教皇直接指揮的軍隊，而這批耶穌會的教士，也是直接受命於羅馬教廷。

在詳細和精確的教廷記錄裏，記載了在所羅門教堂成立後不久，就派出了兩名葡萄牙傳教士，安東尼奧德爾安德拉德，和他的兄弟曼努埃爾馬爾克斯，從地中海岸邊穿過中東，去到那遙遠的西藏阿里，和當時的古格王朝國王，赤札西札巴德，建立了關係。之後，他們將大批的金銀財寶，包括十字軍東征掠奪的戰利品，運到古格王朝，儲藏在國王為他們準備的寶庫。這項絕秘的行動一直持續了一百多年，直到把聖殿騎士團在歐洲的寶藏全部運出後才中止。

西元一六三五年，隨著古格王朝的滅亡，這批寶藏也消失了。但是羅馬的教廷沒有放棄追尋寶藏的努力，他們千方百計，想盡了各種方法，直接和間接地去追查，但是沒有任何結果。可是天主教多年來，一直在追尋不義之財的寶藏消息不脛而走，在社會上引起了很多的負面反應，深深地影響了天主教的形象。因此在九〇年代初，就關閉了「所羅門教堂」，同時還宣佈所謂的「寶藏」，已經失蹤有數個世紀，一定早已流入了民間，教廷不會去追查，即使它再度出現，也將放棄對它的所有權。

最後方文凱將他的故事總結為三點：第一，在喜馬拉雅山下是有亞利安人的族群，但是他們和傳說中的「亞特蘭提斯文明」，似乎沒有關係。第二，藏傳佛教裏的西藏密宗，有非常強烈的印度教內涵，它成為西藏文化裏的最重要部分。第三，大批的歐洲寶藏確曾藏在西藏，但已不知去向。

方文凱說的故事讓在場的人聽得如醉如癡，過了好一會兒，戴安才問說：

「方教授說的都是有記錄可查的嗎？」

「除了『亞特蘭提斯文明』的傳說部分，其他的在北京西藏學院圖書館，和在羅馬教廷圖書館裏都有文件可查。另外楊玉倩也和我說過，在她採訪過程裏，也曾聽到不少類似的說法。」

蕭成凌說：「顯然，從歐洲運到在西藏阿里古格王朝的寶藏，就是『拉薩寶藏』。」

「我想這是合理的推測。但是『拉薩寶藏』是個現代名詞，在『德意志研究會』的檔裏還沒有出現過，一直到了秦依楓案子相關的文件裏才見到。在李淇回憶錄的最後結尾也出現過，根據楊玉倩說的，是在李淇的岳父貢旺．索康，擔任了西藏噶廈政府的財政噶倫後，布達拉宮的巨大地宮才被像鐵筒似地保護起來，也就是在那時候，才開始有了『拉薩寶藏』的傳聞。」

季倩玫說：「李雲華的老爸是從岳父那知道了『拉薩寶藏』，這父子兩人就財迷心竅，開始對這份寶藏有了覬覦之心。」

「楊玉倩從她的採訪中，好像感到貢旺．索康和他的女婿李淇之間的關係，並不是很融洽，他很可能對李淇還有防備之心。如果『拉薩寶藏』的確是和古格王朝同時消失的寶藏，它有一個運送的過程，在西藏阿里地區的古格王朝，距離拉薩有一千兩百公里，在漫長的路途上，難免會被人揣摩出個究竟來，於是各種傳聞就跟著產生。即使岳父是守口如瓶，李淇也能猜到地宮裏藏的是金銀財寶。」

戴安很感慨地說：「方教授說了我聽過最驚人的傳奇，但又是真實的故事。你們想想，十字軍東征是十一世紀發生在歐洲的事，它沾滿了血腥的寶藏，跋山涉水地來到了西藏，一千年過去了，經過了漫長的時間和千山萬水的空間，它又掀起了一場腥風血雨。怎麼能叫人不感歎呢？」

方文凱回應說：「寶藏本身也許是帶著血腥，但是因為人性的貪婪和醜惡，才在時空裏掀起了一場腥風血雨。」

蕭成凌問：「方教授，說到貪婪，有沒有文件提到過這些寶藏的價值呢？」

「還沒有看到過有正式的檔記載對這些寶藏的估價。原因是寶藏中的物件都是有歷史和藝術價值，會隨著時間變化，在某一時間點的估價並沒有太大的意義。但是也有人說，當年的耶穌會教士，在非洲找到傳聞已久的『所羅門王寶藏』，也成了耶穌會寶藏的一部分，所以更難以估價了。另外我還認為，既使耶穌會做了估價，他們也不可能公佈，因為他們從來就否認有寶藏的存在。」

季倩玫問說：「方教授，什麼是『所羅門王寶藏』？」

「這又是一個在西方流傳了很久的傳奇故事。根據舊約聖經的記載，所羅門王是大衛王的兒子，出生於西元前一千年，是一位中東的猶太人君主。統治猶太王國長達四十年。被視為猶太人歷史上最偉大的國王。據說所羅門王在耶路撒冷建立了一座聖殿，藏有無數的珍寶，它就是後人所說的『所羅門王寶藏』。西元前五九七年，以色列被巴比倫王國征服，聖殿被毀，『所羅門王寶藏』下落不明。傳說寶藏是放置在非洲的某個角落。還有另一個傳說，講的是一位年輕的非洲狩獵人，艾倫．誇特梅因，曾經帶領兩位號稱有一張尋寶地圖的英國人，進入了遼闊的沙漠深處去尋寶，但是他們一去不回。此後，尋寶的人百年來絡繹不絕，而找到了『所羅門王寶藏』的消息也此起彼落，最近的一次是二〇〇九年一月二十九日，美國考古學家湯瑪斯．萊維，宣稱在約旦南部發現傳說中的『所羅門王寶藏』。」

房間裏鴉雀無聲，大家都被這神奇的故事迷住了，方文凱喝了一口咖啡：

「在秦依楓的遺物中有一本書，書名是《西藏七年》，是本遊記式的自傳，作者是奧地利人，曾經是希特勒納粹黨的黨軍軍官，他和李淇都曾出現在達賴喇嘛五歲時的坐床典禮上。後來成了達賴喇嘛的家庭教師，也是李淇的朋友。秦瑪麗說，這本書是李雲華給他父親的，書中有不少筆寫的評語，都是有關萬年前傳說中的『亞特蘭提斯文明』，和西藏宗教文化的關係，還有多年前德國的西藏探險隊，發現西藏人裏有『北歐亞利安人』的後裔，及他們遺留的寶藏。這也是我認為李雲華是為了『拉薩寶藏』才要找秦依楓，而貪汙畏罪自殺是個障眼法。」

最後戴安開口說：「我看不出，已經明確了的事實和您的想法，有任何矛盾的地方。」

但是方文凱還有更驚人的故事：

「在『拉薩寶藏』消失之前，世界上只有兩個人知道它的來龍去脈，那就是西藏的貴族貢旺．

索康，也就是李雲華的外祖父，還有替他負責運輸的白族馬幫江敬沙。如果在法律上，貢旺．索康是『拉薩寶藏』的所有人，那麼他現在的唯一後人大衛．索康，也就是李雲華，應該是合法的繼承人了。我相信這就是他為什麼不遺餘力地在追尋『拉薩寶藏』的真正驅動力。但是我相信，『拉薩寶藏』的合法繼承人，是另有其人。」

戴安說：「方教授，您知道這個人在什麼地方嗎？」

方文凱把多年前國泰航空公司的貨機包租事件說出來，季倩玫首先反應說：

「這麼大的事，江柔澄居然還跟我保密，看我怎麼收拾她。她給我看過那個白金的牌子，她總是掛在她的兩個大奶子中間，不知道方教授是怎麼看見的。」

方文凱還沒來得及回答，季倩玫又接著說：

「現在每次和江柔澄見面，她什麼都不談，就只是說方教授的事，我看她是愛上了方教授，在談情說愛的時候，暴露身體，讓方教授給看見了。」

戴安說：「蕭成凌，我看你得好好管教你手下的偵查員，說話太沒有分寸了，破壞形象。」

方文凱轉開話題：「我有朋友認識『列支敦士登信託銀行』的高層，已經做了初步的接觸，他們的反應是正面的。」

戴安說：「太好了，說不定台灣會有一位世界第一富豪。」

方文凱說：「『拉薩寶藏』的價值是天文數字，只要是有一小部分用來投資在台灣的企業，對台灣的未來經濟發展都會有重大的影響。你們應該全力保護江柔澄。」

第八章：強降綠島歸來斷魂人

在江柔澄失蹤了二十四小時後警方介入調查，方文凱是在《真相週刊》和「香格里拉旅行社」的人告訴他江柔澄失蹤以後，他決定了自己的搭救行動。這是他第二次到綠島來，他發現學校裏的老技工邱智義，不但是「阿能社」的人，盜取了他的文件，又發現邱智義還常去綠島，好奇心驅使他第一次去那裏「觀光」。除了有很好的海濱景觀、海底潛水區，和一個罕見的海底溫泉外，方文凱最大的收獲是，發現了警戒森嚴的「阿能社」總部，所以他確定江柔澄一定是被綁架到了綠島。

下了渡船已經是下午一點多鐘了，他走進一間路邊的餐館叫了一份午餐，一邊吃，一邊想，要如何進到「阿能社」去把江柔澄救出來。一位頭戴安全帽的女子走進了餐館，婀娜多姿的身材引人注目，安全帽上拉下的暗色擋風罩，把臉遮蓋住了。她走過來把方文凱身邊的椅子從桌下拉出來，然後取下了安全帽，她說：「方教授，我可以坐下來嗎？」

「原來是妳啊！差點沒認出來。」

「在你想趕我走之前，最好是先打個電話問問戴安局長。」

「妳要我問他什麼？」

「我是好人還是壞人。」

「這個不用勞動局長大人，我已經知道了。」

「是嗎？是誰告訴你的。」

「沒人告訴我，是我自己發現的。」

「不可能，我要是沒隱蔽好，我還能活到今天嗎？不就早去見洪田林了嗎？」

「我拿到了『紅石』開緊急會議的名單，上面沒有妳的名字。」

「是誰跟你說，我去『紅石』開會的？」

「妳的辦公室。」

吳紅芝跺了一下腳：「方文凱，你到底要不要我坐下來？」

「椅子都拉出來了，坐吧！」

她把安全帽放在旁邊的椅子上：「方文凱，我想要一碗雪菜肉絲麵，我還沒吃中飯呢！」

「真是麻煩。告訴我，妳怎麼知道我在這裏？」

「先告訴我，你是為何來綠島？觀光旅遊嗎？」

「我來找江柔澄。」

吳紅芝瞪著看他：「你是想到『阿能社』要人嗎？」

「她很可能是被關在那裏的。」

「『阿能社』的人要是否認呢？」

「我就去報警，請警方進去搜索，看江柔澄在不在。」

「進門搜索的理由是什麼？」

「窩藏被綁架的人質。」

「有證據或是證人嗎？如果沒有，根據規定，員警是不可以搜索民宅的。」

方文凱沉默不語，他意識到自己的天真和一時糊塗。雪菜肉絲麵來了，吳紅芝開始大口地吃起來，方文凱說：「妳是真的餓了，還要不要點些別的？」

「不用了，就再要一杯冰咖啡給我。」

兩個人都在專心地用餐，方文凱先吃完了就看著吳紅芝，她抬起頭來說：「我的吃相很難看，是不是？」

「就是因為好看，才會一直地盯著看。」

「不行，我會消化不良。」

吳紅芝放下了筷子，喝了一大口冰咖啡：「方文凱教授，我要正式的向你道歉，我判斷錯誤，認為秦瑪麗是選擇了丈夫，而背叛了她父親。所以也認為你是她的同夥。為了從你那探聽消息，我對你不禮貌的行為，請你原諒。」

「妳是指妳施展女性的本能，勾引我的事嗎？不用道歉，沒感覺出來我挺喜歡的嗎？」

「是嗎？但是我還是全軍覆沒了。」

方文凱曖昧地笑了：「再接再厲，一定會成功。」

「我知道你討厭我，但是也不必對我太殘酷，行不行？」

「吳紅芝，妳錯了。我不討厭妳，我是男人，對美女當然有好感了。是楊玉倩對妳有意見，認為妳和國防部的人一個鼻孔出氣，做為檢察官，辦事不力。」

「她把你看成是她的禁臠，別人不能碰。她以為我要對你下手，所以她就恨我。」

「妳想錯了，在大學時，我暗戀過她，她結婚後我們就成了好朋友，這次回來才發現她已經決心出家了。她人挺好的，有很強的是非觀念。如果她知道妳是臥底，她會喜歡妳的。楊玉倩對妳的老闆戴安就很敬佩的。」

「我不是調查局的人，戴安管不到我。我是特偵組的人，趙碧浩檢察官才是我的老闆。」

「她不是戴安的老婆嗎？」

「所以你明白是誰說了算。戴安是個英雄人物，但是老婆要收拾他，他還是得乖乖的。」

「我聽說趙碧浩是個大美女，自古英雄難過美人關，這是男人的悲哀。」

「明白就好，如果你碰上個大美人，到時候你就認了，不要反抗。」

方文凱瞪了她一眼：「別太有自信心，鹿死誰手，還有待觀察。那妳的臥底任務是什麼？」

「秦瑪麗委託律師，向司法部提出秦依楓案子的判決是冤案，案子轉到特偵組的趙碧浩檢察官。她對李雲華起了很大的懷疑，要我開始調查他。所有的資料都顯示他有問題，戴安是第一個人認為整個案子的幕後還有陰謀，所以就找了個藉口派我到『紅石』去受訓，製造被吸收進『阿能社』的機會。」

「原來妳也是『紅石』畢業的。後來呢？」

「只要是政府的官員，尤其是軍方，司法部門和情治單位的人，都是李雲華親自吸收進去的。特偵組給我的具體任務，是接近李雲華，待在他的身邊，找出他們的行動計畫。」

方文凱看著她，但是不說話，吳紅芝說：

「我知道你心裏在想什麼，即使我跟你說，我沒有和李雲華上過床，你也不會相信我。就因為我曾勾引過你，我在你的心目中永遠是個壞女人，是個蕩婦，我也只能怨我自己了。」

「我是在想妳把伍建耀擺在哪裏。」

「他和我是青梅竹馬的朋友，我們結婚三年就分手了，主要的原因是我不想有小孩，而他又是家裏的唯一兒子，他無法抗拒父母的壓力，但是他放不下我，他常來找我。」

吳紅芝看了一下手錶：「我們時間不多了，說正事吧！」

「我們？妳還沒回答我，妳是怎麼知道我到綠島的。」

「我們在一年多前，就盯上『阿能社』在綠島的總部，李雲華失蹤後，我們得到情報，他是躲藏在這裏，但是他又不見了，他專用的那條『能豐發漁船』也同時不見了，所以我們推想他是逃出境外了。最近雪山公司給他送來很多資料，又加上你們成大邱智義從你的電腦裏拿到的信息，李雲華下令『阿能社』進入備戰狀態，現在他們的人已經在監控機場和碼頭了。前些日子，調查局把你列為重點保護對象，蕭成凌通知我說，你可能會到綠島來，要我做好準備，但是你下船時就被『阿能社』的人認出來了，所以我就找到了你。」

方文凱看看餐館裏用餐的客人：「妳是說他們現在還在監視我嗎？」

「他們認定了你是會去『阿能社』，所以他們是在那裏等你，這裏沒有他們的人，所以我才能來見你。我有一件非常重要的事求你，你一定要答應。」

「妳剛剛才指出來，我是個不用大腦，做事衝動的人，妳不怕我壞了妳的事？」

「文凱，我看見江柔澄了。」

「她現在哪裏？」

「軟禁在『阿能社』裏。」

「那為什麼不叫警方來抓人呢？」

「要是那麼簡單，我還會來找你嗎？現在一切都在我們掌控中，唯一不能確定的，就是能不能保得住江柔澄。」

「為什麼？有什麼大的困難不能克服的嗎？」

「我們得到了證實，大爆炸事件已經比預定提早正式啟動，並且指揮中心是設在海外，鞭長莫及，我們完全無能為力。『阿能社』的人已經陸續地集中到了綠島，準備接受指定的任務。為了防止大爆炸，我們明天拂曉要把『阿能社』給端了，逮捕所有的人。但是我發現，李雲華已經下令，把除了核心的『阿能社』份子外，全部格殺，並且埋設了大量的炸藥，一旦被包圍，就把『阿能社』化為灰燼，因為那裏頭有太多他犯罪的證據了。如果江柔澄沒及時撤出來，她的小命很可能難保。」

「那妳要我做什麼事？」

吳紅芝很詳細地說出了她的計畫，讓方文凱對她肅然起敬，另眼相看。他沒想到吳紅芝除了有很強的「女人本能」來誘惑男人外，還有個很管用的大腦。方文凱說：

「吳紅芝，我很佩服妳。」

「謝謝你，只要不把我想成是個壞女人，我就很感激了。我已經在柚子湖附近的民宿旅館訂了一個房間，你在那裏等到半夜，才按我說的計畫開始行動。你就待在房間裏，不要到外面走動，免得萬一被『阿能社』的人認出來。」

「除了妳，我不認得別的『阿能社』會員。」

「我看見你們成大的邱智義了，他一定會認得你。我們走吧！」

吳紅芝從她的機車後座底下拿出一個安全帽讓方文凱戴上，在開動前，她說：

「文凱，坐好了嗎？你給我一點面子好不好，把手伸到夾克裏，抱緊一點。又不是沒摸過，讓你舊地重遊還不好嗎？」

機車來到了一片非常美的沙灘，除了稀稀落落的幾個遊人外，一眼望去，就是藍天和被一波又一波的白浪所覆蓋的綠水外，收進眼裏的，則盡是在輕柔的海風下搖擺著的椰子樹。吳紅芝拉著方文凱的手走到樹蔭下，把她從機車上帶來的一張毯子鋪好，他們坐了下來。方文凱不說話，只是目不轉睛地看著吳紅芝，她被看得都有點發毛了：

「文凱，你怎麼這麼看人？我是長了青面獠牙嗎？」

「我本來是想到綠島來投入戰鬥的，完全沒想到被一個大美女帶到這麼美的海邊來，當男人，有這樣的美人和美景，是可以終老他鄉了。」

「你是舞文弄墨的大學教授，怎麼去戰鬥啊？但是你說要和眼前的美女和美景終老他鄉的話，我會記住的。」

方文凱想起了在加州聖地牙哥海灘上的葛瑞思：「紅芝，妳帶了比基尼泳衣嗎？」

「你想下水游泳？可是我沒帶游泳衣。」

「我也沒帶，但是這裏沒什麼人，我們可以裸泳。」

「到底是美國來的，色膽包天。在台灣，光著身在公共場所是有傷風化的行為，是犯法的，要坐牢的。」

「真是太遺憾了。」

「不能裸泳就讓你這麼遺憾嗎？」

「摸的時候手感那麼好，但是還沒看過，不是太遺憾了嗎？」

吳紅芝的臉一下就紅了，但是她不甘示弱：「你一定摸遍了楊玉倩的全身，誰的手感更讓你慾火焚身？」

「要讓男人慾火焚身，需要有綜合性的感官振盪，手感只是其中之一，不能用來做為指標。但是在一起裸泳以後，就會有更精準的評估。」

「方文凱，我把你帶到這裏，是要告訴你重要的情況，你要是還繼續勾引我，就會影響我完成任務，那誰要去救江柔澄？」

「對不起，妳說吧！」

吳紅芝握住了方文凱的手說：「你成大系裏的那位叫邱智義的技術員，是個很危險的人物，我們已經注意他有一陣子了。」

「妳是說在發現他是『阿能社』的會員之前嗎？」

「他第一次進入我們的視線，是因為我們接到了日本警方的通告，說他在參加當地右派極端份子，在中國駐日大使館前示威遊行，抗議中國大陸向日本輸出廉價勞工時，使用暴力而被逮捕，日本政府將他驅逐出境，遣送回台灣，要求我們對他起訴。案子到了我手上，我開始調查他：他是鼓吹所謂的『台灣獨立建國』的積極分子，他的文筆很好，常在報刊雜誌上發表文章，因為他會引經據典，居然在民進黨的基本教義派裏，還有了小小的名氣。」

「成大的同事也跟我說過，他有寫文章的本事。」

「但是他的一篇文章讓我深入地調查他的身世，發現了他有一個不尋常的背景，和非常複雜的心理狀態。」

這引起了方文凱的興趣：「他在文章裏都說了些什麼？」

「記得嗎？日本的一個最老的核子發電站，因為地震引發的海嘯，造成了嚴重的核輻射外洩，污染了附近的海域。當數百噸的日本海產，被美國的海關因為核輻射污染超出常規標準而禁止上岸，他們掉頭就把海產用低價賣到中國大陸，引起了很大的反彈。在台灣，也有人對這件事提出強烈的譴責，並且提醒大家到大陸時，為了健康，千萬不要吃日本的海產，結果邱智義就寫文章大罵這些人是『義和團』。有人反駁說：這些是好心人，關心台灣同胞的健康，怎麼就成了『義和團』了？」

「紅芝，我想起來了，是有這件事。當時還有人說邱智義一定是日本人，是不是？」

「是的。因為他經常是南部的地下電台的訪談對象，我把他們的錄音調出來聽，把我嚇了一跳。他赤裸裸地說，日本的文明是來自萬年前的『亞特蘭提斯文明』，而日本人和『亞利安人』一脈相傳，是世界上的優秀人種，是主宰世界的民族。而中國人是劣等民族，他們向日本輸出廉價勞工，他們就應該接受日本向他們輸出的海產。」

「很難讓人相信他是土生土長的台灣人。」

「他在訪談的節目裏公然宣稱，他的第一祖國是日本，台灣是他的第二祖國，任何攻擊日本的言論，他都要起身對抗，包括主張釣魚台是屬於日本的，堅持使用日本政府的『尖閣列島』名稱。」

「在這一點上他是和李登輝一致，也許他也一樣有日本人的血統。」

「文凱，我也是這麼想，所以就仔細地查了他的身世。他的年輕時代和很多的人並沒有區別，專科學校畢業後就當兵，他還加入了國民黨，然後出國留學。他沒去日本，而是去到美國留學，在那裏混了兩年，一事無成，也沒拿到學位，在紐約端過一陣盤子，就回到台灣。」

「有很多的人都有同樣的經歷，這不能說明他親日仇中的心態，何況他是曾喝過國民黨的奶水，不應該數典忘祖。」

「當我把邱智義前幾代人的經歷找出來後，就看出了端倪。文凱，你聽過日本人在東北哈爾濱的七三一部隊嗎？」

「聽過，它是在二戰期間，日本關東軍駐在滿洲國哈爾濱市郊平房縣的第七三一部隊，是日本軍國主義準備細菌戰的特種部隊，在戰略上佔有重要地位。日本軍人所謂的『小小的哈爾濱，大大的平房』，在某種意義上正說明了這一點。就規模來說，它是世界上最大的細菌工廠。為掩人耳目，先後叫過『加茂部隊』、『東鄉部隊』、『關東軍防疫給水總部』，它是當年侵華日軍從事生物戰、細菌戰研究，和人體試驗相關研究的秘密軍事醫療部隊，有超過一萬名的中國人、朝鮮人、以及盟軍戰俘，在七三一部隊的試驗中被害。我說的對不對？」

「怪不得人家叫你們『博士』，什麼都知道。」

「紅芝，在學術界裏，『博士』是個大誤解。要取得這個學位，就必須在一個很狹窄的領域裏，做很深入的研究。這些事都是以前上歷史課時，老師講的。我聽說，為了怕得罪日本人，現在的歷史課本裏也不教這些了，妳提它，是和邱智義有關嗎？」

「七三一部隊裏分成八個部，有專門從事鼠疫研究的『高橋班』，從事濾過性病毒及當地風土病研究的『笠原班』，從事細菌媒介和昆蟲研究的『田中班』，從事凍傷研究的『吉村班』，從事赤痢研究的『江島班』，從事脾脫疽研究的『太田班』，從事霍亂研究的『湊班』，從事病理研究的『崗本和石川班』，還有從事血清研究的『內海班』。每一個班的負責人都是醫生，『田中班』

的負責人叫『田中雄二』，他不是日本人，而是個台灣人。」

「我猜他和邱智義是有關係，是不是？」

「猜對了。」

「所以邱智義其實是日本人的後代。」

「也不是。當時日據時代的邱家，是死心塌地地效忠天皇的台灣人，全家從小到大不分日夜、不分內外、全體一律說日本話，邱家被尊稱為『國語家庭』，漢姓也從『邱』改為『田中』。一九三〇的十月，在日本佔領下的台灣島，發生了血腥的霧社事件。日本人和霧社的賽德克族人發生了流血衝突，雙方各有死傷。日本總督調動大批員警與軍隊入山，原住民在首領莫那．魯道率領下，退守斷崖絕壁，利用地形的險要和山林洞窟繼續頑強地抵抗。日軍中有一位年輕醫護軍曹『田中雄二』，他建議向山洞施放毒氣，毒死了數百名原住民。霧社首領莫那．魯道看到大勢已去，把妻子打死，然後在山洞裏自殺。」

「完全沒有受過教育的原住民領袖，都能做出這麼悲壯的事，真讓人感歎。」

「文凱，你知道嗎？也許是因為毒氣的關係，霧社首領莫那．魯道的屍體沒有完全腐化，有一半變成了木乃伊。一九三三年他的遺骸被日本人意外尋獲，日本人將其送至台北帝國大學的土俗人種研究室做為學術標本。一九七四年，台灣大學在原住民強烈的要求下，將莫那．魯道的骨骸，送到霧社的『山胞抗日起義紀念碑』下葬。」

「那位假日本人『田中雄二』，又是如何進了七三一部隊呢？」

「因為在霧社事件裏立了大功，日本軍部派他到東北的滿洲醫科大學去學醫，當時有不少從台灣來的人在那裏就讀醫學院。在畢業前，『田中雄二』做了兩件事，一件是和一位台灣姑娘結婚，他們的第一個兒子就是邱智義的父親。第二件事就是他參加了和日本軍部有密切關係的右派極端組織『黑龍會』，後來影響了他的一生，甚至還傳承到他的孫子身上。」

「我去黑龍江做科學考察時，聽我們的首席科學家，日本的小泉教授說，日本右翼份子於一九〇一年，在東京組織成立黑龍會，目的在於謀取黑龍江流域為日本領土，所以會名即從黑龍江而來。早年的目標是與俄國開戰，霸佔中國東三省，並逐步控制蒙古和西伯利亞。日俄戰爭之後，黑龍會與日本軍方的合作日趨緊密，先後發動或參與了對米騷動的鎮壓，和關東大地震後對朝鮮僑民的屠殺。一九三一年九一八事變之後，改組為大日本生產黨，支持軍部，鼓吹戰爭。二戰結束後，被定義為極端右翼組織，而於一九四五年九月，遭到盟國佔領當局的取締。妳知道『田中雄二』後來的下場嗎？」

「他在畢業後，留了下來向日本陸軍省參謀本部報到，被分發到『奈良部隊』，這是七三一部隊在華中地區派出的細菌戰遠征隊的秘密名稱。他們曾在浙江寧波一帶，湖南常德，和浙贛鐵路沿線一帶地區實施細菌戰。『田中雄二』在這三次的戰役都立了功，因此被派到納粹德國去接受特別訓練。文凱，你絕對想不到他是被派到什麼地方，去學習什麼？」

「聽妳這麼說，是不是很恐怖的事？」

「雖然他是被派到德國，但是實際是到波蘭去，地點是在距離德國邊境很近的奧斯維辛小城，在那裏的一個集中營裏受訓。」

「什麼?妳是說他去了奧斯維辛集中營?那是一九四〇年納粹黨軍創始人希姆萊，為希特勒建立的大集中營，目的是為了執行『猶太人問題最終解決方案』，也就是在那裏實行有系統的猶太人大屠殺行動，估計約有一百一十萬猶太人，在奧斯維辛集中營被殺。『田中雄二』到那裏幹什麼?」

「他是到集中營去跟那裏的主任醫官約瑟夫．曼吉理實習，曼吉理以利用猶太人從事慘無人道的人體實驗而惡名昭彰，『田中雄二』從他那學了本事，回到七三一部隊後，也開始了他的人體實驗。一九四九年十二月，蘇聯在西伯利亞的哈巴羅夫斯克成立了『戰犯審判法庭』，對部分的七三一部隊成員進行了審判。法庭公佈了『田中雄二』利用盟軍被俘的飛行員進行放血實驗，來取得人體在死亡前最大的失血量資料。在判處死刑後，他被絞死在監獄裏。他的妻子和兒子，因為不是日本人，被遣送到台灣，他們放棄了日本名字，恢復了中國姓名。『田中雄二』的兒子很會念書，文凱，他和你一樣，成為一位紮紮實實的學者，後來當上了台灣大學外文系的教授，桃李滿天下。他有好幾個兒子，排行老二的就是邱智義。」

「看起來，邱智義沒有步他老爸的後塵，反而是未曾謀面的祖父影響了他的一生。」

「多年來，他到處奔走，大聲疾呼，他的祖父是日本人，為日本捐軀，但是最終被日本人所遺棄。只有一小撮的右翼極端份子同情他，所以他就隨著他們起舞，不但跟著他們恨中國人，連到中國大陸去救災的慈濟，也被他罵得狗血淋頭。他為了討好，就漫罵自己的同胞是『義和團』，把自己造成是個小丑式的人物。他隨時隨地高舉著日本太陽國旗揮舞，嘴裏哼著山口淑子（李香蘭）唱的日本歌『稀那諾耶魯』、『支那之夜』，極努力地去做日本人狀，但是到頭來，所有的日本人還是管他叫『台灣的支那人』。和他的祖父一樣，他再怎麼努力，也洗不掉臉上支那人的痕跡，他唯一做到的是，把他祖父的骨灰放進了『靖國神社』，擺在最底下，陪伴著其他被絞死的甲級戰犯，也怪可憐的。」

「紅芝，是他自己要用熱乎乎的臉去貼人家的冷屁股，不能怨天尤人。我回來後，發現台灣是有一批人對日本有狂熱的崇拜，同時對中國大陸，包括它的政權和人民，有強烈的仇恨，他們認為大多數的日本人都是反中親台，但是當被人提醒，日本是個民主國家，選民並沒有反對政府對中國和台灣的政策。失望之餘，也只能和日本的極端右翼份子起舞，公開地宣稱願意去當日本的二等公民。」

「所以我才說他們是怪可憐的。」

「紅芝，妳跟我說了這些邱智義的事，是不是他對你們的案子造成威脅了？」

「加入了『阿能社』後，他徹底地擁抱了亞特蘭提斯文明和優秀人種的理論，成了李雲華的忠實信徒。他和別人說，他要殺中國人來為他的祖父報仇。現在李雲華叫他負責看管，和在必要時處理江柔澄，我相信邱智義是計畫要殺她。我的任務是把她安全撤離綠島，和收集『阿能社』的犯罪證據。」

「那為什麼不動員警力把所有的人先逮捕了？」

「不行，李雲華的最終行動計畫還沒掌握到，不能輕舉妄動。」

「那我跟妳一起去『阿能社』，兩個人總比一個人強。」

「打打殺殺的事你行嗎？更何況你是我們的保護對象，要是傷了你一根汗毛，我就得吃不了兜著走。我有我的計畫，你能幫我一下，我就感激不盡了。我跟你說這些，是因為我知道你很在意楊玉倩和江柔澄，萬一我失敗了，回不來，我希望你明白，我已經盡力，請你不要恨我。更希望你能記得我。」

吳紅芝把方文凱送到了「湖海民宿」時，已經是下午快六點的時候了，臨離去時很嚴肅地跟他說：「文凱，剛剛我們到的地方你都記得怎麼去了嗎？」

「放心吧，我記得怎麼走。我要是忘了，不是還有妳嗎？」

「該怎麼做你都記住了，要不要我再說一次？」

「最好再說一次。」

「文凱，你必須在半夜一點悄悄地離開這裏，拿好了我給你的背包和大臉盆。外面會是一片漆黑，你走在小路上要格外小心。你必須在兩點前到達指定的地點，一個小時是足夠了，不必趕快，但是要注意有沒有被人跟上。我已經查過這裏的人了，沒有人和『阿能社』有關，但是你還是要小心，不要出門。現在聽好了，下面是最重要的關鍵，你一定要按照我說的去做，否則就會前功盡棄。來接應的人會在兩點和兩點三十分之間到達，我也會帶著江柔澄在這期間到達。來接應的人，最晚只會等到兩點半，一到時候，無論在任何情況下，他都會離開，如果我們沒來，到時候你就走人。文凱，這是命令，你別跟我爭。」

「我是老百姓，你們沒有權力命令我，我一定會等妳們的。」

「文凱，你已經是我們重點保護的人了，我的任務是要在今晚把你送出綠島。我就求你這一次了，你要是在天亮前還沒走，戴安和趙碧浩就會扒我的皮。但是你也不用擔心我，我們還有別的方法撤離的。」

方文凱盯著看她，然後握住她的手：「吳紅芝，謝謝妳，我還欠妳一頓大餐，等到了台北，我請妳吃飯，妳想吃什麼菜？」

「你說過飯後的餘興節目更值得期待。」

「到時候別說了不算，打退堂鼓。」

「文凱，抱抱我。」

吳紅芝把頭靠在方文凱的胸膛，輕聲地說：

「我對你從沒有裝出來的，都是發自我內心的，請你不要鄙視我。」

她抬起頭來，吻了方文凱的嘴，然後推門離開。

做為一個旅遊觀光區，綠島的民宿旅店，位置都是在環島公路的兩邊，「湖海民宿」是一間小旅店，它的位置是在一條樹木茂密的小路上，離環島公路還有二、三十公尺，就在柚子湖的北邊，但是距離海邊也很近，不僅看得見碧藍的太平洋，還聽得見浪濤衝擊海岸的聲音。天黑了以後，一輪新月升起，方文凱把房間裏的燈關上，窗戶打開，立刻就聽見海風和海浪聲夾帶著蟲子的鳴叫聲。窗外柚子湖的水面像是一面鏡子，湖的正中是一彎倒掛著的新月。方文凱把晚飯的便當放在桌上，但是一點食欲都沒有，就只喝著泡的綠茶。從一大早動身到綠島時，他就在思索，為什麼李雲華要綁架江柔澄？是和「拉薩寶藏」有關？還是和大爆炸事件有關？李雲華已經發現了她真實的身世了嗎？顯然李雲華沒有把她帶走，是準備徹底地放棄他的野心，還是另有打算？方文凱心亂如麻，他感到很疲倦。拉上窗簾，把鬧鐘撥到午夜十二點響鈴，他沒有關燈就和衣倒在床上。

鬧鐘的鈴聲把正在作著亂七八糟睡夢的方文凱吵醒，但是他同時也聽到有人敲門的聲音。鬧鐘上的時間是午夜十二點，他關上鬧鐘的響鈴，走到門前問：「誰？」

「是我，江柔澄，文凱快開門。」

房門一打開，一個頭戴著安全帽的女人就衝進來，她馬上就把門關上，轉過身來抱住方文凱哭了起來，他把安全帽脫下來後，就看見滿臉是淚水的江柔澄，她哭泣著說：

「文凱，有人要殺我，怎麼辦？」

「別急，先坐下來喝口水，慢慢說發生了什麼事。」

方文凱給她一瓶礦泉水，等她喝了幾口後又問說：「吳紅芝不是要和妳一起來的嗎？她到哪裏去了呢？」

「從今天中午的時候開始，就有不少的人陸續來到『阿能社』，到了下午三點多鐘，他們就不讓我出門，就只能待在房間裏了，連晚飯都是送便當到房間來。」

方文凱插嘴問：「妳不是一直被鎖在房間裏嗎？」

「他們讓我在院子裏走動，但是總有兩個警衛跟著我。大概是在半夜十二點的時候，那個叫吳紅芝的檢察官來找我，說是來救我出去，要我馬上跟她走，我不肯，她就把那兩個警衛叫進來。」

江柔澄又開始哭起來，方文凱摟著她說：「妳要鎮靜，我們面對著很緊急的情況，妳要好好地告訴我都發生了什麼事，我才知道我們下一步該怎麼做。」

「對不起，文凱，我都快嚇死了。兩個警衛進來後，我也不曉得她是從哪裏拿出來的，吳紅芝手上突然多了一把槍，她二話沒說就對警衛開槍，然後拉著我跑出了房間。她用鑰匙打開『阿能社』的一個小門，我們出來就在樹林裏狂奔，還聽見後面有槍聲。我們一直跑到了綠島監獄的後面，找到她預先藏好的一輛機車。她說你在柚子湖的一間民宿等我，會有人來接應我們離開綠島。」

「那妳是怎麼找到這裏的？」

「吳紅芝要我沿著綠島監獄的小路往前走，碰到環島公路就右轉，然後再轉到去柚子湖的小道，在湖邊有一家『湖海民宿』的小旅店，你是在最邊上的一個房間。」

「那吳紅芝呢？她怎麼沒跟妳一起來呢？」

「我問她了，她說她是來追捕李雲華的，她要留下來收集犯罪證據，叫我們不要等她，否則我們就無法走了。文凱，這到底是怎麼回事？玉倩姐不是說吳紅芝是李雲華的人嗎？」

「我們都錯怪了她，其實她是特偵組派到李雲華身邊臥底的。她本來的任務，是要收集李雲華的犯罪證據，但是妳被綁架後，救妳出來就成了她的當務之急。我是今天早上到綠島來找妳被她碰上，我想她就把救妳的任務轉嫁給我，她自己好繼續去收集證據。」

「文凱，你怎麼知道我被綁到綠島來了？」

「我事先是不知道，但是我在走投無路時，想到我有個同事是『阿能社』的人，他偷竊我電腦裏的文檔被我發現，我是跟蹤他來到綠島的。」

「我要趕快告訴玉倩姐，我們冤枉了吳紅芝。文凱，我們要到什麼地方去等來接應的人？」

綠島有兩個湖，都是在島的東岸，離海不遠，在北邊的是楠子湖，南邊的是柚子湖，兩個湖之間有一片雜草叢生的平地，傳說是當年日本佔據台灣時，為了高官們要去享受在綠島南端的神奇鹹水溫泉，日軍曾在此開闢了一個臨時跑道，讓小型飛機可以起降。現在村民在柚子湖村旁的山崖下種植海芙蓉，它是珍貴的中藥藥材，經濟價值很高，所以也將這一片雜草地開墾為海芙蓉農地，當年的跑道有一半都成了農地了。

方文凱和江柔澄是在半夜一點鐘離開了「湖海民宿」，他揹著吳紅芝給他的背包，江柔澄手裏拿著一個袋子，裏頭是三個鋁製的臉盆。在昏暗的月光下，方文凱依稀能分辨出來，他在白天和吳紅芝走過的小路。他們在半小時後走到了雜草地，從那裏可以看見北邊的楠子湖和南邊的柚子湖，方文凱找到了他在白天用白布條做的記號，他說：

「這裏是當年日本人建的一個臨時機場跑道，現在都變成海芙蓉農地了，只剩下大約不到兩百公尺的雜草地還是跑道。吳紅芝安排了一架小飛機來這裏接我們。」

「這麼小的地方，飛機能降落嗎？為什麼不到綠島機場去接我們？」

「吳紅芝說，現在綠島上全是『阿能社』的人，尤其是機場和碼頭全被他們監控了。政府決定在天亮時封鎖全島，然後逮捕『阿能社』的人，因為怕他們會在做困獸之鬥時加害於妳，才要把妳撤離。」

「文凱，你來救我，我會一輩子感激你。但是我真沒想到，吳紅芝也會來救我。」

方文凱沒有答腔，他抬頭看了看滿布星斗的天空：

「真是要命，一點風都沒有。」

「你說什麼？我們還要等颱風了才能走嗎？」

「妳剛剛不是問我，這麼小的地方，飛機能不能起降嗎？降落應該是沒問題，但是要起飛，跑道可能會太短了。飛機在逆風起飛時，需要的跑道要短些。所以我是在盼望老天爺能幫我們一把。現在也就只好聽天由命了。」

「也許天無絕人之路。」

「等一下飛機會從正北方飛過來，經過樓門岩小島和牛頭山，通過楠子湖的正中央，降落在這片草地上。我們現在站的地方就是跑道終點，我們要用兩個臉盆放在相距七、八公尺的地方，點起火來，讓飛行員看得見這裏跑道的寬度。在我們前面草地和海芙蓉農地交界的地方，就是跑道的起點，我會去把第三個臉盆放在那兒，點燃了火之後，飛行員會根據這三個火點，明白跑道的範圍和方向。」

方文凱從背包裏拿出來兩個沙灘用的大毛巾放進臉盆，又拿出一個五公升的煤油罐，把毛巾用煤油浸泡，再把臉盆放在預先選好的位置。他拿出一個打火機和一盒火柴：

「把這拿好了。我現在要把第三個臉盆去放到跑道的起點，妳要注意，在我點起火來，妳要即刻地把這兩個臉盆也點起火來，我也會馬上跑回到這裏。江柔澄，妳清楚了嗎？」

「不就是看見你點火了，我就馬上也點火，然後等你跑回來，對不對？」

「沒錯，但是前面一片漆黑，妳看不見我，可是妳會看見臉盆裏燒起來的火光。」

「文凱，飛機什麼時候會到？」

方文凱看了一下手錶：「現在是一點五十分，飛機會在兩點到兩點三十分到達。江柔澄，妳別害怕，雖然是黑乎乎的，但是我就在妳身邊。等一下當飛機到來時，妳會看見一個信號彈發射上天，別怕，那是我放的，要告訴飛行員我們的位置。」

江柔澄抱著方文凱說：「你不可以把我扔在這裏不管，會有野獸把我吃了。」

在一片海浪的波濤洶湧聲裏，方文凱首先聽見了微弱但是平穩持續的飛機引擎聲音，過了一陣，他看見在西北方的天空，大約有兩千英呎的高度，出現了移動的紅、綠兩種亮光正規律地閃亮，他看不清楚機型，但是分辨出紅、綠光之間是有距離，並且是右紅左綠。他看了一下手錶，時間是兩點十八分。國際慣例規定，在機翼尖端要有左紅右綠的閃燈，當夜晚的天空，出現規律性閃爍的左紅右綠燈光，那是一架飛機正飛離而去。但是當出現了右紅左綠的閃燈，就表示飛機正在接近。方文凱從背包裏拿出一支像大型手槍似的信號槍，緊握住向上舉起來，指著飛機按下扳機，一個紅色的信號彈拔地而起，在星光的夜裏畫出一條閃亮的弧線。方文凱點燃了臉盆裏浸滿了煤油的大毛巾，瞬間就燒起熊熊烈火，火光下出現了四周樹木的影子，它們隨著跳躍的火焰起舞。方文凱回頭看見在另一頭，也燃起了兩個火焰，他馬上狂奔而去。他聽見江柔澄說：

「文凱，飛機來了，但是它不是來接我們的，它飛得太高了，不是要降落在這裏。」

方文凱喘著氣說：「這是來觀察跑道情況的，它會轉個圈子回來。」

方文凱從背包裏拿出來兩根兩英呎長的木棍，一頭有布團緊包著：

「妳把剩下的煤油全倒在上面，然後點著它。」

方文凱雙手各握著一支火把，當他看見紅綠閃燈完成了轉圈，將要面對他們所在的雜草地時，他高高地舉起了火把，開始旋轉，當飛機經過樓門岩時，它的高度已經降到貼近海面飛行了，他能夠清楚地看見機翼上的紅綠閃燈，引擎聲越來越大，突然閃燈上下地搖擺了兩次，方文凱大聲地呼叫：「江柔澄蹲下，飛機馬上要落地了。」

楠子湖像鏡子似的湖面上，出現了由月光照射倒影，似乎是有兩架飛機，一上一下地編隊飛行。方文凱看清楚了，它是一架白色單引擎，塞思納一五〇機型的小飛機。他的雙臂停止旋轉，筆直地高舉著兩支火把，機頭的強力落地燈打開，照亮了雜草地和站立著的方文凱，在飛機到達跑道起點前，兩支火把突然交叉，塞思納一五〇隨即關閉了引擎，以滑翔方式在跑道起點完成了優美的三點觸地。方文凱的兩支火把開始了由前往後、由快而慢的動作，似乎是在遙控飛機的滑行速度。飛機在方文凱面前停下，他繞過機翼，踩上踏板，把機艙門打開：

「機長，歡迎來到綠島楠子湖臨時機場。優美的三點落地令人佩服……」

飛機的落地燈關上，但是機艙裏的燈打開了，方文凱驚呼了一聲：「啊！劉雅媚，是妳……」

「我說呢，也只有方大教授才會想出這個餿主意來，拿三把火來當跑道燈。」

「真沒想到，妳還有這麼厲害的本事，把塞思納放下在這麼小的一塊地方。來，妳把剎車鬆開，我幫妳把飛機轉過來。」

方文凱和江柔澄以相反的方向推著機翼的兩端，飛機在原地轉了一百八十度，機頭對著楠子湖的起飛方向。劉雅媚對著機艙外的方文凱說：「文凱，叫你的朋友上來吧，我們接到通知，說天亮前有軍事演習，花蓮和台東的航管區馬上就要關閉了，我們快點走吧，再晚了我們就不能起飛了。」

方文凱看了一下手錶，揮手讓江柔澄上飛機，坐到後座，他說：「我們還有一個人還沒到。」

「可是我的任務是指定接兩個人走。何況，這麼短的跑道，又沒有風，坐四個人，飛不起來。」

「那妳帶他們走，我留下來。」

「你等的人是不是叫江柔澄？」

「坐在妳後面的就是江柔澄。」

方文凱回過頭來說：

「江柔澄，這位是我的飛行員朋友劉雅媚機長。」

「劉小姐，妳好！謝謝妳來接我們，我是第一次見到女人開飛機。方文凱是妳的男朋友嗎？」

「他是我的老師。妳不用謝我，這是我們公司派給我的任務，有錢拿的。」

「劉雅媚，我是在等一位檢察官。」

「這次的任務是調查局指派我來接江柔澄的，說她是個逃出來的肉票。」

「那位檢察官就是救她出來的人。」

「調查局說，現在綠島機場和碼頭，都有人在守著要把她再綁走。所以才要我到這荒郊野外來接她。」

「妳怎麼知道這塊雜草地可以降落？」

「在台灣我是對綠島的航空情況最熟悉的人，我聽說過以前日本人在這裏建過跑道，我也曾走到這片雜草地來看過，這裏的確曾經是個跑道。你那位檢察官說了什麼時候會到嗎？」

方文凱又看了一下手錶：「快了，還有七分鐘。如果在兩點半還沒到，我們就走。」

劉雅媚準時在兩點半發動了引擎，她拿起麥克風：「塞思納一五〇呼叫台東機場塔台，執行調查局特別任務，請求立刻由綠島臨時機場起飛。」

「台東塔台，塞思納一五〇，信號清楚，允許即刻起飛，高度一五〇〇公尺，請聯繫高雄航管。」

「塞思納一五〇，允許起飛，高度一五〇〇公尺，聯繫高雄航管。」

劉雅媚轉過身來，親了一下坐在副駕駛座位上的方文凱，她說：「文凱，你要幫我踩住剎車，聽我的指令才放開。在草地上高速滑行，顛簸得厲害，你要幫我握住操縱盤對準方向。」

「沒問題，妳是不是要火牆油門後才鬆開剎車？」

「是的。」

隨著劉雅媚將油門加大，螺旋槳和引擎的噪音也在增強，但是正、副駕駛全力地踩住剎車，整架飛機在發動機所產生的推力和剎車的制止力之間顫抖，劉雅媚將油門按到底：「放開剎車。」

飛機在草地上開始滑行，速度在很快地增加，但是機身的顛簸也越來越厲害，劉雅媚和方文凱也在全力地掙扎，保持飛機的方向和滑行速度。江柔澄在牙齒打戰的同時說：「這是什麼破飛機，怎麼顛簸得這麼厲害？」

飛機滑行到了跑道的盡頭，衝過了兩個燃燒著的臉盆，江柔澄看見了反射著月亮的湖水，她感到飛機似乎是在下沉，嚇得她尖叫：「啊！文凱，我們要掉下去了！」

但是劉雅媚已經拉起了機頭，機身姿態是在十五度的攻角，上升浮力使飛機騰空而起，等爬升到指定的一五〇〇公尺高度，她又拿起了麥克風：

「塞思納一五〇呼叫高雄航管，高度一五〇〇公尺，方向二五〇，請指示。」

「高雄航管，塞思納一五〇信號清楚。改變飛航計畫，目的地桃園機場，按高雄、清泉崗、桃園、VOR導航站，沿一號航道進入桃園機場，維持一五〇〇高度。沿途天氣情況良好，目視飛行能見度。」

「塞思納一五〇，目的地桃園機場，高雄、清泉崗、桃園、VOR導航，一號航道，維持一五〇〇高度，天氣良好，目視飛行能見度，感謝指示。」

劉雅媚將新的飛航路線輸入了自動導航系統，她說：

「原來的計畫是要我把江小姐送到台東，現在調查局要我們飛桃園而不是去台北，是不是他們要把江小姐送到國外去？」

「不曉得，不久前我還見到過調查局的戴安局長，他沒說要把江柔澄送出國，只說了她是重點保護的對象。」

方文凱回過頭來問：「江柔澄，妳保密的那位好朋友，跟妳說了他們要送妳出國嗎？」

「我怎麼不知道我還有什麼保密的朋友啊？」

「是嗎？那麼調查局的季倩玫偵查員是妳的什麼人？」

「文凱，是誰跟你說的？」

「季倩玫自己告訴我，妳是她的臥底。」

「這個死ㄚ頭，叫我保密，結果自己露了餡，我非掐死她不可，她沒跟我說，要我離開台灣。」

萬里無雲的夜晚，一輪新月和一群閃耀的星光高掛在天上，地上是稀稀疏疏的燈光，還有偶爾出現的燦爛城市光輝，構成一幅罕見的美景。除了規律的發動機聲音外，機艙裏的三個人都沉默不語。方文凱先開口：「雅媚，妳好嗎？」

「你是問我結婚後的日子嗎？」

「很抱歉，我沒來得及趕回來參加婚禮。」

「我收到了你給我的那份大禮，謝謝你了。其實第二次嫁給同一個男人，很少有人送禮了，所以你也可以想像，我老公是很快樂地在過他贖罪的日子，對我是有求必應。而我是在快樂地享受飛行，同時也在沉默的思念一個人，但是無限的期待，連一個電話都沒有。」

機艙內又是一片沉默，江柔澄的一聲乾咳，喚醒了方文凱：「雅媚，對不起。」

「文凱，不是你的錯，是我的命不好，我們沒有緣分。如果你能偶爾發個電郵給我，我會很開心的。」

方文凱撫摸著劉雅媚的臉：「我會的。我在亞洲的日子就快結束了，回去後就不會這麼忙了，我會發電郵給妳的。」

「謝謝，文凱，那你還好嗎？」

「乏善可陳，一事無成，還是孤家寡人一個，獨來獨往。」

「坐在後面的大小姐不是候選人嗎？」

江柔澄突然插嘴說：「我是自己送上門，可是人家不要。文凱喜歡飛行，所以他會喜歡開飛機的美女，妳嫁給別人太可惜了。」

「江柔澄，妳別胡說八道，劉雅媚和她老公是再續前緣，重溫舊夢，他們已經有一個孩子了。」

劉雅媚笑了一下說：「我有自知之明，我這輩子就是這樣了。文凱，我現在知道你心裏的人是誰了。」

「是嗎？」

坐在後面的江柔澄又突然插嘴說：「是誰？快告訴我。」

「不說，妳自己去問文凱。」

「不要說我了，我有正事。雅媚，謝謝妳給的地址，我找到妳的姨媽管曉琴了。」

「是的，她有打電話給我媽，說她見到了你。原來這些年，姨媽一直在偷偷地提供資料給《真相週刊》。」

「妳知道嗎？秦依楓的女兒秦瑪麗把她接到紐約去，住在一起了。」

「文凱，她們終於把秦依楓的案子平反了，我們都很高興這樣的結局。秦瑪麗還當了『南方製藥』的董事長。她和姨媽住在一個大宅院裏，說有好多保鏢保護她們。」

方文凱沉默不語，劉雅媚就繼續說：「我媽還說，殺害秦依楓夫婦的真兇，原來就是秦瑪麗的老公，報紙上說他是心臟病發作死的，但是我媽說，是秦瑪麗為父母報仇，親手殺死了自己的丈夫。文凱，你信嗎？一個女人沒人幫忙，怎麼去殺自己的丈夫啊！」

方文凱想起了在松島的三天三夜，他說：「也許有人見義勇為，幫助她用愛情替父母親復仇。」

塞思納一五〇是在凌晨四點鐘，平穩地降落在桃園國際機場，來接機的是江柔澄的好朋友，調查局的偵查員季倩玫。她上前抱住了江柔澄：「柔澄，讓妳受苦受驚了。」

江柔澄的眼淚滾滾地流下來，她用握拳捶著季倩玫說：

「妳這個員警是怎麼當的，我被綁架了也不來救我。」

「我是要去救妳，但是局長派吳紅芝去，是我們派飛機接妳到這裏的。」

方文凱插嘴問：「你們在綠島的行動開始了嗎？」

「戴安局長目前在台東坐鎮指揮，蕭成凌處長已經出發，剛接到消息說，我們的特警隊直升機已經降落了，並且包圍了『阿能社』。」

「有吳紅芝檢察官的消息嗎？」

「還沒有。」

江柔澄說：「小季，妳送我回家好不好？」

「江柔澄，妳聽我說，調查局接到可靠的消息，李雲華已經動員了大批的『阿能社』會員，和『紅石』訓練出來的康巴族行動員，鋪天蓋地的在找妳，要把妳綁走。我們主要的力量，是投入在一起將要發生的爆炸事件，分不出足夠的力量來保護妳。所以決定把妳送到美國，秦瑪麗已經同意了，要接妳到她的大宅院，由她來提供最安全的保護。」

「妳是不是又要把我丟下，不管我了？」

「放心，我要親自送妳到美國，把妳安頓妥當，我才回來。」

「我還是要回家去拿我的護照和行李。」

「航班是早上七點起飛，所以我已經請妳們旅行社的人，到妳家去取妳的東西，他馬上就會送到了。」

送走了江柔澄和季倩玫後，方文凱才發現自己從昨天下午就沒有吃東西，他和劉雅媚到二十四小時營業的機場餐廳吃早餐，也許是真的餓了，方文凱每樣東西都是點了雙份。劉雅媚看他狼吞虎嚥的吃相就笑了：「文凱，慢點吃，沒人會搶你的早餐。」

「我是真的餓了。」

劉雅媚的手機響了，她聚精會神地聽了一會兒就掛斷：「是季倩玫打來的，她和江柔澄已經登機了。她說剛接到消息，他們把『阿能社』攻破了，找到了吳紅芝，她沒事，叫你放心。」

「太好了。」

劉雅媚露出曖昧的笑容：「文凱，你還記得答應過我的事嗎？」

「什麼事？」

「記得嗎？你答應過，只要我想你，你就會來陪我。」

「我記得。」

「文凱，我想你了。」

「可是妳現在又結婚了。」

「文凱，這才幾天啊，你就要食言而肥了。」

餐廳打開了窗簾，關上了燈盞，微弱的晨光照射在劉雅媚的身上，讓她顯得特別的媚嫵和誘人，一雙大眼睛，端正的鼻子，微微張開著的小嘴，露出了雪白整齊的牙齒，讓臉上曖昧的笑容帶給方文凱想像的空間，他感覺到一股無法抗拒的魅力向他散發著，他目不轉睛地看著她，無法想像在三個小時前，眼前這位曾經令他銷魂蝕骨的美婦人，也是一位藝高膽大的飛行員，冒著生命的危險，把一架飛機平安地降落在一塊綠島的小草地上，接他們脫離了危險。懷著感恩的心，方文凱拉著劉雅媚的手離開了餐廳。

在離開台灣前，方文凱接到他小姨子葛瑞思的電郵：

親愛的文凱：

我終於鼓起了勇氣不再叫你姐夫，從今天開始，我要叫你的名字了，你要是不喜歡，我就還叫你姐夫。這兩天有兩件事一定要告訴你，首先是我媽問我你什麼時候回來，我說快了，成功大學的訪問應該是快結束了吧？我看媽是在想你了，我也很想你。

第二件事是黛思跟我說的，她常常隔不久就會打個電話跟我聊聊天，問問我的日子過得好不好？但是主要的，她還是要從我這裏打聽你的情況，文凱，她對你可真是「地老天荒不了情」，怪可憐的。但是她這次卻是跟我說她自己的事，你知道嗎？法國的最高藝術評獎委員會，選出了今年最佳的影劇藝術創作，就是她編劇也是導演的第一部電影：《相逢無罪》，法國政府決定頒給她「國家榮譽軍團騎士勳章」。

做為一個藝術家，這是最高的榮譽了，所以她高興得不得了。她還告訴我，在一個酒會上，她碰見了莫佛和他的新女友，她是個中國人，來頭很大，說她是美國一家大公司「南方製藥」的董事長。黛思還聽說她是文君新寡，丈夫還曾經是你們加州理工學院的校董，你應該認識他們的。我知道你和莫佛曾經是鐵哥兒們，但是為了他心愛的兩個女人，姐姐和黛思，都愛上了你，你們之間就有了疙瘩，現在他有了新歡，你們也可以開始恢復正常邦交了。但是你一定要當心，別讓他的新女友又愛上了你，否則莫佛非把你謀殺了不可。

黛思還說，她非常開心，因為莫佛一直耿耿於懷，認為她是背著丈夫和你偷情，雖然後來知道了你們並沒有發生關係，但是他還是和黛思離了婚，他說，沒有上床是因為你的執著克服了她的濫情。但是現在莫佛終於承認他錯了，黛思對你的感情是真實的愛情。其實黛思倒不是在意莫佛說她是在偷情，而是覺得他用你們鐵哥兒們的友誼，把你對她的感情硬是壓了下去，太不道義了。黛思問我，中國的男人是不是不接受女人的偷情？

文凱，我認為偷情的確是愛情的一部分，並且要比傳統的愛情更是轟轟烈烈，它的激情會讓雙方糾纏得難捨難分，雖然大多數的偷情都是以悲劇結束，但是人類自從有了愛情，還是有很多的人像飛蛾撲火似的，奮不顧身地栽了進去。黛思就是其中之一，她要我告訴你，你的好朋友莫佛已經不再生他前妻的氣了，因為他找了一位中國美女，兩人正浸泡在愛河中。

你什麼時候要動身回加州？我會到機場去接你。

葛瑞思

從綠島回來兩個多月後，方文凱在成功大學的學術離休正式結束了，同事和學生們少不了給他辦了送往迎來的聚會。他回到淡水後就開始收拾東西，打包郵寄和整理行李也花了他不少時間，但是最麻煩也是最必要做的，就是跟老朋友和老同學說再見，都是要先吃吃喝喝後再說珍重再見。

讓他放心的是，江柔澄從紐約發來了電郵，也打了電話，詳細地說了她的情況，顯然她和秦瑪麗及管曉琴相處很融洽，她也很喜歡長島的大宅院。最讓她開心的是，她可以用電郵有效地遙控《真相週刊》和「香格里拉旅行社」。但是每次問起關於楊玉倩的事，她都有些猶豫和支吾其詞。

星期天方文凱參加了他中學同班的送行午餐會，飯後和幾個比較要好的同學在一起喝咖啡、聊天，等他回到淡水時都快下午四點鐘了。當方文凱看見調查局的戴安局長，和檢察院的吳紅芝檢察官在大廳等他時，他嚇了一跳，意識到是有嚴重的事件發生了。他說：

「戴局長，吳檢察官，我不知道你們要來，讓你們久等了。」

戴安開門見山地說：「方教授，我們可以到您的住所一會兒嗎？有要事相告。」

「當然，請跟我來。」

一進到房間，方文凱就說：「二位請隨便坐，我去倒水。」

戴安馬上開口說：「楊玉倩遇害了。」

方文凱愣住了，站著不動，吳紅芝過去握住他的手臂：「文凱，你先坐下，慢慢說。」

吳紅芝到廚房裏倒了兩杯水，拿出來放在兩個人的面前。方文凱說：「戴局長，這是什麼時候發生的事？通知江柔澄了嗎？」

戴安回答說：「請允許我從頭說，現在整件事還正在進行中，我們也想聽聽您的想法。」

「戴先生，請說。」

「前天夜晚，我們接到加德滿都來的消息，在那裏發生了兩起命案。一位被害人是美國哥倫比亞廣播電視『六十分鐘』的副編導，另一被害人是個叫卓瑪的喇嘛僧人，兩件案子都沒有目擊證人，但是警方認為，從現場明顯可見，殺人案是職業殺手對被害人執行處決。」

方文凱說：「這兩個被害人，一個是楊玉倩在印度的達蘭薩拉做採訪時的同事，一個是她訪問過的對象。」

戴安立刻回應：「是的，所以我們要求尼泊爾警方對楊玉倩進行重點保護，同時我們也立刻從新加坡的調查站，派出一位調查員馬上護送楊玉倩回台灣，但是還是出事了。」

方文凱說：「您是說她還沒來得及回台灣，就在尼泊爾被害了。」

吳紅芝接下來說：「是我們在機場的運作出了問題，楊玉倩是在台灣被殺害的。」

戴安的臉色很沉重，他說：「這件事是我們調查局的失職。當時我們雖然立刻將楊玉倩的行蹤列為機密，她的住處和航班都只有我們的人知道。我們特別的成立了一個小組，專門負責保護她。當飛機到達時，他們正要登機去接楊玉倩時，被航空公司的地勤人員擋住，蕭成凌用電話命令他們以武力強行登機，但是已經晚了一步，根據機上的空服員說，當機門一打開時，就上來兩個我們調查局的人，把楊玉倩和我們的隨扈帶出機艙，從陸橋的梯子下到地面，開車走了。按照程序，接機小組應該要事先封鎖航機到達的閘口，和所有的地面和空橋出入口，他們的疏忽大意造成了空檔。」

吳紅芝接著說：「接機小組立刻拉起了警報，戴局長宣佈調查局進入緊急狀態，全力追查楊玉倩的下落，並且要求員警和所有的治安單位協助。他們的車是閃著紅燈的調查局公務車，地勤人員登記了他們的車號，機場的閉路電視顯示，他們是從邊門離開機場，我們查看了所有機場周邊的交通監視器，中壢警察局終於在一個小街口看到了這輛車，根據附近居民所說的，我們在巷子裏的一間車庫找到了那一輛公務車，車裏只有我們調查員的屍體，他是被槍殺的。」

方文凱說：「楊玉倩是又被帶走了嗎？」

戴安喝了一口水：「根據車裏的血跡，我們的人應該是在車裏被殺的。車庫對面的一家人，曾經看見一個輪椅從車庫裏出來，被推上了一輛深色的麵包車。他們沒看清楚輪椅上的人，也沒注意車牌號碼。但是根據交通監視器，這輛麵包車是上了高速公路，往台北方向開去。公路上的監視器，顯示麵包車在五股的收費站交了過路費，進入台北市區，那時天色已晚，電視已無法分辨出車牌號碼，我們不知道麵包車是在哪裏下了高速公路。在此同時，我們也查出來，在機場出現的調查局人員和公務車都是假的。所以我們剩下來的唯一方法，就是動員了所有的警力，清查台北市的每一個路上的監視錄影記錄。吳檢察官是負責協調這項工作的，由她來說吧！」

「我們是在今天清晨，看見那輛麵包車終於又出現在監視的錄影帶上，它是停在台灣大學的地震研究中心附近的路口，顯然是在等紅綠燈，因為那個十字路口的燈光特別的亮，可以很清晰地看見車牌號。麵包車是在晚上七點剛過，出現在那十字路口，然後往木柵方向開去，但是離地震中心不遠就是台北第二殯儀館，那裏的車輛進出量很大，所以也裝了電視攝影機，我調出他們的錄影帶，果然在七點十二分時，那輛深色的麵包車出現在殯儀館大門口的攝影機裏，但是它沒有開進殯儀館的停車場，而是開進了就在前面的『四水善社』的停車場。」

方文凱問說：「那是個什麼地方？」

「那是個佛教和道教做法事的道場，平常是給往生了的家屬，租用來做追悼會和法事的。因為一直到今天清晨，監視的攝影機就再沒有看見那輛麵包車離開停車場，所以我們在早上七點半包圍了『四水善社』，進行搜索。除了在麵包車上的一個輪椅外，我們沒有發現任何的可疑物件。」

戴安說：「基本上，楊玉倩的下落還是不明，而我們的線索是完全地斷了。但是吳紅芝沒有放棄，她提出了幾個問題：首先，為什麼楊玉倩沒有和我們的調查員同時被殺害。答案很清楚，就是留著活口有其他目的，何況，如果是要殺害她，也不必等她回到台灣來，他們在尼泊爾就可以將她和另外兩個人一起處決了。第二個問題是：他們把楊玉倩帶到『四水善社』來的目的是什麼？我們一直想不出個答案，直到蕭成凌說，楊玉倩已經遇害了。」

方文凱的臉色變了，他用顫抖的聲音問：「有證據嗎？找到屍體了嗎？」

吳紅芝又握住了方文凱的手：「文凱，你沒事吧？」

「我受得了，請繼續說。」

「蕭成凌的意思是，之所以要到『四水善社』來，就是要處理楊玉倩，因為這是個公共場所，不可能用來窩藏被綁架的人，但是個絕佳的處理屍體的地方。在台灣的追悼會上，往往都會將遺體的棺材放在後台，在來賓瞻仰遺容後，就直接送往墓地去土葬。要是用火葬的，就可以就近將遺體送到第二殯儀館的火葬場。『四水善社』和火葬場之間有一條小路，是用來運送遺體棺材的。」

吳紅芝接著說：「我去查了一下昨天火葬場的時間表，最後一個火化的遺體，是一位八十六歲的郭老太太，她的追悼會是在『四水善社』舉行，儀式是在下午的六點半結束，但是因為當天需要火化的遺體太多，所以要等兩小時後，也就是晚上八點半才能進行。火化的全過程需要四個小時，冷卻也需要四小時，所以家屬們要在第二天清晨五點才能開爐撿骨灰。通常家屬都是會在早上八點鐘，第二天的火化開始前，來開爐取骨灰。蕭處長發現，殯儀館的太平間裏，出現了一具無名屍，他認為這是換屍。今天早上當郭老太太的家屬來撿骨灰時，將他們先請到太平間，他們一眼就認出來，那具無名屍體就是他們的老祖母。」

方文凱很緊張地問：「你們能證明被火化的就是楊玉倩嗎？她是怎麼死的？」

吳紅芝說：「文凱，你千萬不要胡思亂想，我們在骨灰裏發現兩樣東西，一隻百金戒指，江柔澄證實是屬於楊玉倩的，另外還有一根和洪田林頭顱裏一樣的鋼針。」

戴安也補充說：「法醫還會做進一步的科學鑒定，找出真正的致死原因。這些結果都會用做以後審判李雲華時的重要犯罪事實。在綠島的行動結束後，根據《真相週刊》、秦瑪麗、管曉琴還有美方提供的資料，我們已經開始收網，逮捕和拘禁『阿能社』的有關份子，其中還包括了可疑的康巴族人，現在又發生了機場和殯儀館事件，這些一定都是有計劃的行動，並且牽涉到很多還沒有進入到我們視線的人，我們需要這樣的機會，才會把他們一網打盡。但是吳紅芝提出來的問題，為什麼不在尼泊爾殺害楊玉倩？是關鍵的問題。我們的研判結論是：這些都是李雲華為了進行他的大爆炸事件而精心設計的，他知道為了不造成社會的不安，和影響穩定的執政，在沒有明確的證據下，我們不能明目張膽地去制止他，只能以有限的人力和物力來和他周旋。楊玉倩是美國最熱門的新聞節目『六十分鐘』的特約記者，她的失蹤已經成為國際案件，上級已經下令我們投入全部警力，活要見人、死要見屍，限期破案。因此在大爆炸事件上，我們就會被綁手綁腳了。所以我希望方教授對楊玉倩的案子暫時保密，讓李雲華的人以為我們還在積極地尋找楊玉倩。」

方文凱說：「這個沒有問題，反正我馬上就要走了。但是我還是認為，李雲華是認定了大衛·索康，也就是他自己，應該是『拉薩寶藏』的主人，他的最終目標是奪寶，我們不能忽略他會使用更血腥的手段去達到目的。」

戴安說：「我們已經寫成備忘錄了，它會是追緝李雲華，或是大衛·索康的重要考慮。」

方文凱：「聽你們說，已經和江柔澄聯絡了，所以她知道楊玉倩遇害的事了，她的反應強烈嗎？」

吳紅芝說：「她非常的激動，說一定要找你，她有重要的事需要跟你說，但是她在電話裏失控，痛哭失聲，秦瑪麗接過電話，說要等她平靜一點後再和你聯絡。」

戴安站起來說：「方教授，在您離開台灣之前，我要求吳紅芝負責您的人身安全，您一定要配合她。她是一位優秀的偵查員被派去擔任檢察官。我想江柔澄會很快地就來電話了，請您替我向她保證，調查局將克服所有的困難，把殺害楊玉倩的兇手緝拿歸案。方教授，我就先走一步，您還有任何的事，請不要客氣，就和吳紅芝商量。」

江柔澄是在一個多小時後才打電話給方文凱，他一拿起電話筒就聽出來了：

「江柔澄，我是文凱。妳現在還能撐得住嗎？」

「文凱，我現在好多了，幸好有秦阿姨和管阿姨安慰我，要不然我就崩潰了。」

「我跟妳說，妳聽好了，我們都是楊玉倩的親人和朋友，就連管曉琴這些年來，也在暗中送資料給妳玉倩姐，就是因為信任她，認為她能幫她為秦依楓平反冤案。現在壞人殺了楊玉倩，我們更應該振作起精神來和他們對抗。江柔澄，妳明白這個道理嗎？」

「我知道，秦阿姨也是這麼跟我說的。其實她也很難過，秦阿姨覺得都是因為她的關係，玉倩姐才捲入了她父親的冤案，李雲華才會起了殺心。她要我一定要打起精神來，也許李雲華的下一個目標就是我。」

「秦瑪麗也這麼認為嗎？」

「是的，文凱，你知道嗎？我們常常和吳紅芝通電話，原來她是個大好人，因為是在臥底，所以我們都錯怪了她。是她說的，我是李雲華的重要目標。秦阿姨已經叫『南方製藥』的安全部主任吉米．詹森，來加強大宅院的保安，我們現在出門時的保鏢也增加了。」

「但是妳還是盡量少出門，很多的『紅石』行動員都還沒被抓獲呢！」

「我知道。文凱，我要跟你說一件事，但是你要答應我，不可以生我的氣，也不可以罵我。」

「說吧！還有比楊玉倩被害的事更讓我激動的嗎？」

「玉倩姐懷有身孕。」

「妳說什麼？」

「玉倩姐遇害時是懷著你的孩子。」

方文凱感到突然轟的一聲，像是頭上被人用棒子重擊，他的兩眼發黑，吳紅芝不知什麼時候已經來到他身邊，扶住了他，他的聲音有點顫抖：「妳是怎麼知道的？」

「是她告訴我的，她說是你們在墾丁那天晚上懷上的。」

「怎麼會是這樣？江柔澄，告訴我，這都不是真的。」

方文凱想到了琳達遇難時也是懷有身孕，難道這真的是詛咒，還是他的命就是這樣的悲慘？是不是他的孩子在沒出生時就要被奪走生命，並且連孩子的母親也活不成。吳紅芝撿起了方文凱手上掉下來的電話說：「江柔澄，我是吳紅芝，方文凱快要倒下來了，我得送他去躺下，我再給妳打電話。」

方文凱朦朦朧朧地睡著了，他夢見了在成功大學金教授的家，楊玉倩當他的啟蒙老師，將他變成了男人，讓他第一次嘗到了奇妙的男歡女愛。在夜深人靜時他愛撫著她，看著她在自己的身體下掙扎和嘶喊，一次又一次地被他帶入高潮，同時自己也進入了天堂。他夢見了在一片金色的海灘上，遠遠地看見了楊玉倩牽著一個孩子向他慢慢走來，但是突然間從海上來了一個巨浪，把楊玉倩和她牽著的孩子捲走了，然後就是一片黑暗。

方文凱醒過來時天色已經暗了，他發現自己躺在床上，身邊還有一個人緊緊地抱著他，當他發現兩人都是赤裸裸的全身一絲不掛，他驚嚇得叫了起來：「啊！這是怎麼回事？」

「文凱，你醒了嗎？你差一點沒把我嚇死了。」

「吳紅芝，快點告訴我，我們怎麼是這樣了？」

她親了方文凱一下，把頭埋在他的肩膀上：「文凱，你喜歡嗎？」

方文凱沒回答，也許是在思考自己的感覺，吳紅芝追著問：「你喜歡的話，我才告訴你。」

方文凱摟住她的脖子，彎下頭親了她的頭髮：「我喜歡。」

「你和江柔澄打電話時，突然臉色變得蒼白，然後就渾身發抖，我就扶你到床上倒下。可是你還是不停地抖，你又開始全身冒冷汗，所以我就把你的衣服脫了，用我的身體來溫暖你。」

方文凱又親了她一下：「謝謝妳，吳紅芝，妳很會體貼人。」

他們相擁抱著，隔了好一會兒，吳紅芝才說：「文凱……」

「我是不是侵犯妳了？」

沉默了一會兒後，她才回答：「你都清楚嗎？」

「我好像是在做夢，夢見了楊玉倩，我們好像是在做愛。」

「她生前把我罵得狗血淋頭的，她走了後，還要被她的男朋友整得死去活來。」

「吳紅芝，我不是故意的。對不起，一時昏迷，侵犯了妳。」

「沒關係，是我願意。」

方文凱撫摸著她的臉：「吳紅芝，委曲妳了。」

「我沒有受委曲，就是你太猛了，沒完沒了的。但是我挺喜歡的。」

「楊玉倩是我的初戀，她把我變成了男人，但是也讓我嘗到了人生的第一次失戀。這次來台灣還抱著一絲的希望，也許我們會舊情復燃。沒想到她是堅持要出家了。」

「江柔澄把你和楊玉倩的事都告訴我了，我覺得她是個苦命人。」

「她怎麼會跟妳說這些事，她不是對妳很有意見嗎？」

「但是自從我開槍殺人，把她救出『阿能社』，她就很佩服我，當她知道我不是壞人，只是在當臥底，她就更對我五體投地得佩服。我們就常常通電話，她把你和楊玉倩的事都說了。」

「其實江柔澄是個很善良的年輕人。」

「可是她自私。」

「不會吧！」

「我跟她說，我喜歡你，她說不行。我問為什麼？她說楊玉倩要把她嫁給你，我說，那就偶爾把你送給我玩一玩。她說絕對不行。她是怕我把你吃了，然後把骨頭渣留給她。」

吳紅芝等了一會兒，她翻過身來，看著方文凱繼續說：「文凱，你是個感情豐富，但是又很執著的人，雖然你的初戀愛人離你而去，你的心裏還是裝著那份情。當她決定出家後，你還是想到了她的人生幸福，你沒有放棄她，而是想用你的熱愛，喚醒她對人世間的感覺。但是楊玉倩一直對你有愧疚，認為是她在你生命裏的出現，詛咒了你，讓你失去了妻子和孩子，所以她跟江柔澄說，她要去當明妃。」

「其實她並沒有對不起我，而是她的命運坎坷。如果當年她來找我，我們兩個人一起，也許就能把困難克服了。」

「但是她怕連累了你的大好前途，所以就放你走了。做為一個女人，這是很不容易的。」

「我現在知道了。」

「文凱，『明妃』就是佛母的意思，在佛教裏是能生育子女、傳播人種的。江柔澄說：楊玉倩要為你生個孩子，所以在她排卵期，把你叫到墾丁的白沙灣，讓你播種。她說等她把孩子養大了就還給你，她還要江柔澄去照顧你和孩子。我覺得楊玉倩是個了不起的人，尤其是對你的愛情，是很偉大的。」

「吳紅芝，我要為楊玉倩這份愛情復仇。」

兩個人的臉靠得很近，方文凱可以看清楚吳紅芝眼睛上的睫毛，他把身體翻了一下，面對著她說：「我們在綠島時，一直等到兩點半才離開，妳老實告訴我，妳是不是故意沒來？」

吳紅芝用力地摟住了方文凱的腰，把赤裸的身體貼了上來：「沒有啊！身邊都是『阿能社』的人，忙著躲藏，就來不及去找你了。」

「妳知道跑道太短，坐四個人那架飛機就不能起飛，你怕我不肯走，所以就不來了。我明白妳的心，我感激妳，但是妳讓我擔心妳的安全，還有妳不說實話，所以我現在要收拾妳。」

吳紅芝的雙手用力地擋住方文凱壓上來的身體：

「文凱，你要溫柔，還有我的名字是吳紅……」

但是她的嘴已經被佔領了。

郭金泉是搭乘每週兩次往返台灣和昆明之間的直航班機抵達桃園國際機場，他使用的旅行證件是台灣護照和進出中國大陸的台胞證，這兩個證件上都注明了，他是在三周前到大陸去觀光旅遊的。拿著手提的隨身行李，他來到「國內旅客」的櫃檯前排隊，等候檢查護照。坐在玻璃窗後面，年輕的移民署官員拿起他的護照，看著上面的照片，再看看眼前的旅客，她問：

「哪一個航班？」

「從昆明來的國航六一三。」

官員拿起印章蓋在護照上後交還給旅客，他下樓到行李大廳，一眼就看見了他的托運皮箱已經在轉盤上了，他是從綠色通道過關，他從口袋裏取出護照拿在手裏，但是海關的人揮手讓他通過了。他向自己笑了一下，因為他再度證明了他跟朋友們說的，在中國大陸、台灣和香港，機場的通關手續，要比最先進的美國有效率得多，方便得多。他沒有在機場將身上的人民幣換成台幣，他會在市區裏換錢。出了接機大廳後，他向右轉走向機場巴士的候車室。他接到的指示是：在機場的行動就是要和一般大多數的旅客一樣，不要讓任何人留下對他的任何印象，所以不換錢、不乘計程車，都是為了避免和任何人有「一對一的接觸」。

一小時後長榮機場大巴來到松江路上的長榮桂冠酒店，從昆明來的旅客下車後，首先將行李上航空公司的托運標籤取下來，丟進路邊的垃圾筒。然後等紅綠燈過了馬路到對街，再右轉往南京東路的方向走去。他左轉進到巷子裏，馬上就看到了「香城商旅商務酒店」。

他是用身分證做為入住的證件，上面寫的出生地是屏東縣的恒春，那裏是台灣的最南端了，接近熱帶的氣候，使那裏長年陽光充沛，所以櫃檯服務員對眼前這位客人有點黝黑的皮膚，覺得是很正常的。香城商旅和台北很多在巷子裏的「小酒店」一樣，在地點上很有隱蔽性，尤其是停車的地方，從外面是看不見車子的。但是附近的交通又很便利，距離南京東路和松江路的路口只有兩分鐘的步行，就是四通八達的捷運系統和多條的公車線路。

但是這家「小酒店」有一個很大的不同，就是它的住客們不是來找「性生活」場所，客人們不是來「幽會」或是和「風塵女子風流一夜」，而是來台北辦事、開會或是來培訓的人。其中也有不少「月租」客人，因為它的折扣很大，價廉物美，很吸引顧客。這位屏東來的客人是在兩周前，以電話訂的一個較大的房間，是兩個月的月租，還要一個車位。交了兩個月的房錢後，客人被告知，屋內有免費的上網設備，地下一層有健身房和自助洗衣機，每天早上六點半到九點是早餐時間，它是包括在房費裏的。他問櫃檯要了一根電腦上網的電線就上房間了。

郭金泉的真實姓名是「次旺多吉」，他不是屏東縣的恒春人，他是西藏的康巴族人。但是在恒春的確是曾有一個叫郭金泉的人，他在父母親都去世後，隻身到了大陸去闖天下，起先是在雲南的大理開飯館，相當成功，後來又開了兩間民宿，也是挺賺錢的，他在大陸前後拚搏了十年後，年紀也過了三十了，就決定結束在雲南開的事業，把飯館和民宿都轉讓脫手，但是在束裝回台灣之前，他決定到嚮往已久的星馬泰三地去旅遊，他在曼谷的車禍裏喪生，身上的證件在員警來到前，被人偷走盜賣，最後輾轉落入了「紅石」特工的手裏。郭金泉成了在曼谷市一家醫院太平間裏的無名氏，經過一段無人認領的時間後，屍體就被處理了。

而郭金泉的替身：「次旺多吉」，有一個很複雜的身世，他的父親是當年在美國科羅拉多州黑爾營訓練出來的，西藏「四水六崗」衛教軍的遊擊隊，後來被空降到木斯塘，打著雪山獅子的旗幟，從事西藏獨立的武裝鬥爭。他很幸運地逃脫了在木斯塘被毀滅的命運，輾轉地逃到了印度，在達蘭薩拉，找到了達賴喇嘛的流亡政府，住進了難民營。他見到過李淇，也接受過他的幫助，後來他和難民營裏另外一位康巴族女青年結婚，在一九七五年生下了次旺多吉。他一直在難民營裏待到十八歲，一位當年中情局的特工將他帶到美國念書。大學畢業後他進入「紅石」，經過了嚴格的訓練後，成為一位出色的紅石行動員。

郭金泉進了房間後做的第一件事就是上網，發出了他的第一個電子郵件，收件者信箱是在美國，內容很簡單：「安全到達」。他是在第二天早上吃過酒店裏相當豐盛的早餐後，才出門辦第二件事。

他在台北市五個不同的「兩替店」換了大量的外幣，他是用不同國家的外幣，在不同地方換成台幣。然後他在不同的郵政儲蓄所，將大部分台幣現鈔換成本票，便於收藏和攜帶，在不同地方做相同的事，就是要將交換款項的數量減少到「不留下印象」。

吃過中飯後，郭金泉去買了一輛本田牌的二手車，這個款式的小型車在台灣的數量很多。然後他又去買了一部二手的光陽牌機車，也是暢銷的牌子，他付了訂金，委託車行去辦過戶和保險的事，說明兩天後來付款取車。車行很高興，因為說好了是要付現的。在下班之前，他到長春路上的郵局租了一個信箱，付了一整年的租金。

郭金泉剩下來的任務就是等人和等東西了。

澳門航空二一〇七次飛往台灣桃園國際機場的航班，在澳門機場準點起飛，這架空客三二〇型號的客機是滿載，主要是因為它往返台北的票價，要比台北和香港的往返票價便宜百分之十，再加上賭場贈送的一晚住宿券，和去香港的飛船船票，所以從台灣到大陸去的觀光客，有不少選擇了澳門航空的班機，可以免費到賭場試試手氣，或是到香港一遊。

澳航二一〇七航班因空中交通繁忙，當它在塔台航空管制員引導下，進場降落時已經遲到了十五分鐘，剛要進入傍晚的天色，逐漸開始暗下來了。一般在繁忙的機場，旅客們對這種短暫的延遲早已是司空見慣了，他們在取出托運的行李後，就匆匆忙忙地回家吃晚飯了。

旅客們正在提取行李和通關時，澳航二一〇七航班的機組人員拿著手提行李，來到機組人員的通道。和大部分亞洲的航空公司一樣，澳門航空公司的飛行人員是來自世界各國，胡笙是一年多前，澳門航空公司從美國招聘來的副駕駛員，雖然他是使用美國護照，實際上他是從約旦移民到美國的。胡笙來到櫃檯前就把手提箱打開，海關人員朝裏頭瞄了一眼，就揮手讓他通過了，多年來，這已經成為對機組人員通關的「標準程序」了。他的手提箱裏有一個sony牌的MP—3音樂播放器，它是在澳門起飛前一小時，才交到它的手上，現在已經安全地送達到台灣。

澳航二一〇七航班的機組，將在第二天一大早，成為澳航二一〇六航班的機組飛返澳門，所以他們就在桃園國際機場的酒店安頓下來過夜。等到他們入住，吃過了晚飯後，已經是過了八點了，胡笙回到房間看電視。實際上他是有兩個老闆，除了澳門航空公司外，他還是「紅石」的特聘行動員，主要的任務是秘密地越國境傳遞物品，和擔任「紅石」自己飛機的飛行員，執行特別飛行任務。

他在晚上十一點四十分下樓，到酒店大廳的酒吧要了一杯可樂。在十一點五十分走進了大廳的洗手間，靠牆是一排小便池，而對面是一排一個個的單間，胡笙確定了裏頭是空無一人，他推門走進了最後的一個單間，馬上隔壁的單間就有人進來，胡笙將一個小紙片，放在兩個單間中隔板的空檔，隨即看見有一隻手將它取走，但是馬上又被放回原處，他將紙片拿起來，看清楚了上面寫的號碼，就把放在夾克口袋裏的音樂播放器，拿出來放在隔板下，他看見同一隻手將它拿走，隨後他聽見了沖水聲和開門聲。胡笙又再等了一分鐘，將紙片丟進便筒後沖水。他不但不知道他帶進到台灣的是什麼東西，也沒見到來取的人，但是他知道他的任務完成了。

第二天早上兩點，由香城商旅發出的電子郵件說：「一號貨品收到。」

重賞之下必有勇夫，蕭成凌動員了大量的警力，清查在最近三個月裏進入台灣的人，他們建立了「可疑人資料庫」，在離第一次過濾後的一周，他們發現了兩個可疑的人，他們對這兩個人做了近距離，但是暗中的觀察和跟蹤，確定了可疑性的存在。蕭成凌向戴安做了彙報：

「你先說說，這兩人是怎麼進入你們的視線。」

「我們對可疑人資料庫以『同生日，多次入境』為條件，進行搜索，找到這兩個人。」

「為什麼是同生日而不是同姓名？」

「就是因為用名字搜索沒有結果，才想到使用假名和假證件入境的可能，假證件上寫的可能都是假的，但是出生年月日很可能是真的，因為便於記憶和照片的年齡要相配。這兩人在三個月裏到過台灣三次，頭兩次是觀光，第三次是依親生活。」

「這些不會是成為可疑人的理由吧！」

「當然不是。他們是大陸觀光客，是參加從不同地點出發的不同旅遊團進來的，陸委會有旅遊團的報名檔案，一看照片就能看出來兩人是兄弟。」

「這些都還是合法合理的。」

「他們在台灣停留了十天。但是兩周後，兩人又用另外不同的姓名，參加旅遊團入境，這一次他們只待了五天，就脫隊提前離境。一個半月前，他們第三次入境，這回他們變成兄弟了，哥哥叫馬宏磊，弟弟叫馬宏落，青海人。他們是從高雄小港機場進來，大概是想避免被桃園機場移民署的人認出來。兄弟兩人這次是來依親生活的。」

「是誰替他們申請的？」

「是個七、八十歲的老芋頭，是他們的堂伯父。」

「查了沒有？」

「老頭叫馬塔，有點來頭。他原先是個長工，在人家裏打雜。老戴，你知道這家人是誰嗎？就是李淇。」

「就是我們國安會秘書長李雲華的老爸，以前是蒙藏委員會的西藏專家，是不是？」

「沒錯，他以前是李淇夫人娘家的人，是李淇把他帶到台灣來的。」

「聽說這位夫人是西藏人，是個很有財勢的貴族，家裏有傭人是很正常的。」

「李淇去世後，馬塔就離開李家了。他是在一年多前，就替這兄弟兩人申請來台灣依親生活了。在被批准前，他們先來看看也是很正常的，但是為什麼要隱藏他們和馬塔的關係呢？這個關係反正在依親入境時就會曝光的。」

「他們頭兩次入境是有目的和任務，而且不能和馬塔有任何瓜葛。」

「什麼樣的任務？」

「傳遞物品、資訊或是來踩點的。但是現在住下來了，可能是提供掩護或是特殊任務。」

「他們現在是幹什麼事？」

「他們在和平東路和泰順街交口的地方頂下了一個店面，開了一家麵店，叫青海拉麵館。」

「那是大安區很貴的地段，你查一下他們的錢是自己帶進來的，還是那個叫馬塔的人拿出來的。」

「我查過了馬塔的情況，他不是個有錢的人。」

「看來查錢的來源可能是個突破口。」

「我要求對馬家兄弟進行全方位的監控。」

「把馬塔也包括進去。向檢察官申請的手續你就別管，由我來辦。監控的事要萬無一失。」

「明白。」

「還有一件事，你把紅石在台灣的關係網調查清楚，打一個報告給我。」

戴安語重心長地說：「如果馬家兄弟真的是和老美說的政變有關，這個陰謀活動，至少在一年多前就開始了，因為申請他們來依親生活，是一年多前的事，而我們調查局卻一點風聲都沒有，我們的工作還是不到家，想到這兒，我就是一身冷汗。」

台南縣的布袋港是個很老的漁港，在清朝時就有漁船進出，日本人統治時代，曾經是台灣最繁忙的漁港，尤其是冬季當烏魚迴遊到台灣海峽時，布袋港的外海成了必經之路，極高價格的烏魚子，吸引來近百艘的漁船。但是近年來，捕魚技術的改進和大型漁船的高度效率，再加上嚴重的港口淤塞，布袋港漸漸地沒落了，現在就剩下了幾條小型的近海漁船，停靠在布袋港。唯一例外的是，它還有兩艘很新的遠洋漁船，以布袋港為基地，它們是屬於陳氏兄弟漁業公司的。據說多年前，陳家兄弟在印尼外海發現了一個很大的石斑魚漁場，這是高檔次的餐廳、酒樓，願意出高價收購的美味海產，尤其是活的，更是值錢。陳家兄弟的兩艘漁船沒有冷凍艙，取代的是養殖水箱存放活魚，他們還帶了氧氣筒向養殖箱注入氧氣，來增加箱中的養魚量。幾年下來，兄弟兩人賺了不少錢，他們買了房子，也把漁船的貸款還清了。他們認為這是布袋港給他們帶來的好風水，就決定把漁船留在這日漸沒落的小漁港。這兩艘漁船上都雇用了十名印尼漁工。

滿載著漁獲的「陳豐漁二號」的船身被重量壓著，在下午三點鐘時，緩緩地駛入了布袋港，漁船是在五天前，把最後一次的深海網收上甲板後，就離開了印尼漁場，吃水線已經壓在水面下了，所以只能將船速減慢，來確保航行的安全。在這五天裏，漁船和公司保持了頻繁的無線電通訊，在瞭解了詳細的漁獲情況，如魚的種類和數量，在漁船進港前，整船的漁獲都已經找到了買家。

漁船在港口，首先停靠在海巡署的檢查站，辦完了入港手續後，漁船才靠上了碼頭。來取貨的水產運輸車和飯店、酒樓的採購員，都已經來到碼頭的岸上，他們在漁工的幫助下，把養殖箱裏的魚裝上了運輸車。

等把全船的漁獲都送上岸後，已經是晚上九點鐘了。公司在岸上的酒樓開了兩桌酒席，宴請全體船員和漁工，然後發給每個人一個信封，裏面是一張銀行收據，上面注明了公司將他們應得的工資和漁獲的分紅，存進他們各人的銀行戶頭。當他們發現漁獲的分紅，要比他們的工資多出好幾倍時，個個都笑得眉飛色舞。除了匯款收據外，在信封裏，每人還發了一筆零用錢，是工資的一部分。他們不需要太多的錢在口袋裏，因為三天後，「陳豐漁二號」會裝滿給養和油料，再度啟程開赴印尼外海，現在正是石斑魚的季節。

等船員和漁工們酒足飯飽後都近午夜了，他們離開了酒樓後，又到附近的酒吧和茶室去買醉尋歡，他們要在清晨才會回到船上。但是有一個叫蘇班哈的漁工，卻在飯後就直接地回到船上，但是次日一大早，他拿著一個手提包下船，向布袋鎮走去。船上的人都還在酒精的影響下呼呼大睡，沒有人知道蘇班哈是什麼時候下的船。

十分鐘後，他來到離碼頭最近的一個加油站，太早了還沒開始營業，站裏沒有人影。他走進廁所，在裏頭脫下了漁工的衣服，換上了手提包裏頭帶來的衣服和皮鞋，他看了一眼，並且還摸了摸放在手提包裏的牛皮紙包。然後他刷牙、洗臉，還把留了好幾天的鬍子刮掉。沒有人注意到，當蘇班哈走出了加油站時，脫胎換骨般地從漁工變成為知識份子的白領了。在布袋鎮的大馬路上，他跳上了開來的第一部公車，他知道那裏所有的公車都會到火車站，因為公共汽車的總站就在對面。三十分鐘後，他上了開往基隆的莒光號快車，他坐在頭等座上，看了看手錶就閉上了眼睛，一切都是按照預定的計畫，準時地在進行，五個小時後，他的任務就應該完成了。

莒光號在台北火車站停了十五分鐘，但是蘇班哈沒有下車，他是在下一站，松山火車站下車的，一出了月台，他就將車票丟進了就近的垃圾筒，然後向北走，看見了在八德路上的饒河街夜市，這是他第三次來到這裏了，前兩次都是來「踩點」的，來熟悉環境和路線，第一次是有人陪著解說，第二次是他自己走一遍既定的路線，但是一定是有人在觀看他是否會走錯路。這是第三次了，他感到駕輕就熟。

他看了看手錶，離接貨人會合的時間就快到了，他揮手攔了一輛計程車，要求司機送他到撫遠街和民權東路五段的交口。路上的車不多，計程車很快地從八德路轉上了基隆路，在麥帥一橋口又上了沿著基隆河的塔悠路，司機正要轉上撫遠街時，蘇班哈叫他再往前走一點停車，他付了車資，在開車門前把手提袋斜揹在肩上。他往民權大橋的下面走去，選擇這裏做交貨的地點，就是因為在大橋下過往的人不多，接貨的人應該就在這附近了，因為他需要觀察一段時間，確定了沒有「尾巴」，才會和他接觸，交換預定的信號。

蘇班哈看見有兩輛機車騎過來停在他面前，下來了四個人把他圍住，其中一個的手上拿著一根棒球棒子，這是四個小流氓，

「喂！你知道你到了我們的地盤嗎？」

面前說話的人從口袋裏拿出一把彈簧刀，他按了一下刀柄的按鈕，一截閃亮的尖刀就跳出來了。蘇班哈把斜揹著的手提袋，用右手臂握緊了一下，他說：

「各位朋友，我只是路過這裏。」

面前的人舉起手中的彈簧刀晃了一晃：

「那好辦，你就把你的皮夾子、行動電話和身上的包包留下，然後走人。」

「我沒有手機，但是我可以把錢給你們，這包裏沒值錢的東西，就請各位高抬貴手了。」

「我看不見得，沒值錢的為什麼抱著不放？」

「這個包，我是不能給的。」

「看樣子不給你一點顏色看，你還不信我們的厲害。」

拿刀的人覺得奇怪的是，眼前的人沒露出害怕的樣子，他又往前逼近了一步。但是蘇班哈伸出了左手，撥開了彈簧刀，右腳向後跨了一步，同時揮動右臂，直拳出擊，打中了拿刀人的鼻樑，鼻骨折斷，鮮血馬上就流出來。但是另外的三個人開始對他拳打腳踢，蘇班哈強力地抵抗，正在他要

拔腿逃跑時，棒球棒子擊中了他的後腦，他倒下了，但是兩手還是緊抱著手提包不放，就是在一陣猛烈的踢打後，還是沒辦法讓他鬆手。

閃著紅藍色燈號和狂鳴著警笛的警車，在快速地接近現場，警員下車看了一下倒在地上的傷者，就馬上要求救護車，醫護人員是在十分鐘後到達，倒在地上的人受到嚴重的外傷，尤其是頭部的打擊，使腦部出血，傷者的臉已經腫大了。在固定了傷者的頭部和頸部後，才把他抬上擔架送上救護車。他們用無線電通知長庚醫院的急診，說有大腦受傷的人，可能需要做腦部的手術。

這整個的事件經過都被兩個人觀察到，一個是送蘇班哈來的計程車司機，是他看到四個小流氓出現時就報了警。第二個人是來接貨的，他沒看到蘇班哈的尾巴，但是看到了他帶來的四個小流氓。他從香城商旅發出了電子郵件：

「二號貨品出意外，請重發。」

長庚醫院為蘇班哈動了開頭顱的手術，把大腦的出血止住了，將顱內的壓力降低，讓大腦復原到正常的大小。但是被破壞了的腦幹無法醫治，他一直昏迷不醒，四天後他的生命結束。小流氓成了殺人犯。

蕭成凌要求警察局的人力，幫助他調查可疑的入境人時，基本是動員了台北市刑警隊的內勤和外勤人員。在幾天同進同出的工作裏，他聽見了台北市刑警隊的手頭上，有一件小流氓搶劫殺人案，犯案的兇手抓到了，被害人是非法入境的，但是到現在還停屍在法醫的太平間，無人來認領。

蕭成凌和他的助手季倩玫，來到了中山堂旁邊的台北市刑警隊，找到負責這案子的刑警，

「李警官，您好，我們是調查局的，我是蕭成凌，她是我的助手，偵查員季倩玫。我們要麻煩您打聽點消息。」

「不客氣，我知道您是鼎鼎大名的偵緝處蕭處長。我們隊長關照過了，說你們要來問蘇班哈的搶劫殺人案。就請儘管問吧！」

「太感謝了，就先說說案子的經過吧！」

「案子是發生在基隆河的民權大橋下面，四個當地的小流氓，對一個路過的人進行搶劫，因出手反抗，小流氓用棒球棒子重擊被害人後腦，然後逃走。被害人送長庚醫院手術，但是四天後死亡。」

「有目擊證人嗎？」

「有，是一位計程車司機，他也是報警的人，同時他也是把受害人從松山火車站載到現場的。」

「殺人犯抓獲了嗎？」

「四個小流氓在案發後三小時就全被捕了。」

「你們的動作還真快啊！」

「被害人反抗時，將其中一人的鼻樑打斷了，我們是根據目擊證人提供的情況，在醫院裏逮捕到他，然後他把另外三個人供出來了。」

「那你們就結案了？」

「還沒有，因為還沒查出來死者是誰。」

「他身上沒有帶身分證嗎？」

「沒有身分證，但是有一本印尼護照，注明了他的姓名是蘇班哈，地址是在雅加達，年齡和照片都符合。應該是死者的證件，我們透過外交部，把護照的影印本快遞到台灣駐雅加達的辦事處，要求當地的警方代為通知家屬去辦理後事。」

「結果呢？」

「雅加達的警方說，在護照上的位址是有一個叫蘇班哈的人，但是他在三年前，就因一起車禍去世了。所以我們的這位蘇班哈還躺在太平間裏，而我們也不能結案。」

「死者的遺物呢？」

「全部裝在證物箱裏，由我們刑警隊的儲藏室簽收保管了。」

「我想借用一下這些證物，可以嗎？」

「沒問題，只要你們的首長寫個借條，簽字後傳真過來就行了。」

「我們局長的簽字行不行？」

「完全可以。」

「李警官，那就謝了，我們馬上打電話要簽了名的借條。」

蕭成凌手拿著證物袋，和季倩玫走出了刑警隊的大門，在握手道別時，李警官說：

「蕭處長，有兩件小事，也許是不重要，但是有點不……」

沒等說完，蕭成凌就插嘴說：「您請說。」

「被害人被四個拿著棒子的流氓圍攻，他能反擊，還把其中一人的鼻樑打斷了，我認為被害人身上有功夫。」

「這完全有可能。」

「蕭處長，您見過幾個身上有中國功夫的印尼人？」

蕭成凌愣住了，李警官接著說：「一般人在被攻擊後倒在地上時，會用兩手抱頭，縮成一團，保護身體最重要的部位，就是頭部和胸部。根據目擊證人，被害人是用兩手緊緊地抱住了他的包包，讓小流氓們對他的頭部狂踢暴打，被害人是用他的生命在保護他的包包。」

當天下午，蕭成凌拿著從刑警隊借調出來的蘇班哈遺物、對小流氓兇手們的審訊記錄，和對計程車司機的談話記錄，來到了戴安的辦公室，把他和季倩玫在台北市刑警隊，和後來去到法醫太平間的情況，做了詳細的彙報：

「老戴，你先看看死者的遺物，我再來說說我的看法。」

蕭成凌從證物袋裏拿出來的第一件東西，是件橘色且衣褲相連的工作服，一股濃濃的魚腥味從衣服裏飄出來。第二件東西就是一本印尼護照。戴安說：

「被害人是從印尼來的漁工嗎？」

「非常可能。我們發出通知，要求所有可能有入境外勞的港口，通報異常事件。台南縣布袋港的海巡署檢查站，通報有印尼漁工失蹤，姓名叫蘇班哈，發來的照片也證實了就是躺在太平間的人。」

「他是誰雇用的？」

「布袋港的陳氏兄弟漁業公司，在他們的『陳豐漁二號』漁船上當漁工。」

「漁船還停在港裏嗎？」

「已經出海開往印尼附近的漁場了。」

「從他遇害時所穿的衣著，一點都看不出來他是個漁工，從他將漁工的工作服帶在身上的事實，可見他是在來到台北時，搖身一變，把漁工的打扮給換了。」

「這個人不是漁工，從在太平間裏的屍體，檢查他的雙手和皮膚，看不出他是長期在海上工作的人，比我還細皮嫩肉。」

「那他是什麼人？到台灣來幹什麼？」

「老戴，你再看看這是什麼東西？」

蕭成凌從一個透明的塑膠袋裏，拿出來三個圓形的碟片，兩個是銀白色的鋁合金，直徑大約是三英吋，厚度約是四分之一到三分之一英吋。另一個小一點的碟片，直徑只有二英吋，厚度大約是半英吋，但是非常的重，灰呼呼的看不出是什麼東西做的。

「刑警隊的人有說這三個碟片是幹什麼用的嗎？」

「沒有，但是指出來，被害人很可能是用他的生命來保護這玩意兒。」

戴安低著頭思索了一會兒，他說：

「一個身上有功夫的人，用他的生命來保護的東西，一定是非常非常的重要。這個細皮嫩肉的漁工是何許人，這些碟片是幹什麼用的？小蕭，我有個很不好的感覺，你趕快去一趟布袋港，看看能不能找到，這印尼人化裝成漁工到台灣來，還和什麼人接觸過，他是來幹什麼的？」

「好的，我會盡早抽空帶人過去。」

「抓緊時間開車下去，根據搶劫殺人案的發生時間，被害人一定是坐最早的一班火車到台北的，你們盡量想辦法見到和這個印尼人接觸過的人。很可惜，他工作的漁船已經出海了。」

蕭成凌離開後，戴安叫他的秘書通知備車，他上了車才告訴司機到新竹去。

從新加坡飛到台北的波音七四七、新航六五六班機，載來了三百二十名旅客，有一位瘦高個子的美國人，是要在回國的途中，來參觀在台北舉辦的國際皮鞋設計展覽會。他在入境單上填寫的職業是時尚設計師。但是他來台北還有另一個目的，就是來送一雙皮鞋給人，雖然他不是很樂意，但是他拿錢辦事，而且錢又是出奇的多，所以他在出發前就收下了這雙皮鞋。另一位下來的乘客是新加坡的遊客，他和一般的觀光客有個不同的地方，就是他的左手臂是打著石膏，用帶子吊在脖子上。這兩個人都是從免檢的綠色通道出了海關。當天晚上，有人打電話到帶皮鞋旅客住的酒店房間，什麼都沒說只說了五個數目字。二十分鐘後有人敲他的房門，先是三下，停了一刻再敲三下，又停了一刻再敲兩下。馬上他把房門開了一條縫，把裝著皮鞋的酒店紙袋推出去，門外的人馬上取走了。他沒有看到來拿鞋的是什麼人。另一位旅客在酒店的房間裏，卸下了手臂上的石膏，把它放在紙袋裏，再從皮箱裏拿出另一個石膏綁上手臂。他也是在電話中和一個陌生人交換了識別信號後，把紙袋從門縫推出去。

香城商旅發出的電子郵件說：

「三號和四號貨品收到。」

從廈門到金門的渡輪上所載的客人中，沒有廈門人，也沒有金門人。他們絕大部分是屬於兩種人，一種是台灣人到大陸去旅遊或探親後返家的，另一種是大陸到台灣去的觀光客，只有很少數的乘客是去辦公務或是商務的。因此渡輪上有一個相當規模的免稅商店，吸引乘客們在不到一小時的航程中，做最後的採購。江偉是兩年前退休下崗的，他的老伴也因為身體健康的原因同時退休了。最明顯的改變是，收入一下就少了，他們要處處節衣縮食地過日子。所以當他在部隊當兵時的一個老哥兒來找他，說有個活請他幹，不但有個不小的收入，還能免費到台灣去觀光，他就欣然同意了。他把事情告訴老伴，老伴問是幹什麼活？他說老戰友在台灣有一個有錢的親戚，托他找最上等的雲南普洱茶，他找到了，但是因為價值連城，台灣的海關會打很高的稅，所以請他「走私」帶進去。老伴擔心萬一被台灣海關查到了，不是犯法了嗎？他說不會的，老戰友已經想好了辦法，萬無一失——萬一被查出來，就說不知道要打稅，就不帶進去，存在海關那裏，等回程時再拿回來。於是老兩口就報名參加社區主辦的台灣旅遊團，高高興興地出發了。為了省錢，旅遊團是利用小三通進入台灣的，所以他們的第一程，就是搭乘從廈門到金門的渡輪，江偉在免稅商店裏買了一個用鐵盒裝的蜜棗，他趁人不注意時，將「免稅」的標籤取下，再貼到他手提袋裏的鐵盒上，這鐵盒已經是用透明的玻璃紙密封好的，看上去就像是在禮品店裏買的。在金門碼頭的海關，主要是查旅客們帶的菸酒有沒有超過免稅的規定，江偉夫婦順利地過關，到了台北。按旅遊團的行程，是在第三天的下午參觀中正紀念堂，在個別自由活動時，江偉走到路邊的攤販去看看紀念品，突然有一輛機車在他身邊停下來，騎車的人是穿著皮夾克，戴著安全頭盔，黑色的擋風罩是拉下的，完全看不見他的臉。江偉確定了機車的車牌尾號是四七三一後，他從手提袋裏拿出了鐵盒交給騎車的人。

從香城商旅發出的電子郵件說：

「五號貨品收到。」

台灣的汽車基本有兩類，一種是本地製造的，另一種是國外的牌子，但是在台灣組裝的。還有少數的是從國外原產地原裝整車進口的，它們都是以特別的「車輛運輸輪」，以海運方式運到台灣。這種貨輪的外表，和一般的散裝或集裝箱貨輪很不同，它的貨艙是密封的，所以外型很高。它不用吊車來裝卸車輛，它有一個很大的艙門，和可上下調整的跳板，車輛可以從碼頭開進或是開出船艙，因此在碼頭邊上，也要有很大的停車腹地，縮短車量上下船的時間，節省停船費，增加港口效率。在台灣只有兩個海港有這樣的專用碼頭，一個是南部的高雄港，一個是在北部淡水河口的台北港。

從日本橫濱開出來的「富士丸」，是在晚上十點到達台北港的外海和領港船會合，領港員上到了駕駛艙和船長寒暄了幾句話，富士丸就徐徐地駛進台北港，靠在三號專用碼頭。

雖然已經是晚上十一點了，但是下卸車輛的工作馬上就開始了。第二天早上來到港口的人發現，頭一天還是空蕩蕩的停車場，現在是一片車海。大部分的車是小型客車、越野車和休閒車，但是富士丸也運來一批特種車，都是停放在停車場最裏邊的一排。那裏有七輛豪華大巴、五輛平板拖車的車頭，還有一輛所謂的「露營車」，這種車在美國和加拿大是常見的，但是在台灣則很少見。它是以小型貨車的底盤，上面加一個外殼，這外殼裏的學問就很大了，通常會有一個起居空間，一個廚房，也有的還附帶了衛浴間。它的設計概念就是一個能夠上路的「露營設備」。

第二天快到中午的時候，有一個年輕人拿著進口車行的提貨單來到台北港，提貨單上寫的是：露營車一輛和車內貨品、車輛的廠牌、底盤號和引擎號都寫明在提貨單上。車內貨品項目裏寫明了有，一張折疊式的桌子、三張折椅、毛毯和床墊各兩張、廚房用具和餐具、兒童玩具和運動器材：它包括了一套高爾夫球球杆、五個棒球手套，和五個保齡球。上面也注明了車內的貨品，都是購車的客戶採購的。

在港口辦公室辦完了手續後，來提車的人就把車開到海關的檢查站，他把車頭的引擎蓋和車後方的上下門打開，接受通關檢查。海關關員首先查看引擎號碼和底盤號碼，是否和提車單上的號碼一樣，然後就到車後，把所有的櫃子和抽屜打開，然後將車裏的物品，一樣樣的和提車單對照，提車的人感到海關的檢查明顯地加強了，但是他不知道，海關的關員所得到的指示是，尋找厚度約在一公分左右、有飯碗碗口大的圓形金屬板片。通常只需要十分鐘的檢查，今天用了半小時才放行。

一出了台北港就是八里鎮，隔著一個淡水河，對面就是古老的淡水鎮，現在改名叫新北市淡水區，它是台灣的第一個對外通商口岸，清朝時就有英國領事館設在淡水鎮。利用淡水河河畔的地理優勢，淡水鎮發展成為一個台北市近郊的觀光和住宅區。但是對岸的八里鎮就完全不一樣，多年來一直沒有發展，還是停留在農村小鎮的情勢，有人說，那是因為它坐落在觀音山的山腳，而觀音山的山麓上，滿山遍野是墳墓，沒有人願意和死人為伍，所以八里鎮就無人問津了。「露營車」開進了一家餐館的停車場，司機把車倒進最後一排靠牆的車位，他叫了一分商務套餐，然後把帶著的電視週刊翻開來看，當門口進來一位穿著西裝的客人時，他放下了雜誌專心用餐。穿西裝的客人走到司機旁邊的座位，坐下叫了一份鰻魚飯。他看了一下手錶，晃了一下，又把手腕放在耳邊聽了聽：

「對不起先生，我的錶停了，請問現在幾點鐘了。」

司機看了一下手錶說：「十二點四十分。」

「謝謝。」

根據兩個人的手錶，現在的時間是十二點二十三分，「十二點四十分」是認證的信號。

鰻魚飯來了，客人開始用餐，但是他指著放在桌上的電視週刊又問司機：

「不好意思，那本是這期的還是上期的？」

「是上星期的，我看過了，需要的話，你可以拿去。」

「太好了，真謝謝你了。」

司機把電視週刊遞過去後，兩人開始專心吃午餐，鰻魚飯很快地被吃完了，客人起身再度謝謝旁邊的司機後，就付賬出去。司機的臉上出現了微笑，一切都按指示發生了，他的任務完成，剩下的就是等另一半的外快了。

付完了鰻魚飯的錢，他來到停車場，取出夾在電視週刊裏的鑰匙，走到露營車旁邊，確定了沒有人注意，他開了車的後門進去。他頭一眼就看見了放在一個紙箱子裏的保齡球，取下塞在背後腰上的帆布袋，將他要的貨放進去，這時他才感到了它的重量，一個大的保齡球高純度鈾二三五超過了二十公斤。他將帆布袋放進停在旁邊的本田汽車行李箱。

從香城商旅發出的電子郵件說：

「六號貨品收到。」

郭金泉很高興，因為這是最重要的關鍵零件。

台北港車輛專用碼頭停車場，那五部平板拖車車頭中的最後一部，是第三天才被提走的，這是嘉義運輸公司在日本購買的拖車頭。來提車的司機在辦理取車手續時，就很明顯地感到海關的檢查變得非常嚴，不僅把所有能存放東西的地方打開看，還使用儀器在測量，他們花了不少的時間在備胎和油箱上，司機的第一個反應是他們在找毒品，問海關的人，他們什麼都不說，整整一個半小時後才放行。按計劃，司機把拖車頭開到三重的一家貨車裝配廠，嘉義運輸公司在這家裝配廠，訂購了一台平板拖車，是要配在他們剛買的拖車頭後面，然後再開回嘉義。

司機把文件交上了櫃檯，辦事員馬上在電腦上查到了資料，她告訴司機說，訂購的平板車已經準備好了，現在就放在倉庫裏，明天一上班就能開始裝配的工作，所以中午之前就可以來取車，天黑前他就可以把完整的拖車開回嘉義了。她叫司機把車頭停在指定的工作位置。然後又安排了廠裏的車，把司機送到訂好了的汽車旅館。

貨車裝配廠在下午六點關門，辦公室、廠房和停車場都下了鎖，晚班的保全人員來上班了。司機是在晚上八點鐘過後，坐計程車來到了裝配廠，他向保全公司的領班出示了所有的檔，要求讓他到拖車頭裏拿一件忘在裏頭的東西，那是他老婆要他帶來給他丈母娘的，因為明天就要走了，今晚非得送去。

領班看了文件和他的身分證，請他在人員進出登記本上簽字。然後把停車場的小門打開，讓他進去。這是個非常大的停車場，在昏暗的燈光下，大門口的保全人員是看不見司機和他的拖車頭。拖車用的是大型柴油機，車頭的後方有兩個垂直朝天、口徑很大的排氣管，司機沒有打開車門，他直接爬上了車頂，用手提袋裏的工具，把其中的一個排氣管卸下，從裏頭取出一個一英呎多長，用很厚的絕熱布包的物件，他小心地放進了手提袋裏，將一切都還原後，他走出了停車場。當計程車送他回到他住的汽車旅館後就開走了，司機沒有進自己的房間，他走到對街，把從排氣管裏取出來的東西交給在等他的人。

從香城商旅發出的電子郵件說：

「七號貨品收到。」

澳門航空公司的二一〇七次航班，又一次從澳門來到了桃園國際機場，副駕駛胡笙這一次帶來了一個電動刮鬍器，他用同樣的方法，把它交給了沒見過面的人。

從香城商旅發出的電子郵件說：

「八號貨品收到。」

雄鷹汽車零件公司的總部是設在高雄市，但是它在台灣各地都有營業處。它是台灣最大的汽車零件銷售商，有很大的零件庫存量，汽車修理廠是它的最大客戶，它的招牌是，顧客要求的任何汽車零件，他們都會在二十四小時內把貨送到，台灣的汽車什麼牌子的都有，因此雄鷹公司要經常地進口各種零件，來維持高庫存量，這是他們的最大優勢。

因為數量大，零件都是用集裝箱運到高雄港，在那裏通關。海關對於經常性通關的消耗品集裝箱，他們維持百分之三的抽樣檢查率，在高雄港的海關對雄鷹公司的集裝箱，基本是免檢放行的，原因是多年來，他們一直是規規矩矩地繳納進口稅，從來沒做過走私逃稅的事。

雄鷹公司還有一項生意，就是為汽車愛好者、古董車收藏家，和台灣少見的稀有汽車車主，進口他們需要的零件，這門生意並不賺錢，但是為他們打出了很好的知名度，這些零件也是和他們的常規進口零件放在一起的。他們接到一個非常不多見的訂單，客戶要買一個古董跑車的車頭燈，因為已經沒有生產了，客戶自己找到了一個在日本的賣家，要求雄鷹公司代購和進口。郭金泉看到手機裏的短訊，是長春路郵局通知他有包裹。他在信箱裏拿出了通知單，然後在櫃檯取出了包裹，是雄鷹公司寄出的。他回到房間打開包裹的紙盒，確定了是奧司汀跑車的車頭燈元件。他發出電子郵件：

「九號貨品收到。」

第九章：收網行動燃起舊情

蕭成凌和季倩玫像一陣風似地，推門進了戴安的辦公室。戴安皺著眉頭瞪著兩人：

「我們調查局進長官辦公室要先敲門的規定，是什麼時候取消的？」

蕭成凌尷尬地笑著說：「抱歉，我們是急著要來報告蘇班哈活了。」

「啊！他在太平間裏起死回生了？」

「小季，我語無倫次，妳來說吧！」

「局長，像您說的，我們費了那麼大的功夫，只查出來馬家兄弟，太沒勁了。我想到也許查查出境的人口，能有個突破，果然在案發第二天，由桃園機場飛澳門的澳航二一〇六航班，缺席旅客名單上有蘇班哈的名字。」

「這很正常啊，他已經躺在太平間了，當然是缺席乘客了。」

蕭成凌接著說：「但是您知道他的機票是誰買的嗎？」

「誰？」

「是馬宏磊在網上訂購的，用的是銀行信用卡。您看，蘇班哈人死了，但是線沒斷，又活了。」

「好傢伙，這下有戲唱了。現在可以下結論了，原來的計畫是蘇班哈是來遞送那個碟片的，在完成任務後的第二天就出境。但是他要把碟片交給誰呢？」

「是不是交給馬家兄弟？」

「有可能，但是他為什麼要在松山火車站下車，再搭計程車到附近的民權大橋下車，這正好是和馬家兄弟的青海拉麵館相反的方向。一個在大安區，一個在民生社區。所以也可能是要送貨給另外的人。但是無論如何，馬家兄弟和他們的拉麵館你給我盯死了，要滴水不漏。我們最初猜想，他們是來為其他的人提供服務的估計可能是對的，早晚別的人會來和他們接頭。」

「是，現在已經是全方位佈控了。」

「小季，去查出境旅客，是妳想出來的嗎？」

「是的。但是經過蕭處長他批准的。」

「有件事一直要問妳都沒找到機會，現在正好。前一陣子，小蕭來找我和趙檢察官，請我們上妳家為他提親，小蕭的雙親不在，他又替我幹了這麼多年，就像是我們家人一樣，我當然是義不容辭了。妳是客家人，妳得跟我說說你們的提親習慣是怎麼回事，我們好準備啊。」

季倩玫的臉紅了，她低著頭小聲地說：「還早呢，不用這麼早就提親。」

「妳可別三心二意，我們小蕭可是個人才，很有前途的，個性又很好，我們秘書處已經有人在打他的主意了，還要來走我的後門，妳趙檢察官可給我下軍令狀了，要我堅守陣地，一個都不能放進來，我們是非要把妳娶進門來。」

「我是想再等半年。」

「我知道妳是在為小蕭著想，要等美晴走後三年再提婚事，妳是個好心人。但是先把提親的事做了，讓別人別再對小蕭有幻想，他的日子會好過多了，你們的婚期可以定在六個月以後啊。」

「你們最近為了眼前的案子忙得昏天黑地的，提親的事就緩一下吧。」

「別，提完了親，我們大家都安了一份心，辦起案子來會更得心應手。所以妳就說說你們客家人提親的風俗習慣吧。」

「沒什麼大不同的，就是要選個黃道吉日和帶個好彩頭就行了。」

「選黃道吉日沒問題，好彩頭要選什麼東西？」

「一個大蘿蔔或者一個大鳳梨就行了。」

「就這麼簡單？不用買些洋酒和衣服料子之類的禮品嗎？」

「我看不必了。」

蕭成凌插嘴說：「我看這事就叫小季和趙檢察官商量吧！」

戴安笑著說：「你小蕭也終於有個好主意了，這事就這麼辦了。不過我得告訴小季，妳要理解小蕭的情況是有點複雜，他有個女兒。」

季倩玫說：「我和小晴的感情很好，我們沒有問題。」

「小晴不是問題，我的女兒也是老婆和她前夫生的，我和女兒一點問題都沒有，我們好得很，但是我要很小心地處理和女兒親人的問題，如何對待她的生父和祖父母，都有很敏感的問題，稍微不小心，挨罵受苦的是妳趙檢察官，小季，妳明白我的意思嗎？」

季倩玫感到一股溫暖流進了她的心：「局長，謝謝您，我會記在心裏的。」

「那就好了，還有，如果小蕭對妳不好，告訴我，我來治他。」

「他對我挺好的。」

「那行，還有別的事嗎？」

「還有件事要報告。」

「說吧！」

「馬宏磊的銀行信用卡是個借支卡，我查了一下裏頭的存款，超過了一百多萬，都是別人把錢存進這個帳戶。我再查誰是存款人，發現他是以現款存入，不用留下身分證件。但是有存入的銀行和時間，我把監視錄影調出來看，發現他也是存錢到那個老歐哇（老芋頭）馬塔帳戶的同一個人，我從錄影裏列印出兩張照片。」

季倩玫把兩張照片從檔案夾裏拿出來，交給了戴安：「也許有人能認出來這人是誰？」

戴安盯著看這兩張照片，他說：「就先交給我吧！」

季倩玫又說：「報告局長，我還有個想法。」

「說。」

「蘇班哈使用了死人的證件，別人也能用同樣的方法入境，尤其是使用在海外死掉的台灣人護照，移民署的電腦幾乎要一年後才會有記錄，這個我查過了。」

蕭成淩說：「要查這記錄需要上外交部的電腦，他們是絕對不會允許我們調查局，去碰他們的電腦的。」

「小蕭說得沒錯，外交部會擋我們調查局，但是我想他們還不敢擋總統府秘書長吧。」

蕭成淩說：「有道理。」

「小蕭，你知道嗎？我犯了一個嚴重的錯誤。我應該提拔季倩玫當偵緝處處長。」

「沒問題，替老婆幹活沒什麼不好。局座，別忘了給老天爺燒香磕頭。」

戴安是坐計程車到光復南路和仁愛路交口，他一眼就看見了華南銀行的分行，旁邊有一個鐵欄杆的門，門裏頭就是樓梯，門上有好幾個信箱和六〇四號的門牌，這是一棟老式的公寓，因為是在台北市的黃金地段，相當的值錢。他按了二樓的電鈴和對講機：「請問胡永全老先生在家嗎？」

「我是老胡，請問哪一位？」

「我是戴安，登門拜訪。」

「啊！是局座，不敢當，快請進。」

戴安進門，換上了拖鞋，在客廳的沙發坐下。主人給他倒了杯茶，

「局座，您太客氣了。小張打電話來說您想見我，我就說我到您局裏去，怎麼您就親自來了。老伴到美國去照顧女兒，剛生了個外孫女。家裏沒什麼可招待的，就請喝杯茶吧！」

「有茶就行。我帶來一盒韓國雪梨，請您嚐嚐，說是可以清肺的。」

「您太客氣了，這雪梨挺老貴的。」

「應該的。胡老，請問您貴庚了？」

「我今年七十三了，退休都有八年了。」

「我看您身子骨還很健朗。」

「託福，託福，除了老人常有的毛病外，身體還行。」

「平常都做些什麼事？」

「每天都到對面的國父紀念館散步運動一個小時，然後我們一群老頭下圍棋。」

「太好了，我聽說下圍棋的人不會得老人癡呆症。」

「我是年輕的時候就下圍棋了，一下就下了一輩子。」

「胡老，我來是想請教您，我們正在辦個案子，遇到困難了，看您能不能幫我們一個忙。但是案子保密，我只好問些問題了，還請胡老諒解。」

「我是老公務員了，這個我明白，您請問，只要是我能的，都沒問題。」

戴安從口袋裏拿出來一張照片：「胡老，請您看一下，認識不認識這個人。」

胡錦全仔細地看了一會兒才回答：「面孔是見過，但是想不起名字來了。」

「能想起來您是在蒙藏委員會見過他，還是在別的單位見過他？」

「我在蒙藏委員會的人事室幹了快三十年，後來調到行政院人事處，又幹了十幾年才退休，這個人肯定是在蒙藏委員會幹過，但是我覺得他在別的單位也幹過。」

他又思考了一下：「局座，他是西藏人嗎？」

「非常可能。」

「那就對了，當年大陸救災總會從印度的難民營，接了一批流亡的西藏人到台灣，其中有些人就去了西藏專員辦公室工作，他應該就是其中的一個。他們剛來的時候都是用西藏名字，不容易記，多年後才取了漢人的名字。」

「所以這個人是當年的西藏專員李淇雇的。」

「不是的，李淇是安排救災總會把他們接到台灣來。我記得，雇用他的是李淇的兒子，也就是現在的國安會秘書長李雲華。」

戴安愣了一下，這是第二次有人在他面前提起了李淇和他的兒子李雲華，第一次是在調查老歐哇馬塔的背景時，現在是在和一個退休的人事官員談話裏，這父子兩人又出現了。這是巧合還是案子的一部分？一個優秀的調查人員，從來不相信這世界上有巧合的事。戴安又聽見胡老說：

「局座，其實您問的這些問題，我們都有非常詳細的電腦檔案資料庫，因為是屬於一級保密資料，所以外人不得而知。就拿照片裏的這個人來說，他原來的名字、什麼時候改的新名字、什麼來歷、誰是介紹人等等，都有完整的記錄，當然還有他本人的照片了。」

「胡老，您可幫了我們大忙了。」

對青海拉麵館進出的人進行全面監控和後續的跟蹤調查，形成了檔案資料庫，它和胡永全提供的人事檔案資料庫交叉對比後，漸漸的一個特殊的群體浮出來了，而這個群體所圍繞的中心人物就是李雲華，追隨著他從蒙藏委員會轉任內政部、外交部，和現在的國安會秘書長辦公室。戴安照片裏的人也是由救災總會從印度接到台灣來的西藏難民，他先在一間財務學校受訓，畢業後就改名叫張田勤，李雲華收留他為會計員，他就一直在他身邊做財務的工作。他往馬塔和馬宏磊的帳號裏存錢，顯然是在執行李雲華的指示。

但是，具體的政變陰謀證據卻一點都沒有，只有間接的和「大爆炸」有關聯。

調查使用死人證件的工作，在進入了外交部的電腦後也有了結果。有一個叫郭金泉的屏東恒春人，在泰國死後兩年多又出現了，復活後由昆明回到台北，以後就又從人間蒸發了。一直到監控馬家兄弟的報告裏，出現了一輛可疑的本田汽車，調查後發現了車主就是郭金泉。在公路局監理處的車輛登記表裏顯示，郭金泉的身分證地址是從前的恒春地址，現在是查無此人。但是最大的收獲是，取得了郭金泉的照片，那是他在入境檢查護照時攝影機記錄下來的，黝黑的臉上還露出了笑容。他們立刻向全台灣的員警和檢調單位發出通告，要求追查這輛有已知車牌號碼的本田汽車，通告上同時強調只要通報，不可有任何行動。

戴安和蕭成凌都在思考，郭金泉為什麼對馬家兄弟感興趣？他和蘇班哈有什麼關係？他是來接貨的嗎？問題很多，但是答案很少。

季倩玫打開的突破口在擴大。

戴安在擔任調查局台北調查站第二調查組組長時，曾經率領一個行動小組，深入東南亞的叢林執行遠方追緝的任務，逮捕了與恐怖組織有關的台灣軍火製造和販賣集團，由於這個集團曾經培訓過大陸疆獨恐怖份子，戴安掌握有相關的情資，而他的兒時好友何時，隨台商父母到上海，最後進入了上海公安局任職，投入了反恐的任務。戴安的行動小組和犯人，是搭乘台灣海軍潛水艇撤離的，在回程時接到緊急命令，要他在南中國海頓上解放軍驅逐艦，轉赴海南島的三亞，再飛往上海，協助公安部的反恐人員識別恐怖份子。他在浦東陸家嘴投入了戰鬥，和大陸的公安幹警並肩作戰，在槍林彈雨中，掩護他的兒時好友何時及滿載炸藥的卡車，他們成功地保全了上海最繁華也是地標的陸家嘴，以及那無可估計的巨大生命和財產，但是何時犧牲了。戴安成為中國的一級公安英雄，他是台灣唯一有這頭銜的人。

那次反恐行動的總指揮，是當時的公安部副部長袁華濤，他退休後定居在內蒙古。他家的電話響了，是女主人接的：「喂！請問是哪一位？」

「是袁部長夫人嗎？我是小戴，戴安啊！我在台北給你們掛電話。」

「小戴啊！不是跟你說了嗎？不許叫我夫人，也不許叫我老李，就叫我李路欣，或者小李也行。真難得你打電話來。」

「老早就想給你們打電話，可就是陰錯陽差地總沒找到機會，你們都好嗎？」

「托你們的福，我們都很好。老袁寫的小說你們收到了嗎？」

「不但收到了，而且還拜讀了。」

「有評語嗎？是不是慘不忍睹。」

「不，不，可讀性很高，但是我的評語是八個字。」

「哪八個字？」

「驚心動魄，臉紅心跳。」

「聽不懂。」

「好人和壞人的戰鬥場面驚心動魄，男歡女愛的場面寫得非常大膽和前衛，讓人看了臉紅心跳。我可聽說這些愛情的內容都是由妳李路欣執筆的。」

「你是不是聽柯莉娟說的？她是瞎猜，這全是老袁的人生經驗。」

「那他也有個對手啊！總不能跟自己談情說愛吧？這對手該是何許人也？」

「男人都一樣，就只對這種事感興趣。小莉和陸海雲來看我們了，沒想到他們那兩個雙胞胎長得那麼大了。她說也到台灣去看何時的大哥了，你們也見面了嗎？」

「見了，我們在一起混了幾天，很高興。」

「你就不怕你老婆和陸海雲舊情復燃嗎？」

「我是千辛萬苦才把我老婆拿下，比執行遠方追緝任務更難得多，放心吧，我把她看緊了。更何況陸海雲也不敢，柯莉娟準會把他給閹了。」

「你沒聽說嗎？那個叫雅思閔的恐怖組織女殺手，就想把陸海雲閹了，但是最後還是被他給征服了。」

「柯莉娟更有辦法，她把陸海雲餵得飽飽的，根本沒精力去看別的女人。」

「是啊！我看他們是很幸福的過日子，你們也是挺好的，你也當了領導了。就只有我那可憐的女兒楊冰，還是孤零零的一個人。」

「她不是在香港又結婚了嗎？但是我看楊冰是不是還愛著陸海雲？」

「這就是她的問題，當初不知道珍惜，現在後悔都晚了。看我跟你瞎聊，你是要找老袁有正事的，是不是？」

「我是來向他討救兵的。」

「那你等著，別掛。」

戴安聽見李路欣在喊：「老袁，戴安從台北打來的長途，有事兒，你快來接。」

「哎呀！小戴，你怎麼樣？前一陣子我們還談起你來。我可聽說了，你這個調查局的局長可幹得不錯，口碑挺好的。」

「我是從您那學來的一招。」

「我有什麼招啊？」

「對內部做大力的整頓，對有問題的人員一定要殺得片甲不留，一個都不能留。」

「那你可要得罪人了。」

「所以您的一招我要從頭到尾的用上，我已經聲明了，只做一任局長，然後就告老還鄉，所以不怕得罪人。」

「好小子，有你的。說吧，有什麼事？」

「袁部長，我碰到大難題了，向你來求救了。」

「是什麼案子？」

戴安沉默了一下，袁華濤馬上接著說：

「對不起，我知道案子保密。那你問吧！」

「好！早在〇八、〇九年西藏拉薩動亂事件，公安部曾說過，有境外不法份子和組織參與和指揮動亂。有具體的事實嗎？」

「沒有具體的證據，但是種種的跡象都顯示出，是有這樣的行動。」

「看到了一個叫『紅石環球安全顧問公司』，簡稱為『紅石環球』，或是『紅石』的組織嗎？」

「有，但還是那句老話，沒有具體的證據。」

「你們對『紅石』有什麼看法？」

「是個有政治野心和有特殊信仰的雇傭兵服務集團。我們把它當成非友好集團，已經建立了它的檔案，包括參與了西藏動亂的行動員。在西方國家有一些組織，一直對西藏有野心，並且虎視眈眈。我們不能不防。」

「我目前的案子裏也出現了『紅石』的影子。」

「難道他們也想對台灣下手嗎？」

「這也是我想問的問題。我很希望能參考一下你們的『紅石檔案』，看看能不能把我們目前掌握的嫌疑人資料對上。」

「我想應該沒問題。你記得葛琴嗎？她以前是我們經犯司的司長。」

「當然記得了，是您把她提拔上來的。」

「她現在調到北京了，是我們公安部情報司的司長，『紅石檔案』就是她建立的，她這人相當的能幹，你和她聯繫，我也馬上給她去電話。」

「把她的檔案拿給我一個外人看，是不是會有麻煩？不合規定。」

「我不這麼看，我會告訴葛琴，當是把檔案拿給我們國家一級公安英雄看。」

「那我就謝了。」

「沒問題。我想告訴你，我感覺到『紅石』裏頭還有個小團體，它有自己的生命體，不受公司和政府的節制，同時這個小團體和中情局的某些特工，有絲絲縷縷的關係。」

「紅石檔案」相當完整，還包括了出入境時閉路監視器所拍攝下來的照片，和被攝影機拍下來的可疑行動照片。葛琴將這檔案發給戴安。蘇班哈和郭金泉的照片都出現在檔案裏。

馬家兄弟是開著他們有封閉式車箱的小卡車，來到了桃園國際機場的貨運站，在提貨櫃檯交上了提貨單後，就拿到三張表格，那是進口貨品許可和海關通關手續要用的。半個小時後，工作人員用推車把一個木頭框架，和裏頭的大紙箱從庫房推出來，櫃檯上的人說：

「看看這是不是你們來提的貨，沒錯的話，就推到海關去辦通關。」

木框和紙箱最顯眼的是貼在上面的一張紙，上面的字樣是：

「易燃揮發物，嚴禁煙火。」

紙箱上還印有「高純度藥用酒精」的字樣，附在木框架上的還有一個滅火器。海關的工作人員將紙箱打開，把裏面的二十四瓶酒精全部取了出來，非常仔細地在燈光下查看、搖晃，確定瓶子裏沒有其他的東西，海關的檢查是不尋常的嚴格，將近一個小時後才放行。在整個過程中，附掛在木框架上的滅火器並沒有受到檢查。機場貨運站的工作人員用叉車幫忙，把取出來的貨放進小卡車的後車箱裏，然後馬家兄弟就打道回府了。

負責跟蹤的調查員在報告裏，詳細地說明了馬家兄弟在機場貨運站取貨的情況，同時也提起，有一輛可疑的本田小汽車，似乎也是在跟蹤馬家兄弟，但是不能確定，報告裏給出了車牌號碼。還提到在回程的路上，目標還到一家賣滅火器的店，從車裏拿出一個滅火器，要店家更換滅火藥劑，店家開了單子，說兩天以後來取。但是報告裏沒有寫到，在兩小時後，一輛機車來到了這家滅火器店，騎車的人拿著店裏給馬家兄弟開的單子，和另外一個一模一樣的滅火器，跟店家說，剛剛馬先生搞錯了，把一個剛換過藥劑的滅火器給了他們，然後把兩個交換過來。

從香城商旅發出的電子郵件說：

「十號貨品收到。」

郭金泉在半夜的時候，離開了他的房間到香城商旅的車庫，他從行李箱裏取出來兩個汽車牌，將現有的車牌掉換。

他們的車子在國道上雖然以高速行駛，但是車身還是很平穩，蕭成凌從沉睡中醒了，睜開眼睛看見天都黑了，車窗外全是高速國道上的路燈，和移動中的車燈，他打了一個呵欠：

「小季，辛苦妳了，都是妳在開車，我在睡大覺，不好意思。」

「我不辛苦，你知道我喜歡開車。我看你睡得挺香的，這幾天你可是沒日沒夜地折騰，替老戴賣命。」

「可別這麼說，這是派下來的工作。說到賣命，我這條命可是他冒死救回來的，要不是老戴，我老蕭今天是埋在哪兒都不知道。妳說我能不把他交下來的任務辦好嗎？」

「應該的，何況老戴也很照顧你的，他提升你成為我們調查局最年輕的處長。」

「那當然了，我是他最得力的部下。」

「男人在女人面前都喜歡自我膨脹。」

「錯了，正確的說，是男人喜歡在心愛的美女面前自我膨脹。」

季倩玫沉默不語了好一會兒，她說：「那你為什麼還不娶我？」

「我不是跟妳說過了嗎？美晴走了才兩年多，我得等過了三年才能再婚，否則別人，尤其是她娘家的人會說話的。」

「這就是你唯一擔心的嗎？沒別的了？跟我說老實話。」

「小季，妳才二十剛出頭，我是三十多歲都快四十的人了，還帶了一個小晴，妳父母親不會同意妳嫁給我的。我們局裏已經有人在背後說我是老牛吃嫩草了。」

「這都什麼年頭了，我自己的婚姻還要父母來定嗎？我已經跟他們說了，不管他們同意還是不同意，我是非你不嫁。再說，我喜歡小晴，她也喜歡我，她這麼小就沒了媽，多可憐。所以我要當她的媽。還有，老牛要吃嫩草，也不用別人來多管閒事。何況你還不老，這我是最清楚的了，你說是不是？」

季倩玫笑得很曖昧，她接著說：「我看你是在拖延。」

「妳什麼意思？」

「你是不是對我們秘書處的那幾個妖裏妖氣的女人動心了？」

「哈！對她們沒興趣。」

「可是她們對你這位年輕有為的大處長有很大的興趣啊！」

「那又怎麼樣？」

「她們可都是有來頭和背景的，都放出話來了，非要把你擺平不可，你不從，就有你好看的。」

「能把我怎麼樣？把我攆出調查局，我老蕭就找不到吃飯的地方了嗎？」

「看你急的，我是跟你說著玩的。」

「這些人可不是好惹的，她們已經有人投訴妳了！」

「投訴我什麼？」

「說妳拿槍威脅她們，要打掉她們的乳房。有這事嗎？」

「哈哈！她們是真的被我嚇著了，太好了。」

「到底是怎麼回事？」

「有一天，我到她們秘書處，告訴她們離你遠一點。然後我按住手槍說，我的槍法是百發百中，要打一個女人的右乳頭，子彈一定不會打中左乳房。」

「小季，妳總有一天會替我惹大禍。」

「老蕭，你看，路牌上寫的，再過兩個出口就到了。」

「小季，妳訂好旅館了嗎？」

「訂好了。」

「是哪一家？離布袋港多遠？」

「我訂的是一間民宿。」

「妳訂了兩個房間，是不是？」

「他們就只有一個房間，但是帶有溫泉泡湯。」

「這不太好吧？要是有人認出我們，上報曝光，老戴不扒我的皮也會關我禁閉的。他一再地提醒我們要注意形象，我們可不能犯在他手裏。」

「別擔心，我不訂旅館而訂了只有一間房的民宿，就是不要碰到其他的客人。」

「老戴這麼精明的人，能瞞得了他嗎？」

「他自己當年追趙檢察官時，不是鋪天蓋地的地到處上她嗎？我知道他們在特偵組的辦公室裏親熱，還在荒郊野地裏車震，最後才把她擺平了，看人家趙檢察官多幸福。老戴就不怕我把這些都抖出來？」

「小季，妳從哪裏知道這些亂七八糟的事？」

「本偵查員有極得力的線民。」

「是誰？」

「規定是不能向任何人，包括上級在內，透露線民的身分。」

「別拿規定的大帽子來壓我，妳就不怕我會收拾妳嗎？」

「哈！我們等著瞧，看是誰來收拾誰。我們住下了後，先泡熱湯，再替你按摩，然後我就來收拾你。但是我保證你一定會睡個好覺。」

蕭成凌和季倩玫在一大早就來到了布袋港，一看所有的店鋪都沒開門，就連加油站都還沒有開始營業。他們就到了火車站，出示了身分和說明來意後，值班的站長將當天早上的售票員找來了，她是布袋人，剛從高中畢業，考進了鐵路局，姓林。

「林小姐，我是調查局偵緝處的處長蕭成凌，她是我們的偵查員季倩玫。我們是來調查一件在台北發生的命案，也許妳能給我們提供一些資料。這是被害人，記不記得案發那天的一早，他來買過車票？」

她向照片中雙眼緊閉、面無血色的臉瞄了一眼就回說：

「是的，那天早上就只有他一個人買了第一班列車的票。」

「記得他是買到什麼地方的票嗎？」

「到台北，但不是台北車站，是松山火車站。」

蕭成凌和季倩玫互相看了一眼，他們確定了蘇班哈是在這裏買的車票。

「林小姐，他在購票時是說什麼語言？」

「是說國語的。」

「有沒有一股外國人說國語的腔調？」

「外國腔？沒有啊！他是外省人，有北方人的口音，很像我爺爺說話的口音。」

「妳爺爺是什麼地方人？」

「他是陝西人。」

「妳記得買票時他還問過什麼嗎？」

「他問我列車到達的時間，問了兩次，還問說會不會誤點，好像是有重要的約會。喔！對了，他還問我車站附近有沒有賣早餐的，我說都還沒有開門，但是列車上有賣的。」

「林小姐，謝謝妳給我們提供的資訊。」

陳氏兄弟漁業公司是九點鐘才開門，還有一個多小時，蕭成凌和季倩玫就開車到岸邊去看海，也許是昨晚的星光和今晨的日出，讓悠靜的民宿裏發散出來的濃情蜜意更能醉人，兩人互相摟著腰，緊緊地靠在一塊兒散步。

「小季，妳不累嗎？」

「只要你舒服就行。」

他們在陳氏兄弟漁業公司，見到了「陳豐漁二號」漁船的二副王偉明，他是因為妻子要生產，所以跟別人換班，沒有隨船出海。在自我介紹和說明來意後，談話就進入了正題。

「王二副，感謝你抽空和我們見面。」

「應該的，希望我能提供有幫助的資料。」

「你們船上有多少漁工？」

「『陳豐漁二號』一共配置了十八名漁工。」

「他們都是從哪裏來的。」

「基本上一半是從印尼來的，另外一半是大陸的漁工，還有兩個漁工的班長是我們布袋人。」

「你們對這些漁工的背景、底細都很清楚嗎？」

「蕭處長，幹漁工是賣勞力的苦活，但是薪水高，分紅更高，為了賺錢，這是份好工作，我還沒碰過有人是喜歡這份工作來應徵的，很多人等賺夠了錢就不幹了，所以我們的漁工合同都是一年一簽，流動性很大。這些人說是來賺錢，但是多多少少也是來逃避的，有人是逃避賭債，有人是逃避仇家，也有人是逃避感情債。所以我們的行規是，絕對不問來人的過去和未來的打算。有很多是合同一滿，拿錢走人，再也沒見了，但是也有漁工跟我們幹了十年的，那就像是我們家人一樣了。所以要問我他們的背景、底細，就要看個人了。」

「蘇班哈這個漁工呢？」

「可以說對他的背景是一無所知。我們是在印尼雇了他，就走了一趟船，到台灣來，結果連命都沒了。」

「二副，您覺得蘇班哈有特別的地方嗎？」

「有，他是個不會說印尼話的印尼人，我認為他是中國人，他說話還有北方口音。他為什麼要使用印尼護照，我們不清楚。」

「我們現在知道他的印尼護照是假的。」

「另外，他不是個做勞力工作的人，但是力氣不小，也不偷懶。他很可能是個有功夫的人。也可能是個知識份子。」

「為什麼會有這樣的印象？」

「我手上這串念珠是我弟弟去拉薩旅遊時買給我的，有一次蘇班哈問我是不是信藏傳佛教的，因為我戴著西藏的念珠，他又說了一些關於黃教的事，所以我覺得他可能是個知識份子，但是我後來又找他談藏傳佛教的事，他就絕口不談了。」

「二副，您認為他會不會是個西藏人？」

「蕭處長，這一點我倒是沒想到。不過看他黝黑的皮膚，是有可能的。我弟弟說西藏人說國語，我是指說普通話，是帶有北方口音的。」

蕭成凌看了一眼在忙著寫記錄的季倩玫說：「小季，妳還有問題要問嗎？」

「沒有。」

他們又謝了二副王偉明後，就告別了陳氏兄弟漁業公司，在上快速道前，他們在一家便利店確定了戴安在他的辦公室，就把布袋鎮的兩個談話記錄，用傳真發到戴安的辦公室。他們是在下午一點多鐘開到了台中，在那裏吃中飯時，蕭成凌接到了戴安的電話，指示他趕到新竹科技園區的工研院材料研究所。

在蕭成凌和季倩玫開車去布袋港時，戴安來到了新竹的科技園區，他是來見一個老同學魏強，他是一位留美的材料科學專家，現在是經濟部工業研究院材料科學研究所的研究員。戴安請魏強鑒定一下這三個碟片是幹什麼用的。他是在第二天的中午接到魏強的電話，叫他盡快來一趟。雖然他說分析和鑒定的結果出來了，但是他拒絕在電話裏透露任何消息，只是說情況有些嚴重，他們材料所的所長和行政院原子能委員會（簡稱「原能會」）的主任也要見他。戴安有點吃驚，為什麼這三個碟片會驚動了原能會的主任？當蕭成凌和季倩玫來到材料所時，他們也吃了一驚，因為戴安已經在門口等他們了。

「局座，對不起，我們來晚了。」

戴安對著季倩玫說：「小季，我看到妳的筆錄了。妳馬上回台北，到刑警隊提審那四個小流氓，分別地問他們認為蘇班哈是不是中國人？再把那個計程車司機也找來，問同樣的問題，我們要從所有和被害人接觸過的人，找出蘇班哈的來龍去脈。」

「知道了。」

戴安和蕭成凌走進材料所的會議室，就看見放在會議桌上的那三個碟片，也發現除了魏強之外，還有兩位不認識的人在座，經過介紹，他們一位是魏強的老闆，材料所的所長周族為，另一位頭髮都白了的，是原能會主任蔣淨根。魏強首先發言，他對戴安說：「老戴，今天的會議是由原能會的蔣主任主持的。」

蔣淨根馬上接過來進入主題：

「戴局長，您在法務部工作多年，一定知道有一條行政法規叫做『核能材料管理法』，它制定了所有的核能材料，都必須由我們原能會來管轄，您昨天送來檢驗的碟片，正是屬於這個法條的範圍內，所以我們須要依法處理它。請問您是從哪裏取得這碟片的？」

「它是我們正在偵辦的一個案子裏的證物。」

「碟片的所有人是涉案人嗎？」

「是的。」

「請問這個涉案人現在什麼地方？」

「台北市刑警隊法醫室的太平間。」

「人死了？」

「是的。」

會議室裏的人都沉默不語，最後還是白頭髮的主任問：

「從你們的案子裏，能不能知道這個涉案人，是如何取得這個碟片的？」

「現在這個案子已經列為國家一級保密案子，如果你們能出示證明，顯示有一級保密資料的認知許可，我才能透露您想要的資料。」

戴安看大家又沒有反應了，他就接著說：

「我們調查局沒有興趣也沒有能力，對這三個碟片做任何事，我們只想知道它們是什麼東西，是幹什麼用的。」

蔣淨根主任說：「戴局長，你們調查局辦案子有規定的程序，我們原能會也有我們要遵守的規矩，在取得對這碟片所有人和來源的掌控前，我們無法做進一步的行動。」

「蔣主任，這樣您看行不行，我們來交換一下：我已經告訴您所有人在什麼地方了，按他目前的狀況，他是哪裏都不能去的。至於這碟片，您給我一個收據，就算是我們委託你們保管。這樣人和物都在你們的管轄裏，可以滿足你們的程序了。那你們就告訴我，這玩意是什麼東西，是幹什麼用的。行嗎？」

蔣主任想了一下，他說：「好吧！我看也只有這樣了。局長，這兩個較大的碟片是鋁合金，我們對它沒有興趣，您可以帶走，相信它是用來保護另外的那個二英吋直徑的碟片。我們感興趣的，就是這個很重的小碟片，它是用百分之百純度的鈽製造的。它在這世界裏除了一種用途外，別無他用。」

戴安問：「它是爆炸物嗎？」

「不是，它的物質特性是非常的穩定。不會爆炸。」

「那它會幹什麼？」

「您也許還記得基本物理的核能原理吧，當放射性的鈾二三五聚集到臨界值時，就會發生連鎖反應，釋放出能量，這就是核能發電的基本原理。但是原子彈是需要有快速的能量釋放，如果連鎖反應受到大量的中子撞擊，鈾二三五就會在瞬間將巨大的能量釋放出來，也就是所謂的核子爆炸。」

「是不是這個鈽做的碟片，是製造中子的？」

「對了一半，當鈽和另外一個叫鋰的元素碰撞時，就會產生大量的中子。這是製造原子彈必要的配件，沒有它就無法引爆原子彈。」

「就像是傳統炸彈的雷管一樣，是不是？」

「是的，所以鈽不僅在台灣是管制品，在所有的國家都是被列為管制品。」

戴安突然站起來，非常嚴肅地宣佈：

「今天我們開會所討論的所有內容，都是和目前我們正在調查中，與國家安全有關的重大案件有關，所有的情資都已列入最高級別的機密，我現在以執法人員的身分，向你們宣佈，如有任何洩密，未經批准的互相間討論和類似的行為，我們將以叛國罪將你們提起公訴。明白嗎？」

在回台北的路上，戴安說：「小蕭，你說用原子彈來搞政變合理嗎？」

「不合理，但是老戴你別忘了，這些人很可能都是瘋子，什麼事都做得出來。」

「哎！原來老美的情資裏說的大爆炸是原子彈啊！我老戴可真是命苦，才過了兩年好日子，又要追拿放炸彈的人了，這回可好，連原子彈都上來了。蘇班哈，你到底是誰？你想幹什麼？」

「老戴，別洩氣。」

「我能不洩氣嗎？使了這麼大的勁，就查出來兩個開拉麵館的兄弟。顯然這個蘇班哈是個重要的角色，他是來送原子彈的雷管，但是人死了，線也斷了。都是那些可恨的小流氓幹的好事。」

「沒了蘇班哈，還有我小蕭呢！」

「我老戴感謝你。但是如果你能替我求求老天爺，給我一個突破口，就只要一個就行。我老戴從此給老天爺燒香磕頭。我也一輩子感激你小蕭。」

相隨他這麼多年，蕭成淩第一次體會到戴安無望的心情。

尼斯是法國第五大城市，也是她的第二大旅遊勝地。在歷史上曾先後被古希臘和古羅馬交替的統治過。一七〇六年，尼斯第一次成為法國的領土，一七一三年，尼斯被割讓給西西里王國，一八六〇年，尼斯重新回到法國的版圖。在最近的四十年裏，尼斯制定了一系列的發展計畫，突飛猛進，成為全歐洲最具有魅力的度假勝地，被稱為是「黃金海岸」。在地理上，尼斯三面環山，一面臨海，它有七公里多長的海岸線，因為群山的阻攔，使尼斯免受寒冷的北風侵淩，冬暖夏涼是尼斯最主要的氣候特徵。臨海的地型又造成了尼斯一年四季陽光充沛、天氣晴朗。

尼斯每年都有許多盛大的節日，如賽花節、帽子節、五月節等，而尼斯的嘉年華狂歡節又是最具吸引力的一個節慶，它比夏日海濱更是熱鬧，每年的二、三月份，會有近三周的狂歡活動，包括花車遊行、放煙火、化妝舞會等系列活動，屆時滿城飛花，落英繽紛，熱鬧非凡。即使是平日的尼斯，也是個花團錦簇的世界，每一個建築物的陽台上，都裝飾有各式美麗的鮮花，許多街頭巷尾的房屋，彷彿被鮮花淹沒，恍似童話世界。

除了世界各地的觀光遊客被吸引到尼斯，迷人的景色和四季如春的天氣，更是吸引不少富豪在此建築豪華別墅，沿著黃金海岸和附近的山坡上，藍海青山的背景裏，點綴著紅瓦白牆的大宅院。由於每年在附近舉行的法國坎城影展，為了方便，也有一些影劇界的人，一年之中有幾個月是住在尼斯，年輕美麗的法國著名導演和劇作家黛思，就在這裏有一間非常漂亮的別墅。

方文凱是在羅馬轉飛機到法國南方的大城馬賽，從那裏再換當地的飛機來到了尼斯。他開著在機場租的汽車來到了目的地。

一個穿著紅衣服的女人從大門跑出來，看樣子她已經是在門裏頭等了有一會兒了。但是她跑不幾步就停下，方文凱把車停在最近的路邊車位，開門下車。兩個人相距有兩、三公尺，像閃電似地兩人的眼睛相遇，他們深深地互望著，似乎是在尋找所看到的，和五年前的有什麼不同。

讓方文凱吃驚的是，眼前的紅衣女郎和五年前的黛絲，在氣質上有脫胎換骨的變化，不僅是外表有讓他窒息的美豔，她的大眼睛除了火熱的神情外，還散發出一股吸引人的智慧。他感到她的女人味，要比早上的咖啡更為濃郁和香醇。

黛絲也像是中了邪似的，全身都定住了，兩眼目不轉睛地盯著這個曾讓她心碎的男人，時間像是被凍結了，兩人的對望也凍結了，但是兩顆心卻在天翻地覆地激蕩著，濃濃的銷魂和沉醉，漫遊在他們的身體裏。

剎那間，天旋地轉，兩人奔向了對方，熱烈激情的將對方緊緊地抱住，四片熱火火的嘴唇膠著在一起。他們的擁抱和熱吻像是閃電和大風暴，在瞬間到達高峰，然後持續的增長它的強度，像是熔爐裏熊熊燃燒著的煉火，將他們熔成一片。數不清的吻和肢體的糾纏，是他們的心和靈魂在激烈地撞擊。許久後，方文凱摟著黛思走回屋裏。

一進門就是個寬敞的前廊走道，右邊是樓梯，左邊是個很大的客廳，天花板和房子的二層樓一般高，客廳的一整面牆是半圓形的落地窗，窗外是個大後院，顯然是經過專業的庭院設計師的精心打造，花草樹木交織著不同的色彩，在角落的大泳池裏的水放到和池邊等高，它反映了萬里無雲的天空藍色，微風吹起水面的波紋，就像是綠色草坪中的一片天藍色地衣，加上愛琴海的背景，美得像是一幅畫，黛思給他倒了一杯茶：「這是你喜歡的台灣高山茶。」

「妳怎麼知道我愛喝高山茶？」

「葛瑞思說的。」

「妳常跟她聯絡嗎？」

「聽不見你的聲音，只好找你的小姨子打聽你了。」

「黛思，對不起……」

方文凱摟住了她，吻她，但是這回是很饑渴地吻她，用舌頭侵入她的嘴，用手在她的身上遊走，黛思覺得她癱瘓了，過了好一陣她才恢復了力氣推開了他：

「這麼多年沒見，見了面就要玩我。以前我要給你，你不要。」

「以前是不敢，現在妳變得更美了，我的膽子也大了。」

方文凱又要抱她，她說：「文凱，先讓我去換件衣服，你也去洗把臉，我們有的是時間。」

方文凱進門時看見前廊的牆上掛著幾幅畫，都是他喜愛的法國印象派作品。他走過去仔細地觀看，才發現這些都是價值連城的真品，從這棟別墅，它的地點、設計和建築，加上所有的傢俱和裝潢，不要上億，至少也要好幾千萬的美金。所以媒體的傳說，黛思是當前收入最高的演藝人之一，完全是事實而不是無稽之談。這些都是奇妙的命運安排，如果不是琳達遇難，黛思還是個工程師的老婆，她也不可能累積今天的財富了。他聽見從樓梯下來的聲音：

「文凱，別看畫看得走神了，看我。」

從樓梯走下來的人，就真的讓方文凱看得走神了，黛思沒有去換衣服，她是把全身的衣服都脫了，身上穿的是一件只到下腰的半透明小披肩，裏面什麼都沒有，隱隱約約地可以看見高挺著的乳房和暗紅色的乳頭，擺動著的披肩，把用細線緊繃著的極小比基尼，黏貼在下身上。兩條均勻修長的大腿，踩在四吋的高跟鞋上，她婀娜多姿地走下樓梯，非常的誘人，方文凱目不轉睛地看呆了，黛思說：「你怎麼這樣看我？」

「妳真的變了好多。」

「是嗎？」

黛思牽著方文凱到客廳的長沙發上坐下，她靠在他的身上，握著他的手：

「你說我變了，我是怎麼個變法？」

「變得好美。」

「這是整容手術的奇跡，也是我們演藝人的必要經歷。」

「妳本來就是個大美人，現在當然是更美了。但是我是在說妳的氣質，有一股說不出的脫俗之美，看妳住的環境，這棟建築，它的設計、庭院和風景，讓我感覺這就是妳的一部分，和妳是不可分開的。五年前，妳沒有給我這樣的感覺。」

「文凱，你喜歡嗎？」

方文凱拿起她的手吻了一下：「當然喜歡了，五年不見，我感到妳有無比的誘惑力。」

「你是在阿諛我，我又不是仙女下凡。」

「黛思，不管妳是不是仙女下凡，我現在有很大的心理矛盾，妳美得讓我不敢侵犯妳，但是妳的誘惑力又讓我無法克制自己。」

「你是不是又在找藉口不想碰我了，五年前，我把自己給你，你不肯要，說我已經有老公了，現在我是單身，你還是有藉口，不覺得對我太狠了嗎？」

「當年我是怕得罪莫佛，現在他有女人了，我會讓妳嘗嘗我對妳狠的地方！」

方文凱把她抱住，親吻她，一隻手伸進了小披肩，在她光滑的皮膚上撫摸，在她的乳房停留了一會兒後，就再往下移，到了她的敏感地帶，她從喉嚨的深處發出了聲音，身體在扭動著，在迎接他越來越強的攻勢：「我等了五年了，你還要我嗎？」

「沒看見我都快瘋了嗎？」

「是我的小披肩讓你發瘋嗎？」

「不是，是披肩裏頭的靈魂讓我瘋了。」

分開了五年的空間縮小了，前一刻他還在想著這些年來對她的思念，後一刻他就在緊緊地擁抱著她。兩人饑渴地尋找對方的嘴唇，他們激情地吻著。他重重地吻她，先是從一個角度擠壓她的嘴唇，然後又換了不同的角度，饑餓的人顧不著吃相了，他用缺少優美而笨拙的動作在吻她，他的喉嚨發出了低沉的呻吟，但是聲音裏充滿了將要爆發的慾望。

方文凱把她從沙發上拉起來，將手指伸進她的頭髮裏，讓她抬起頭來，他看見了她漲紅了的臉和也是充滿了情欲的表情，他閉上了眼睛，兩手握住她的臀部緊貼在他身上，黛思稍微地將腿分開，讓他的下身恰好貼在她大腿的中間。她的手是輕輕地放在他頭髮裏，引導他再次地吻她，但是這一次她的反應更是強烈：「文凱，你看我被你弄得都不行了，可是我想跟你說說話，你能不能忍一下，我都等了五年了。」

他鬆開了手，坐了下來，黛思和他面對面跨坐在他大腿上，方文凱抱著她又深深地吻她，把手伸進小披肩裏握住她的乳房：「我已經劍拔弩張，不能忍得太久，快說吧！」

「本來五年前就要告訴你，但是琳達剛走，你又是那麼痛苦，我就沒敢說。」

方文凱的另一隻手也伸進了小披肩，黛思接著說：

「你和琳達結婚以後，莫佛和我都掉進了萬丈深淵，非常的痛苦。莫佛失去了琳達，我失去了你。但是在一段時間後，我就又振作起來，因為我答應了琳達一件事。」

「她要妳照顧莫佛，是不是？」

「琳達跟你說了嗎？」

「她只是輕描淡寫的說了一下。」

「琳達對莫佛有很大的內疚，覺得非常的對不起他。」

「是不是因為是莫佛先認識她，又追她追了很久，然後又因為他才認識了我，所以她是覺得莫佛會認為她喜新厭舊。」

「這是表面的原因，真正的理由是莫佛無法征服琳達。」

「這有點讓人難以相信。」

「那時候我和她都還在索邦大學念書，住在同一個寢室，琳達是我們唯一的處女。她跟我說，莫佛好幾次想把她征服，她也想把初夜給他，可是好幾次莫佛把她剝得光溜溜的渾身赤裸，但是使盡了混身解數，她還是一片乾涸，一點辦法都沒有。但是那年夏天，她回家，你去聖地牙哥找她，記得嗎？你們第二次約會，你就在沙灘上把她擺平了，琳達把初夜給了你。這是她對莫佛最大的內疚。」

「黛思，後來妳和莫佛結婚，日子不是過得挺好的嗎？」

「那是我答應琳達的，一定要把莫佛再帶回頭來，好好的過日子。同時我自己也有私心，我覺得只要我嫁給莫佛，而你和他還是好朋友，我們兩對夫婦還是會常常在一起，我也能常常看見你，也就滿足了。」

黛思的眼睛裏出現了淚水，方文凱好不忍心：「對不起，黛思，我不知道妳是這麼癡心，都是我的不對，沒有好好地去瞭解妳。」

「文凱，你沒錯，只能怪我的命不好。但是我們兩家四口人，開開心心的，確實是過了幾年的好日子。我和莫佛終於認清楚了，你和琳達是天生的一對，任何其他的人都不能帶給你們快樂，所以我和莫佛也就慢慢地接受了。唯一不能忍受的，就是琳達會大刺刺的在我們面前和你做愛，記得嗎？有一次我們去露營，你們兩人居然在大白天也做愛，也不怕被人看見。」

黛思的雙手捧著方文凱的臉，細細地端詳，但是方文凱的兩手，在她的小披肩裏佔領了兩個乳房，黛思閉上了眼睛，把頭抬起來，從喉嚨裏發出聲音：「文凱，輕一點，我會受不了的。你一定要讓我講完了，再怎麼玩我都行。」

黛思抓住了方文凱的手繼續地說：「琳達曾經要求過我，如果有一天她要是走了，你一定會傷心得痛不欲生，她要我好好的照顧你，讓你恢復正常的生活。所以琳達遇難後，我拋下了莫佛，不顧自己的婚姻，跑來照顧你。但是我錯了，我以為我的熱情和我的身體，可以取代琳達，但是你沒有要我，我失去了你和所有的一切。最後，莫佛也離開了我，我走進了我一生中的谷底。」

黛思伏在方文凱的身上，她真的哭了，他把她臉上的眼淚吻乾：「這些都過去了，我們現在不都活得很好嗎？都已經離開了谷底。」

「是的，這也是我最要跟你說的。琳達走了，我和莫佛分手了，但是就在這以後的幾年裏，你、我和莫佛的事業，都有了驚人的進展，有時候靜下來時，我都不能相信發生在我身上的一切，就拿這棟別墅，它就像是從天上掉下來似的。所以我常想，一定是琳達在天上保佑我們。可是我覺得對不起琳達，答應了要好好的照顧你，但是沒做到。結果這些年了，你還是孤鬼遊魂似的，一個人獨來獨往。」

黛思倒在他的懷裏，抱著他，吻他，慢慢地在解開他襯衫的扣子。方文凱一手抱著她，另一隻手又伸進了小披肩裏開始撫摸她，從高挺著的胸部慢慢地往下移動，她感到全身都在發熱，她閉上了眼睛，似乎是要抵抗他入侵的手，就提起了膝蓋，讓他看見了雪白修長的大腿，移上來的披肩下襬，露出了大腿跟部的小小比基尼，均匀的小腿和用帶子綁著的高跟鞋，都收入了他的視線，方文凱說：「黛思，妳好美。」

「是嗎？文凱，我們先去吃飯好嗎？我餓了。」

黛思帶著方文凱來到了波思科羅大酒店，它是坐落在尼斯老城區的一個老酒店，但是幾年前，它經過了改頭換面、徹頭徹尾地大翻修後，又成為尼斯最豪華的酒店之一。老城區的地理位置，吸引了不少年紀較大的遊客，但是它離海邊又是近在咫尺，所以年輕的客人也是很多。很自然的，酒店裏的餐飲和其他的觀光設施，就每天二十四小時營業。他們來到頂樓的餐廳，叫了兩份海鮮大餐和一瓶上好的白酒。雖然整片的大落地窗外，是讓人驚歎的夜色海景，兩人的注意力完全是放在眼前的美食，一直到酒足飯飽，方文凱才抬起頭來看著黛思說：「沒想到我是真的餓了，這頓飯吃得還真過癮。」

突然他發現了窗外的美景，他驚訝地說：「原來這裏還有無敵海景啊！」

「哼！看你狼吞虎嚥的樣子，和莫佛一樣，你們兩個難兄難弟，只要有好吃的，就把什麼都忘了。」

「我的老前輩說過……」

「就是你們系裏的老教授說過什麼？」

「不是，還要更老，是兩千多年前教書的老祖師爺。」

「你是說你們的孔老夫子嗎？」

「沒錯，他說『食色性也』，說白了就是：好吃和好色都是人的本性。」

「要是讓你二選一呢？你要選哪一個？」

「那要看是從哪兩個中選一個。」

「如果是我跟海鮮大餐呢？」

「那當然是妳了。」

「看你那副吃相，我才不信呢！」

「那好，我馬上就做給妳看。」

方文凱站起來就要剝她的衣服，黛思抓住他的手，急切地說：「文凱，你敢！我會大喊大叫的。」

「是嗎？」

黛思看見方文凱的嘻皮笑臉，知道受騙了：「你還是本性難移，就喜歡欺負人。」

「都是妳自己找的，我都累得那樣了，你還說我是要吃的不要妳。」

「我是跟你說著玩的，你以為是真的？不過琳達也說得真對。」

方文凱沒說話，黛思就接著說：「她說你的食欲、唱歌欲，是和性慾一般強。」

「她還跟妳說了些什麼？」

「不告訴你。文凱，你來了沒多久，我就這麼開心，好像又回到以前的日子了。」

方文凱沒說話，黛思握住了他的手：「文凱，對不起，我讓你想起了琳達。其實我也是常常的想她，別忘了，我比你還先認識她的。我知道我永遠不能取代琳達，但是就在你來的這幾天，你把我當成她吧！」

「黛思，別這麼說，我是深深地體會到妳的那份情，我對妳也有一份感情，但是環境使我無法表達出來，只能藏在心裏，但是我會一生珍惜這份感情的。我會把妳當成黛思，因為我已經無法抗拒她的魅力了。」

「終於聽到了你這句話。」

黛思用餐巾把眼睛裏快要湧出來的淚水擦乾，她的笑容又出現了：「文凱，跟你說話好開心，但是我有正事要說。我一直忘了謝你，在頒獎典禮上送了我那麼大的一個花籃，還說是無名氏送的，大家都猜一定是個又老又醜的大富商，想把我金屋藏嬌。可是我就知道是你送的，真的謝謝你了。你是怎麼知道我得了這個獎的？」

「是葛瑞思說的，妳們是不是常常通電話？」

「是的，我覺得她長大了，也越來越像琳達。我很喜歡和她聊天。」

「我也是常跟她通電郵，是她告訴我妳得獎的事。黛思，我的父母親是和琳達一起遇難的，我失去了家人後，是琳達的父母親收容了我，把我當成他們自己的兒子。」

「葛瑞思都跟我說了。你一個男人，是該有個家當你的後盾。但是這個丫頭不應該把我得獎的事在你面前小題大做。」

「法國政府的『國家榮譽軍團騎士勳章』可不是鬧著玩的，那是在表揚妳在戲劇藝術上的成就，世界上有幾個人能拿到這個大獎啊?當然應該送個大花籃了。」

「我是想問問你的意見，我決定走導演和編劇這條路好不好？」

「我是外行，不能給妳專家的看法，但是妳應該以自己是不是喜歡來決定的。我一直以為妳是個喜歡演戲的演員。」

「我本來是的，離婚後為了消磨時間，我就又回到索邦大學去選課，也許是有了人生經驗了，我真正的體會出來，其實我們學戲劇的也是有產品的。你們科學家是用你們的科學知識，來改善人的生活，來創造文明，那就是你們的產品，你是教書的，還有學生也是你們的產品。而我們演戲的，是用我們的演藝，激發觀眾的喜怒哀樂和七情六欲，來豐富他們的人生。所以我們的產品就是我們仿真的能力，而這能力又是和演員的感情投入有關，所以演員們往往有假戲真作的情況。」

「這跟妳要不要當編導有什麼關係？」

「一個成功的戲劇是要有內涵的，沒有內涵，只有演員的演技，不會成為好的戲劇。而這些內涵就是要靠真正有實力的編劇和導演。只要看看戲劇史就一清二楚了。」

黛思喝了一口酒，又接著說：

「文凱，他們給我『騎士勳章』，是因為我編導的那部《相逢無罪》的電影。我是用兩對男女很不尋常的愛情故事，把人性的掙扎擴大，最後自我燃燒，照亮了他們的世界。其實我要感激你，是你介紹給我一本書，我採用了其中的一個片段，寫的劇本。」

「我是一點印象都沒有。作者是誰？故事的內容是什麼？」

「作者是跟你一樣的華人教授，是在柏克萊加州大學教書，故事是說一位華人律師和他的中國員警好友，分別愛上了朋友的妻子和已婚的同事，這都是他們不能愛的人。他們盡忠職守地在執行任務的同時，也熱戀著。這本書的書名是《遠方的追緝》，而我將它改成劇本裏的重點，是要表現出，男女主人雖然陷入了不被社會接受的不道德愛情，但是他們卻冒著犧牲生命的危險，來完成社會給他們的使命。男女主人的相逢是無辜的、更是無罪的，但是他們的感情卻不能被社會接受而需要隱藏。法國的最高藝術評獎委員會，選了我的劇本做為今年最佳的影劇藝術創作，所以我才得了大獎。我相信他們是看上了劇本的內涵。」

「我這外行也明白，那些經典巨作都是因為有好劇本和好導演，所以我明白妳為什麼要去當編導了。黛思，我贊成妳的決定。就是有一點太可惜了。」

「什麼可惜？」

「不能看見美豔性感的大明星，和那些帥哥做愛的電影了。」

「文凱，你看過我演的電影嗎？」

「每一部都看過。」

「感想如何？」

「看得我血脈賁張，又愛又恨。」

「告訴我，你愛什麼，恨什麼。」

「我愛女主角，但是恨男主角。」

「怪不得你們是難兄難弟，莫佛也是這副德性。」

「妳別說，當你們法國男人可真不容易，還要忍受那麼多的人，看別的男人把自己的老婆玩得死去活來的。」

「文凱，那是在演戲。」

「可是我聽說了，法國導演會要求演員演床戲時，一定要真刀真槍的。」

「胡說，你從哪裏聽來的？」

「我也不告訴妳。」

「走，我們回家去。看我怎麼收拾你。」

黛思吻著他將他引進了臥室，方文凱拉著她一直往床邊倒退。他坐在床上把她放在他的膝蓋中間，迫不及待地脫下了她的披肩，出現在他眼前的是個絕美的女神，通紅的臉和性感誘人的身材，讓他全身的血液沸騰，他先是用他的眼睛，然後就用手在她的肩膀、胸部、乳房、細腰、臀部和大腿上移動，很快地將她全身都撫摸了。最後他將發燙的臉龐貼在她的小腹，她站在方文凱雙膝中間，抱住了他的頭，他撫摸著她的小腿肚，然後移到她的大腿，緊壓她柔軟的臀部股肉，他將頭埋在她大腿的中間，隔著小小的比基尼三角褲，用力地吻和摩擦。當他感到她已經很濕潤了，就褪下了她的比基尼，開始在她最敏感的地方按摩，她緊緊地閉著眼睛，但是喉嚨發出了低沉讓人聽不懂的話。

當他進入她的剎那，方文凱發出了一聲驚呼，多年來的克制、期待、幻想和自哀，在一瞬間變成了他的征服，勝利及充滿了全身的麻醉和快感，他幾乎流出淚來。

時間彷彿被凍結了，扭在一起的兩顆心和纏在一起的兩個身體，還在不停地奔騰，被汗水浸濕了的皮膚也在閃亮。黛思感覺到他深深地侵入，似乎都到了她的喉嚨。溫柔體貼的濃情蜜意，取代了強烈的激情，雖然方文凱還是饑渴地索求她的身體，他也將她帶進了另一個境界，那是兩個相愛已久的人，永遠的浸潤在愛情的泉水裏，繼續地在愛撫著對方的靈魂。當他進入時，她感覺似乎是被托起來懸浮著，所有的感官都在悠然地徘徊著，等待那奇妙的一刻，當它終於來到時，那一波接著一波沖到她身上的醉人歡愉，和一個接著一個在耳邊的愛情故事，永無止境地持續著，雖然是在虛幻的昏迷中，她很清楚地聽見：「黛思，我愛妳，跟我走吧！」

兩個赤裸裸的身體擁抱著，方文凱疲倦地睡著了，但是黛思卻久久不能成眠，苦等了五年，她終於得到了她日夜渴望著的感情，讓她熱淚盈眶。

在以後的幾天裏，方文凱成了遊客，黛思是導遊，他們遊遍了尼斯附近的旅遊觀光點，還坐了遊艇在海上享受陽光和海風，也去了摩納哥賭城去試試他們的手氣。白天他們是一對觀光情侶，晚上是甜蜜的熱戀中的情人，互相享受著對方的身體。日子過得飛快，黛思和方文凱的心裏都明白，他們早晚都要面對他們的未來，而方文凱到法國的日子也到了尾聲，但是要辦的事還沒開始，他將所有的時間都花在了黛思的身上。

黛思的別墅有個不小的後院，它顯然是有專業的園藝人員負責設計和維持的，方文凱覺得這後院的本身就是件藝術品，所有花草樹木的選擇，種植的安排，和它們的自然生態彩色，就像是藝術家的作品。院子裏大泳池的水滿到池邊，蔚藍的池水在落日前最後的陽光下閃爍，黛思穿著極小的比基尼泳衣，和他在池邊的躺椅上享受地中海的日光浴，天使般的面孔，雪白的皮膚，和令人窒息的誘人身材，讓他感覺他走進了一幅畫。夕陽照在遠處的海面，帶著金色的光彩，白色的浪花則在閃亮的藍色海水背景下，讓人連呼吸和思考都要小心翼翼的，深怕打擾了大自然的美，方文凱醉了，他聽見黛思說：「你怎麼老是盯著看我？」

「我喜歡看畫中的美女。」

「這幾天來你還沒看夠嗎？」

「妳一天比一天美，所以每天都要看才行。」

「看你那張會說話的嘴，你把多少女人給說得迷糊了？」

「就只是會說嗎？還有人被它別的功能給弄得迷糊了，黛思，妳忘了嗎？」

她的臉漲紅了：「文凱，你不想活了？」

「明明是妳想要，還不讓我說。」

黛思吻住了他的嘴，隔了一下才說：「不許說你那些別的本事，那是我的專利，要保密的。我問你，你記不記得《遠方的追緝》裏，最後一段很精彩的做愛描寫，給了我靈感。」

「是怎麼寫的？」

「作者把兩人的肢體動作，女主人心靈和肉體上的感覺，還有男主人在她耳邊說著的愛情詩篇，全都溶合在一起，寫得非常感人，也很震撼。我在拍《相逢無罪》時，真是絞盡了腦汁，把每一句詩用赤裸的男女肢體動作表現出來，有好幾位評論家都說，《相逢無罪》的獲獎，這是最重要的關鍵。」

「電影不是還多了聲音和畫面做為表達的工具嗎？」

「沒錯，但是少了文字做為表達感覺的工具，雖然是可以用語言來取代，但是最重要的是，要以演員的表情和肢體動作，將內心的感覺表現出來給觀眾。為了要有淋漓盡致的表情，演員們就要投入真的感情，所以《相逢無罪》的男、女主角有了婚外情，他們在銀幕上的互動，增加了真實感，這也促使了電影的成功。」

「假戲真作不僅是讓男、女主角很爽，還讓妳這個導演也得了好處，是不是？我問妳，妳的演技這麼好，是不是都因為假戲真作呢？」

「我是憑我演戲的真功夫，不用假戲真作。」

「可是我在八卦雜誌上看到過妳的緋聞。」

「真想不到你這個大教授不但看八卦雜誌，還相信那些亂七八糟的報導。」

「我是上網查妳的事，才看到那些緋聞。總不能每件報導都是空穴來風吧？」

「你在意我假戲真作嗎？」

「當然，要不我上網看妳的事幹什麼。」

「文凱，這都是電影公司為了要增加票房，才故意製造這些緋聞來吸引人。連你說的要演員真刀真槍的演床戲，都是為了要騙取觀眾，多賺點錢，製造的謠傳，沒有一件是真的，要不然，為什麼每次只要等電影下片了，緋聞也就結束了，不覺得奇怪嗎？」

「可是我還是不信，那些和妳演床戲的帥哥不想趁機就征服了妳。除非他們個個都是《斷背山》裏出來的同志。正常的男人在近距離地看著妳這副臉蛋，抱著妳，摸著妳一絲不掛的惹火身體，一定不會放過妳的。」

「但是我做好了保護，他們是無計可施，只能是恨得牙癢癢的。」

「黛思，難道就沒有一個男明星讓妳心動，妳自動解除武裝，讓他征服妳，或是讓妳動了真情，妳去征服他。」

「到現在為止，我還沒碰到過。」

「是嗎？」

「我的心已經被人佔領，容不下另一個男人了。」

「誰？是莫佛嗎？」

「不是他，是方文凱。」

「黛思……」

方文凱的話被她的熱吻打斷，但是他的思考卻沒有停下來，並且發現自己心亂如麻。

「文凱，我們都快被太陽烤焦了，我來放水沖一下。」

黛思把泳池邊的噴灑開關打開，細細的水花將游泳池邊的草地和細磁磚地都覆蓋住了，方文凱馬上就感到渾身涼爽，非常的舒服。他看見黛思站在一片水絲裏，亮晶晶的水珠一顆接著一顆在她的皮膚上往下滑，她突然很快地把身上小小的比基尼泳衣脫掉，然後縱身入水，開始很快地游泳，他也跟著跳進泳池，緊隨著她游了好幾個來回，等她在淺水的池邊停下來時，黛思有點氣喘：

「文凱，舒服嗎？」

「太好了，這裏的水溫真是恰到好處。黛思，妳經常在這裏裸泳嗎？」

「我試過幾次，都是在天黑了以後，你來了，我才要裸泳給你看。特別的舒服，你要不要也試試？」

說完了也不管同意不同意，她就動手脫方文凱的游泳褲。兩個人慢慢地在泳池裏游了兩個來回後，就站在水深及胸的地方，黛思問：「文凱，感覺如何？」

「良辰美景，身心舒暢。」

兩個赤裸裸的身體緊緊地貼著，他們分不出來是水還是對方的手，在撫摸著他們滑溜溜的肌膚。游泳池的兩個赤裸裸身體在糾纏著，像雨水一樣的水珠，持續地落在他們的身上，愛情的溫度沒有下降，兩人的濃情蜜意還是同樣的高漲，但是水絲升起他們的敏感度，增加了潤滑的接觸，讓他們的吻、撫摸、侵入和包含，都有了新的驚喜，方文凱又跟她說：

「黛思，我愛妳，跟我走吧！」

在陽光和水珠的籠罩下，黛思的雙腿和雙臂把方文凱摟得更緊。

方文凱在尼斯的日子終於結束了。

第十章：時空裏的尋寶和追緝

列支敦士登公國是歐洲中部的內陸小國，夾在瑞士與奧地利兩國之間，為世界上僅有的兩個雙重內陸國之一。它的官方語言是德語，但它和德國並沒有交界，多年來一直是維持著君主立憲的政治制度，雖然土地狹小，人口也很稀少，但是卻擁有很高的國民個人年均收入，是一個以阿爾卑斯山的美麗風光、避稅天堂，和高生活水準而著稱的富裕小國。

列支敦士登信託銀行是個已有百年多歷史的老字號，總部是在列支敦士登公國的首都，瓦杜茲。銀行總裁，彼得．漢斯的辦公室，卻是在它瑞士蘇黎世的分行裏，銀行大部分的業務都是在這間分行，所以很自然的，它也是最大的一間。

當方文凱發現從加德滿都飛往蘇黎世的貨機，是列支敦士登信託銀行所包租的，他想起來黛思曾經說過：她的家族是來自奧地利，三代前才移居到法國，和她們有世代通家之好的漢斯家族，原本也是居住在奧地利，後來遷居到列支敦士登公國，兩家還經常保持往來。

她父親童年時的好友，彼得．漢斯，是列支敦士登信託銀行的現任總裁。他利用和黛思重新聯絡上的機會，很詳細地把「拉薩寶藏」的事告訴她，請她安排和銀行的總裁取得了聯繫。當莫佛帶著秦瑪麗來見黛思的時候，很自然地談起了方文凱和秦依楓案子相關的事，所以黛思就把整件事的來龍去脈都串連了起來。

巴黎是一個得天獨厚的城市，僅市區內就有很多的歷史古蹟與建築美景可供遊覽，加上可口的法國美食和無可挑剔的葡萄美酒，使它成為一個浪漫、充滿感性、與不乏物質享受的城市。從羅浮宮到艾菲爾鐵塔，或是從協和廣場到大小凡爾賽宮，巴黎的歷史變遷起源於著名的塞納河，當豪斯曼的寬闊廣場和林蔭道，影響了十九世紀末和二十世紀全世界城市主義的時候，巴黎的聖母院和聖徒教堂就成為建築上的傑作。

巴黎市分成好幾個區，每一區都有它的特色。第七區，又被稱為「波旁宮區」，區內有聞名世界的艾菲爾鐵塔、拿破崙墓、奧塞美術館、軍事博物館、軍事學院。這一區是位於塞納河與馬恩省河的南岸，它的街道寬廣，建築物雄偉，除了名勝外，各國使館，國家機構如外交部、經濟財政部、國防部、教育部和工商業部，都集中在這裏。它也是巴黎高尚住宅區的所在地。黛思的住宅就是在這裏。離開了尼斯後，黛思就變得非常傷感，她變得沉默，臉上的燦爛笑容也不常見。方文凱問她有什麼地方不對勁，她回答說，每次她從尼斯回到巴黎時，都會傷感。但是他知道這不是實話，黛思遇到了她無法解決的難題，並且是和他有關的。方文凱覺得很過意不去，只好對她更加的體貼。

方文凱本來是計畫到瑞士蘇黎世的，但是漢斯總裁要求改在他們的巴黎分行會面。當方文凱和黛思來到分行時，有人直接領他們進了會客室，那裏已經有兩個人在等他們，黛思招呼他們：「彼得叔叔，馬丁叔公，你們好嗎？」

黛思和他們擁抱親臉：「讓我來介紹，這位就是我跟你們說的方文凱教授，也是我的好朋友。文凱，這位就是彼得．漢斯總裁，和前任總裁馬丁．漢斯，他們是父子。我跟你說過，漢斯一家和我們家族是有好幾代的交情。」

彼得．漢斯總裁看起來有五十歲上下，他的父親馬丁．漢斯看上去有七十幾歲，但是精神抖擻，一點老態都沒有。父子兩人都是穿著成套的三件頭深色西裝，配上鮮豔奪目的領帶，和擦得雪亮的黑皮鞋。方文凱和他們握手：

「非常感謝二位總裁在百忙中和我見面，當然這也是我的幸運，認識了黛思，才認識了你們。我是有事相求，才來登門拜訪。」

彼得．漢斯說：「多年來黛思一直在我們面前說，方教授是她認識的最優秀男人，今天終於見面了。我們看到了黛思轉來的文件後才明白，其實您還替我們銀行解決了一個很久遠、也很重要的問題，是我們應該感謝您才是。」

「是嗎？黛思怎麼一點都沒提啊！」

黛思笑著說：「二位銀行家父子叫我一定要對你保密，他們要自己告訴你。」

彼得說：「這是半個多世紀前，我還沒有出生的時候就開始的事。我就請父親把來龍去脈說一下。」

馬丁．漢斯站起來，走到落地窗前看一看窗外的景色，回過頭來說：「方教授，我今年八十二歲了，當年是我的父親當總裁，而我還是銀行的一個小職員，我們開始和一個特別的客戶建立起了關係，後來他成為我們銀行最大的客戶之一。他是從西藏來的一位貴族，名字叫貢旺．索康，當時他是到瑞士來留學的。他學成回國後，就開始在政府的財政部門工作，西藏的貴族和達賴喇嘛，都將他們累積的財富委託他存到國外，因此索康慢慢地成了我們最重要的客戶之一。同時他和我父親也建立了私人的友誼，成了我們家裏的座上客。索康先生有一位助手，江敬沙先生，常和他一塊來。我是在二十二歲時，從大學畢業開始到銀行來工作，那一年，索康先生帶來了兩個人，除了他的助手外，還帶來了一位年輕人，他就是江虎康，江敬沙的兒子，他和我同歲，我們一見如故。後來我父親被邀請到西藏去時也帶了我去，我們見到了索康先生的家人，他們是個大家族，子女很多。我和江虎康相處了一個月，成了真正的好朋友。方教授，江虎康就是您朋友江柔澄的祖父，他後來出家當了和尚，法號是出雲法師。這些都是半個多世紀前的事了。」

方文凱說：「我看過一本江敬沙的日記，是江柔澄的祖父留給她的，裏頭提到了貴銀行還有您和江虎康的事。」

馬丁．漢斯走到放飲料的小桌前，給自己倒了一杯咖啡，他繼續地說：「當我接手銀行總裁時，父親的年歲大了，身體也日漸衰弱，但是他非常的惦記索康先生，三番兩次勸他舉家遷居到國外，他認為西藏的前途堪憂。父親去世後，在五〇年代索康先生來了兩次，第一次是帶著助手江敬沙，第二次是江虎康陪他來的，在他的要求下，這兩回我們都是關起辦公室的門，單獨地進行了長時間的會談。我最後一次見到索康先生，就是在一九五七年，那時候西藏的情況已經很不穩定了。」

方文凱說：「索康先生是不是將西藏貴族們的錢財做了最後一次的搶運？」

「是的，但是最重要的是，他告訴了我一個秘密，它影響了我們信託銀行最大的客戶，在客戶的要求下，我一直沒有跟任何人說，連彼得接任總裁時，我對他也保密，因為這是我對客戶的承諾。但是接到您轉來的檔後，我可以公佈真相了。」

黛思去倒了杯咖啡，她說：「馬丁叔公，為一個客戶保密半個多世紀，真難為您了。」

馬丁．漢斯接著說：「是的，我盼望今天也有半個多世紀了。索康先生說，他年輕時到雲南去和茶商洽談購買茶葉時，與一位白族姑娘有了愛情，她後來懷孕，因為難產而去世，但是嬰兒活了下來，是個兒子。不久江敬沙宣佈他從家鄉抱回來一個兒子，取名為江虎康。江敬沙夫婦把他當成親兒子養育，等到我們認識時，江虎康已經是個很優秀的年輕人了。我和索康單獨地會見了律師，在公證人面前他寫下了遺囑，將他所有在我們銀行的帳戶，在他死後都留給江虎康，如果江虎康也不在了，就留給他的子女。這份遺囑也送到銀行管理局備案。然後利用他們到醫院做例行身體檢查的藉口，取得他們的血液樣品，做了DNA分析，證明了索康和江虎康的親子關係，同時也將DNA的結果和遺囑一起存檔。」

方文凱問：「這時江虎康知不知道他是索康的兒子？」

「我相信他還不知道，在我們面前，他還是稱呼索康是主人，而不是父親。」

黛思用拳頭輕輕地敲了一下方文凱的肩膀：「文凱，你別插嘴，正講到緊張的地方了。」

馬丁．漢斯笑著回答：「沒錯，索康一生的故事就像是西藏一樣，它是那高山雪域裏的傳奇。

索康和江虎康回去後不到兩年，我們接到索康的一封電報，要我們包租兩架貨運飛機，在加德滿都機場待命，準備送最後一批貨去瑞士。在此之前，索康曾陸續地將一些金銀財寶運來，請我們在市場上變賣，將所得存進帳戶，並且找機會投資。但是有一批非常貴重的『拉薩寶藏』，他只會在最後的關頭運出西藏。所以我們馬上就明白了，西藏的情況已經沒有希望，所以索康決定把『拉薩寶藏』的最後一部份運出來。我派彼得到加德滿都去接貨。下面就讓他接著說。」

彼得．漢斯接著說：「我到了加德滿都的第二天，貨才送達到機場，原來是江虎康親自押貨的。他拿了我開給他的收據後，馬上就要回西藏，我苦苦地求他跟我回去，他說他的生父和養父，還有他們所有的家人，都有生命的危險，他要趕回去找他們，這時我才知道，原來索康是江虎康的生身之父。黛思，請妳給我倒一杯咖啡，謝謝。」

他喝了一口，就又開始說：「我回來之後，新聞媒體已經報導了，西藏的達賴喇嘛出逃印度的謠傳，我們發電報給索康，也打了電話給他和江敬沙以及江虎康，但是都聯絡不上。三個星期後，得到了證實，達賴一行人逃到了印度的達蘭薩拉，在那裏組織流亡政府，和他一起出逃的人裏，包括了所有政府中的高官，唯有『財政噶廈』貢旺．索康沒有在內。我們透過了瑞士的外交部打聽消息，得到的是，索康和江敬沙的白族馬幫的人全部都遇害。我們不相信，父親自己去到尼泊爾和達蘭薩拉打探消息，還雇了人進入了西藏，取得了索康一家人和江敬沙一家人裏遇害者的名單，名單上有貢旺．索康和江敬沙的名字，但是沒有江虎康，他的小妹江玉霞和他年幼的小兒子江偉紅的名字。所以我們還抱著一線的希望。」

老馬丁．漢斯又接下來說：「結果這一線希望就維繫了二十年，就在我退休之前，江虎康和我重新取得聯繫，他說因為有人在追殺他，而這人的背後還有一個很大的勢力和組織，他擔心會連累其他人，所以就到處流浪，不敢和任何人聯絡。在我的堅持下，他同意只見我一個人，地點是約在泰國的曼谷。」

黛思說：「這麼多年沒見，還認得嗎？」

馬丁．漢斯說：「二十年後再見，恍如隔世，何況他一身袈裟，認不得了。可是他還認得我。我們兩個老頭子抱頭痛哭。他說當年離開了加德滿都後，他一路趕回到拉薩，但是已經晚了。康巴族的殺手已經把索康和江敬沙兩家人全殺了，但是他沒找到他小妹和兒子的屍體，一天後，江虎康找到了他們，原來他們的命大，正好出去買東西，躲過了康巴殺手。江虎康帶著他們，沿著茶馬古道逃到了雲南，住了一陣子後，又到了緬甸，拿了一筆錢給他的朋友，把小妹和兒子寄養在那裏。然後他就出家當和尚來掩蔽自己，同時也四處雲遊去尋找幕後真兇。」

方文凱說：「他找到了嗎？」

馬丁．漢斯回答說：「其實他知道誰在幕後主使康巴殺手來行兇的，索康曾經說過，他的女婿一直對『拉薩寶藏』有極大的野心，三番兩次地要求索康把管理權交給他，而這位女婿又和康巴族人建立了特殊關係。很顯然他的嫌疑最大，江虎康只是要確定他們遇害的經過，和想知道他後面的勢力是從哪裏來的，他才能估計他們要被追殺多久？他還說，這二十年的佛門生活，給了他內心的平靜，雖然他知道是誰殺害了他的親人，但是他沒有要復仇的意願，他只希望他兒子的一家人，能好好平安的活在這世上。我告訴他，他已經是索康帳戶的正式所有人了，他說還沒想到要怎麼辦，就還是繼續替他投資吧。」

方文凱說：「索康的這位女婿，就是曾在當年國民政府裏任職西藏專員的李淇，他背後的勢力是美國中央情報局的特工，他們的共同目標，是因為冷戰時代在西藏進行反對共產黨的活動，但是為了個人的野心，這些特工勾結了李淇，企圖奪取『拉薩寶藏』。現在冷戰過去了，美國政府已經在開始調查，這些特工在當年的違法活動。」

馬丁．漢斯說：「沒錯，江虎康也說，就是因為國際形勢的變化，幕後的龐大勢力對他已經沒有興趣，他才感到足夠的安全，所以來找我。他很高興地告訴我，他的兒子江偉紅結婚了，最近還給他帶來一個小孫女。方教授，她就是您認識的江柔澄。他給我看了一張他們的全家福相片，它和黛思轉來的是同一張，我馬上就認出來，抱在懷裏的嬰兒，戴著我父親送給江虎康的白金牌子。」

黛思問說：「江虎康知道了他是索康的兒子後，他沒有認祖歸宗，改名嗎？」

「我問了他，他說雖然索康是他的生父，但是他是江敬沙養大的，所以他還是決定當江家的人了。江虎康這人是很講義氣的。」

方文凱問：「漢斯先生，江虎康有沒有跟您說明『拉薩寶藏』的來龍去脈，和索康他們遇害的經過？」

「有的，這是我一生裏所聽到的最傳奇的故事。」

馬丁．漢斯把江虎康告訴他有關「拉薩寶藏」的來龍去脈，和它所帶來的腥風血雨：

「拉薩寶藏」裏大部分的金銀財寶，都是歷代達賴喇嘛所收集的貴族奉獻品，和歷屆噶廈政府從各種稅收裏累積的錢財，目的是做為日後西藏獨立時的建國基金。貢旺．索康在擔任財政噶倫後，對「拉薩寶藏」做了第一次的清點和入冊。當時就發現了有幾樣寶物很明顯地不是來自西藏，甚至和藏傳文化也沒有關係。

索康將其中的一件帶到瑞士交給馬丁．漢斯，要他請專家來鑒定它的來源。當時請了歐洲最著名的幾個考古學家，他們一致認為，那件寶物和歐洲十字軍東征時期所發現的寶物是相同的。但是它的最初製成日子，根據取樣的碳十四同位素分析，卻是千年之前了。

在歐洲時常也有發現類似的古物，就有人將它們說成是野史裏相傳的「亞特蘭提斯文明」的遺物。索康發現這些類似的寶物，是來自西藏西部阿里地區的幾個喇嘛廟。

阿里地區是喜馬拉雅山脈、岡底斯山脈、和喀喇崑崙山脈會聚的地方，群山競高，平均海拔有四千五百公尺左右，地理趨向是南北高，中間低。

阿里地區湖泊星羅棋佈，水流資源蘊藏量非常豐富，全地區有大小河流八十多條，湖泊六十多個，在西藏境內的流程就有九千五百公里。起源於岡底斯山和喜馬拉雅山的四條大河，是獅泉河、象泉河、馬泉河、以及孔雀河，它們分別向西北、西南和東南方向，流入印度和尼泊爾，成為印度河、薩特累季河、布拉馬普特拉河、以及恒河支流哥格拉河的上游，最後匯流進入印度洋和阿拉伯海。所以阿里地區被稱為是「千山之巔、萬川之源」。

阿里地區東起唐古喇山脈以西的雜美山，與那曲地區相連；西及西南抵喜馬拉雅山西段，與印度、尼泊爾及喀什米爾地區毗鄰；南連岡底斯山中段，和日喀則地區的仲巴縣和薩嘎縣相連，它的北邊和崑崙山脈的南麓，以及新疆維吾爾地區相鄰，雖然土地遼闊，人口稀少，但是對它四周的人群卻是個「西天淨土」，在這片淨土中，可以追求反璞歸真，回歸自然，到夢寐以求的理想境界。

它還有傳說中的神山岡仁波齊峰和聖湖瑪旁雍措。喇嘛教裏的傳說曾有：轉神山一圈可以洗盡一生的罪孽。神山岡仁波齊峰是岡底斯山脈的主峰，海拔有六六五六公尺，形狀像似橄欖，峰頂有七彩圓冠，周圍像八瓣蓮環繞，山頂常年有堆積白雪，像似水晶澆砌的玉鑲冰雕，頂尖直插雲霄。「岡仁布欽」是藏語的「神山之王」。

喇嘛教的信徒們相信，能夠在有生之年到神山一走，是至高的榮耀。瑪旁雍措聖湖在佛經上曾將其稱之為「世界江河的母親」，唐朝高僧玄奘在他的《大唐西域記》中也稱瑪旁雍措湖為「西天瑤池」。藏人來到這裏一定會用聖水沐浴身心，再一心一意地繞湖一圈，以找尋人生最終極的平靜。如果在萬年前是有「文明」存在，不難想像這裏是他們尋找的「水草定居之地」。

根據存放在布達拉宮裏的藏傳歷史紀錄，十世紀中葉至十七世紀初，阿里地區曾經有一個「古格王國」雄踞在西藏西部，它弘揚佛教，抵禦外侮，在西藏吐蕃王朝以後的歷史舞台上扮演了重要的角色。札達土林是經流水侵蝕而形成的特殊地貌，大約在一千一百年前，強盛一時的古格王國在這裏建造了宮殿和寺院。札達土林面積達數百公里之闊，數十萬年風雨的侵蝕，猶如鬼斧神工不間斷地雕琢打磨，更使它玲瓏剔透出神入化。

遠遠望去，是一座規模宏偉、面積浩大的高原城市，坐落在象泉河畔的一座土山上。滿眼的金碧輝煌，在高原迷幻光影的襯托下，宛若神話世界。近看是象泉河兩岸的土林環繞，有說不盡的巧奪天工，它有莊嚴宏偉的廟宇、壁壘森嚴的碉樓、恢弘高聳的佛塔、極盡豪華的宮殿、古樸威嚴的歐式城堡，有如萬馬奔騰、昂首嘯天，或是教徒修行、虔誠靜坐。真是天工萬象，無可盡數。它將西藏西部和外地傳來的眾多秘密都深鎖在其中，維持了超過七百年的燦爛文明史。

但是在三百多年前，來自更西方的拉達克人，向古格國發起了強悍的進攻，古格軍民利用王城險要的地理位置，眾志成城，堅守不屈，歷經數月力保王城不失。狡猾的拉達克人驅使王城之外的古格居民，力圖堆築一座與王城一樣高的大土山以利進攻古格。可憐的古格百姓在山腳日夜勞作，同時承受著皮鞭的抽打與棍棒的重擊。百姓痛苦的呻吟和瀕死的哀鳴，讓仁慈的古格國王最終放棄了抵抗，將王國拱手讓給了拉達克人。

然而，殘忍的拉達克人並沒有放過古格臣民，對王城進行了瘋狂屠城。他們砍去了所有古格王室成員、僧侶、士兵甚至婦孺的頭顱，將數千具無頭屍體，棄之於王城附近一處小山的洞穴中。古格王朝是在西元一六三五年滅亡，它被拉達克王室併吞統治，但是後來又被拉薩政府奪回，他們在古格王朝的記錄裏，發現過有記載西方耶穌會的葡萄牙傳教士曾經來過。

當貢旺．索康來到阿里尋找古格王國的遺址時，他看到的是散佈在荒原大漠土山上的斷壁殘垣、坍毀的洞穴、傾圮的佛塔、洞窟、寺廟遺跡，是那個時期盛世的歷史寫照。古格遺址在距象泉河南岸的笥布讓村的一座高約三百公尺的土崗上。它是在一座形狀奇特的土山上，山勢峻拔，易守難攻，土林環抱，蒼涼神秘。

在廣闊的阿里大地，遍佈著眾多的城堡廢墟，但是無一能與古格這般王者風範比肩。索康來到的古格故地，只有十幾戶人家守著一座空蕩蕩的城市廢墟，而他們並不是古格國的後裔。拉達克人的入侵並不至令古格人滅絕，當年十萬之眾的古格人，是如何地消失得無影無蹤？什麼樣的天災或者瘟疫，使得繁榮富強的古格文明突然間消逝得無影無蹤？少量的歷史典籍，殘缺並且相互矛盾的記載，不僅沒能揭開古格王國神秘的面紗，反而讓古老的古格國，像是一座巨大的迷宮，將西藏西部眾多的秘密深鎖其中。

古格後裔是「亞特蘭提斯文明」裏的「亞利安人」嗎？在這片荒原上，當時的古格王國人是怎樣生存的？它又是如何消失的？是在歷史長河中，當初這個何等輝煌的地方，現在已成為斷壁殘垣，已是過眼雲煙。它突然消逝的謎團更增加了它的神秘感。也許「亞特蘭提斯文明」就是陷入了同樣的命運。

當根據支離破碎的記錄，索康帶著他得力的白族馬幫助手，江敬沙，還有他只有十五歲的兒子江虎康，來到了古格王國的遺址裏另一個神秘的地方，就是遍地白骨的「藏屍洞」，它是在一個非常不起眼的小山半山腰，洞口狹小，離地約有三公尺，洞內還有完整的骷髏。踩著碎骨，拿著火把，再往洞的深處走去，上上下下地越過了不少的大石頭和深溝，大約在離洞口有一千公尺左右的地方，又出現了一個山洞，洞口被堆積的石塊堵塞住。

三個人用了大半天的時間把石塊移走，走進去一段距離，才看見了堆積如山的金銀珠寶製成的寶物，索康從來沒有見過這種寶物，他順手拿了一件，用布包起來放進背包。他告訴江敬沙，把山洞裏的寶物「秘密」地運到拉薩，存放在布達拉宮裏財政噶倫掌管的地宮。

在回途中，貢旺．索康告訴江敬沙，要是有一天，他有個三長兩短的，這些寶物就是屬於他江敬沙父子的。江敬沙說，如果索康噶倫有三長兩短，他也會沒命了，所以這些東西就全歸江虎康吧！江敬沙父子在以後的六個月裏，把山洞裏的寶物運到拉薩，它們成了「拉薩寶藏」裏的鎮山之寶，也就是「寶中之寶」。

索康從山洞裏帶出來的是一個很奇怪的瓶子，完全不對稱的形狀，但是上面鑲嵌著不少寶石。它現在就放置在馬丁．漢斯家的客廳。

在四川和青海的藏民發生暴亂後不久，貢旺．索康曾去找過阿沛．阿旺晉美長談，他的看法是，西藏北方的暴亂將會漫延到西藏，一旦達賴喇嘛開始站在暴亂份子的一邊，或是認同「西藏獨立」，或者他片面地廢除「十七條協議」，三者中的任何一件發生後，中央政府都一定會下令人民解放軍的大部隊進軍西藏平亂。

貢旺．索康當時就做了決定，將「拉薩寶藏」轉移。那是由白族馬幫不動聲色地以販運茶葉為掩護，分小批，陸陸續續地將「拉薩寶藏」運出境外。但是那批包裝好了的「寶中之寶」沒有動，還是滯留在布達拉宮的地宮裏。一直等到三月二十日，拉薩市內的暴亂已經是全面的漫延開了，江虎康將「寶中之寶」裝上了五輛大貨車，揮起藏獨的「雪山獅子旗」由藏軍護送，離開了布達拉宮，揚言是為貴族送貨逃難。

也就在同時，貢旺．索康帶著白族馬幫和大批的騾馬馱運隊伍，隨著達賴喇嘛和中情局的特工出逃，他們在江孜和達賴喇嘛一行人分道揚鑣，朝日喀則和木斯塘方面前進。由江虎康率領的五輛大貨車，停在尼泊爾邊境的樟木鎮待命，在確定了西藏境內和境外，由中情局特工控制的康巴族武裝人員都迅速地向木斯塘集中後，五輛大貨車很快地在友誼關通關，進入尼泊爾，將車上的寶物裝上已經停在加德滿都機場的兩架國泰航空公司DC－4貨機，經香港直飛瑞士蘇黎世。「寶中之寶」進入了列支敦士登信託託銀行的保險庫，而江虎康即刻返回西藏拉薩。

方文凱和黛思被馬丁．漢斯的故事引得入神，講完了後，他們還是沉默不語，陷入在自己的思潮裏，等到有人進來給大家換了新的飲料和水果盤，才回過神來。方文凱說：

「沒想到『拉薩寶藏』還有這麼神奇的歷史背景。最近有幾篇媒體報導，詳細地說明了當年發生在木斯塘的事件，顯然那是索康和江敬沙，為了掩護江虎康運送『拉薩寶藏』到瑞士，而犧牲了他們自己的生命。後來你們和江虎康一直保持有聯絡嗎？」

沉默了一陣的彼得．漢斯總裁開口了：「江虎康認為還是有不法份子和野心家在蠢蠢欲動，所以『拉薩寶藏』和他都還不能曝光。但是他會偶爾給父親來信或是電話。但是從來不提『拉薩寶藏』或是帳戶的事。為了安全，他從來就不透露他的居住地。這種情況又維持了二十多年，大約在五年前，我們突然接到一家瑞士的律師事務所來信，說他們在曼谷有一位名叫江虎康的客戶剛剛去世，根據他的遺囑，請我們將他的帳戶轉移給他的孫女江柔澄。但是除了姓名、出生年月日，和一張她大學時和江虎康的合照外，沒有任何其他的資料。基本上這個索康／江虎康帳戶又找不到戶主了。」

漢斯父子幾乎同時咧嘴笑出聲來，方文凱有點納悶，老馬丁．漢斯說：「方教授，我認識黛思的時候，她還是個頑皮漂亮的小姑娘，一直到她變成了大美人，她給我們最好的禮物，就是幫我們找到了信託銀行歷史上最大戶頭的所有人。」

「馬丁叔公，那你要怎麼謝我？」

方文凱握住了黛思的手：「你們已經見到了江柔澄？」

彼得．漢斯說：「您的資訊說，江柔澄是在紐約，住在『南方製藥』董事長秦瑪麗家裏，秦小姐是我們多年的老客戶，我們很快地和她取得聯繫，他們同意後，我和父親帶著我們的律師馬上飛到紐約，我們在長島的大宅院，花了整整一天的功夫，才辦完了過戶的手續，江柔澄正式的成了我們的客戶，終於完成了半個多世紀的客戶追蹤。」

方文凱說：「你們辦一個過戶手續要一天的時間嗎？」

「因為金額的龐大，我們有許多確認的過程，包括證人、證物如白金牌子和ＤＮＡ的鑒定。秦瑪麗董事長幫了很大的忙，也提供了很多的方便。不過我們這位年輕的客戶很幽默的，方教授，您知道她要我們辦的第一件事嗎？」

「很離譜嗎？」

「很驚人，她要求將帳戶全轉到您方文凱教授的名下。」

「那是她的情緒化想法，沒經過大腦的決定。」

「秦董事長也是這麼說，因為最近她曾被綁架，是您把她救出來，一定是她感激您的情緒。但是站在銀行的立場，我們是需要執行客戶的指示，所以我必須正式地問您，您同意接受江柔澄小姐的轉帳嗎？」

「當然不同意。」

「太好了，我們馬上答覆江小姐，您不接受，這事不能辦。秦董事長也說，您不會同意的。」

黛思的眼睛一亮，她說：「秦瑪麗怎麼會知道你不會接受？」

方文凱正在想找個藉口，馬丁．漢斯接著說：「彼得，你應該把兩星期前發生的事告訴方教授。」

彼得．漢斯說：「好事講完了，說一下讓人憂慮的事吧！三天前有一個叫大衛．索康的人，來到我們銀行的總部，要求接管貢旺．索康的帳戶，他還特別的聲明，還包括了『拉薩寶藏』在內。他說他現在是索康家族裏唯一生存的成員。我的警覺馬上就提升起來，秦董事長跟我們說了她父親的冤案和被害的經過，大衛．索康的名字在我腦子裏還記憶猶新，所以我非常小心地回答他。」

方文凱說：「他是一個人來見您，還是有別人在？」

「他帶了一個叫潘延炳的朋友，當時我也把我們的律師叫進來做為人證。我首先問他和貢旺．索康是什麼關係？他出示了他的護照，一張西藏拉薩市的戶口證明，和一張結婚證書，說明了貢旺．索康的女兒白瑪是嫁給李淇。他又拿出一張香港的出生紙，說明一個李雲華在香港出生，父母親是李淇和白瑪．索康，最後他又拿出一張美國法院的證明，說明李雲華改名為大衛．索康，所以他說，他就是貢旺．索康的外孫，也是索康家的唯一後代，因此他是索康帳戶的繼承人。」

「您是如何的回應他？」

「我只能按事實說話，否則我們銀行的存在會受到影響。我跟他說，只有在三種的情況下，銀行帳戶的轉移才有可能。第一種是帳戶所有人的指示，包括他留下的遺囑，第二種是銀行管理局的指示，第三種是法院的判決。而目前的索康帳戶已經根據遺囑轉移了。當然他一再詢問誰是新的戶主，我說這是隱私，不能透露。」

方文凱非常嚴肅地說：「李雲華，或是大衛．索康，是下定了決心要去實現他父親李淇未完成的夢想，就是去奪取『拉薩寶藏』，他們父子兩人，不擇手段，犯罪殺人，半個世紀以來留下了無數的受害者，你們不能掉以輕心，他是不會善罷甘休的，現在文的行不通了，我相信他會使用武力來奪寶的。」

彼得．漢斯說：「謝謝您的忠告，秦董事長已經警告我們了，銀行和警方都加強了戒備。我們的安全部門，追蹤了大衛．索康來去我們銀行的路線、使用的交通工具，以及住宿的酒店。」他遞過去一張列印紙：「我知道你們在追緝他和他的同夥，也許這些資料會有幫助。」

「謝謝。」

馬丁．漢斯笑著問：「方教授，您難道對江柔澄想送給您的帳戶價值多少，一點都沒有興趣嗎？」

方文凱回答說：「我想應該值不少錢，有個十幾二十億美金吧！」

彼得．漢斯說：「六年前我們做過一次估算，如果將『拉薩寶藏』裏的東西以當時的古董市價計算，整個帳戶價值超過了一千億美金。」

方文凱說：「上帝！這可能嗎？」

黛思說：「文凱，你是不是後悔沒有要它？」

「不是，但是我必須借用它一下。」

彼得．漢斯說：「只要江柔澄同意，就沒問題。」

黛思和葛瑞思通了一個很長的電話，她從臥室走出來時，方文凱發現她的眼圈有點紅紅的：

「妳哭了？」

「沒有，別老是胡思亂想。」

「這是第二次了，黛思，上次妳和葛瑞思在電話上也是談了很久，妳也是哭了。妳們到底是在說些什麼？會讓妳這麼傷感。」

「談我什麼？」

「葛瑞思和我就只有一個話題，就是方文凱。」

「我們要如何瓜分你？所以我和她都傷心的哭了。」

「為什麼要瓜分呢？」

「兩個女人愛上一個男人，不瓜分不行啊！」

「黛思，妳說什麼呢？葛瑞思還正在求學，何況她還是我的小姨子。」

「可是她瘋狂的愛上你，她都跟我說了。」

方文凱沉默不語，黛思摟著他開始玩他，來到巴黎後，她不分日夜地向他索愛：「文凱，你生氣了？」

方文凱捉住了她的手：「黛思，這次我來找妳，見面後我把自己嚇了一跳。我沒想到，我對妳深藏著的感情是如此的強烈。其實每當我思念起琳達的時候，妳的影子就會出現了，只是我不敢承認而已。這幾天的相處，妳一定也明白了我心裏是在想什麼。我感到妳原先的那股熱情還在，但是妳也有了很強烈的猶豫。黛思，是我讓妳失望了嗎？」

黛思的眼淚馬上就掉了下來，她也哭出聲來：「文凱，請你不要生氣，也不要恨我。我二十歲的時候認識了你，我就愛上了你，但是你娶了我的好友琳達，她不幸走了，我就來找你，可是你還是不要我。這一晃十年就過去了，但是我心裏為了你而點起的那把火，一直還在燃燒著。十年裏，你從來就沒有離開我的視線，透過朋友和媒體報導，你的一點一滴我都知道。你說，你像是讓我失望的人嗎？」

「可是我要求妳跟我回去過日子，妳猶豫了，為什麼呢？」

「我問你，我們見面後的這幾天，你感到了我對你的一份情嗎？」

「這也是我最不明白的，妳的情讓我如醉如癡。」

「我是因為害怕，所以我才猶豫。」

「黛思，妳怕我？」

「不，我是害怕我自己會讓你失望，更害怕我會影響到你的事業和前途。」

「妳是多慮了，不會的。」

「你來之前，莫佛帶秦瑪麗來找我。她知道了我們離婚的理由，是因為我愛上了你，她告訴我，加州理工學院把你當成一個寶，一直在培養你，是因為你是個有才氣的科學家外，你還是個非常優秀的教授，你和同事和學生們的互動，是你最大的優點。琳達在你的事業發展裏頭，扮演了非常重要的角色，她走了後，瑪莎．戴取代了她的部分角色。我打電話到哈佛大學找瑪莎，她說你的生活裏，一定要有一個像琳達一樣的女人，全心全意地配合你的事業，還能吸引住你的愛。我問我自己，我做的到嗎？」

「當然做的到，妳一定會的。」

「文凱，我會嗎？在過去的四、五年裏，我經歷了驚天動地的變化，從一個名不見經傳的演藝工作者，變成為小有名氣的導演，但是為了愛情，我會願意放棄這一切，來到你的身邊，分享你事業上的成功。可是你不會讓我這麼做，你的個性不會允許任何人為了你而放棄自己的喜愛。而我也不敢說，我不會感到可惜而思念過去。」

「黛思，我說過了，我贊成妳應該繼續妳的演藝事業，我也不會在乎我們有短暫的分離，世界上有很多的夫妻都有分開兩地的事業。為什麼我們不行呢？」

「因為那會讓我們兩個人都不快樂。當有一天我們發現，你我的事業有不如意的地方時，我們會不會想到各種可能的理由呢？會不會影響到我們的感情呢？」

方文凱沒有說話，黛思繼續說：「瑪莎認為只有葛瑞思有能力，像琳達一樣地幫助你和同事及學生互動，她生長在大學教授的家庭，知道你的需要是什麼，又能把你愛得死去活來。我和她聊了好久，她愛你愛得快發瘋了，可是你還是一直把她當成小姨子或是妹妹。我知道你在心裏喜歡她，但是你認為是對她不公平，是在占她的便宜。」

「我們才在一起幾天，你就知道我心裏喜歡誰嗎？」

「有兩次你說夢話時在叫她的名字。她說你的同事，那位瑪莎·戴教授苦等了你好幾年，也只好黯然的離開。但是你終於想到要再度成家，可是你跳不出琳達的陰影，所以想藉到亞洲遊學的機會從新出發。我的出現又讓你回到從前，看見我就想起我們從前的美好日子。我又變了很多，誤導你以為已經遠離了從前，而我自己也陷入了你給我的愛情大浪裏，不能自拔。文凱，你我的年紀都不小了，我們已經沒有再出發的機會了。」

方文凱又不說話了，黛思說：「其實我是應該很高興的，葛瑞思不僅會好好的照顧你，幫助你，她也會包容我對你的愛情，她說她姐姐能做到的她都能。我傷感的是，終於沒能當成你的妻子，可是我不會放棄你。雖然葛瑞思不在意我對你的愛，但是我害怕你又會像當年一樣就不理我了。我要你答應，你也不會放棄我，好不好？」

「黛思，妳已經是我生命裏的一部分，是分不開的一部分。」

「那你不會把我忘了，就不來愛我吧？」

「當然不會，可是我看見妳在電影裏被別的男人玩得死去活來，我會嫉妒的。」

「我跟你說了，那是演戲，不是代表我的心。」

「可是從妳的表情上，我看不見得。」

「文凱，這幾天我像是在做夢一樣。原來我以為你這一輩子都不會來看我了，可是你來了，還把我愛得死去活來。你進到我的身體裏，折騰我，我就緊緊地包著你，你就在我耳邊講愛情故事，我累得睡著了，可是那愛情故事還在夢裏繼續著，等我醒了，發現你還是在撫摸著我，還是在我的身體裏，這一切都像是一場夢，現在我感到夢醒的時候到了。」

「黛思，做夢的人是我，因為這麼多年來，妳一直是我的夢裏人。」

「文凱，那你就再進到我的春閨裏，好嗎？」

從馬尼拉飛來的菲律賓航空公司班機，在下午兩點載來了一百多個乘客，一位戴著近視眼鏡的中年人，外表像是個中東人，他在入境櫃檯出示了護照，他是伊朗人，名字是夏彌爾，他的入境登記卡上寫的是過境到日本東京，要在台北停留兩夜。他取出托運行李，帶著一個背包和一個有拉杆和輪子的隨身行李，上了大有機場巴士，四十五分鐘後，他住進了在仁愛路和復興南路交口的福華大飯店。夏彌爾是在第二天在樓下吃過早餐後，從往停車場去的邊門出去，站在那裏等人，手裏拿著一本伊朗的雜誌。一輛白色本田汽車開了過來，車上只有開車的司機，他把車窗搖下來問說：

「請問從機場來的巴士是在這裏停嗎？」

「不是，是停在靠復興南路的邊門。」

「您手上的雜誌是阿拉伯文嗎？」

「不是，是波斯文。」

「啊，您一定是從德黑蘭來的，我去過那裏旅遊。」

「不是，我是從南邊的巴斯拉來的，去過那裏嗎？」

所有的識別信號都對了，夏彌爾坐上了本田汽車。他是一位德國訓練出來的核子科學家，現在伊朗的核能發電廠工作，但是他也是『紅石』的合同行動員。按行動規範，兩個人都沒有問對方的姓名，但是郭金泉是看過夏彌爾的檔案。

本田汽車沿著中山北路向在台北市北邊的圓山和士林方向開去，在轉向去新北投的路上，開了不久就上了一條很窄的山路，他們在一個獨門獨戶、有籬笆圍牆的農舍前停下來，司機下車把院子大門的鎖用鑰匙打開，然後把車開了進去。

「這裏和外邊相當的隔絕，來往的人很少，你所要的東西都買好了，就放在裏頭，運進來給我的貨也都到齊了，都放在車子的行李箱。你要做的第一件事就是仔細地查一下，是不是你要的都在這裏了。」

農舍是馬家兄弟租的，雖然是很偏僻，但是離市區不遠，夏彌爾想到了他小時候住過的農莊，和這裏很像，也是一樣的安靜。他和司機把兩個大行李箱，從車上提進了房子裏的大廳，郭金泉把所有的窗簾都拉上。夏彌爾仔細地查看了他所需要的工具和材料都齊全了，他說：

「工具和材料好像都齊了，請把房間的燈都打開，我要看看你收到的貨，我們來對一對。」

「你來說是什麼貨，我來拿給你看。」

「一個很重的保齡球。」

「在這裏，它是六號貨品。」

「一雙皮鞋、一盒普洱茶和一個手臂的石膏。」

「都在這裏，它們是三號、四號和五號貨品。」

「音樂播放器、電動刮鬍刀，和一個一英呎多長的鋼管來了嗎？」

「有的，它們是一號、八號和七號貨品。」

「還有一個滅火器和汽車車頭燈元件來了嗎？」

「都到了，它們是九號和十號貨品，十號是補送出了意外的二號貨品。」

「太好了，可以開始組裝了，我需要你來做我的助手。」

「沒問題。」

「首先我需要一個大垃圾袋。」

郭金泉到廚房裏取出一個來。

「請把那盒普洱茶給我。」

盒子裏的普洱茶是做成一個圓形的茶餅，茶葉是被壓縮得非常緊，夏彌爾用很鋒利的刀，小心翼翼地將茶葉切開，取出來一個很小的金屬管子，他將管子一頭的蓋子轉開，從裏頭拿出一個封住的玻璃管，它的兩頭有電線伸出來。

「這是個用電池激發的雷管。」

夏彌爾把裝茶葉的盒子和剩下來的廢物，都放進了垃圾袋，他說：

「現在請把固定手臂用的石膏繃帶給我。」

在燈光下仔細地觀察，可以看見石膏繃帶上隱隱約約的有一條線，夏彌爾拿起了那把鋒利的小刀沿著線切開，他將圓筒形的石膏繃帶張開，裏面是一層塑膠薄膜，取下來後又有一層約有半公分厚、像是黏土的東西，它的下面又有一層塑膠薄膜，顯然這上下兩層是用來隔離的：

「這是標準的C－四高威力塑膠炸藥，雖然有強大的爆炸力，但是也非常的穩定，沒有雷管來激發，在任何情況下都不會爆炸。」

說完了就將它揉成一個圓球狀。下一步他將那雙皮鞋的鞋跟撬下來，從每個裏頭取出來一個兩英吋直徑和半英吋厚的圓形金屬碟片，其中一個的周圍有螺紋，面上也有一道溝痕，可以容納一個寬型的螺絲刀。夏彌爾說：

「重要的是這一個圓形碟片，看起來不起眼的灰色材料，其實是百分百純度的鋰金屬材料，它是惰性物質，在爆炸時，它會和鈽結合，形成啟動工具，促成全面的核子反應。用來配合這個的鈽金屬碟片，應該是在電動刮鬍刀裏。」

夏彌爾把從電動刮鬍刀裏拿出來的金屬片，和從皮鞋後跟裏拿出來的兩個金屬片放在桌上，然後請郭金泉把從拖車頭排氣管裏取出來的鋼管給他。他將外面的絕熱材料除下後，裏面是一個十八英吋長的暗灰色高強度的高碳鋼鋼管，外直徑是四英吋，內直徑是二英吋，它的一頭是有加寬的圓環，並且管內也有螺紋，另一頭是密封蓋住的，但是蓋中間有個圓孔，可以讓玻璃電池雷管放進去。

「請將音樂播放器給我，裏頭應該是個計時器。」

將外殼打開後出現的是一個計時器，一頭有三個不同顏色的按鈕，綠色的在中間，兩邊是一紅一黃，另一頭伸出來的是，三根不同顏色的電線，顯然一根是接電池的，另外兩根是要接到受控制的正負兩極。它的四個角，都附有一個突出來的「耳朵」上面穿了洞，是用來將計時器固定在其他的物體上用的。他說：「沒錯，就是它。下一個配件應該是在滅火器裏。」

郭金泉把馬家兄弟從航空貨運站拿到的滅火器交給了夏彌爾，他用力旋轉底部，將隱藏住的蓋子轉開，從裏頭取出來一個像鉛似的圓形短棒，它有五英吋長，直徑是二英吋，但是重量卻有四公斤半。夏彌爾戴上了很厚的工作手套。

「它是有放射性的物質嗎？」

「這是鈾二三五，當然是有放射性的了，但是還沒有到危險的程度。一般人都以為所有的放射性物質都是危險的，但不盡然，我們戴的夜光手錶裏有放射性的物質，但是我們還是戴著，因為它的放射量非常低。鈾二三五是放射阿法質子，量度低，不會造成健康上的影響，但是當它的體積達到了臨界值時，它就會產生強烈的連鎖反應，釋放出大量的質子，這也是原子彈爆炸所需要的基本條件。我現在裝配的東西，就是要使鈾二三五達到臨界值的狀態。」

夏彌爾花了很長的時間，把兩個汽車車頭燈組件很小心地拆卸開，他把所有的東西，包括所有的電線、燈泡和其他所有的配件，全部都仍進了垃圾袋裏，只剩下了兩個半圓形的、一英吋厚的鋼碗，半圓的碗口周邊有一圈半吋寬的邊緣，也是有一吋厚，上面有十六個等距的圓孔，將兩個鋼碗合在一起，就形成一個正圓的球體。在一個半圓鋼碗的底部，有一個兩英吋直徑的圓孔，帶有內部螺紋，正好將從皮鞋裏拿出來的金屬碟片扭轉進去。在另外一個半圓鋼碗的底部，伸出來一個短短的管子，也帶著螺紋，大小正好可以和高碳鋼做的鋼管套上轉緊。

「現在剩下最重要的一個配件了，就是那個保齡球。你知道嗎？那是個十五公斤重的鈾二三五，是有一層鉛皮外殼包著，以防放射線外洩。在裝配它之前，我得先把裝運的箱子檢查一下。但是我建議，我們先吃午餐，然後再繼續。」

「可以，我帶了三明治和飲料來了。」

馬家兄弟根據接到的指令，在Cosco和特力屋兩家大賣場，採購了清單上開列出來的材料和工具，其中的一項就是一個中型的行李箱，它是帶有輪子和拉杆，可以在地上拉著走的那種，唯一不太一樣的是，它是用鋁皮做的，金屬的箱子非常的牢固。夏彌爾首先做了一個木頭架子固定在行李箱裏，它像是個放嬰兒的搖籃，組裝完成後的物件，可以緊緊地固定住，行李箱的震動不會影響到搖籃裏裝的東西。

「等最後放進去了，我還會用防震的泡沫塑料和乳膠小球，加強它的固定能力，你可以提著這箱子走，推著它走，甚至摔它幾下都沒關係。我現在要把計時器固定在箱蓋上，但是它的控制按鈕是露在箱子的外面，你不用打開箱子就可以啟動的。」

夏彌爾用尺非常仔細地在箱子蓋上度量，做了記號。他開始使用電鑽，首先開了四個小孔，是用來把計時器固定在箱蓋內，然後在蓋子的中間，把手的上面鑽了三個孔，大小和位置是正好讓計時器的紅綠黃三個按鈕伸到箱外，因為就在箱子號碼鎖的上面，看上去就好像是箱子開關的一部分。他把計時器固定好之後，也把電池用建築用的黏性膠帶固定在旁邊，然後把電線接上。

「好了，我們現在可以進入最後一個步驟了。」

夏彌爾又把厚厚的工作手套戴上：「你見過原子彈嗎？」

「沒有。」

郭金泉是個職業殺手和優秀的行動員，在他豐富的經驗裏，計畫和執行取人性命是常有的事，但那是用刀用槍，一條命和一條命來進行的，即使用爆炸物，最多的時候也不過就是幾條命而已，但是眼前的這個人，把一下子就要成百上千人的命當成像喝白開水一樣，他突然感到眼前這人一定是個宗教的狂熱份子。

「在從前要製造一個原子彈是很複雜的，它需要在很大的實驗室和工作間裏進行。現在要製造百萬噸級或是更大的核彈，仍然是需要同樣的條件，但是最基本的小型原子彈，只需要簡單的工具就行，重要的是，要有所需的材料和知識。」

「現在所需的材料和知識都有了，是嗎？」

夏彌爾很自滿地回答：「當然了。」

他把包在保齡球外面的塑膠膜剝開來，再很小心地把裏頭的一層鉛皮也剝下來。裏頭是一個五英吋直徑的鈾二三五圓球，正中間有一個二英吋寬的圓孔穿過整個球體。

「你想知道這個小型原子彈的工作原理嗎？」

「我洗耳恭聽。」

「這個小球的重量是十五公斤半，對鈾二三五來說，它還不到臨界值。」

「什麼是臨界值？」

「當鈾二三五增加到一定的重量時，它就會開始連鎖反應，這個重量就是臨界值。」

「你是說它就爆炸了？」

「不是的，所謂的連鎖反應就是我剛才說的，鈾二三五開始釋放出大量的阿法質子，這還不是爆炸，這就像是你把香檳酒攪動一下，它就產生出泡沫一樣。」

「看見那從滅火器裏拿出來的五英吋長小短棒嗎？那也是高純度的鈾二三五，正好可以填滿在這個球中間的洞裏，那時候鈾二三五就會達到臨界值的重量。那根鋼管就像是槍管，而小短棒就是子彈，用塑膠炸藥的爆炸力，將它直接射進球體的心臟。」

「但是你說的，這還不會爆炸，只是起了泡泡而已。」

「沒錯，它還需要啟動工具來促成爆炸。鈾二三五的連鎖反應在沒有外力的干擾下，時間久了就會自動結束。如果要促成快速的連鎖反應，在瞬間釋放出巨大的能量，就需要用中子來撞擊。那兩個從皮鞋後跟取出來的碟片，一個是高純度的鈽，也是有放射性的，另一個是純鋰，把兩個分開時什麼事都不會發生，但是如果把兩個碰撞在一起，就會發生一個怪現象，它會在瞬間放出大量的中子，在臨界值狀態下的鈾二三五，一旦受到強度的中子干擾，它就會把自己分裂，在瞬間釋放出巨大的能量，這就是核子爆炸。就像是把香檳酒瓶子劇烈地晃動後，香檳酒就會從瓶子裏突然地噴出來。」

「那這兩個碟片是誰來撞擊誰呢？」

「都不是。鈽碟片是安裝在球體的底端，另一個純鋰碟片，是要黏在短棒的前頭，當鈾二三五的短棒子彈射進球體時，它達到了臨界值，同時子彈前端的碟片，撞擊到在等待著的另一個碟片，放出中子，完成了核彈爆炸的程序。」

「明白了，原來核彈爆炸的原理，並不是我想像中的那麼複雜。我們是不是就來完成最後的裝置呢？」

「是的。」

夏彌爾把鈾二三五小球放進半圓的鋼碗，鋼碗裏有四個小凸節，是和球體上四個凹點相對應的，當他們配上對後，球體和鋼碗就緊緊地套住了。他手裏拿著一個小電筒，向球裏的洞照看：

「很好，碟片就在洞的底下等著。」

然後他將另外一個半圓鋼碗也裝好，又花了將近一個小時的時間，把兩個半圓鋼碗的十六個小孔都對上，用螺絲釘把兩半合得緊緊的，形成一個圓球。

「現在我要準備那管槍了。」

他將C－四塑膠炸藥塞進了十八英吋長的鋼管，再用一根木棒，慢慢地把它推到鋼管封住的另一端，炸藥在那裏被壓得很緊。從底部的一個小洞，郭金泉可以看到被塞緊的炸藥。夏彌爾用超強黏性的膠水，把鋰碟片黏在短鈾棒的一頭，在放進鋼管前，又用一張薄薄的面紙，包住了短鈾棒，免得它在鋼管裏因震動而滑動，然後才把短鈾棒，一路推到被壓緊了的塑膠炸藥的底端。下一步就是把鋼管扭轉進入到，有七英吋直徑的球體，它現在看起來就像是個超大型帶著把柄的舊式手榴彈。夏彌爾把雷管從鋼管一端的小洞塞進去，但是正負兩根電線是留在鋼管外面，他確定了雷管是插進了塑膠炸藥裏頭，才把整個的組合體，輕輕地放進鋁皮箱子的木架上。夏彌爾最後的動作，是把雷管的正負兩極電線，和計時器的正負兩極接上。他很興奮地宣佈：

「原子彈造好了，我就叫它『夏彌爾的嬰兒』吧！」

「你確定它沒問題嗎？它的威力有多大？」

他用泡沫塑料加強了「夏彌爾的嬰兒」在箱子裏的固定性，所有空隙的地方都用泡沫乳膠的小球填滿，這是最有效的防震裝置。等他把箱子的蓋子合上後才回答：「保證沒有問題，如果有問題，我這條老命也會沒了。至於威力嘛，只能大約地估計一下，在爆炸點十公里直徑的範圍內，所有的都會被摧毀。」

「那你要告訴我操作的方法。」

「太簡單了！中間綠色按鈕是啟動計時器的，按下後就通電了。黃色按鈕在按下後四十分鐘引爆。紅色按鈕按下後即刻引爆。還有問題嗎？」

「太好了，這麼簡單，三歲的小孩也會操作。」

夏彌爾看了看手錶說：「我們真的幹了一整天，有喝的嗎？我有點渴了。」

「你要喝水還是喝啤酒？」

「給我啤酒吧！」

「你們穆斯林教徒不是滴酒不進嗎？」

「對的，可蘭經裏是說我們不能喝一滴酒。所以我會把第一滴酒倒了，只喝剩下的啤酒。」

郭金泉聽了大笑：「我希望穆罕默德在他的墳墓裏不會氣得暴跳如雷。」

「當然不會了。」

郭金泉從冰箱裏拿了一罐啤酒給夏彌爾，他說：「今天辛苦你了，喝完啤酒我請你吃一頓豐富的晚餐，你是想嚐一嚐中國菜還是想吃牛排。」

「請我吃牛排。」

「好，我們去台北最好的一家牛排館。吃完了就送你回酒店，明天上午你就按計劃回伊朗。」

郭金泉把裝著炸彈的箱子放進本田汽車的行李箱。再把裝滿了的垃圾袋拿到屋外的垃圾筒裏，然後和夏彌爾離開了農舍。

「你知道我的名字叫夏彌爾，但是我還不知道你的名字叫什麼？能告訴我嗎？也許將來我們還會見面的。」

「我相信我們是不可能再見面的。」

兩個人都沉默不語，最後還是郭金泉說話了：「如果你一定想知道，我是西藏的康巴族人，名字叫次旺多吉。」

在轉出狹窄的山路之前，郭金泉把車停了下來，他說：「抱歉，剛才忘了上廁所，現在內急，我去方便一下就回來。」

他下了車消失在樹林裏。夏彌爾聽見了：

「哎呀！詛咒上帝。夏彌爾快來拉我一把，我掉進坑裏了。」

夏彌爾趕快下車往樹林裏奔去，他看見前面有一個坑，但是裏頭沒有人。在他生命裏最後的感覺，是耳邊上被蚊子叮了似地刺痛，接著就是眼睛看到的亮光消失了。郭金泉將屍體推進土坑，再用邊上的樹枝把它掩蓋起來。他在回到車上時自言自語地說：「西藏人和伊朗人也只能在來生再見面了。」

從香城商旅發出的電子郵件說：

「請指示時間和地點。」

青海拉麵館面對和平東路，旁邊就是泰順街。調查局偵緝處的監控小組一共有三個固定監視點，一個是在和平東路對面二樓，原本是一間音樂工作室，結束營業後一直空著，偵緝處就把它租下來，但是還是掛著音樂坊的牌子。

第二個監視點是在泰順街上，離路口只有三個店面的五金店，它後面有間大廳，偵緝處用來做為人員和器材的集中點，同時也是守住拉麵館後門的監視點。第三個監視點，就是距離青海拉麵館只有五、六公尺，一個賣報紙、雜誌的攤子，它的目的是要偵查員對目標做近距離目視，從他們的表情，決定是否將有重大事件發生。

這是一份困難的任務，不僅難度大，而且暴露的可能也很大，通常都是由很有經驗的偵查員擔任。所有進出拉麵館的人，包括顧客和工作人員，都會被裝有長距離鏡頭的攝影機記錄下來，進出的時間也同時記錄在影像和單獨的檔案裏。

另外在附近泰順街口的巷子裏，有一輛掛著不載客的計程車和一輛休閒車，也是偵緝處的行動車輛，在待命中。蕭成凌處長下了死命令，對拉麵館的監控一定要滴水不漏。

青海拉麵館的營業時間是從早上十一點到晚上十一點，一周七天。顯然它是只做中餐、晚餐和宵夜的餐點，不做早餐生意。其中最忙碌的就是中餐的時刻，主要的客源是來自附近的上班族。晚飯時間的客人，有不少是下班後買回家去吃的，所以外賣的客人就多了。宵夜的生意最為清淡。馬家兄弟就住在店面的二樓，他們還請了兩個打工幫忙的，一個是高中剛畢業的小夥子，負責招呼客人和端菜，另一位是個小姑娘，負責算帳和打點外賣。這兩人每天是十點半來上班，晚上七點半就下班，只有周日工作，星期六和星期日不必來上班。

拉麵館雖然是在早上十一點才開門，但是從早上八點到十點之間，就有不少來送貨的，有的是從前門進出，也有是從後門進出的，他們拿著大小紙箱或是大小塑膠袋，有吃的也有用的。一到十一點，大門會準時打開，拉麵館裏打掃得乾乾淨淨，桌椅板凳排放得整整齊齊，兩位主人和兩位打工的，會笑臉迎人地招呼第一批走進來的客人。

今天早上十點半，打工仔和打工妹和往常一樣，準時到了青海拉麵館，但是前後門都鎖住沒開，他們敲門沒人應，二樓的住宅窗簾關得密密的，用手機和老闆兄弟聯繫，但是沒人接電話，附近的派出所是在十點五十分接到報案，調查局偵緝處的蕭成凌，是在十一點正接到監控青海拉麵館值班偵查員的報告，他感到情況不對：「今天早上送貨的情況正常嗎？」

「和往常一樣，十點之前就結束了，我們還看見兩兄弟開門出來接貨。」

「兩個打工的到了嗎？」

「是在十點半準時到的，但是進不去。現在門口都有客人來了。我們剛往裏頭打過電話，沒人接。」

「有沒有任何不對勁的地方？」

「沒有注意到有特別的地方。噢，平常最後一個送貨的，是一家洗衣店的小卡車來送一箱洗乾淨了的餐巾，今天換了一個騎機車的人，但是拿的還是同一家洗衣店的紙箱子。」

「是不是同一個人？」

「他是戴著安全頭盔，把黑色的面罩放下來，看不見臉面。」

「糟了！行動小組準備好了嗎？」

「他們已經在後門就位待命，武器和防彈衣都進入攻堅準備。」

「馬上執行破門行動。」

馬宏磊是臥倒在廚房裏，馬宏落是倒在大門門口裏，屋內沒有打鬥的跡象，兩人的身上都沒有明顯的傷痕。

當蕭成凌帶著技術科和搜查隊的人到達現場後，馬上就展開了有系統地搜索，兩個被害人也被送到法醫室去判定死亡原因。戴安也趕到了現場，蕭成凌向他報告了兩件重要的搜查結果：一個是發現了馬家兄弟到桃園機場貨運站領出來的高純度酒精，還放在儲藏室裏，但是裝在箱架上的滅火器不見了。

第二件事是，看見了一張馬宏磊簽的租約，是短期租用一家在北投附近的農舍。大隊人馬立刻浩浩蕩蕩地來到了農舍展開搜查，他們發現了垃圾筒裏的黑色塑膠袋，一眼就看了出來，裏頭的東西和種田的事毫不相干。在擴大了搜索範圍後，他們發現了夏彌爾的屍體。

戴安撥打了總統府秘書長留給他的一個行動電話號碼，十分鐘後秘書長回電，要他馬上到濟南路上的教師會館三樓會議室見面。戴安和蕭成凌來到時，看見門口已經有便衣的維安人員，他們出示了證件後，就被請進了會議室，裏頭只有秘書長一個人，他站起來說：

「你們來得還真快。」

「廖秘書長，您好！我把偵緝處的蕭處長帶來了，他是案子的主要負責人。」

蕭成凌行了一個舉手禮：「報告府座，我是調查局偵緝處處長蕭成凌。」

「我知道你是誰，這次辛苦你了。」

「不辛苦，是應該的。」

戴安用了將近一個鐘頭的時間，將他們從在總統府接到任務的那一刻起，一直到目前所發生的情況，做了詳細地解釋。秘書長的臉色很沉重，看不出來是喜還是憂：

「戴局長，我明白你們員警去申請檢察院的逮捕證時，只要有所謂的充分證據就可以了，因為你們的職責只是要抓『犯罪嫌疑人』，起訴後由法院來決定犯罪事實是否成立。你們現在掌握了充分的證據嗎？」

「是的，我們認為檢察院會同意發出逮捕令的。」

「在一般的情況下，如果法院判決嫌疑人無罪，你們大不了說聲抱歉，走人就完了。但是這個案子非同小可，在這樣的情況下，嫌疑人走路的同時，當今的政府也會跟著垮台。他不就如願以償了嗎？」

「我們有把握法院不可能做無罪的判決。」

「別忘了，他是個非常有經驗的政治動物，他會早在法院做出判決前，就先利用民意和媒體對他做出判決。他會成為最後的贏家。」

「秘書長，那您認為我們的下一步是該怎麼辦？」

「讓我先問幾個問題。我現在最大的憂慮是，不能讓台灣出現大爆炸案，如果得逞，受害的人就是無辜的老百姓。你們是不是完全確定了，爆炸裝置是一顆原子彈？」

「我們請原子能委員會的蔣淨根主任，帶著他們的專家到裝配的現場查看，對收集的遺物做了詳細的分析，他們的結論是，原子彈已經裝配完成，引爆後的威力至少可達到十公里直徑的範圍。」

「你們確定了在現場附近的屍體，就是入境來裝配原子彈的嗎？他的身分查清楚了嗎？」

「我們將他入境的護照和在福華飯店登記的資料，送到國際刑警組織去核對，夏彌爾的母親是伊朗人，父親是巴勒斯坦人，是一個在德國受過訓的核彈專家。美國政府懷疑他是參與了北韓和伊朗發展核子武器的重要技術人員。」

「可以推斷，他是有能力裝配原子彈的專家，是嗎？」

「是的。」

「那麼，同樣的，你們也推斷現在台灣有一顆隨時可以引爆的小型原子彈，控制在某人的手裏，是不是？」

「我們認為這已經不是推斷而是事實了。」

「我們總統府認為，當前的首要任務是阻止原子彈的引爆，和逮捕執行這任務的行動員。你們對派來執行爆炸事件的人掌握了嗎？」

「我請蕭處長來報告具體的進展。」

蕭成凌接著說：「派來執行爆炸任務的行動員叫次旺多吉，他是用郭金泉的護照入境的。次旺多吉是西藏的康巴族人，他被前中情局的特工接到美國，進入了『紅石環球安全顧問公司』，是一個很有經驗的行動員。我們相信原子彈就在他的手上。我們已經將追緝令發出到全台灣的情治單位了。」

「除了他之外，還有其他的行動員是從境外來的嗎？」

「有的，除了先前提到的伊朗核彈專家外，從境外還陸續地來了蘇班哈、馬宏磊和馬宏落。根據得到的情資，他們都是來自西藏，然後進入了『紅石』。」

「現在這些人都被監控住了嗎？」

「他們都和伊朗來的核彈專家一樣，被殺害了。」

「利用完了之後，就殺人滅口了。」

「除了那位蘇班哈是在搶劫時被小流氓打死了之外，我們相信都是被殺人滅口的。並且根據法醫的驗屍結果，殺人的方式和秦依楓案子相關的被害人是同樣的，都是以鋼針從耳後根刺進了大腦而斃命的。」

「看來這兩個案子是有關係的。」

戴安接下來說：「是的。兩個案子的交叉點就是『紅石』。我這裏有一份政府部門裏，曾經派到『紅石』受過訓的名單，我們應該注意這名單上的人。」

「很好，你們是怎麼拿到這份名單的？」

「是從機密的人事檔案裏找出來的。另外，派到『紅石』受訓要交學費，所以在財務收支的檔案裏也能得到比對。還有就是從對他們的聯絡站，一間麵館進出人的監視裏所看到的人。」

「這些人都很可能成為次旺多吉的助手，也可能是政變事件裏的關鍵人物，你們要密切的注意。但是絕對不能對李雲華有任何打草驚蛇的行動。」

「明白。去過『紅石』的人裏，還包括了總統府的侍從人員和維安人員，我們是不是應該要有所行動？」

「我們已經有了方案和必要的安排，但是為了不打草驚蛇，現在還沒到採取行動的時候。但是你們有任何新的發展時，馬上要通知我。」

當調查人員發現了郭金泉的白色本田汽車，就是跟蹤馬家兄弟小卡車的可疑車輛後，它就從人間蒸發，再也沒有接到它再出現的報告。車輛是所有行動中最重要的工具，消失了的可疑車輛只有一個可能，就是郭金泉已經換了交通工具。蕭成凌和季倩玟又來到了組裝炸彈的農舍，他們重新把在現場找到的證物，再仔仔細細地檢查了一遍，但是沒有再發現任何有用的物證。在他們離開之前，將垃圾筒內所有的廢棄物都倒出來，一一的檢查。

一張發票進入了蕭成凌的視線，它是從路口的一家便利店開出來的，上面注明的是購買礦泉水和啤酒。從便利店當天的監視錄影機的記錄影像，看見了郭金泉的白色本田汽車車牌號碼換了，它是「台北市6055-ZQ」。通緝令上有了新的資料。

郭金泉是在離開農舍後的第八天，接到了指示的電子郵件，內容只有一個電話號碼和時間。他按指示的時間打了電話：「老爺大酒店明宮餐廳。」

「我需要預訂一張桌子。」

「請問什麼時間？幾個人？」

「明天中午十一點半，一共四個人。」

「請問貴姓和電話。」

「我姓金，黃金的金。電話就是現在的手機。」

「金先生，謝謝您，明天見。」

郭金泉在第二天上午出門，搭了兩班不同的公共汽車，到了台北車站再換乘計程車，在十一點一刻來到了中山北路和南京東路交口附近的老爺大酒店，一路上他確定了沒有可疑的人在跟蹤他，他進了明宮餐廳，帶客的迎賓小姐領他就座。不久，同一位小姐過來說：

「金先生，櫃檯上有電話找您。請跟我來。」

郭金泉確定旁邊沒有人後，他才對著話筒說：「喂！」

他終於聽見從電話傳來這次任務策劃人的聲音：「請問是哪一位？」

「次旺多吉。」

「請問您從哪裏來的。」

「從雪山來的，您記得那裏的旗子嗎？」

「當然，旗子上是一頭雪山獅子。它現在飄起來了嗎？」

「很遺憾，還沒有，但是不久就要變天，就會飄起來了。」

識別的信號完成了，索康給出了大爆炸的時間和地點。次旺多吉是個專業的行動員，雖然他從剛才的指示裏，能知道誰是事件的目標和事件的最終目的，結果即使是政權的轉移，都不是他應該過問和關心的，只有一件事是他要關心的，那就是在指定的時間和地點，將『夏彌爾的嬰兒』引爆。他向明宮餐廳道歉，說有急事發生，取消了午餐。

根據方文凱從秦瑪麗那裏取得的資料，阿能社的會員名單和去過『紅石』受訓人的名單，調查局在國防部的憲兵隊和總統府的特勤組配合下，將一批過去及現在和李雲華有密切來往，或是有特別關係的個人，都監控起來。其中最重要的人，是負責保衛台北首都的衛戍部隊的正副司令官，和一位警政署的副署長。一天晚上，這些人突然失蹤，連他們的家人和同事都不知他們的去向，因為第二天就是國防部最重要的漢光演習，而這些人都是負有重要的任務。

一年一度的漢光實兵軍事演習的地點是選在苗栗縣後龍溪的出海口，雖然軍演是定在上午十一點開始，但是早上五點鐘太陽剛要出來時，整個的演習地區就進入了戒嚴管制，所有的車輛和人員，都要有國防部發的特別通行證才能進入。和前幾次的漢光演習不同的是，戒嚴管制區擴大了許多，除了進出的道路之外，漫山遍野都佈滿了崗哨，如果注意觀察的話，可以發現這些崗哨是由憲兵在值勤，但是他們不是一般的憲兵，而是由南部調來的海軍陸戰隊的憲兵。這次演習的重點，是海空聯合支援海岸防衛部隊，抵抗企圖在後龍溪一帶登陸的「假想敵」。

演習中的實彈射擊，包括了各種飛彈的發射，和飛機、艦艇及岸炮的火力演示。參加演習的陸上和海上隊伍，在三天前就集中進入了演習的地區和海域，航空隊伍也集中在新竹軍用機場。在後龍溪河口小樹林外的沙灘上，已經建好了一個大看台，台上有五、六十張椅子已經很整齊地排放好了。總統、副總統，帶著文武百官，都將在看台上來參觀這次演習。根據方文凱提供的情報，這次軍演也就是李雲華發動「政變」的時間和地點。

在後龍溪河口正南方三百多公尺就是龍港鎮，它是去河口的必經之地。有四條道路可以通達到龍港鎮，那是由北方崎頂海水浴場南下的六十一號快速道，或是同一條六十一號快速道，但是由南邊的通霄鎮北上，第三條是從東邊來的六號省道，第四條是只有雙線路的一一九號縣城道路。軍演地區的安全是由憲兵和總統府的維安人員負責，但是戴安在通往龍港鎮的四條路上，布下了天羅地網，做為防禦的第一線。這個由調查局主持的行動計畫取名為「捕風行動」。七點四十九分，無線電對講機裏傳出了戴安在等待的資訊：「黑貓七號呼叫黑貓一號，目標車輛出現。」

黑貓七號是調查局偵緝處的調查員，他負責在苗栗市南方銅鑼鎮附近的一一九號縣道上巡邏。黑貓一號就是戴安，他和一隊特警駐守在距離龍港鎮東方五、六公里，六號省道邊的一家農舍，他的臉上出現了一絲笑容：「黑貓一號呼叫七號，報告位置和目標車輛行駛方向。」

「黑貓七號報告，目前位置在距離銅鑼鎮西北三公里的一一九號縣城道路，目標車輛向西湖鎮方向行駛，車速三十公里。」

「黑貓一號呼叫黑貓十五號，立刻進入一一九號縣城道路，快速接近銅鑼鎮，近距離識別目標車輛及行動人員。」

「黑貓十五明白。」

黑貓十五號調查員駕駛著一輛小型貨車，在一一九號縣城道路上飛快地駛向銅鑼鎮，他旁邊坐的是偵緝處的季倩玫，當看見前方出現了一輛白色的本田汽車時，她舉起了帶著望遠鏡長鏡頭的數位相機，在兩車擦身而過前，她快速地拍下了兩張照片，一張是本田車的車頭，焦點是對準在車牌，另一張的焦點是對在駕駛者的頭部。季倩玫用行動電話將這兩張照片，傳到了戴安的行動電話上，連在他面前的筆記本電腦顯示幕上，馬上出現了兩張影像，一張是放大了的汽車牌照號碼：「台北市6055-ZQ」，另一張是本田汽車的擋風玻璃，右下角貼著漢光演習的車輛通行證，透過了玻璃，次旺多吉，又名郭金泉的黝黑面孔，帶著嚴肅的表情充滿了電腦的螢幕。戴安自言自語地說：「他媽的，終於看見你了。」

他打開了對講機：「黑貓一號呼叫全體『捕風行動』人員，即刻進入緊急備戰狀態，目標車輛及人員已經確認，最後行動的地點在一一九號縣城道路，離西湖鎮西北方四公里處，全體人員即刻進入位置，按計劃行動。」

次旺多吉從索康手中取得了大爆炸的時間和地點後，就盡量地不讓自己和他的車出現在公共場所，他是考慮到情治單位是不是已經掌握到他的行蹤，至少是已經出現在台灣的事實。前後已經有四個人喪命，其中有三個是他動手殺的，治安人員把這些命案連接起來是早晚的事。漢光演習的前一天，他在指定的地點取到了一個信封，裏頭有演習戒嚴區的車輛和人員通行證，上面注明了停車地點是一號停車場，它距離看台最近，只有三十公尺，那裏也就是原子彈引爆的地點。為了確保準時地到達，他在入夜後就離開台北市，來到了苗栗縣銅鑼鎮，住進了一家民宿旅店。但是第二天早上他開車上了一一九號縣城道路時，就被戴安的人給盯上了。只有兩線道的路上車輛不多，但是次旺多吉還是小心翼翼地開車，他用手摸了一下放在右邊前座下面的金屬箱子，他告訴自己，距離按下啟動按鈕的時間只有三個小時了，絕不能出一點差錯，尤其不能觸犯任何交通規則，引起注意。

等一過了西湖鎮，前方的車子就慢了下來，並且對面也沒有車過來，再過了一會兒，次旺多吉就聽見了從後面傳來的，非常刺耳的救護車警笛聲，隨即就有一輛閃著紅燈的白色救護車，在對面的車道上風馳電掣地反向開過去，顯然前方是有交通管制，好讓救護車通過。次旺多吉正在擔心，這顯然是有交通意外的情況了，它發生在這二線道上，很可能需要一陣時間才能清除，恢復正常，這會不會影響到他要執行的任務？他看見一個交通警察騎著機車，慢慢地從對面過來，他身上斜揹著一個擴音器，它接著頭盔上的麥克風：

「前方出現車禍，正在搶救傷患，道路正實施交通管制，請汽車靠右，讓緊急車輛及漢光演習車輛優先通過。」

警員一面慢慢地騎著機車，一面重複著上面的宣告。當他來到了他的車旁時，次旺多吉把車窗搖下：「請問，我有漢光演習的通行證，可以優先通過嗎？」

「啊，您的車有ＶＩＰ的通行證，當然是要優先通過，來，跟著我，我來給您開道，讓我先通知前面。」

交通警察對著麥克風說：「二號巡邏機車報告，漢光ＶＩＰ車輛6055-ZQ准予優先通過。」

這位交通警察就是調查局偵緝處處長蕭成凌，他將機車掉頭，揮手示意次旺多吉跟他來。他回頭確定了白色本田汽車在他身後，打開了「捕風行動」的對講機：

「黑貓二號呼叫黑貓一號，目標車上有小型鋁製行李箱，箱子上方有紅、黃、綠三種顏色的按鈕，放在右前放座位地上。目標身穿灰色夾克，裏頭有防彈背心。」

「黑一對黑二，報告預計到達指定地時間。」

「黑二對黑一，兩分鐘。」

「黑貓一號呼叫全體『捕風行動』人員，目標即將進入指定地點，立刻執行格殺方案。」

次旺多吉緊跟著交通警察的機車，來到了前方的十字路口，他看見了停在路邊的救護車，車頂上的紅燈還是像急驚風似地閃著，旁邊還有兩輛撞得稀爛的汽車，顯然它們是在這十字路口相撞的。路邊上還躺著三個人，一個已經被白布從頭到腳蓋住了，另外兩個在擔架上的一男一女身上帶著血跡，穿著白色制服的醫護人員正在為他們包紮中。從這裏起，這段路就成了單行道，車流受到了管制。在交警機車的引導下，次旺多吉把車停在前面一輛等候的汽車的後面，坐在救護車裏的戴安拿起望遠鏡，這位讓他日夜憂心如焚，吃不好也睡不好的西藏康巴人，也是個優秀的紅石行動員，出現在他的眼前，他對自己說：「次旺多吉，我們第一次見面，我就要取你的性命，這是老天爺的安排，就請包涵了。」

另一位交通警察走過來，他手上舉著一個牌子，上面有「停車，請出示漢光軍演通行證。」的字樣。騎著機車的交通警察停下車後走了過來，他從上衣口袋裏拿出一個筆記本，然後說：

「我們需要看看通行證的號碼，登記一下。」

次旺多吉把車窗搖了下來，他將通行證遞過去時問說：

「這裏距離軍演的現場還有多遠？」

「差不多還有七、八公里吧！」

他下意識地感到自己終於進入到執行最後任務的範圍內了，他將行李箱把手下的綠色按鈕按下，啟動了原子彈的引爆系統。突然有一輛小貨車引起他的注意力，它是停在距離十字路口不遠的叉路上，他注意地看了一眼，覺得眼熟，一股不安的感覺湧了上來。他聽見了：

「謝謝，請將通行證收好。」

他看見交通警察用左手還給他的通行證，在伸手接過來時又聽見：

「次旺多吉，你……」

他立刻扭身要去按下行李箱把手下的紅色按鈕，但是為時已晚，蕭成凌握在右手的槍響了，連續三發子彈擊中了次旺多吉的頭部，混著鮮血的腦漿，濺到了蕭成凌的身上。在此同時，一名手持大口徑攻擊步槍的狙擊手，在白色本田車前站立起來，透過擋風玻璃向次旺多吉連續射擊。出生在西藏高原的康巴人，首先發現他失去了移動手臂的能力，接著他的眼前出現了他日夜思念的雪山獅子，但是瞬間即逝，剩下來的是永恆的黑暗。

一架直升飛機降落在十字路口，有人將濺滿了鮮血的金屬行李箱拿上去後，它立刻起飛向外海飛去。戴安用行動電話接通了總統府的秘書長，報告情況解除。十點三十分，總統乘直升機到達漢光軍演的看台。

土耳其曾經是強大的奧斯曼帝國，伊斯坦布爾則曾長期是它的首都。它也曾經是古代羅馬帝國和拜占庭帝國的首都，它以絕佳的地理位置及豐富多彩的文化遺跡，成為著名的世界觀光城市，讓訪客著迷，流連忘返。伊斯坦布爾之所以聞名於世，主要原因之一是其得天獨厚的地理位置。在亞洲大陸最西端的黑海與地中海之間，有一條至關重要的「黃金水道」，它把亞洲和歐洲大陸分割開來，其中間部分是馬爾馬拉海，南端叫達達尼爾海峽，北端叫博斯普魯斯海峽，總稱為黑海海峽。

這一個黃金水道，是黑海通向外界的咽喉要地，伊斯坦布爾就坐落在博斯普魯斯海峽的南端。從這裏出發向北從海上直達黑海沿岸各國，向南接著地中海，從海上可通歐、亞、非三個大陸。站在伊斯坦布爾的高處向西望去，歐洲大陸近在咫尺，向東雖有帕米爾高原阻隔，但是兩千年來，在絲綢之路上商賈不斷往來。這種優越的地理位置，不僅使其成為洲際交通樞紐，而且成為兵家必爭之地。

歷史悠久的古國名都伊斯坦布爾，建於西元前六六八年，舊址是古希臘的城邦國，拜占廷，後來經過戰爭和重建，成為東羅馬帝國的首都，於西元三三〇年改名君士坦丁堡，別稱新羅馬，一四五三年，奧斯曼土耳其人取得該城以後，才開始叫伊斯坦布爾。從那時起一直是土耳其帝國的首都。一九二三年，土耳其共和國遷都安卡拉，但伊斯坦布爾仍然是土耳其經濟和文化的重心。它是世界上唯一跨越歐、亞兩大洲的城市，也是以中國為起點的古代絲綢之路終點。

以收集和展覽歐洲文物著名的美國蓋地博物館、伊斯坦布爾的阿亞索菲亞博物館和考古博物館，聯合舉辦了全世界首次的「亞特蘭提斯文明遺物展覽」，地點是在伊斯坦布爾的盧提會議中心的展覽館。展覽的海報說明了，這三家博物館是在「南方製藥」文化基金會的財政支持下主辦的，展覽的內容是多年來在西藏出土的寶物，也就是相傳中的「拉薩寶藏」。展覽的考古及藝術總顧問，是來自羅馬的義大利中央政府文化部古物及藝術品保管處的處長李查德·普佐。法律顧問是美國加州大學法學院陸海雲教授。最後，他們要感謝西藏的索康家族，同意出借「拉薩寶藏」裏的古物。

巴勒斯坦伊斯蘭抵抗運動，簡稱為「哈馬斯」，是一個集宗教和政治為一體的組織。它主張用武力消滅巴勒斯坦土地上的猶太復國主義者，反對同以色列和平共處，主張建立一個以耶路撒冷為首都的獨立巴勒斯坦國。哈馬斯成立後，多次製造針對以色列目標的自殺式爆炸事件，一九八九年，以色列宣佈哈馬斯為非法組織，二〇〇〇年，巴勒斯坦和以色列爆發大規模流血衝突，哈馬斯製造了一系列針對以色列的自殺式爆炸事件。做為報復，以色列對哈馬斯實施了大規模的軍事行動，使哈馬斯遭受重創。

「九一一」事件後，美國和歐盟先後宣佈哈馬斯為「恐怖組織」，並凍結其財產。澳大利亞隨後也宣佈，凍結哈馬斯領導人的財產。自成立以來哈馬斯一直關注慈善救濟工作，因此得到巴勒斯坦民眾的廣泛支援。在二〇〇五年巴勒斯坦舉行的四個階段地方選舉中，哈馬斯在第一和第四階段均領先於其他黨派。在此次選舉中，哈馬斯首次成為巴勒斯坦地區的執政黨。在財產遭到凍結後，哈馬斯的各種活動，從對以色列的武裝鬥爭，到支持巴勒斯坦中小學的午餐，都受到了限制，因此他們積極地在尋找新的財政來源，這時候大衛．索康出現在他們眼前。

在以色列特拉維夫市南端海濱，有一座很不起眼的陳舊棕褐色小樓，它就是大名鼎鼎的摩薩德總部。摩薩德的全稱是以色列情報和特殊使命局，它是以色列軍方在一九四八年建立的情報和特工組織，摩薩德和美國中央情報局、英國軍情六處、蘇聯克格勃，被公認為全球諜海四強。自從成立以來，摩薩德進行了多次讓世界震動的成功行動。它的成功，成為世界情報史上的傳奇。

「摩薩德」是伴隨著「猶太復國主義」運動的發展和以色列的建國而形成的。以色列所在地的中東地區，全是信奉伊斯蘭教的國家，自從建國以來，它的鄰近國家就企圖要消滅這個信奉猶太教的鄰國，所以從一開始，「摩薩德」最重要的使命，就是去消滅和打擊反對以色列建國的組織。近年來，哈馬斯成為他們最關心的目標。當大衛．索康出現在哈馬斯的高層時，他們打探不出這人的企圖是什麼，顯然他不是信奉伊斯蘭教的穆斯林，也不是反對「猶太復國主義」的狂熱份子，「摩薩德」的臥底只探聽出，此人以高價雇用哈馬斯的行動隊，擔任特別任務，成功後付款。但是對任務的目標和地點都無法得知。直到他們的老朋友，前中情局特工，退休後任職於「南方製藥」安全部主任的吉米．詹森前來訪問，才明白是怎麼回事。

在「亞特蘭提斯文明遺物展覽」開幕前的十天，以色列的摩薩德特工，發現了兩名哈馬斯行動員，來到伊斯坦布爾的盧提會議中心來「踩點」。

在隨後的兩天，一共有十名哈馬斯的行動員和他們的「器材」，來到了伊斯坦布爾。當摩薩德特工通知吉米·詹森，哈馬斯行動員出現在伊斯坦布爾錫蘭洲際大酒店時，他知道目標終於將要來了，他通知了在巴黎待命的秦瑪麗，和已經來到了伊斯坦布爾的方文凱。

在此同時，一架波音七四七型貨機，由瑞士的蘇黎世飛抵伊斯坦布爾市區西郊，相距約二十七公里的阿塔土耳克國際機場。卸下來的都是大小不一的木箱，上面有「列支敦士登信託銀行」和「小心易破物」的字樣。這些木箱在信託銀行、保險公司和瑞士保全公司人員的監督下，被小心翼翼地搬進了兩個放在平板拖車上的密封集裝箱。在四輛當地警車護送下，到達了盧提會議中心的貨車地下停車場。

停車場的進出口有警衛人員把守，進去後來到專門為貨車起卸大型貨箱和儲藏用的停車庫，它不僅有起卸的平台，還有可以上下移動的鐵門，為貴重物品提供安全。由於為展覽所設計的架台，還正在展覽館裏加工搭建，同時美國蓋地博物館的技術人員，要在三天後才能到達，因此還不能卸貨開箱。停車場的鐵門拉下，上了鎖，相關的人員就撤走了，只留下三名員警在鐵門外把守。從貨機到達機場起，哈馬斯的行動員就開始了他們的監視，以色列的摩薩德特工也在監視哈馬斯的人，而這整個過程，又是在「南方製藥」安全部人員的監視中。

在兩天後的午夜時分，一輛黑色的休閒車來到了盧提會議中心的貨車停車場，下來了六個彪形大漢，有一位穿著信託銀行制服，和一位穿著瑞士保全公司制服的人，趨前向員警出示了他們的身分證，說現在有緊急情況，請他們馬上給他們的上司打電話。當接通了電話後，員警分局的值班警官說，接到了消息，有人要搶劫車庫裏的貨物，所以貨主要求轉移，他們要馬上放行。兩輛貨櫃車又開出了停車場，直奔伊斯坦布爾的葛拉達橋，在卡拉克一側的碼頭，有一艘小型貨櫃船已經在等待了，很快地，兩個集裝箱從拖車上被吊上了貨船，半小時後，貨船啟錨離港。在港口對面停著的一輛轎車，車窗是用暗膜貼住的，看不見裏頭的人，它在貨船離港後才緩緩地開走。

在不遠的一個巷口，有一輛小貨車，開車的人是以色列摩薩德特工的小組長，他旁邊坐的人是「南方製藥」安全部主任吉米．詹森。貨船航向北方的博斯普魯斯海峽，目的地是烏克蘭的黑海港口奧德薩，當貨船駛離了土耳其的領海時，船長用海事衛星電話，接通了伊斯坦布爾錫蘭洲際大酒店的總機，他要求接到九五七號房間找大衛．索康先生。

以支持「亞特蘭提斯文明遺物展覽」為理由，「南方製藥」安全部主任吉米．詹森，用公司的文化基金會名義，在盧提會議中心的頂樓，租用了一間辦公室，辦公室的視窗正對著只有六、七分鐘步行路程的錫蘭洲際大酒店，為了直接監視大衛．索康，他在視窗前架設了高倍望遠鏡，鏡頭裏的影像是連接到一個平板顯示器上，九五七號房間裏的情況可以一目了然。他回頭看著站在他身後的方文凱、秦瑪麗、管曉琴和江柔澄說：「董事長夫人，我需要有兩位以上的人，用目視認證兩個目標。」

潘延炳和大衛．索康是在九五七號房間內用的早餐，他們討論了今後的計畫，對哈馬斯的人以偷天換日的手法將「拉薩寶藏」運走，都感到非常的高興，雖然哈馬斯要的價錢高了些，但是比起「拉薩寶藏」的價值，只是滄海一粟，太值得了。大衛．索康請潘延炳按同意了的一百萬美金價碼，以現鈔全額一次付款，但是要交到哈馬斯行動小組的組長手裏，避免有人從中圖利。潘延炳打開手機接通了胡森尼，他是哈馬斯行動小組的負責人，他們約好了付款的時間和地點，他拿起大衛．索康交給他的手提包離開了房間。吉米．詹森拿出手機，按下快撥號碼，鈴響了一聲就被接了，他只是簡單地說了一句：「兩個目標驗明正身。」

「埃及香料市場」是伊斯坦布爾最大、最古老的香料市場。埃及人是買賣香料的鼻祖，也是建立香料市場集散地的發起人，他們在伊斯坦布爾建立了亞洲香料的集散地，在歷史上，歐洲人曾覬在這裏累積的巨大財富，十字軍東征時，一定會到這裏來進行掠奪，數十次將全城洗劫一空。潘延炳是個香料愛好者，他喜歡在香料市場裏悠閒地挑選香料，然後坐在市場外一家咖啡館的戶外座位，喝喝土耳其紅茶、抽抽水菸，或是細飲極苦的土耳其咖啡，來品嘗極甜的地道土耳其甜點，同時可以呼吸帶有濃郁香料味的空氣，和欣賞走過眼前的美女。這裏是他約好和胡森尼見面付款的地方，也是摩薩德特工選擇結束他生命的地方。潘延炳沒有去逛香料市場，而是直接走到咖啡館，跟著他的兩名哈馬斯保鏢，找到了靠角落的路邊座位，大家都叫了土耳其紅茶。

咖啡館是在市場外的廣場正中央，來往的行人和車輛，像流水一樣不停地過往，其中最大的流動量，就是來自進出香料市場的遊客。胡森尼和他的兩名保鏢，是跟在一群旅遊團觀光客後面走出來的，在廣場對面一家食品雜貨店裏的是，負責指揮行動的摩薩德特工小組長，一眼就認出這位多年來的對手，哈馬斯的一級行動員，也是他們的優秀殺手胡森尼，他的手上沾滿了以色列人的血，包括好幾位摩薩德的特工也是死在他手裏。三年前，摩薩德就向所有特工發出了就地格殺他的命令。等到胡森尼和潘延炳見面、握手、坐下叫了土耳其紅茶，來到埃及香料市場執行任務的摩薩德特工都接到緊急通知，他們的目標增加一人，就是格殺令中的胡森尼。

哈馬斯保鏢們先是聽見了一部大馬力摩托車的引擎聲，隨後就看見一輛寶馬牌的摩托車，從前方的大街以很高的速度接近，車上有兩個人，都戴著頭盔，暗色的面罩拉下，他們看不見車上人的面孔，但是很清楚地看見後座的人舉起手來，手中握住了一支手槍，槍管上有一個長長的滅音器，在陽光下閃閃發亮，保鏢中有人驚呼：「注意，前方有槍手！」除了潘延炳之外，其他的人都開始拔槍，胡森尼看見從後方來的一輛胡蜂牌的小型機車，向他們的桌邊接近，坐在後座的人也伸出了裝有滅音器的手槍，但是為時已晚，來不及反應，幾乎在同時有三支槍向他們快速連續射擊，第一顆子彈是來自鄰桌的一位女遊客，實際上她是摩薩德的特工，她將早已拔出的滅音手槍，藏在她正在讀著的報紙後面，向第一個出槍的哈馬斯保鏢開槍。在不到五秒鐘的時間，潘延炳、胡森尼和四個哈馬斯行動員就倒在血泊中，寶馬牌摩托車停下來，後座上的人下來，在潘延炳和胡森尼的頭上各補了一槍，然後拿起潘延炳身邊的手提包，上了摩托車揚長而去，等到四周的人開始尖叫高呼時，鄰桌的女遊客和胡蜂牌小機車已經不見蹤影。

伊斯坦布爾錫蘭洲際大酒店九五七號房間門口有兩名保鏢，他們將一個年輕女服務員推來的車上下地檢查一遍。推車上有一張雪白的桌布，上面是一個銀白色的冰塊筒，裏頭有一瓶香檳酒，還有四個高腳的香檳酒杯和一盤小點心。保鏢提起桌布的一角，只看見下面的平板木架上空空如也，什麼都沒有。他敲門伸進頭來問：「索康先生，酒店送來了香檳，您要嗎？」

「啊！剛剛經理來電話，說他們要送下午的點心來，你檢查過了嗎？」

「剛檢查過了。」

「那就送進來吧！」

保鏢把門打開，服務員跟在後面把車推到沙發邊，倒了一杯香檳放在索康坐的沙發桌上，她鞠躬後離開了客房。索康喝了一口香檳，覺得是上等的好香檳，他又過去把酒杯倒滿，順手還拿了一塊小點心放在嘴裏，他提醒自己不能吃得太多，因為晚上還要和潘延炳去吃大餐，慶祝他們奪寶成功。

吉米．詹森看見女服務員將香檳酒杯放在大衛．索康面前，然後鞠躬退出，女服務員是摩薩德特工，這是她事先安排好的信號，表示炸彈的引爆控制裝置已經通電啟動了。兩分鐘後，吉米．詹森接到電話，他沒說話，只是聽了不到一分鐘後就掛斷，然後對已經來到辦公室的秦瑪麗和方文凱說：「摩薩德特工證實了，潘延炳已經在埃及香料市場被格殺，他們拿走了要給哈馬斯的一百萬美金，就算是我們付的費用了。酒店房間的爆炸裝置，也已經完全準備好了。你們剛剛看見大衛．索康的房間裏，有一個放香檳酒的推車，它中間有一個木板架，被車上的桌布蓋住了看不見，其實它是個帶有手機引爆裝置的高爆性炸彈，從我手機所發出的信號會將炸彈引爆。」

吉米．詹森將他的手機交給了秦瑪麗。

九五七號房間裏的電話響了，大衛．索康一手拿著香檳，一手拿起了電話：「喂，請問哪一位？」

一個很清晰的女人聲音說：「請問國安會秘書長李雲華在嗎？」

大衛．索康吃了一驚，這是他離開台灣後，第一次有人稱呼他國安會秘書長或李雲華：

「妳是誰？」

「我是秦瑪麗，記得我嗎？我爸爸是秦依楓。我們在紐約長島的大宅院見過好幾次。」

「妳找我幹什麼？」

「秘書長這麼健忘嗎？你為了個人的私利，製造冤案害了我父親，讓他蒙上不白之冤，又幫助大渾蛋史密斯殺了我父母親。我為了復仇，委身給他十幾年，終於讓他死在我手裏，他不但自己死得齜牙咧嘴，連他的兒子也斷了後，還住進了監牢。現在輪到你要付代價了，你還有什麼話要說嗎？」

「我在這世界上有特別的使命，為了要完成這使命，我必須去取得屬於我的東西，要擋我路的人，都必須死去，否則世界文明就無法恢復從前的光輝燦爛。」

方文凱用另一個分機說：

「你到了這個時候還在胡說八道。擋你路的人只是要揭穿你，想要霸佔『拉薩寶藏』的野心，還有你繼承了你老爸李淇的手段，殺害暴露你真面目的人。楊玉倩只是個有責任心的記者，你為什麼要殺她？」

「你是什麼人？」

「我叫方文凱，是楊玉倩的朋友。」

「我知道你是誰？你就是秦瑪麗派到台灣去攪亂的，就是因為你，把我們在綠島的『阿能社』給毀了，我還正要找你算帳呢。」

「是你們綁架了江柔澄，警方才把『阿能社』給端了。」

「你根本不明白整件事的真實情況，『拉薩寶藏』終於是屬於我的了，再去說它也無濟於事了。」

「是嗎？難道你一點都不感到奇怪，報紙上沒有一點報導說『拉薩寶藏』被奪的事，也沒有宣佈展覽取消或是延期的聲明，太奇怪了。」

大衛．索康猶豫了一下，但他還是有信心地說：

「這一點都不奇怪，警方是盼望他們在二十四小時內，會找回『拉薩寶藏』。」

「我建議你可以到窗口去看看，不遠的盧提會議中心停車場，你就知道警方正在幹什麼了。」

大大的停車場只停了四部寫著阿亞索菲亞博物館字樣的密封式大貨車，但是圍在四周的有十幾輛閃著紅燈的警車，還有不下二、三十個員警在執行警戒任務。他們的保護對像是穿著制服的工人，和他們正在搬運的木箱。大衛．索康突然明白了，正在開往黑海港口奧德薩的貨船上並不是「拉薩寶藏」，他感到腦門上在冒冷汗，他聽見方文凱在電話裏的聲音：

「李雲華，你看伊斯坦布爾的員警還真行，他們把『拉薩寶藏』找回來了。」

站在落地窗前的李雲華明白他是被騙了，他對著電話吼叫：

「『拉薩寶藏』是屬於我的，誰也別想碰，我馬上叫潘延炳去通知哈馬斯行動員，去把『拉薩寶藏』奪回來，我要再加兩百萬美金，叫他們把你和秦瑪麗送上西天。」

「潘延炳已經和史密斯在一起了，我想他們是在地獄等著你呢。」

「姓方的，你別想唬我，我們有一組哈馬斯的行動員當我們的保鏢，別想動我們一根汗毛。」

「李雲華，那我就讓你死得明白吧！這世界上有四個人，秦瑪麗、江柔澄、管曉琴，還有我方文凱，都和你有不共載天的血海深仇，我們請了以色列的摩薩德特工，把你的馬仔潘延炳，在埃及香料市場前殺了，也拿走了你的一百萬美金，所以你才打不通他的手機。現在是輪到你要上路的時候了，你明白了嗎？」

秦瑪麗插進來說：「李雲華，回頭看看你房裏那輛推車，那是摩薩德為你準備的炸彈，你就上路往地獄走吧！」

終於，他明白了。電話裏傳來了臨死前的哀叫：

「秦瑪麗，我所有的全給妳，求妳放我一命吧……」

但是她已經按下了手機上的綠色通話按鈕，瞬間，一個特定的電磁波傳到了引爆器上，激發了炸彈上的雷管，轟然一聲後，一股超高溫的高壓氣體，立刻充滿了九五七號房間，強大的壓力波像一個巨大的鐵球，擊裂了屋裏的每一件東西，然後像海嘯中的巨浪，把屋內的東西從門窗推出了屋外，首先被推出來的，就是站在落地窗前的李雲華，他全身的衣服被火熱的爆炸氣體點著了，像一個呼嘯著的火球彈被拋了出來，以拋物線的彈道落在錫蘭洲際大酒店前的馬路上。

在馬路上有不少的行人和坐在車裏的人，都聽見了炸彈爆炸的巨響，也抬頭看見了飛天火球從天而降，還有人說，火球裏的人掉下來時，手裏還握著香檳酒杯。離墜落地點不遠的地方停著一輛汽車，開車的是「南方製藥」的吉米．詹森，車裏有另外兩個女人，江柔澄和管曉琴。

「亞特蘭提斯文明遺物展覽」按期開幕，土耳其的全國政要，世界各國的主要博物館代表，歷史和考古學家、藝術家、收藏家和投資者，都出席了開幕典禮，盛況空前。當然，「拉薩寶藏」的所有人江柔澄以及她的銀行家，列支敦士登信託銀行的馬丁．漢斯和彼得．漢斯父子也出席了。秦瑪麗做為展覽的榮譽主席，在典禮上做了簡短的致辭，在接下來的酒會上，她帶著江柔澄周旋在出席的客人中，兩位東方美女的風度和美豔，讓很多男士把她們驚為天人，也讓所有的人思考，眼前的兩個女人所代表的財富。

方文凱在酒會上見到了秦瑪麗，不到兩天前，他們才合作完成了復仇計畫，送走了兩個大活人，但是她只是輕輕地和他握了一下手，就走開和別人打招呼了。方文凱終於明白了，為了要替父母親復仇，她可以和仇人同床共枕了十幾年，所以他們在松島的激情對她只是過眼雲煙，可能已經完全忘記了。方文凱找到機會把江柔澄拉到一邊說幾句話，她緊緊地擁抱了他：「文凱，終於見到你了，想死我了。」

「我們不是常通電話嗎？」

「那不同，我就是想看看你，但你好像老是在躲我。我來這裏都好幾天了，你都不來找我。」

「我找過妳，但是管曉琴告訴我，妳的時間都排得滿滿的，連早飯都是約會。」

「我都不曉得這些日子是怎麼過的，在我面前的是天翻地覆的變化，要不是瑪麗大姐和管阿姨，我是無法生存的。我在巴黎見到了對你一片癡心的黛思，她說你的心是在你小姨子身上，所以她只好放棄了，那我就更沒戲唱了，我也只好像她一樣，對你放棄了。」

「黛思和妳一樣是個溫柔體貼的大美人，男人對她都會動心的，包括我自己。但是她是我妻子的好朋友，又是我老朋友莫佛的妻子，這麼複雜的關係，如果處理不當，會傷人的。但是黛思現在是個很有成就的藝術家，是個世界級的大導演，她告訴我，為了事業，她不可能去做別人的妻子，所以我們會是好朋友。」

「那我和你也是好朋友行不行？你一定要常來看我。」

「我們當然是好朋友了，既然是，一定會常來常往的。小柔，妳聽我說，妳今天生活的世界和妳以前的已經完全不同了，妳除了要面對不同的生活方式、環境和身邊的朋友，妳還要面對更大的社會責任。以妳現在的財富和地位，妳的大筆一揮所造成的影響，要比我這個科學家一生對社會的貢獻所造成的影響，不知道要大多少倍。妳一定要好自為之，將來找個好男人嫁了。」

「我不嫁。我問你，你為什麼不接受我把信託銀行的帳戶給你呢？」

「那妳是在害我，會讓我不能當科學家了。我很高興，妳和秦瑪麗，還有管曉琴相處得很好，她們對妳的前途是能幫上大忙的，妳要珍惜她們的感情。」

「這我知道。瑪麗姐覺得是她要玉倩姐去調查她父親的案子，才讓人害死，所以不只是我們有緣分，玉倩姐還老是跟她說，我是她的妹妹。她就抱著感恩的心情照顧我。她要我先成立一個公司來管理這些錢，還教了我一大堆投資、理財和管理的方法。可是我想先到『南方製藥』去替她打工，跟著她學點本事。」

「太好了，我很贊成妳的想法。只是還想建議，將來在投資的時候，妳要記住台灣和西藏，那裏的人曾經幫助過妳和妳的祖先。」

「我一定會的，瑪麗姐和管阿姨也是這麼提醒我。文凱，我發現秦瑪麗的個性很像玉倩姐，怪不得她們會是好朋友，都是表面上冷冷的，但是心裏是熱情如火。你知道嗎？我想她是喜歡你，她說她很羨慕玉倩姐，因為你們有過一場轟轟烈烈的愛情，她願意用任何的東西，包括自己的生命，去換取那份愛情。說著說著她就抱著我哭起來了。把我嚇死了。」

「小柔，妳千萬不要胡說，她有一個無法想像的痛苦婚姻，讓她受了十幾年的煎熬，年輕時也不曾有過正常的愛情，但是她現在和莫佛在熱戀中，他們很可能就快結婚了。還有她取代了史密斯，成為我們學校的校董，所以她已經是我老闆的老闆的老闆，妳不能瞎說。」

「這個我知道，我看得出來莫佛很愛她，他們常在一起，兩個人紐約、巴黎飛來飛去地見面，可是瑪麗姐說，雖然莫佛很愛她，對她很好，她不會嫁給他，頂多偶爾住在一起，因為她比莫佛大幾歲，等到她年老色衰時，男人就會移情別戀了。避免婚外情的最好辦法就是不結婚。」

「不是所有的男人都是有壞心眼的。」

「沒錯，我同意。但是當年輕的美女看上年紀大的優秀男人，你們就抵擋不住，所以就會有婚外情的發生。」

江柔澄從她的包包裏拿出一封信交給方文凱，她說：「這是秦瑪麗叫我給你的信，拿去吧！」

秦瑪麗在她的信裏寫的是：

文凱：

在過去的十幾年裏，我只為著一件事而活在這世界上，就是要替父母親報仇。

為了完成任務，我失去了一切，包括我自己。夜深人靜時，曾多次的問自己，當我完成了復仇計畫後，還有什麼會值得讓我繼續地存在這世界裏呢？我失去了尋找愛情的勇氣和能力。但是在松島，我懷著準備復仇的心，把自己完全地放開給了你，沒想到的是，你讓我感到了我從沒有過的經驗，那是被一個男人用靈魂征服了的感覺。

我知道你把真情施放給我，你才會在我耳邊說著愛情故事的同時征服了我。我要你知道，我被你迷住了，忘了我要復仇的目的，我的反應是來自女人被愛著的自然本性。你給我的感覺，已經牢牢地依附在我身上，我使盡了所有的力量也趕不走它，同時你也讓我慚愧，不敢正眼地看你。

江柔澄和管曉琴的出現，給了我對生命的期待，也讓我明白了我對她們的責任。還有你的老朋友莫佛，他愛上了我，他給了我排山倒海似的溫柔和體貼，也帶給我對人生的渴望。但是我忘不了松島，當莫佛很努力地折騰我時，我心裏在思念著的，是在松島征服我的靈魂。

文凱，我不是一個冷漠的人，我的心在燃燒著。後天一早，我將去日本出差，我會懷著感恩的心在松島等著你。希望我能正眼地看著你，再聽你說一次愛情的故事。

秦瑪麗

方文凱拿起電話，接通了航空公司。

後記

「亞特蘭提斯文明遺物展覽」是按預期開幕，但是四個月後，它沒有按預期結束。在來自各方面的強力要求下，它將結束的日子延後了一個月。被展出的每一件「拉薩寶藏」裏的寶物，都成了被追捧的對象，列支敦士登信託銀行立刻委託拍賣公司，在蘇黎世拍賣「拉薩寶藏」裏的每一件寶物，結果賣出的價格都比預估的高了兩、三倍。

方文凱離開了日本的松島後，沒有飛回洛城，他來到了夏威夷，當他在機場看見葛瑞思時，他感到是回到家了，他們在擁抱時，葛瑞思發現他手指上的戒指不見了。

全文完

| 追風人◎著 |

優德大學的電腦工程師石莎被謀殺了。

原先盛傳石莎因不能承受工作壓力而自殺的傳言，
在法醫公布死亡原因為他殺後不攻自破。
但是緊接而來的謠言更多：誰是兇手？為什麼要殺她？

鍾為是香港優德大學的資深教授，從事兩項大型的科學研究項目，
領著研究人員和學生活躍在近岸海域採取資料。
然而，大學高層意圖竊取研究成果和資料，
研究隊伍中的一位電腦工程師也於此時被謀殺。
警方調查發現，國際恐怖組織買通激進份子，
企圖擊落飛越中國的美國民航機，
國安部介入調查，企圖阻止事件發生。
校園內單純的研究計畫，究竟為何陷入國際陰謀的恐怖糾纏……

定價：320元

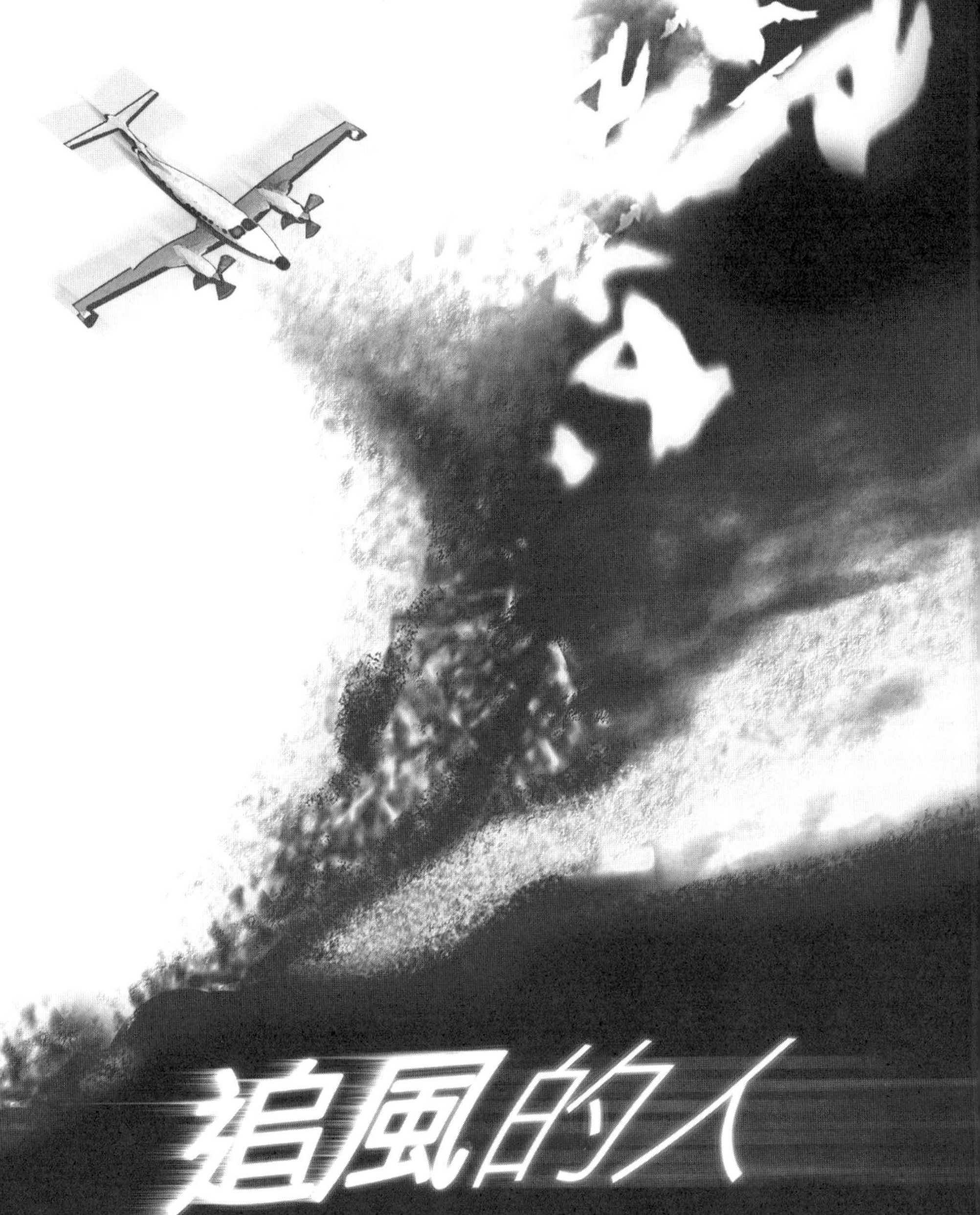
追風的人
The Wind Chasers

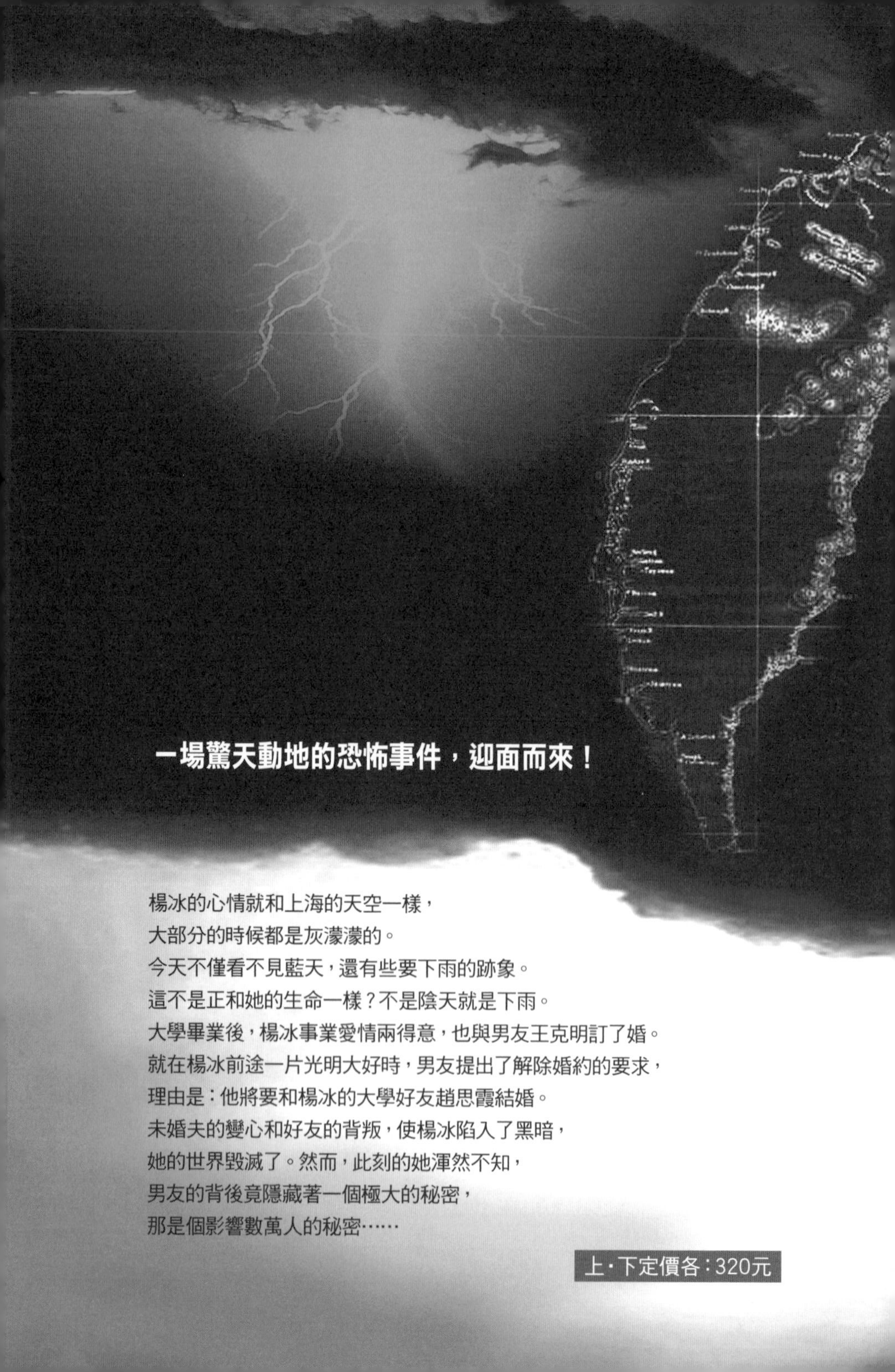
一場驚天動地的恐怖事件，迎面而來！
楊冰的心情就和上海的天空一樣，
大部分的時候都是灰濛濛的。
今天不僅看不見藍天，還有些要下雨的跡象。
這不是正和她的生命一樣？不是陰天就是下雨。
大學畢業後，楊冰事業愛情兩得意，也與男友王克明訂了婚。
就在楊冰前途一片光明大好時，男友提出了解除婚約的要求，
理由是：他將要和楊冰的大學好友趙思霞結婚。
未婚夫的變心和好友的背叛，使楊冰陷入了黑暗，
她的世界毀滅了。然而，此刻的她渾然不知，
男友的背後竟隱藏著一個極大的秘密，
那是個影響數萬人的秘密……
上・下定價各：320元

追風人◎著

遠方的追緝(上)(下)

The Distant Chasers

海上的浮屍意外揭開冰山之一角，
企業內幕與政治醜聞陸續爆發。
一連串翻天覆地的恐怖事件，
隱藏在不起眼的社會案件背後……

時空的追緝（下）

作 者：追風人
出版者：風雲時代出版股份有限公司
出版所：風雲時代出版股份有限公司
地址：105台北市民生東路五段178號7樓之3
風雲書網：http://www.eastbooks.com.tw
官方部落格：http://eastbooks.pixnet.net/blog
Facebook：http://www.facebook.com/h7560949
信箱：h7560949@ms15.hinet.net
郵撥帳號：12043291
服務專線：(02)27560949
傳真專線：(02)27653799
執行主編：劉依慈
美術編輯：MOMOCO
法律顧問：永然法律事務所 李永然律師
北辰著作權事務所 蕭雄淋律師
版權授權：陳介中
初版日期：2013年1月
ISBN：978-986-146-933-1

總 經 銷：成信文化事業股份有限公司
地　　址：新北市新店區中正路四維巷二弄2號4樓
電　　話：(02)2219-2080

行政院新聞局局版台業字第3595號 營利事業統一編號22759935

定價：320元

國家圖書館出版品預行編目資料

時空的追緝（下）／追 風 人 著；-- 初版
臺北市：風雲時代，2013.1 冊；公分

ISBN 978-986-146-933-1（平裝）

857.7　　101017876